新潮文庫

村上さんのところ

村上春樹著

まえがき

僕はあまり人前に出ることがないので、何年かに一度、読者のみなさんとメールのやりとりのようなことを、期間限定でやってきました。この前やったのは九年ほど前のことで、そのときも数多くのメールが寄せられ、読み切るのが大変だったんだけど、今回はより便利なスマホが中心の展開になったこともあり、予想を遥《はる》かに超えた数のメールが舞い込み、とにかくすごいことになってしまいました。

十七日間に寄せられた3万7465通のメールを読み切るのに、結局三ヶ月以上を要しました。でもちゃんと読みましたよ。そして中から3716通を選び、返事のメールを書きました。そこから選ばれた473通のやりとりが、本書に収録されているわけです。正直言って疲れました。肩は凝るし、目は痛くなるし、三ヶ月、他にまったく仕事はできないし、これは参ったなあと思ったけど、まあいったん始めたことなのでしっかりやり通しました。まるで降っても降っても降り止《や》まぬ大雪を、一人でシャベルを持って雪かきしているみたいでした。最後はかなりふらふらでした。

でも大変だったけど、楽しかったですよ。世界中からいろんな相談や情報が、文字通り山のように寄せられ、読んでいると「そうか、僕はこのようにして世界と割に密接に結びつけられているのだ」ということが、少しずつ理解できました。この仕事をしていてつくづく実感したのは、世の中にはバルク（嵩《かさ》）が大事な意味を持つものごとがあるんだな、ということでした。とにかく目の前に嵩をうずたかく積み上げて、それでやっと事態の全容が見えてくるというようなことが。

頭の切れる人って、こんな面倒なことはまずやらないと思います。ぶちまけた話、僕もやっていて、「なんでこんなしんどい物好きなことをわざわざ始めちゃったんだろう？」と後悔することもありました。でもきっと、しんどいからこそ意味があるんです。どっと嵩を積み上げて、それを実際に目にして手で触って、「ああ、そうか、僕がやりたかったのはこういうことだったんだな」とやっと腑《ふ》に落ちるんです。目に見えて手で触れられることってすごく大事です。僕はそう思います。

本書に収められた473通は、僕とスタッフのみんなとで選りすぐったものですが、落とすには惜しいやりとりも他にたくさんあり、それならばと3716通のやりとりをすべて集めた電子ブックの『村上さんのところ　コンプリート版』も並行して発売されることになりました。もしよろしければそちらも読んでください。ただしこれを読み切るには、かなりの根性を入れていただくことになりそうです。がんばってくださいね。

なお掲載に同意を得られなかった方のメールは、原則として削除させていただきました。ご理解ください。

これまでずっと一緒に仕事をしてきた安西水丸《あんざいみずまる》さんが急に亡《な》くなられ、この企画を始めるにあたって、どうしたものかと頭を悩ませていたのですが、今回はフジモトマサルさんがあとを受けて、愉快で素敵なイラストを文章に添えて下さいました。おかげで僕もとても楽しく仕事をすることができました。深く感謝します。

村上春樹

#001　2015/01/16　村上先生、教えてください！

▽村上先生、四つ教えていただきたいんですが、一番目は君が書いたすべての〝ボク〟のうち、どの主人公は最も君自身に似ていますか？　そして君自身と夫人をモデルとなっている小説はいくつありますか？　二番目は〝男の子〟はいつ〝男〟と言えますか？　村上先生はどんなことで一人前の人になったのか？　三番目は女抜き（あるいは女のいない）生活20代の男にとっては失敗した生活ですか？　四番目は最近パリで起こったフランス紙襲撃テロ事件について、もちろんテロ攻撃はひどい行為ですが、CHARLIEの風刺画のような〝表現の自由〟は保障されるべきかどうかどう思いますか？　以上です。「私は日本語を勉強してるので、不敬あるいは変なところがあるかも知れない。ご勘弁ください（^0^）」（GEGE、男性、23歳、学生）

▼おめでとうございます。あなたが記念すべきメール一号です。だからお答えしますが、四つは多すぎるので、ひとつだけ答えます。最初の質問ですが、僕の小説に出てくる一人称の僕は、僕に似ているところもありますが、似ていないところの方がずっと多いと思います。そしてそれぞれの作品によって、似ているところ、似ていないところは少しずつ違ってくるような気がします。というか、それらの僕は「僕があるいはそうであっ

村上さんのところ

答えるひと　村上春樹

絵　フジモトマサル

たかもしれない可能性を持った僕」と考えてもらったほうがいいかもしれません。英語で言う「仮定法過去完了」ですね。「The one I could have been, if……」ということです。そういう仮定法を試せるところが、小説を書くことの楽しみかもしれません。現実にはそんなことはできないから。

#002 2015/01/16
今ならもっとうまく書けたのに……

▽村上さんの作品では『世界の終りとハードボイルド・ワンダーランド』が一番好きです。僕がこの作品に出会ったのは２０１４年の1月でした。小説が書かれてから30年近く経《た》っていますが、全く色褪《いろあ》せることはなく、むしろ今現在の社会に共鳴するところがとても多いように感じ、読後には心が震えました。以後何度も読み返しています。
　村上さんはよくインタビューなどのなかで、あの作品は今ならもっとうまく書けたのに、とおっしゃっていますね。もし差し支えなければ、どういうところがもっと上手に書けたのか教

えてくれると、この作品をもっとも愛する読者のひとりとして、想像の空間がさらに刺激され、それが喜びになります。

これからもお体に気をつけて、執筆活動頑張ってください。遠くからですが応援しています。(とんこつ、男性、23歳、大学生)

▼昔つきあっていた女の子のことを考えて、「あのときもっとうまくやれたのになあ」と思ったことってありませんか? 僕はしょっちゅうあります。それと同じことです。もっとうまくやれたのになあ、と。でもあのときはあのときでベストを尽くしたんですよね。

#003 2015/01/16 競馬じゃあるまいし

▽実際のところ、毎年「ノーベル賞がどうの」と騒がれることについていかがお考えなのでしょうか。(かなこ、女性、36歳)

▼正直なところ、わりに迷惑です。だって正式な最終候補になっているわけじゃなくて、ただ民間のブックメイカーが賭《か》け率を決めているだけですからね。競馬じゃあるまいし。

#004 2015/01/16 文章を書くのが苦手です

▽私は現在大学院生で、レポートやら、発表する際の原稿やら、教授へのメールや手紙やらなんやらで、とにかくたくさん文章を書かなくてはいけないのですが、なにぶん文章を書くのがとても苦手です。しかしながら書かなければ卒業も出来ず困りますので、仕方なしにうんうんうなりながら書いております。どうにか文章を書きやすくなりませんでしょうか。なにか、村上さんの「文章読本」的な考えをぜひお聞きしてみたいです。

（櫻井、女性、23歳、大学院生）

▼文章を書くというのは、女の人を口説くのと一緒で、ある程度は練習でうまくなりますが、基本的にはもって生まれたもので決まります。生まれつき歌のうまい人がいて、音痴の人がいるのと同じです（僕は音痴の方ですが）。そう言っちゃうと実もフタもないみたいですが、まあ、とにかくがんばってください。

#005　2015/01/17

1995年に生まれて

▽わたしは1995年生まれで、2ヶ月後には20歳になります。わたしの生まれ年は第二次世界大戦から50年経った年であり、またそんな年にもかかわらず阪神淡路大震災や、地下鉄サリン事件のような多くの人の記憶に残る出来事も起こりました。成人を迎える最近になって、その年に生まれたという意味でも、自分の命とか、未来とかそういうものに対して何か意味があるのかもしれないと思うようになりました。村上さんの作品『神の子どもたちはみな踊る』や、『アンダーグラウンド』では震災とサリン事件がテーマとして扱われています。また、戦争についても『ねじまき鳥クロニクル』などでは関連する話題が登場します。村上春樹さんから見て、これらの大きな出来事は、これから先の世界にどう関係していく、あるいは関係していくべきだと思いますか。また、それらが起こったあとで生きる今のわたしたちのような世代に対し、何か想いはありますか。また村上さんはわたしたちのような世代を見て、どんなことを感じますか。教えて頂きたいです。（望未、女性、19歳、大学生）

▼十九歳なんですね。当たり前の話ですが、僕にも十九歳のときがありました。世の中が今にもひっくり返ってしまいそうなたいへんな時代でした。でも世の中というのは、

そう簡単にはひっくり返らないものです。僕はその時代に、人生のうちでいちばん大事なことを「資料」としてたくさん取り入れたような気がします。その資料を解析するのに、とても長い歳月がかかりました。だから今のあなたにとって一番大事なことはとにかく、あなたにとっての大事な資料をたくさん取り入れて、丁寧に保管していくことだと思います。それがどのような意味を持つかなんて、あとでゆっくり考えればいいのです。今はとにかくたくさん本を読んで、できるだけいろんな人と出会って、できることなら深く恋をして、困ったり、わけがわからなくなったりするといいのではないかと思います。僕もそうしてやってきたから。

#006　2015/01/18
30歳を目前にした私

▽私は30歳を目前にしていますが、今のところ何一つ達成したと言う実感がありません。小さいころは、大人というものは素晴らしいものだと考えていましたが、現在の私の姿は程遠いような気がします。そしてその現状に心がくじけそうになります。いったい私は今後どのように生きていけばよいでしょうか。（Jo & Maca、女性、28歳）

▼失礼な言い方になりますが、「大人というものは素晴らしいものだ」という考えその

ものがちょっと間違っているような気がします。大人というのはあくまで容《い》れ物《もの》です。そこに何を入れるかというのは、あなたの責任です。達成なんてそんなに簡単にはできません。ちょっとずつそのへんのものを容れ物に入れていくことからすべては始まります。28歳なんてだいたいまだ大人じゃないですよ。始まったばかりなんだから。

#007　2015/01/18
夜の営み

▽今日を楽しみにしていました。日本に住んでいてもなかなか会えない春樹さん。高校生の頃から大ファンです。折り入って相談したいことですが、旦那《だんな》さんとの夜の営みの件です。旦那さんはほとんど性欲がありません。どうしたら、やる気にさせられますか？（入間のスヌーピー、女性、31歳、会社員）

▼すみませんが、他のひとの性欲の事情まで僕にはわかりません。自分のだってろくにわからないというのに。申し訳ないけど、ご自分で考えて解決してください。

#008 2015/01/19
アイスランド愛

▽こんにちは村上さん。
　僕は昨年の8月、8日間ほどアイスランドへ旅行に行ってきました。もともとはシガー・ロスやムームなどアイスランド出身のミュージシャンが好きでこの国に興味を抱いたのですが、いろいろと調べているうちにどうしても一度訪れてみたくなり、新婚旅行を利用して行ってきた次第です。感想は、街は清潔で料理も美味《おい》しく、人は優しいし自然は想像以上の美しさで、すっかりアイスランドのファンになってしまいました。

　確か村上さんもエッセイでアイスランドに滞在したことがあると書かれていましたが、どんな印象をお持ちでしょうか？　街には書店やカフェが多くて過ごしやすいですし、街を離れれば村上さんの好きな（？）羊をいくらでも眺めることができ、温泉もたくさんあります。あまり海外で「ここに住みたい」と思うことはありませんが、アイスランドは住んでみたいなと感じました。なんとなく村上さんもアイスランドが好きなのではと思ったのですが、いかがでしょうか。（パピコ、男性、28歳、会社員）
▼たしかに僕はアイスランドが好きですが、一度冬場に行ってみないと、住みたいかどうかまではわからないですよね。僕も行ったのは9月のはじめですから。文学祭みたい

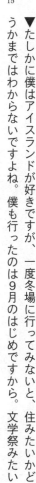

なのがあって、そこに招待され、そのあとレンタカーを借りてあちこちまわりました。今年の後半に旅行記みたいなものを出すことになっていますが、そこにこのアイスランド旅行の記事も収められることになると思います。
『コールド・フィーバー』という映画を見たことがありますか？　アイスランドを舞台にしたとても面白い映画です。トール・フリドリクソンが監督して、永瀬正敏が主演しました。アイスランドって人の数より精霊や亡霊の数の方が多いってよく言われますが、たしかに「さもありなん」という映画でした。ジュール・ヴェルヌの『地底旅行』もアイスランドが舞台です。なんとなくミステリアスな土地というか、また行ってみたいな。

（管理人註）
アイスランド旅行記は、『ラオスにいったい何があるというんですか？』（文藝春秋）所収。

#009　2015/01/19

若手のロックバンドはどうでしょう？

▽はじめまして。私はロックが大好きです。数年前から洋楽を聴き始めて60〜70年代の

音楽が大好きになりました。村上さんが２０００年代以降にデビューした若手のロックバンドで好んで聞いているバンドがあれば教えていただけないでしょうか？　よろしくお願い致します。（めがねばか、男性、32歳、会社員）

▼最近って若手のものをあまり聴いてないんですね。ごめんなさい。僕はThe Black Eyed Peasとか、Gorillazとか、わりに好きです。あんまり新しくないけど。そういえば、このあいだスガシカオさんのコンサートに行きました。楽しかった。音量で耳がちょっと痛かったけど。

#010　2015/01/20
天国はどんなところ？

▽昨年の年末に私の叔父が急に亡《な》くなりました。2年前には叔母が亡くなりました（乳癌《にゅうがん》でした）。私の子供だった頃に亡くなった祖父母を始め、今日まで周りの大切だった人はいなくなってきています。自然な事と言われればそうなのですが、健在の両親もいつかは……と思うと時々悲しくなります。思春期に春樹さんの小説と出合い、このような気持ちが少し落ち着き、

涙したことを思い出します。最近、亡くなった大好きな叔母が、「こんな時に叔母はこう言うだろうな」とか、叔母の声で話しかけられるような（おそらく自分で作ってるとは思いますが）気がします。そして、春樹さんに質問です。春樹さんは天国を信じていらっしゃいますか？ あるとしたらどういう所だと思われますか？ ないとお考えでしたら、亡くなった後は魂のようなものはどうなるとお思いでしょうか？ よろしくお願いいたします。（シロイワヤギ、女性、34歳、主婦）

▼こういうことを言うとがっかりされるかもしれませんが、僕は「死んだら、あとはただゆっくり眠りたい」と考えています。天国も地獄もキャバクラもいりません。誰にも邪魔されず、ただ静かに眠っていたい。ときどき牡蠣《かき》フライをちょっと食べてみたいかな、という気はしますが。

#011 2015/01/20 「作家さん」に身体が慣れません

▽作家さんが好きな作家さんに興味があります。好きな作家さんがいたら教えてください。その方のどのようなところが好きなのかも知りたいです。小説でも漫画でも絵本でも何でもいいです。（なお、女性、31歳、会社員）

▼いつも思うんだけど、「作家さん」って誰が言い始めたんでしょうね。たぶんここ十年くらいのことだと思います。前はそんな言い方はしませんでした。なんか「魚屋さん」とか「八百屋さん」みたいですね。それが悪いっていうんじゃもちろんないんですが、そう呼ばれることにまだ身体《からだ》がうまく慣れません。

日本の現役作家について好き嫌いを言うことは、できるだけしないようにしています。だから文学賞の審査員みたいなのもまったくやりませんし。海外の作家については、翻訳をしていることもあり、好きな作家の名前はちょくちょくあげています。今のところ、本が出たら必ずすぐ読むのはカズオ・イシグロとコーマック・マッカーシーです。ラッセル・バンクスも好きです。去年、バンクスさんとはたまたまニューヨークでのある昼食会で隣り合わせることになり、たくさん話ができて嬉《うれ》しかったです。ドナ・タートさんの本も好きです。最新作の『The Goldfinch』最高です。彼女ともけっこう話をしました。とても面白い、素敵な女性です。

#012 2015/01/20 最後っ屁をかまされた男

▽高校生の頃、つき合っていた男の子と別れるときに、彼の趣味があまりにあんまりだ

ったので「村上春樹の本を読むような人であってほしかった」と最後っ屁《ぺ》的な感じで付け加えました。別れてから10年以上がたち、SNSで彼を見つけたところ、Favoriteの欄に「村上春樹」とありました。初めて「なんか悪かったな」と思いました。

その後、私はもっと変な趣味の人とかずるい人とか中身がどろどろな感じの人とかとおつきあいして結局結婚した人は、村上春樹は読まないけれども小説の主人公のようになんだか孤独で上品な人でした（私は村上さんの小説に出てくる男性が本当に大好きです）。（soyako、女性、37歳、広告業）

▼その別れた人に気の毒なことをしたみたいな気がしてなりません。べつに僕に責任はないんですが、なんとなく……。でも良い人と結婚できたみたいでよかったです。まあ、人生って何が起こるかわかりませんよね。がんばって生きてください。

#013 2015/01/21

同性婚は賛成？ 反対？

▽『色彩を持たない多崎つくると、彼の巡礼の年』では同性愛についても描かれていましたが、村上春樹さん自身は同性愛についてどうお考えですか？ 同性婚については賛成ですか？ 反対ですか？ ちなみに僕は同性愛者です。（otokonokoto、男性、31歳、

アーティスト）

▼僕はゲイのともだち、知り合いがけっこう多くて、ここのところまわりで同性婚がいくつか続けてありました。もちろんアメリカでの話です。結婚できて、みんなとても幸福そうでした。よかった。というわけで、僕は同性婚に賛成派です。

#014 2015/01/21
求む！「村上さんの熱烈なファン」の愛称

▽村上さんの作品の熱烈なファンであることを人に伝えようとする時、いちいち「村上さんの熱烈なファン」と言うのも面倒なので、もっと簡単で覚えやすい名称にしたいです。スタートレックの熱烈なファンのことを「トレッキー」と呼んでるじゃないですか。あれと同じ語呂《ごろ》で、「ハルッキー」というのはどうでしょうか？「彼はもう20年以上ハルッキーなんだよ」な〜んて言われるとなかなか誇らしい気がしますが。（dunester、男性、46歳、システムエンジニア）

▼僕は「村上主義者」というのがいいような気がします。「あいつは主義者だから」なんていうと、戦前の共産党員みたいでかっこいいですよね。地下にもぐって隠れキリシタンみたいにみんなで『ねじまき鳥クロニクル』を読んだりして。

#015　2015/01/22
ドーナツを探しています

▽最近のドーナツ事情についてどうお考えですか。
私は以前よりも選択肢が増えたと喜んでいるのですが（ちなみに、クロワッサン・ドーナツが好きです）、村上さんの反応が気になってメールいたしました。それと、村上さんのお好きなドーナツはフレンチクルーラーだったような気がするのですが、お変わりありませんか？

ぜひ教えていただきたいです。（キャラメル、女性、38歳）

▼僕はごく普通のプレーン・ドーナツか、オールド・ファッションドか、シナモン・リングしか食べません。あまり甘いものは苦手です。クロワッサン・ドーナツ？　どんなものか想像もつきません。僕が探しているのは塩ドーナツです。そんなものがどこかにあるのだろうか？

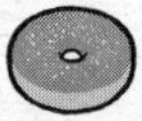

#016　2015/01/22
宮沢りえさんの誘惑

▽初めまして！　52歳の会社員です。40歳から人工透析をしております。透析中の憂鬱《ゆううつ》な時間を何とかしなくてはと村上さんの作品を読み始めました。とてもはまってしまい去年には「海辺のカフカ」の舞台まで観《み》てしまいました（宮沢さんの演技は圧巻でした）。本を全く読まなかった私の変わりようにカミさんも驚いています。食事・水分制限がある私には、登場人物がやたらビールを飲むことが少し身にこたえましたが（笑）、私も血液検査の数値を気にしつつカミさんの目を盗んではちょこちょこやっています。これからもお体に気をつけられて楽しい作品を創《つく》り続けてください。（ModeLab、男性、52歳、会社員）

▼人工透析、たいへんですね。僕の知り合いにも何人かやっている人がいて、見ているだけでも「たいへんだな」と思います。ビールもだめなんですね。お気の毒ですが、がんばってください。

僕もこのあいだ「海辺のカフカ」の舞台を見てきました。公演のあと楽屋に行って、宮沢りえさんと会って話をしました。とても素敵な方でした。彼女に「ねえ、むらかみさん、猫の着ぐるみを着てみませんか？」と言われて、心がぐらっと動いたんだけど、そんなものを着たら、ほんとにそのまま猫になってしまいそうな気がして、遠慮しました。あの着ぐるみって、作るのにすごくお金がかかっているんですね。

#017 2015/01/22 あぁ、ハルキスト

▽何回も何回も、村上作品を読んでも飽きない村上春樹作品好きな僕です。それを人に言うと「あぁ、ハルキストなんだ」と言われます。この「ハルキスト」と言われると、イラッとします。いつの間にか言うようになった「ハルキスト」、村上さんは、どう思われますか? 僕は、「反ハルキスト」ですっ!!!!
（大名古屋、男性、39歳、美容師）

▼だから「村上主義者」になりましょう。その方がかっこいいですよね。腕に羊のタトゥーをして「おれは村上主義者だから、へたなことは言わない方がいいぜ」なんてね。

近年、村上主義者の台頭が大きな社会問題となっており……
ま、まさかうちの子も。

#018 2015/01/22 神宮球場の建て替え計画

▽外野席の階段を登りきった瞬間広がる緑の芝と青いスタンドの美しさ。私はこのコントラストに一目《ひとめ》惚《ぼ》れしスワローズファンになりました。神宮球場、最高ですよね。しか

し、国立競技場建て替えのアオリを受けて、このまま行くと現在の神宮は取り壊されて建て替えになるようです。場所も秩父宮ラグビー場と交換になるようです。私はもちろん建て替え計画なんてくそくらえと思っておりますが、村上さんはこの計画にどのような意見を持っていますか？　建て替えに際してドーム化の案も出ているようです。もし、建て替えが決まってしまった場合、新しい神宮球場に何を望みますか？（あじさい、男性、20歳、大学生）

▼知りませんでした。正直言って、オリンピックなんかどっか遠くでやってくれないかなと思います。都心でやられると迷惑です。ただでさえ混み合っているのに。工事が始まると、外苑だって走れなくなってしまいますし。神宮球場はかなり老朽化しているので、建て替えること自体はまあある程度しょうがないと思うけど、ドーム化はいやだなと思います。場所もあそこがいいです。ドームになったら、花火大会もできなくなるだろうし。

#019　2015/01/23
お店をやっていたときの哲学

▽わたくし早稲田の学生で、学校に行きながら大学の近くのカフェで店長のようなもの

をやっています。とても大変ですが、とても楽しいです。村上さんも在学中にジャズバーを営んでいたと聞きました。それで聞きたいことがあります。飲食店をやっていて、「これは一番大切にしてたなあ」と今振りかえって思う哲学（のようなもの？）はありますか？　もしよかったら教えてください。（店長、男性、21歳、学生）

▼お客の全員に気に入られなくてもかまわない、というのが僕の哲学でした。店に来た十人のうち三人が気に入ってくれればいい。そしてそのうちの一人が「また来よう」と思ってくれればいい。それで店って成り立つんです。経験的に言って。それって小説も同じことなんです。十人のうち三人が気に入ってくれればいい。そのうちの一人がまた読もうと思ってくれればいい。僕は基本的にそう考えています。そう考えると、気持ちが楽になります。好きに好きなことができる。

昔、村上龍さんにその話をしたら、「おれ、そういうのだめだな。十人のうち十人が好きになってくれないといやだ」と言われました。人それぞれ、性格ってありますよね。

#020　2015/01/23
息苦しい世の中を生きる術

▽以前モラルについて「モラルというのは時代によって上がったり下がったりするもの

ではない」（『そうだ、村上さんに聞いてみよう』）と、仰《おっしゃ》っていましたが、「おおらかさ」「寛容さ」についてはどうでしょうか？　勿論《もちろん》最低限のデリカシーは必要だと思いますが、社会からは「おおらかさ」「寛容さ」が失われ、叩《たた》けるものを徹底的に打ちのめす。その暴力は振り切るまで止みません。それは、神経症的なところまで来ていると思います。なんだか息苦しい社会だと思いませんか？（ごんち、男性、46歳）

▼僕はできるだけインターネットは見ないように、テレビはつけないように、新聞は流し読みするようにしています。週刊誌なんかは電車で吊《つ》り広告を見ればじゅうぶんです。そうすれば、けっこう楽ですよ。ブログとかツイッターとかフェイスブックとかLINEとか、そんなものただうっとうしいだけです。ゆっくりソファに座って、モーツァルトを聴いて、ディケンズを読みましょう。自分で自衛しなくちゃ。

#021　2015/01/23
なぜ人を殺してはいけないのか

▽高校卒業以来考えて、答えの出ないことでしたので、思い切って村上さんに聞きたいと思います。高校を卒業する最後の授業で、現国の先生が「なぜ、人を殺してはいけないのか。答えが分かったら手紙や電話で教えてね」と仰いました。

人を殺してはいけない、これは確かなことだと思います。ですが「なぜ、殺してはいけないのか」の明確な理由がまだ私には見つかりません。年を取って、大事なもの、守りたいものも増えましたが、まだあの質問には答えられません。

なぜ人を殺してはいけないのか。村上さんならどのように答えてくださいますか？

（ひらめ、女性、38歳、会社員）

▼河合《かわい》隼雄《はやお》先生は、心と肉体とのあいだに「魂」というものがあって、人として間違ったことをすると、理屈は抜きで、その魂が損なわれていくのだ、あるいは腐っていくのだと言っておられました。人殺しがいけないというのも、要するにそういうことなのではないでしょうか。

#022 2015/01/23

セクシーランジェリーの正しい活用法

▽はじめまして、私の素朴な疑問なのですが、これまで聞ける方がおらず、ここに書いています。それは、女性のセクシーランジェリーについて。私は、その類《たぐ》いの下着は持っておらず、常に快適な綿素材で面積も広めのものを愛用しています。ただ、これまで買おうかと思わなかったわけではありません。でも、セクシーランジェリーの楽しみ方

がイマイチわからず、はっきりいってしまうと、暗くてすぐに脱いでしまうセクシーランジェリーの出番がなかなかないからなんです。愛《め》でてもらうわけでもない存在のものをずっと身につけるだけで、出番は本番ですぐ終わっちゃうセクシーランジェリーが可哀想だし、なんだかそれをどうしようかと思ってた自分が少し恥ずかしくてなんとも言えません。セクシーランジェリーの正しい活用法があれば、教えて欲しいのです。（グリグリ、女性、35歳、主婦）

▼35歳の主婦の方ですね。「セクシーランジェリー」というのが具体的にどの程度のものを示すのか、僕にはよくわかりません。しかしそういうのって、ご主人が何を求めるかによって違ってくるんじゃないでしょうか。やはり相手あってのものですから。ご主人にちょっと聞いてみればいかがでしょう？「そんなのいらねえよ」という人もいるでしょうし、「ちょっといいかも」という人もいるでしょう。「セクシーランジェリーの正しい活用法」、そんなの僕にわかるわけないじゃないですか。もう大人なんだから自分で考えてみてください。

#023　2015/01/24　ふたりきりの食事の意味

▽その気がない男性と食事にいってはいけないのでしょうか？

私は41歳の独身女性で、会社員です。会社では、まあみんなと楽しく過ごせていて、よくご飯に行ったりします。そのよくご飯に行く仲間の中で、もうすぐ60歳になる、私からしたらお父さんのように感じるおじさん（愛妻家）が有名なビーフシチューのお店に行かない？　というので、行きます！　と言って、ごちそうになりました。バカ話もして楽しく過ごしました。

そうしたら、話の流れがおかしくなってきて、2人で食事にいくっていうことは、気があるって考えていいかと聞かれました。考えちゃダメにきまってます、と答えたら、じゃあ今日はなぜここに来たの？　と率直に聞かれたので、美味しいものが食べられるとおもったから、と率直に答えました。

お互いポカーンという状況だったので、腹をわって意思の疎通《そつう》をしようと試みました。

私の世代は、男女であっても友達だったら2人でご飯にいくし割り勘もする、が、おじさんの世代は、男女が2人で何回かご飯にいったら付き合うということらしいです……。

私にしたらそのおじさんは、男女のいざこざ面倒事が無く、楽しく話しながらご飯が食べられてしかもごちそうしてくれる、という気の緩んだ相手だったのですが、先方はちがったようです。そして、そういう気持ちを持ち続けるのは現役（?）のあかしだと思っているそうです。

それ以後なんとなくそのおじさんとの宴席には行っていません。私がうかつだったんですかねぇ……なんだか今でも腑に落ちないな。（よつば、女性、41歳、会社員）

▼僕もときどき一緒にご飯を食べたり、野球を見に行ったりする年下のガールフレンドはいますが、口説いたりしないですね。はっきり分けて考えているから。そういう仕分けができない人は困ります。だいたい口説いていいかどうかは、気配でわかるものです。じゃあ、もし相手にそういう気配があれば？ えーと、困りましたね。どうしようかな。この話はまた今度にしましょう。

#024 2015/01/24

『1Q84』の続編は!?

▽中学生の頃から村上春樹さんの作品を読んでいます。特に『世界の終りとハードボイルド・ワンダーランド』や『１Ｑ８４』が好きなのですが、『１Ｑ８４』の続編（ＢＯ

OK？）についての執筆は今後考えているのでしょうか？　また村上春樹さんはこれからファンタジー志向の作品を構想していますか？　返答お願いします。最後に、僕は村上春樹さんの牧歌的な雰囲気を持つ小説が大好きです。今年の4月から大学生なのでもしどこかでサイン会が行われるなら絶対行きます！　お身体には気を付けてください。これからも応援してます。（麻枝龍、男性、18歳、学生）

▼また近いうちに長編小説を書くことになると思うんですが、どんな話になるのか、実際に書いてみるまではわかりません。僕がマテリアルを選ぶというよりは、むしろマテリアルが僕を選ぶんだということです。『1Q84』の続編（BOOK4）は書こうかどうしようか、長いあいだずいぶん迷ったんだけど、そのためには前に書いた三冊を読み返して、いちいちメモとかをとらなくてはならず、とても複雑な話なので「それもちょっと面倒かな」と二の足を踏んでいます。僕はあまり準備をしてものを書くというのが好きではないので。可能性をいろいろと探っているところです。結論はまだ出ていません。僕の印象では『1Q84』にはあの前の話があり、あのあとの話があります。それはいわば長い因縁話みたいになっています。それを書いた方がいいのか、書かないままにしておいた方がいいのか……。

#025　2015/01/25
京都で最も好きな場所は？

▽こんにちは。香港出身の留学生で、今京大で院生として語学の研究をしております。香港の未来のために頑張っている学生たちを激励していただき、心より感謝を申し上げます。

　酒井順子さん『都と京』に言及されているように、京都を小説の舞台にさせた京都出身の作家はまず少ないみたいです。もちろん『ノルウェイの森』には「阿美寮」が登場していますが（実は、初めて読破した日本語の小説です）、この意見に対してどう思われますか？　京都では、最も好きな場所はどこでしょうか？　京都というのは、村上さんの人生ないし小説においてはどんな存在でしょうか？（ショウ、男性、28歳、学生）

▼京都には僕の好きな場所がいくつかあります。毘沙門堂《びしゃもんどう》もわりに好きです。山科《やましな》の駅からのんびり坂道を登っていく。この道が僕はけっこう気に入っています。近くにおいしいお蕎麦《そば》やさんもあります。帰り道は疏水《そすい》沿いにぶらぶらと散歩します。桜と紅葉のシーズンは混んでいるけど、あとは比較的静かなところです。いつも一人で、あてもなく考え事をしながら歩いています。そういうのに向いている。それから鴨川《かもがわ》べりをジョギングするのも好きです。

#026　2015/01/26
アイドルオタクの夫

▽主婦歴4年です。主人が3年くらい前からアイドルにハマっており、休みの日はアイドルばかり。たまに連れて行かれます。
メジャーアイドルではなく、熊本ご当地アイドルです。今日はチェキを撮っただの、握手をしただの楽しそうに話してくるので、話はきくのですが、正直イライラすることもあります（私は主人より歳上なので、結局若いコがいいのか？　とか）。

このままでいいのか……子供ができたらどうなるのか、不安もあるし、恥ずかしくて他人に相談もできません。ギャンブルやキャバクラに行くわけではないので、良しとするべきなのか……。

一度話したいとは思っているのですが、これくらいは広い心で見守るべきか、アドバイスお願いします。くだらない内容でお恥ずかしいです……。（ゆかりん、女性、32歳、主婦）

▼熊本ご当地アイドルっているんですね。渋そうだな。僕もアイドル関係はとても疎《うと》くって、なんだかよくわかりませんが、でもご本人が楽しいのなら、それでいいような気もします。たしかにギャンブルやキャバクラにはまるよりはましです。また逆に「あまりにも正しいこと」にはまっちゃうよりもいいかもしれません。「あまりにも正しいこ

と」にはまっちゃうと、ときには危険です。そんなわけで、イラっとすることもあるでしょうが、できるだけ温かく見守ってあげてください。

ヤクルトにいる、あのペンギン？

#027 2015/01/26

▽ヤクルトにいる、やや腹黒そうなペンギン風のマスコットが好きなんですが、村上さんに、新たにヤクルトのマスコットを作ってほしいと依頼が来たならば、どういった性格の、どういった感じのマスコットを作りますか？（ねじまきツバメ、男性、54歳、プログラマー）

▼あれって、ペンギンじゃありません。いちおうツバメです。スワローズですから。ツバメだからおなかは白いです。腹黒なわけではない。名前は「つば九郎」といいます。ペンギンだなんて言うと、ヤクルトの球団社長（衣笠《きぬがさ》さん）が泣きますよ。ほかに「燕《えん》太郎《たろう》」というのもいたんですが、オリックスのバファロー娘のスカートの中を覗いて、それが問題になって、くびになったみたいです……という噂です。真偽のほどは知らないけど。ただスカートの中を覗いている映像はインターネットで僕も見ました。なさけない。

#028 2015/01/27
球団職員です

▽明治神宮球場の球場設備への要望があれば教えていただけませんでしょうか。内容によっては前向きに検討したいと思います。（ちょぱっと、男性、48歳、球団職員）

▼神宮にお勤めのかたなんですね。球場の中においしいカクテルを出す洒落《しゃれ》たスポーツ・バーがあるといいですね。テレビで試合を見ながら、ウオッカ・ギムレットとかが飲めて、みたいな。蝶《ちょう》ネクタイをしめたバーテンダーがいて。優勝したときのために、いちおうドン・ペリニョンのボトルもバケットつきで用意しておいてもらいたいな。

#029 2015/01/27
無駄に話が長い上司

▽ハルキスト歴12年の事務職OLです。こんばんは。春樹さんに折り入って相談したいこと、それは上司の話がすごく長いことです。この間は「15分、時間下さい」と言われて半日！話されました。
しかも延々上司が話しているのを一方的に聞かされるだけなんです。こっちにも予定

があるのに。いちいち全《すべ》ての話が長いんです。やんなっちゃう。話の長い人の話を短くするにはどうしたらいいでしょうか？（無駄に福耳、女性、32歳、事務職）

▼話の長い人の話を短くすることは不可能です。あれは不治の病です。死ぬまで治らない。僕もよく「退屈な人って、自分に退屈しないのかな？」と思うんだけど、しないんですね、ぜったいに。気の毒だけど、あきらめてください。「退屈さには神々も旗を巻く」とたしかニーチェも言っています。神様でさえかなわないんだから、あなたに勝てるわけはありません。

#030　2015/01/27
手づかみの饗宴

▽唐突ですが、僕は一度だけ村上さんとお会いしたことがあります。その時僕は村上さんのお住まいにお招きいただいて、昼食を御馳走《ごちそう》になりました。何の料理だったかは忘れてしまったのですが、普通に箸《はし》を使って食べる料理だったと思います。驚いたのは、村上さんがその料理を手づかみで食べ始めたことです。僕が呆気《あっけ》に取られていると「最近、手づかみで食べたい気分なんだよね」と仰って、僕にも手づかみで食べるよう促されました。村上さんの奥様もいらっしゃったのですが、やはり手づかみでした。

まあこれ全部、僕が見た夢の中での出来事なんですけど。村上さん、その後いかがですか。手づかみでお食事されていますか。（真昼の幽霊、男性、36歳、会社員）

▼あたりまえじゃないですか。だいたい手づかみで食べています。うどんなんかは耳から食べています。また夢の中で会いましょうね。

#031　2015/01/27
お父さんの本棚の人へしつもん

▽こんにちは、はじめまして。お父さんの本棚に村上さんの本がたくさんあったので、どんな人かと思ったので質問してみました。学校の授業中、トイレに行きたくなった時お腹《なか》が痛いと嘘《うそ》をついています。そんな時村上さんだったらどうしますか？（ミキはタコ、女性、10歳、小学生）

▼十歳のかたなんですね。うそをつくのは女性の権利です。どんどんついてください……とは言わないけど。適当についてかまいません。男はだいたい馬鹿《ばか》だし、だまされる方が悪いんです。村上さんはうそがあまりうまくないので、すぐに見やぶられます。おとうさんはりっぱな人です。尊敬してあげてください。

先生！
なんだね？
私のおなかの中に住んでるコオロギが、
トイレに行ったほうがいいって言うんです。だから、つまり、
行ってらっしゃい。
はーい。

#032　2015/01/27　子供のいない人生

▽結婚して8年程経ちますが子供が出来ませんでした。これからも出来ないでしょう。子供のいない人生ってどうですか？　ちなみに良い嫁を貰《もら》ったので幸せです。（ロミ、男性、44歳、会社員）

▼僕には子供がいませんが、ひとくちに子供がいないといっても、そこにはいろんな事情があり理由があり経緯があります。ひとつにくくることはできません。でも僕の意見を正直に言わせてもらえるなら、人生を生きるという作業のクォリティーがそれで左右されるということはありません。作業の方向性が少し変わるだけです。あなたが目指すべきは、いずれにしても、そのクォリティーを少しでも誠実にあげていくことです。奥さんと仲良くやっているのなら、それで素晴らしいじゃないですか。

#033　2015/01/28　デヴィッド・リンチ監督の映画

▽オランダ人の学生です。あなたの作品について質問があり、メールをさせて頂きまし

た。

個人的な意見ですが、デヴィッド・リンチ監督の映画作品を鑑賞すると、夢のような場面や直線的でない語り方が目立ち、この点に関してあなたの小説と同じような雰囲気があるのではないかと思っております。デヴィッド・リンチが現在まで製作した作品についてどう思われますか。万一デヴィッド・リンチが『ダンス・ダンス・ダンス』などの映画を監督することになるのでしたら、いかが思われますか。

前の話と関係がありませんが、あなたの好きな日本製作映画を教えて頂けませんか。どうぞ宜《よろ》しくお願い申し上げます。（匿名希望、男性、25歳、学生）

▼こんにちは。僕はデヴィッド・リンチの作品が好きです。どれもすべて好きというのではありませんが、多くの作品は好きです。個人的には『マルホランド・ドライブ』が好みです。それからもちろん『ツイン・ピークス』にははまりました。アメリカに住んでいるときにリアルタイムで放映していたので、毎週楽しみに見ていました。そのときちょうど『ねじまき鳥クロニクル』を書いていたので、少しは影響があるかも、ですね。

僕の本の翻訳がいちばん最初に出るのは、だいたいいつもオランダです。出版社の人に訊《き》くと「英語より先に出さないと、オランダの人はみんな英語で読んでしまうから」ということでした。

#034　2015/01/28
新しい音楽を聴くのが億劫で

▽村上さん、こんばんは。僕は音楽さえあればご飯が三杯はいける妻子持ち41歳です。長く音楽を聴いてきました。すると年々新しい音楽を積極的に聴くことが億劫《おっくう》になってきました。気がつくとLED ZEPPELINやTHE BEATLES、WILCOなどを繰り返し聴いている自分がいます（あ、ロックファンです）。このままで僕はいいのでしょうか？　このまま歳を重ねても面白い人生を送れるでしょうか？（ブラウン管、男性、41歳、会社員）

▼気持ちはよくわかります。でも僕は思うんだけど、積極的に常に新しい音楽を聴き続けるという努力（かなりの努力です）をしていかないと、耳は確実に衰えます。だから僕はがんばって新しい音楽をなるべくたくさん聴くようにしています。よいものに巡り合える確率はかなり低いです。でも人間が生きていくというのは、確率の問題じゃないんです。がんばってください。

#035 2015/01/28 批判されるのが恐い

▽ワタシは批判されたり、嫌われたりするのを恐れて自分の意見を主張できなかったりすることが多々あります。あとで「あのときああ言っておけばよかった」と後悔するのですが……。

仕事をする上で、批判されたり嫌われたりするのを恐れてはいけないというのはわかっているのですが、どうしても気になってしまいます。

どうすれば気にならなくなるか、アドバイスを頂ければ幸いです。よろしくお願いします。（逆、男性、30歳）

▼僕は自分が嫌われたり、批判されたり、ないがしろにされたりするのが普通の状態だと思って生きてきました。そう思うと、嫌われたり、批判されたり、ないがしろにされたりしても、あまりこたえなくなります。もちろんあまりよい気持ちはしませんが、「ま、しょうがないだろう」と思えます。むずかしいかもしれませんが、そのように考えるといいと思いますよ。

スティングの歌の歌詞にたしか「I'm a legal alien」というのがありましたよね。「ぼくは合法的な異界人なんだ」と。人はそのように基本的に孤独なものです。

#036　2015/01/28　英語なんて必要ないじゃん

▽悩める高校の英語教師より質問があります。巷《ちまた》ではグローバル社会が叫ばれていますが、日々生徒の英語嫌いに手を焼いております。二言目には、「将来英語使わないから、英語なんて勉強する必要ないじゃん」と言われることが度々あり、返答に困る事があります。英語が堪能《たんのう》な村上さんなら、こういう生徒にどういうアドバイスをしてあげますか?「村上春樹がこういう風に言ってたよ」と生徒に言ったら、生徒の心に響くと思いますので、是非とも日本の英語教育に寄与するためにもご協力お願いします。(チョコレートの箱、男性、43歳、教諭)

▼僕は基本的に、語学というのは興味がある人がどんどん自分で深めていくものだと思っています。やりたくない人にいくら無理にやらせても、単なるエネルギーの消耗じゃないかと。僕は学校時代、物理とか化学とか、すごく苦手でした。勉強もしなかった。でもそれで今苦労しているかっていうと、してないです。日常生活ではそういう知識はほぼ使わないから。語学も使わない人はきっと使わないんでしょうね。

　でもコンピュータの世界ではすでに英語が共通語になっていますし、仕事でいざ必要になったときに「英語できません」だと、ちょっと困ることになるかもしれません。僕は日本の作家ですが、今は英語ができないと、とてもとても不便なことになっています。国際的な交流みたいなことがすごく多いからです。だから「今の世の中、英語力がいつ必要になるか、わからないよ。そのときに話せないとすごく困るよ」と言って脅《おど》すくらいしかないんじゃないですかね。

イタリアとかフランスとか、昔は英語がほとんど通じなかったんだけど、今はずいぶん通じるようになりました。世界はどんどん変わっています。日本だけが取り残されていくみたいな印象があります。もちろん英語ができりゃえらいってわけじゃないんですが、文化的に内向きになってしまうってのはまずいですよね。

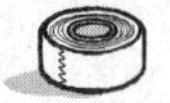

#037　2015/01/29
がっかりしませんか?

▽村上さん、こんにちは。
私は30代後半となり、年をとったなと実感したりがっかりしたりする瞬間が増えてきました。年をとるのが嫌ではなく、何かがっかりします。

村上さんはご自身の老化にがっかりすることはありますか?

そんな時はどうしますか?

せっかくの村上さんに質問できる機会なのにネガティブな質問でごめんなさい。（ナシトモ、女性、37歳、販売職）

▼そうか、三十代後半で「年をとったな」と思うんだ。僕はその年代は生きることに忙しくて、そんなことを考える暇もありませんでした。自分の老化にがっかりすることはあるか？ 実感することはあるけど、とくにがっかりはしないですね。年をとることには、それなりにメリットもあるからです。失うものもあれば、得るものもあります。失うものより得るものを少しでも多くしなくちゃ、というのが僕の目下の課題です。

#038 幸せな勘違い 2015/01/29

▽思いがけない出会いからの春樹さんの小説の愛読者です。ネットなんて言葉もなかった33年前の中学2年の時。平積みしてあった『羊をめぐる冒険』をこともあろうか、植《うえ》村直己《むらなおみ》さんの新作の冒険ものと思い込んでしまい、なけなしの小遣いをはたいて『羊〜』を買いました。『羊〜』を読み進めていても、当時の僕は「村上春樹」＝「植村直己」と同一人物だと思い込んでいました。植村直己さんの真面目なイメージとは異なり、すぐに女性と「セックス」ばかりして、いつ犬ぞりで北極を横断するような本格的な冒

険をするのか、このハレンチなインチキ冒険家が、と心の中で暴言を吐いていました。やっと中盤を過ぎたあたりで初めて別人ということに気が付きました。中2のうぶな自分には春樹さんの小説は刺激的でしたが、反面、春樹さんの物語世界では世間的にマイナスなものが確固とした個性として捉《とら》えられていて、ずいぶん励まされました。春樹さんの物語世界を知った後では、我が家の雑種の駄犬ですら何ものにも代えがたい個性を持った自慢の犬として見直され、大事に天寿を全うするまで飼いきった思い出があります。

現在のネット社会ではありえない勘違いではありますが、僕にとってこの勘違いのおかげで、14歳から春樹さんの物語を堪能できるという幸福を享受《きょうじゅ》できるようになったありがたい間違いでした。英語でいう「blessing in disguise（偽装された祝福）」の状態です。

そこで、春樹さんに質問です。僕のように不幸に見えて実はありがたかった経験が春樹さんにありましたら、何か教えてください。（やまとしお、男性、46歳、自営業）

▼植村直己さんの本と間違えて『羊をめぐる冒険』を買うというのもユニークですね。それはびっくりするよな。でも好きになっていただいてよかったです。犬も認めてもらえてよかった。

僕はとくにそんなにラディカルな間違い方をしたという経験はないですね。でもマイルドな間違いはしょっちゅうです。しばらく前に京都の「俵屋《たわらや》旅館」に泊まったんですが、間違えて「炭屋《すみや》旅館」（すぐ近所）に入って、玄関で「村上ですが」と言いました。「すみません。村上様のご予約は本日入っておりませんが」と言われて、「それはないでしょ。ちゃんと予約を入れたんだから」とぶつぶつ文句を言って、そのうちにはっと気がついたら「炭屋」だった。「すみません。俵屋さんと間違えました」と謝ったら、向こうもにこにこして「今度はうちにも泊まってくださいね」と言われました。とても恥ずかしかったです。まあ、これくらいの間違いはしばしばしてますが。

そのうちにちゃんと「炭屋」に泊まらなくちゃなと思っています。

#039　2015/01/29
古本屋で出会った今の旦那さん

▽村上春樹さま。村上さんの小説が好きで今の旦那さんと出逢《であ》いました。ドラマみたいですが、神戸の古本屋さんで出会っての結婚です。2人ともハルキストと呼ばれていますが、改めて村上さん、ご縁をありがとう。（ケイト、女性、31歳、グラフィックデザイナー）

▼よかったですね。幸福になってください。でもハルキストじゃなくて、できたら「村上主義者」と呼んでください。よりハードコアな感じがします。いったい誰がいつから、そんな「ハルキスト」なんてちゃらい呼び方を始めたんでしょうね。僕にはひとことの相談もなかったな。

せめて「セクシュアルな」にして……
#040 2015/01/29

▽最近年齢を重ねるにつけ「エロい」気持ちがどんどん萎《しぼ》んでいくのを感じます。村上さんの小説には、はっとするような新鮮で「エロい」描写がよく出てきますが、このような新鮮で「エロい」気持ちをいつまでも持ち続ける秘《ひ》訣《けつ》は何でしょうか？（sunsun、男性、56歳、会社員）

▼勝手なお願いかもしれませんが、できれば「エロい」というのはやめてくれませんか。せめて「セクシュアルな」と言ってください。そこにはわりに大きな違いがあります。僕がセクシュアルなシーンを書くのは、それが人間の心のある種の領域を立ち上げていくからです。そういうことがときとして物語にとって必要になります。暴力や血なまぐささもそれと同じです。非現実的なできごともそうです。それらが物語を有効に起動さ

せていきます。

僕は今でもセクシュアルな気持ちを持ち続けているか？ そういうものがなければ、小説なんて書けません。縁側で盆栽でもいじってます。でも盆栽にセクシュアルな気持ちとか持っちゃうと、ちょっと困りますよね。どうしたらいいんだろう？

#041 2015/01/30
ななを想う

▽私はまだセーラー服の頃から、ずっと春樹さんのことが好きな、夫と2人家族の43歳の有職主婦です。春樹さんのことを考えると、世界にはまだ善きものがある、と、なんだか安心することができます。私は、子供が欲しくなかった訳ではないのですが、自然にまかせているうちに、子供ができぬまま43歳になってしまいました。
　きっとこのまま、夫と2人で老後を迎え、一生を終えるのだなあ、と思うと、まあそんな人生もあるよね、とは思うのですが、ときどき、びょうびょうと、木枯らしが胸の中を吹き抜ける日があります。こんな私に、木枯らしをやり過ごすための、おまじないの言葉がありましたら、教えて下さい。どうぞよろしくお願いします。（一姫二太郎三なすび、女性、43歳、教授秘書）

▼まだセーラー服のころから、と言われるとけっこう緊張します。とくに理由はないのですが、責任を感じてしまったりします。学生服のころから、とか言われても、べつに何も感じないんですが。
僕は人生に寂しくなると、長野の小諸《こもろ》市動物園の雌ライオン、ななちゃんのことを思い出します。僕はななちゃんの檻《おり》の前でずいぶん長い時間を過ごしました。じっと顔を見合わせながら。ライオンが一人きりで小諸の動物園にいるというのは、ずいぶん寂しいことなんだろうなと思いました。

たぶん文化的にもあわないだろうし。でもとても優しい目をしているんですよね。ななちゃんのことを想いましょう。

#042　2015/01/30
一生お金に困らない僕の悩み

▽村上さんこんにちは！　32歳の時に起業してタイミングと運と努力のお陰か当初にゴールに掲げていた目標を達成してしまいました。いわゆる一生お金に困らない所得を得ました。急にモチベーションが下がり、これからの人生をどう楽しむか見失いました。こんな僕に次の課題をください。（匿名希望、男性、35歳、会社役員）

▼すごい質問だな。しかし素晴らしい人生ですね。一生食うに困らないって、いったいいくらくらいのお金なんだろう。想像もつきません。

モチベーションねえ。僕はモチベーションみたいなことについて考えたことがないので、よくわかりません。いつもやりたいことは目の前にあったから。やりたいことがない方が、不思議な気がします。僕ならたぶんそういうとき、一人で長い旅に出ます。あまりものを持たず、行き先もとくに決めず。

#043　2015/01/30
頭をあちこちぶっつけながら

▽村上さんの小説に登場するユーモアあふれるタフな人物たちのような恋愛がしたいのですが、あまりうまくいきません。21にもなって彼女がいないのは、僕にとってとても恥ずかしいことです。

　そこで聞きたいのですが、村上さんは女の子を口説くときはどのようにしていましたか？（小説のなかの話ではなく、実際の村上さんの体験談などを教えてほしいです）

　村上さんの話を参考にして、今年中には何とかしようと思っています。お返事くだされば幸いです。よろしくお願いします。村上さんの今後の活躍を祈って。（＊＊田＊紀、

男性、21歳、学生）

▼女の人を口説くのはなかなかむずかしいことです。まずだいいちに相手を選ばなくてはならないし、それから先方がきみのことをどのように考えているかを見極めなくてはならないし、それからきみの気持ちを相手に伝えなくてはならないし、相手の反応を見てどのように行動するかを決めなくてはなりません。すごくプロセスが面倒です。そのあいだに傷ついたり、落ち込んだりすることもたくさんあります。でもだいたいの人はそうやって、いろんなところに頭をぶっつけながら、いくつかのコツを学んでいくのです。僕だって見当違いなことをいっぱいやりました。人も傷つけたし、自分も傷つきました（具体的な体験談まではできませんが）。でも人生にはそういうのが必要なんです。ほんとに。がんばってくださいね。

#044 2015/01/31
お金についてどう思っていますか？

▽村上さん。こんにちは。

　僕は会社を経営しています。ある日、ちょっとしたきっかけで会社がうまく行きはじめたのですが「お金」に対する考え方がうまくまとまりません。お金にはいろんな良いこともありますが、お金がなかったときのほうが楽しかったなあと思うときもあります。周りはみんな「お金」を求めてがんばっていますし、「お金」のためにいろんなことを我慢したりしています。でも、お金をある程度手にしてみても、それに対して支払った代償ほど幸せになった気もしません。

村上さんは「お金」のことをどんなふうに思っていますか？　自分の作品とお金（印税というんでしょうか？）の関係性についてどんな風に考えておられますか？（おほほ、男性、40歳、経営者）

▼僕はあまりお金のことって考えないです。自分の年収がいくらあるかも知りません。昔はお金がなくて苦労したけど、そのときもとくにお金のことは考えなかったような気がします。「お金ないなあ」と思っていただけ。お金がなくても、好きなことをしていれば幸福だった。あってもとくにどうっていうことない。あればあるなりに、なければないなりに生きていきます。これはもう、性格みたいなものだと思います。

僕が求めるのは、時間と自由です。もちろん時間と自由はある程度お金で買えます。でもそれだけじゃないんですよね。もっと大事なのは気持ちの持ち方です。そういう姿勢はお金だけでは買えません。

#045　2015/01/31　パティ・スミスさんのこと

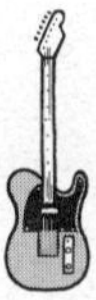

▽あのパティ・スミスさんによって、村上さん（の小説）があのボブ・ディランのアルバムに喩《たと》えられるというのは、正直言って、どんなお気持ちですか？　例えば文学賞を受賞するのとは別な次元での体験なのではないかとは想像できるんですけど。やや漠然とした質問で申し訳ないです。

　パティさんのこと、ベルリンでの村上さんとの2ショットの写真を次のアルバムカバーに使ったり、村上さんのポスターを部屋に飾ったり、そういうことなんかを考えていそうなんですけど。

　この次は「I never talked to Haruki Murakami」なんていうタイトルのブートレグ・アルバムが出てきても僕は驚かないと思うんですが、村上さんは、驚いちゃいますか、そういうのはやっぱり？（たじけん、男性、40歳、カーデザイナー）

▼パティさんは先日わざわざベルリンに来てくれて、僕のために「アンプラグド」で二曲を歌ってくれました。自分でギターを弾きながら。とても素敵だったですよ。そのあと食事をしながら、二人でずいぶん話をして、僕が「ロックンロール・ニガー」が好きだと言ったら、笑って、あれは歌詞がずいぶん問題になって（ニガーという言葉を使っ

ている)、いろんなところで放送禁止になった。でもがんばって歌っていたんだけど、あるときステージで歌っていたら、目の前の席にジェームズ・ブラウンがむずかしい顔をして座っていて、「あれはびびったよ」ということでした。とても面白い話がいっぱいありました。素敵な人です。

#046　2015/01/31　傷つくことを恐れないように

▽高校生の時に、初めて『ノルウェイの森』を読みました。大学生になると、主人公ワタナベみたいに、女に苦労はしない生活を想像していました。しかし、現実はそう甘くはありません。女子に積極的にアプローチしても、相手にされません。また、彼氏持ちで、自分は眼中に無かったり……。

最近は、傷つくのが怖くて、女子にアプローチすること自体ためらいます。今まで彼女がいた事がなく、キャンパスや街でカップルとすれ違うたびに、寂しい感情を抑えきれません。

漠然とした相談ですが、どうしたら女子に相手にされる男になりますか？（タワーマン、男性、20歳、大学生）

▼そうですね。素敵な女の子って、だいたいもう彼氏がいるんです。あるいは夫がいるとか。そうなるともう「とっちまう」しかないんですが、これはなかなかエネルギーがいります。現実的なパワーも、技術も必要です。むずかしいです。でもね、あるときふっと、彼氏のいない素敵な女の子があなたの前に姿を現すと思いますよ。でもただ待っているだけではだめです。世の中に出ていきましょう。何かの活動をしたり、アルバイトをしたり、そういうことを積極的にやっていると、そのうちにいいこともあります。傷つくのがいやで内に閉じこもっていると、なかなかそこから抜け出せなくなります。傷つくことを恐れないように。

#047 2015/02/01 人文系学部の危機

▽私は大学院で哲学を専攻しています。近年文部科学省は人文系の学部を廃止する方向に動いており、このままでは大学は就職の役に立つことだけを教える専門学校のようになってしまいます。人文系の学部が危機に瀕《ひん》しているこの状況に対して、小説家でありながら大学で教えた経験をもつ村上さんはどのような考えをお持ちでしょうか？　ぜひお聞かせください。（ケイ、男性、23歳、大学院生）

▼人文系ってあまり直接的な役に立たない学問だけど、直接的な役に立たない学問って、世の中にとってけっこう大事なんですよね。派手な結果は出さないけど、じわじわと社会を下支えしてくれるから。小説も同じです。小説がなくたって、社会は直接的には困りません。でも小説というものがなくなると、社会はだんだん潤《うるお》いのない歪《ゆが》んだものになっていきます（いくはずです）。でも人文系の学問に対する予算が削られていくというのは、世界中共通した現象であるようです。日本だけではありません。結果がすぐに目で見える、即効的な学問をみんなが求めている。だんだん世知辛い世界になっていくようです。

でもじっさいに大学に身を置いていると、「この人、こんなことを研究していて、ほんとに何かの役に立つのかいな？」と首をひねらされることが、人文系・科学系のいかんを問わず、ちょくちょくありますね。まあ学問というのは本来そういうもののなのかもしれませんが。

#048 2015/02/01
体重を減らす三つの方法

▽こんにちは、村上さん私はダイエットをしています。ですが痩《や》せたい、自分を変えな

ければいけないと思いつつ食べてしまいます。一回は成功しましたがまた戻ってしまいました。私は自分に弱いのでしょうか。（匿名希望、女性、17歳、学生）

▼17歳でダイエットをしているんですか。たいへんですね。体重を減らす方法は三つあります。三つしかありません、というべきか。だからダイエット本なんて読む必要ないんです。とてもシンプルなことです。

①食べ物を減らす（適正な量にする）
②日々適度な運動をする
③恋をする

最後のやつはけっこうききますよ。がんばってくださいね。でもくれぐれも拒食症になったりしないようにね。

#049 2015/02/01
怒れない私はヘンですか？

▽私はあまり怒ることがありません。友達に裏切られたり、恋人に浮気されたりしても怒れませんでした。昔から問題に巻き込まれやすく、仲裁に入らざるを得ないこともよくあるのですが、常に客観的に考えようとしてしまいます。こんな状況になった場合、

普通なら怒るのだろうとは思うのですが、怒ってもしょうがないか、と考えてしまいます。これは自我や感情がないということなのでしょうか？　よくないことなのでしょうか？（ほにょか、女性、21歳、事務員）

▼友だちに裏切られても、恋人に浮気されても怒らない……いいじゃないですか。僕もあなたと同じようにだいたい「ま、しょうがないか」と思っちゃう性格です。だから気持ちはよくわかります。でも怒り狂って相手を殴りつけたり、陰湿なストーカーになったりするのに比べたら、ずっといいじゃないですか。人に迷惑もかけないし。

それは自我や感情がないというようなこととは違います。あなただって、そんなことをされて心が傷ついているのでしょう？　でもそれを表には出さずに、自分の中にそっと沈めているだけなのでしょう？　自分で静かに悩んで、自分の内側を広く大きくしていけばいいんです。なにも気にすることありません。

#050　2015/02/01
健さんが好きでした

▽高倉健さんは好きですか？

私は若い頃からとても好きでした。同じ時代を生きて、新しい作品にリアルタイムで出会えたことの幸せと、もう出会うことのできない寂しさを、ひしひしと感じています……。最近この手の感慨がとても多くなりました。（シープドッグ、女性、47歳、赤ペン先生）

▼僕は学生時代、新宿歌舞伎《かぶき》町の東映上映館で、ほとんど毎週のように東映映画を見ていました。「昭和残侠伝《ざんきょうでん》」のシリーズなんて、もう最高だったです。ただ健さんが「善い人」になってからの映画はあまり見ていません。どうしてかな？　あの１９６０年代終わり頃の歌舞伎町の雰囲気が、ちょっと特殊だったんでしょうね。

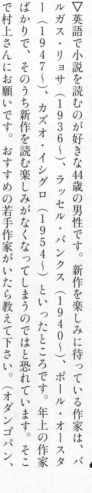

#051　2015/02/01
おすすめの海外若手作家は？

▽英語で小説を読むのが好きな44歳の男性です。新作を楽しみに待っている作家は、バルガス・リョサ（1936〜）、ラッセル・バンクス（1940〜）、ポール・オースター（1947〜）、カズオ・イシグロ（1954〜）といったところです。年上の作家ばかりで、そのうち新作を読む楽しみがなくなってしまうのではと恐れています。そこで村上さんにお願いです。おすすめの若手作家がいたら教えて下さい。（オダンゴパン、男性、44歳、会社員）

▼ぜんぜん関係ないんですが、このまえイシグロと話していて、映画の話になって、『裏切りのサーカス（Tinker Tailor Soldier Spy）』の話になりました。で、「ハルキ、あの映画の筋わかった？」と言うから、僕は「あの原作（ル・カレ）を二度読んでいるから、だいたいわかるよ」と言うと、「ぼくはあれ、筋がほとんどよくわかんなかったよ」と少し悲しそうな顔で言いました。あの映画、僕のまわりでも「よくわからん」という人が多かったけど、イシグロさんでもわからないんだと妙に感心しました。

あなたの好きな作家の中で僕が会ってないのはリョサだけですね。最近の若手の作家、僕もあまりよく知らないんです。だんだん年寄り専門になっているんで。ああ、そうだ、やっぱりジュノ・ディアスが面白いですね。ずっと昔、彼が僕をＭＩＴに呼んでくれて、朗読会での紹介スピーチまでやってくれました。そのときは「好青年」という感じだったんだけど、今はずいぶん立派になりました。

#052　2015/02/02
♪踊り踊るなら

▽私もヤクルトファンなのですが、村上さんも神宮で東京音頭《おんど》に合わせて傘を振るのでしょうか？　あまりイメージ出来ませんが……。（ｍちむら、男性、48歳、自営業）

▼リアルでクールな村上ですので、傘振りと「東京音頭」はパスしています。静かに応援しています。フィリップ・マーロウが神宮の外野席で傘振りしますか？　ジェイ・ギャツビーが緑色の灯火を見つめながら東京音頭を歌いますか？

#053　2015/02/02
最高に美味しいサンドイッチ

▽村上さんが思う「うまいサンドイッチ」はどんなサンドイッチですか？
本には「バーで出てくる」「キュウリとチーズを挟む」などありますが、パンの厚さは？　種類は？　トーストはするの？　マヨネーズやマスタードは塗るの？　具は何が良いの？

是非教えて下さい！（Enfant matin、女性、31歳、フリーアナウンサー）

▼僕にとってのサンドイッチの原点は、神戸のトアロードにある「デリカテッセン」のサンドイッチです。スモークサーモンかローストビーフの二種類しかなくて、カウンターで食べるんですが、これがほんとうにおいしかった。パンから、マスタードから、野菜から、みんなおいしいんです。高校生のときからこれにはまっていました。生意気な高校生だったんです。いまでもあるのかなあ。懐《なつ》かしいです。これを凌駕《りょうが》するサンドイッチにはまだお目にかかれていません。

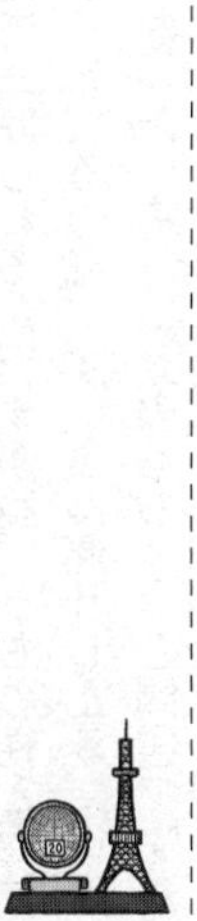

#054 2015/02/02 中国で教える日本語教師より

▽中国の大学で、日本語を教えている者です。言うまでもないことですが、現在の日中関係は、良くありません。このことが、中国で日本語を学ぶ学生たちにも暗い影を落としています。先日も、宿題の作文で〝日本のサイトを覗くと、中国の悪いニュースばかりで悲しくなります〟というものがありました。親の反対などで、日本語から専門を変更する学生も後を絶ちません。〝グローバル化する社会で、日本語は大きな武器となります〟〝異文化コミュニケーションの鍵《かぎ》です〟などと言ってはみるものの、自分で言って虚《むな》しくなります。ただ日本語を学ぶ若者たちの希望が失望へと変わらないことを願うばかりです。

　外国語を学ぶ意味や喜びは、もちろん、人それぞれだと思います。村上さんにとって、外国語を学ぶということは、どういうことでしょうか。もし、村上さんなら、中国で日本語を学ぶ若者たちに何と声をかけますか。（冷汗、男性、46歳、日本語教師）

▼いろいろと大変ですね。僕も外国にわりに長く住んでいたので、ちょっとしたことで日本人に対する現地の空気ががらっと変わってしまうことは、何度か経験しました。肩身が狭い思いをすることも多かったです。日本の政府って、外国に住んでいる日本人の

ことなんかほとんど何も考えてないんじゃないかという気がするくらいです。「なんなんだ、これは?」と言いたくなるようなアホな発言を政治家はするし。

でもがんばって中国で日本語を普及させてください。価値のあるお仕事だと思います。語学って大事なんです。異なった言葉で、異なった国の人とじかに話せるというのは、一種の惑星間通信装置を手に入れるようなものです。

#055　2015/02/02
ヘリクツ娘の対処法

▽こんど、小学校に入学する娘が反抗期で困っています。青リンゴは青くない。たこ焼きはタコ入っているのに、たい焼きにはタイ入ってない。目玉焼きは目玉を使っていない。など。大人としてのかっこいい答えをいっしょに考えてもらえないでしょうか。

（かめだらけ、男性、39歳、教諭）

▼とてもユニークで面白いお嬢さんですね。なかなかそんなこと思いつけません。僕ならそんな質問には、いくらでもすらすら答えてあげられるんですがね。うちの甥と姪は小さい頃、僕があまりにいい加減なことばかり教えるので、ずいぶん混乱したみたいです。それ以来、僕のことをあまり信用しなくなった。そういうのもちょっと問題ですが。

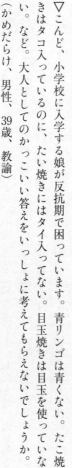

タイ焼きはもともとタイの人が太鼓をたたきながらつくるから、タイ焼きっていうんです。さかなの形をしているのはただのこじつけです。みたいなことを教えてあげてはどうでしょう。

#056　2015/02/02
小説の人物相関図書いてますか？

▽はじめまして。折り入って質問がございます。村上春樹さんの本は『風の歌を聴け』から全部読んでいます。

　最初は日本文学の中でもマイナーな存在だったのに、今や飛ぶ鳥を落とす勢いの国際的に名の通った日本人文学者、という位置づけにあると思っています。そこで需要があるためか、たくさんの、いわゆる村上「解説本」が出回っていますよね。基本的には非常に愛情あふれるものが多く、微に入り細に渡って解説がなされています。時系列に落とし込んだり図解したり、中にはなるほど、と思うものがあって楽しく読んでいます。

　そこで質問です。村上さんは小説を書くとき、いわゆる原稿用紙以外（というか最近ではPCのテキスト以外）の、チャートやらエクセルやらで人物の相関関係を管理したりしているのでしょうか。おそらく、そうではなく深く深く自分の井戸を掘り続けていくと、第三者がチャートにしたくなるように複雑な物語になる、ということなんだろうとは思っていますが、実際どうなんでしょう。文章以外の管理ツールをお使いですか？　それとも編集者の方、もしくは奥様が、その辺の人物関係、時間の相関関係をしっかり図にして管理されているのでしょうか？

なぜこの質問をするかというと、解説本を読みながら、もし本当にそのような管理ツールを使わず、頭の中だけで井戸を掘り続けて文章を構成しているとすれば、複雑なのによく文章が前後破綻《はたん》しないものだな、と感心したからです。（まみくるまし、男性、43歳、会社員）

▼長編小説を書いているときには、チャートはよく作っています。時系列も表を作ってチェックしています。そうしないとわけがわからなくなるから。管理ツールは使わずに手書きでやっています。でもだいたい途中でわけがわからなくなって、あとはおぼろになります。迷路にはまり込んだようなものです。感覚だけを頼りに物語を進めていきます。全部書いてしまってから、後戻りして事実関係を今一度調整します。原稿を渡してから、編集者と校正の人がもう一度事実関係を洗い直してくれます。疑問があれば、それを解決します。とくに『１Ｑ８４』は話が入り組んでいるので、とにかくもう大変だったです。でもその「迷路にはまり込んでしまう」という感覚がけっこう大事なんです。迷路にはまり込むからこそ、壁抜けもできるんです。

そんなところでよろしいでしょうか？

#057　2015/02/03　村上さん、謝ってください

▽村上さんに謝ってほしいことがあります。
　男の人って、どうしてあのろくでもないジャズレコード収集が好きなのでしょう。マイルス・デイビスだか何だか知りませんが、こんな時代にわざわざあんな大きくて傷の付きやすいヘンテコな黒い板で聴かなくたっていいじゃないですか。豪邸ならともかく、狭苦しいわが家の壁一面をレコードで埋め尽くしてにやにやしているなんて、私から見たらもはや狂気の沙汰《さた》です。

　それもこれも全《すべ》て村上さんのせいです。彼が10年前にレコード収集を始めたのは紛れもなく村上さんのレコードの魅力やジャズ解説の影響なのです。村上さんがうぶな若者をあの底なし沼にたらし込めたようなものです。

　そういうわけで村上さん、彼の愚行を私に謝ってください。（たまこ、女性、34歳、派遣社員）
▼ほんとうに申し訳なく思います。すみません。あれってクセになるんです。泥沼です。

僕もいつも家人に叱《しか》られています。昨日も中古盤バーゲンで60枚もレコードを買い込んできました。しばらくぜんぜんレコードを買わなかったんだけど、あまりに安いのでついまとめて買ってしまいました。もう置き場所もないのにね。

#058　2015/02/03
ひとりランチが苦痛

▽村上さんこんにちは。
どうしても、ひとりランチ（ひとり外食）が苦痛です。もう何を食べてるかもわからないほど、変にドキドキしてしまいます。村上さんは、ひとりゴハン時はどんな事を考えてやりすごしますか？（おさぼり姫、女性、38歳、会社員）

▼僕は料理が来るのを待っている間はだいたい本を読んで、料理が来るとそれを集中して食べ、食べ終わるとそのままさっと出ます。そういう流れができているので、とくに一人ご飯を苦痛には思いません。でもときどき本を忘れることがあって、そういうときは間が持たなくて困ります。メニューを隅から隅ま

で読んだりして。あるいはこれまでに関係を持った女性を頭から順番に思い出していきます。だいたい73人目くらいで料理が来ます。というのはまったくの嘘です。

#059　2015/02/04
子どものやる気を引き出すには

▽中学生の子どもについてなのですが、私が口うるさく、ついあれこれ言ってしまったせいか（今は反省し気を付けてます）、やる気の見えないおとなしいタイプになってしまった気がします。情熱は内に秘めているのかもしれませんが……春樹さんは、親にどうしていて欲しいと思われますか？（らリラ、女性、44歳、主婦）

▼子供への親の期待が大きいと、子供には負担になります。むしろ親が自分自身に期待するようになれば、子供もまねをして自分自身に期待するようになるのではないでしょうか？　親がまず自分を磨かなくては、と僕は思います。単なる私見に過ぎませんが。

#060 2015/02/04
村上春樹の考える「村上春樹の読み方」

▽はじめまして。村上さんの本は大好きで殆《ほとん》ど全部読ませて頂いています。たまに本や雑誌の記事などで「村上春樹の読み方」みたいなものを見かけることがありますが、僕の推測では、恐らくそれは村上さんの小説が「村上春樹はこの小説を通して何を伝えようとしてるのか？」という視点で読むと物凄《ものすご》く難しいものだからだと思います（といっても僕はこういった本や記事を読んだことがないので、あくまで勝手な推測です）。僕自身、村上さんの本を村上さんは何を読者に伝えたいのかとか、この本に隠された本当の意味は何なのかなんて視点で読むと、読書力も観察力もなく知識も浅いものでさっぱりわかりません。ではなぜ村上さんの本が大好きなのかというと、村上さんの本は読んでいてとても楽しいからなんです。たいていの本は1回しか読みませんが、村上さんの本は何回読んでも物語が頭の中に映像になって出てきて、それが物凄くリアルで、半分その世界の一部になり、半分その映像を最前列で見ているお客さんのようになりながら、ストーリーを追いかけているのがこの上なく楽しいのです。正直言うと、僕は村上さんが何を伝えたいのかとか、その小説の意味などというものをあまり考えていません。個人的にはこれからもこのスタイルで楽しく村上さんの作品を読んでいきたいと思ってい

るのですが、村上さんはこのような読者をどう思いますか？ もし「いや違う、こうして読んで欲しいんだ！」なんていうのがあったら、教えて下さい。（ゆーてつ、男性、41歳、会社員）

▼いつも言っていることなんですが、小説には意味なんてそんなにありません。というか、意味という座標軸でとらえることができないからこそ、小説が有効に機能するのです。意味という座標軸でとらえてしまうと、小説は味気ないつまらないものになってしまいます。物語の足がとまってしまいます。「意味はようわからんけど、なんかおもろいし、読んだあと腹にたまるんや」（なぜか関西弁になる）というのが僕の考える小説の理想のかたちです。大事なことは固定の中にではなく、推移の中にあります。それが僕の考える「村上春樹の読み方」です。

#061 2015/02/04 彼女の元カレをSNSで見つけてしまった

▽ぼくはおととしの夏、初めてガール・フレンドができました。現在も交際は続いていて喧嘩《けんか》もすることなくいい感じなのですが、ひとつだけ「どうしようもないこと」があります。

それは、彼女が以前付き合っていた男性のことです。

そんなことはしないほうがいいとは分かっていたのですが、その男性の名前を調べたり、デートに行った時の写真などを見たりしました。

今は、ソーシャルネットワーキングサイト等があるおかげで、1分ほどで探すことができるのです……。

やっかみというか、嫉妬《しっと》というのか。この感情は普通のものなのでしょうか？ この感情は、いずれなくなるものなのでしょうか。無意味なことだとはわかっているのですが、どうにもコントロールができません。どうすればよいものか、ご教示いただければ幸いです。（ぼっすん、男性、22歳、大学生）

▼むずかしいとは思いますが、そういうのはなるべく見ないようにするのがいちばんです。見てしまうと、どうしても感情が傷つけられますし、そこから回復するにはけっこう時間がかかります。僕はあまりそういう情報みたいなのは好きではないので、できるだけ見ないようにしています。知らないでいる方がいいことが世の中にはたくさんあります。
僕自身についてのいろんな意見や情報が載っているサイトなんかもまず見ません。見るといやな気持ちになることが多いから。見ないと決めて自分をそう訓練すれば、見ないでいられるようになります。どのように訓練すればいいのか？ 彼女のことだけを見

て、彼女のことだけを考えるといいと思います。彼女について、君が自分の手で第一次情報をせっせと集め、それを積み上げていくんです。それは君だけの持っている彼女についての情報だし、たぶん他の誰も知らない情報です。そういう情報って素晴らしいと思いませんか？　そういうのに比べたら、ＳＮＳの情報なんてちゃちなものです。

#062　2015/02/04
いい手紙を書くコツ

▽ぼくには今、お付き合いをしている彼女がいます。その彼女とは遠距離恋愛中です。ぼくが千葉に住んでいて、彼女は熊本に住んでいます。すぐには会えない環境からか、彼女とは電話だけではなく、手紙のやりとりをしています。ですが、ぼくには文才がないので、うまく手紙が書けません。

　言いたいことはなかなか言えないし、感動したことを伝えようと思っても、適切な言葉が浮かんできません。村上さんのような文章を書けたら、彼女にもっと喜んでもらえるのにと何度も考えてしまいます。

　そこで、手紙のコツのようなものがあれば、教えていただけないでしょうか。（ikuta、男性、28歳、会社員）

▼手紙を書くコツは、日頃から話題をためておくことです。面白そうな話題をいくつかストックしておいて、それを選んで並べる。でもだらだらした文章はだめです。コンパクトにまとめる。慣れないうちはむずかしいと思いますが、すべては訓練です。うちの奥さんは僕と結婚した理由をきかれて、「手紙がどれもすごく面白かったから」と答えていました。きみもがんばってください。大事なのは、うまい手紙を書こうと思わないことです。相手をにここさせちゃうような手紙を書こう。

#063　2015/02/04　『フラニーとズーイ』は面白い

▽こんにちは。埼玉県に住む男です。私は読書が好きなのですが、和訳本を読むのが少し苦手です。というのも、文法構造の違いなどに起因すると思われる、妙に回りくどく角張ったような和訳に出会うことが多く、なかなか馴染《なじ》めないからです。

村上さんは、これまでに多くの作品の和訳にも携わっていらっしゃいますが、和訳の際に大切にしている決め事のようなものがあれば、教えてください。また、これまでに一番和訳に悩んだ英語表現についても、その表現が使われた作品名と併せて教えていただければ嬉《うれ》しいです。（さいたまっちょまん、男性、31歳）

▼翻訳された海外の小説は、どうしても文章が「普通の日本語の文章」とは少しずれたところに落ち着いてしまいます。地の文章もそうですし、会話もそうです。できるだけ普通の日本語に近づけようとしますが、やはり超えられない一線みたいなのがあるようです。原文に忠実にあろうとすると、どうしてもそうなってしまいます。「だから海外の小説は読まないんだ」という方も数多くおられると思います。

でも僕はそのような「ずれ」の中に、けっこう大きなポテンシャルが潜んでいるのではないかと思うんです。そういう「ずれ」が、逆に日本語に新しい可能性のようなものを与えているのではないかと。ですから、そういう意味で、翻訳をしていくことは、僕にとってとても良い勉強になっています。

僕が苦労した翻訳はたくさんありますが、いちばん大変だったのは去年の三月に出したサリンジャーの『フラニーとズーイ』（新潮文庫）です。サリンジャーの練りに練られた、凝った強固な文体を日本語に置き換えていくのは、実に至難の業でした。サリンジャーが『キャッチャー～』を乗り越えるために、どれくらい念入りに自分の文体を再構築していったか、訳しているとそれがひしひしとわかります。まさに力業です。訳すのはむずかしかった。でも面白かったなあ。

#064 2015/02/05 英語の本を読む秘訣を伝授します

▽村上さんの作品は、すべて拝読しています。翻訳もほぼ読んでいて、昨年は『恋しくて』を読みました。それで、こうした作品を原文で読めたらどんなにいいだろうと夢想して、それ以来、ひそかに英語の勉強を始めました。

そこで、おりいって質問です。村上さんは、英語をどのように学習し、身につけられたのでしょうか?

ぜひ参考にして、励みにしたいと思います。極秘情報ということでなければ、教えて下さい。ヨロシクお願いします!(イルカくん、女性、43歳、会社員)

▼僕の場合は「外国語で小説を読む」という行為の素晴らしさそのものにすっぽりはまってしまいました。高校生のときです。日本語にまだ訳されていない本も読めますし、そこには「他人と違うことをしているんだ」という喜びもありました。十代の頃って、そういうことがすごく大事なんです。

英語で本を読むしかないという環境に自分を置いてしまうことも大事です。英語の本しか読めないとなると、しょうがなくて読んでしまいます。僕がお勧めするのは、もし上下巻に分かれている本なら、上巻を日本語で読んで、下巻(部分)を英語で読むという方式です。これなら読書の流れができているので、けっこうすらすらと英語で読めます。がんばってください。

#065 2015/02/05
奄美大島の美術館

▽村上さん、はじめまして。
新婚旅行で訪れて以来、夫婦でハワイのカウアイ島をこよなく愛しています。

英語がそれほど達者でない我々にとっては、スピーディな英語に時にまごまごしていますが、毎回幸せな時間を過ごしています。人生で一度くらいはと、昨年両親を連れていったのですが、たいそう気に入った様子で、もう一度行きたいアピールを受けています。

村上さんのエッセイの中で、カウアイ島の描写を読んだときはうれしく思いました。

しかしなにぶん会社員の身としては、時間・お金の制約があるため、もう少し身近な癒《いや》しスポットを探しています。

いろんな場所を旅されている村上さんにお聞きしたいのですが、日本国内でおすすめの場所はありますでしょうか？（ヤクルト女子、女性、40歳、会社員）

▼しばらく前に奄美《あまみ》大島に行って、田中一村《いっそん》の美術館を訪れました。僕は田中一村の絵が大好きなので。のんびりとした良いところですよ。もしまだ行ったことがないのなら、一度行かれるといいと思います。癒やしになるかどうかはわかりませんが、海岸で半日、石を拾って過ごしました。

#066　2015/02/06　スガシカオの歌詞が変わった?

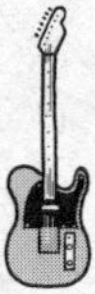

▽私はハルキスト歴25年、スガマニア（スガシカオファン）歴約10年でして、お2人が相思相愛（なんだか気恥ずかしいですね）の仲だと知った時は小躍りするほど喜ぶと同時にいろいろ腑に落ちた気もしたものです。

ところで、春樹さんが昨秋のスガシカオさんのLiveにいらしていた……と風の便りに聞いたのですが本当でしょうか?

これはあくまで私個人の想《おも》いなのですが、春樹さんが「スガシカオの柔らかなカオス」で書かれていた頃とここ数年では、スガシカオさんの歌詞の文体が結構（というかかなり?）変わったように思っているのですが、春樹さんはその辺りどのように感じていらっしゃるのでしょう? 是非お伺いしたいです。（ゆり〈コードネーム希望〉、女性、

42歳、主婦兼派遣社員）

▼僕はスガシカオさんの音楽はだいたい車を運転しながら聴くことが多いんですが、時系列むちゃくちゃで聴いていますので、そんな風に「最近の歌詞は」とかあまり考えないんです。でもあのエッジのあるちょいダークな歌詞は、それぞれにとても面白いです。たとえていえば、カカオ85パーセントのチョコレートのような趣があって。曲によってはそれが70パーセントになったり、90パーセントになったりするんだけど、そういうのもそれぞれにいいです。

#067 2015/02/06 かなり強力なムラカミクス

▽ムラカミクスの三本の矢について教えてください。そんなものないよ、なんて言わないでください。経済関係でなくてもいいです。お願いします。（三度目の掃除機、男性、54歳）

▼ムラカミクスはかなり強力ですよ。

一の矢　知らん振り

二の矢　照れ隠し

三の矢　開き直り

みんなうちの猫たちから学びました。だいたいこれで人生をしのいでいます。にゃー。

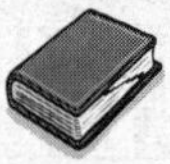

小さい頃に読んだ、記憶に残る本
#068 2015/02/06

▽以前、コードネーム募集で「ホノルル・ルル」を頂戴《ちょうだい》し、大事に使わせていただいております（厳密には、そこからさらにあだ名風に変えていますが（^^;）

子どもたちへの読み聞かせをきっかけに、絵本や児童文学について今後趣味として読んだり勉強したりしたいと考えています。

村上さんが小さいころに読んで記憶に残る絵本や児童文学はありますか？

もしよかったらどのような記憶や思い出があるかも教えていただけたらうれしいです。

（ホノルル・ルル、女性、45歳）

▼ホノルル・ルルさん、よく覚えています。お元気でしょうか。

子供の頃はじつにいろんな本を読んだので、あまり「これは！」というものが思い浮かびません。でも小学生のころ、熱を出して学校を休んでいて（小さい頃はなぜかわりに病気がちでした）、布団《ふとん》の中でひとりで本を読んでいたのですが、それが子供向きにリライトされた『雨月《うげつ》物語』でした。で、そのとき読んだのが「夢応《むおう》の鯉魚《りぎょ》」で、本を読みながらそのまま寝入ってしまって、ものすごく濃密でヘビーな夢を見ました。汗だくになって目を覚ましました。きっと刺激が強すぎたんですね。それ以来僕は『雨月物語』にとりつかれているようなものです。ついこのあいだ京都で上田秋成《あきなり》のお墓参りをしてきました。とても素敵なお墓でした。個人の敷地内にあるので、一般の人がそこに入るのはむずかしいかもしれませんが。

#069 2015/02/06 失われてしまったものを抱えて

▽村上さんこんにちは。いつか村上さんに話したいと思っていたことを書きます。
もう何年も前のことですが、3人目の赤ちゃんを身ごもり、妊娠5ヶ月目の検診に病院に行きました。予約をしていても2~3時間待つのはざらなので、ゆっくり本を読めるいい機会だと思って、本棚にあった村上さんの本を持っていきました。『羊をめぐる冒険』だったと思います。ようやく診察の順番が回ってきて、女医さんがエコーでお腹《なか》を診たあと、「赤ちゃんはお腹の中で亡くなってます。成長の度合いからみて、1ヶ月くらい前にはもう亡くなってたと思われます」とわたしに告げました。

しばらくは言われてることがよくわからなくて、でも事実を飲み込むしかないって理解したとき、どうどうと涙が出てきました。でも、それぞれに元気な赤ちゃんに会う日を楽しみにしてる妊婦さんがいっぱいいる待合室でお会計を待たなくちゃならなくて、なんとか泣くのをがまんしよう、と思って、『羊をめぐる冒険』をいっしょうけんめい、読んだのです。心の底から悲しい気持ちをまぎらわすために読んだ、手元にあった本が、村上さんの本で、ほんとうに良かったと、とても感謝しています。

「もう失われてしまって、二度と戻ってこないこと」というのが、わたしはそのときまでぴんときてなかったのですが、そのことばが、わたしの心にすっと添ってくれたように思いました。悲しみは消えないけど、それでずいぶん救われた気がします。物語の力に、感謝します。ありがとうございました。（びっつ、女性、43歳、自由業）

▼お気の毒です。とても悲しかったと思います。どうかその悲しみを抱えて生きていってください。それも生きる大事な意味のひとつだと僕は思います。「悲しいことは早く忘れた方がいいよ」と言う人もいるでしょうが、悲しみを忘れないこともやはり大事です。もしよかったら、まだ読んでいなかったら、僕の『国境の南、太陽の西』という小説を読んでみてください。ひょっとして、あなたの気持ちに通じるものが少しはあるかもしれません。

#070 2015/02/07
卒業する中学生に贈る言葉

▽私は現在中学校の校長をしております。卒業式まであと2ヶ月。村上さんがもし卒業を控えた中学生の将来に向けてメッセージを贈るなら、どんなことを仰りたいですか？是非、お伺いしたいのですが。現在、私はスペインの日本人学校に勤務しております。バルセロナの書店では、村上春樹さんのコーナーが設けられており、大変うれしく、誇りに感じております。（kiyochan、男性、56歳、教員）

▼人を好きになるのはとても素晴らしいことだ、ということですね。それが僕の、卒業を控えた中学生のみなさんへのメッセージです。最近は手放しで人を好きになることがむずかしくなっています（人を憎むことはわりに簡単みたいですが）。そういう相手が見つけられるようにがんばりたいものです。バルセロナの書店では僕のコーナーがあるんだ。すごいですね。

#071 2015/02/07
「妖怪ウォッチ」に勝てる小説

▽私は現在、小学5年の担任をしています。彼らは今、「妖怪ウォッチ」にしか興味がありません。彼らに読書のおもしろさを理解させる格好のテキストを教えてください。
（サンジャンの私の恋人、男性、39歳、小学校教員）

▼なかなか「妖怪ウォッチ」に勝てる本はみつからないと思いますよ。僕はいつも言うんですが、ほんとうに真剣に本を好きになる人間は、全人口の5パーセントくらいのものです。つまり一つのクラスにせいぜい二人くらいです。だから「みんなに本を読ませよう」と思っても無駄なんです。その貴重な二人をみつけて、うまく指導してあげることが大事ではないかと思います。そしてそういう人たちは、自分の読むべき本を、基本的に自分でみつけていきます。これはあくまで僕の私見ですが。

#072 2015/02/08
猫奴というやつですね

▽村上さん、中国人のTinaです！ 村上さんの作品が大好きです！ そして、ある意味

で猫の奴です。「中国人では猫が好きでたまらない人は猫奴と呼ばれます」。今は上海に居ます。前家は猫を何匹飼いましたが、今は猫持っていません。今回は村上さんの猫というテーマで一文章を書きました。自分のwechat媒体で発表したいと思っています。今私の考えでは、村上さんと猫の関係はお互いに好きではなく、友達でも、ペットでもなく、存在感の薄くて、お互いに伴ってるけど、全然面倒とかはいらない関係だとあえて書きましたが、正しいのかないのかを確めることができればとずっと思っていました。この機会をもって、直接村上さんにお聞きしました。ご回答がいただければ、すごく嬉しいです。よろしくお願いいたします。（Tina、女性、26歳）

▼へえ、中国の猫好きは「猫奴」と呼ばれるんだ。知りませんでした。字の感じが面白いですね。そうか、僕も猫奴の一人なんだ。

僕は犬も飼ったことがありますが、どうしても猫の方が性に合うみたいです。お互いに好き勝手なことをして生きている、みたいなところがいいんですね。人間関係にも、そういう感じを好む傾向はあります。あまりべたべたした関係は好きではありません。

猫の柔らかいおなかを意味なく触っていると、幸福な気持ちになれます。そういうところが好きです。猫奴なんですね。

#073 2015/02/08 瀬古さんのナイスなご紹介

▽私、名字が「村山」なんです。結婚してわかったんですけど「村上」って「村上」としょっちゅう間違えられるんですよ。主人がネットで調べたら日本には「村山」より「村上」の方が多いそうです。いくら人数が多いからっていつも間違えられると腹が立ちます。子供達は学校で先生に間違えられても言い直さないでいるそうです。「村山」だけが、そんなに我慢しないといけないんでしょうか？（山羊A、女性、48歳、パート）

▼瀬古さんがまだS＆Bの監督をしておられる頃、S＆B陸上チームの合宿を宮古島（だっけな）まで見学・取材にいったことがあります。僕は神宮の周回コースで毎日顔をあわせているうちに、瀬古さんとわりに親しくなったので。で、そこで瀬古さんが選手たちに、僕を朝礼で紹介してくれました。「おまえらはどうせ本なんて読まないから、よく知らないだろうが、この方は『ノルウェイの森』を書かれた、日本でもっとも有名な小説家の方だ。村山春樹さんだ」。それを聞いて僕も「え、そうかな？」と首をかしげて、選手のみなさんも「え、そうかな？」と首をかしげていたんだけど、瀬古さんだけは自信たっぷりににこにことしておられました。あの人って、見かけによらずナイスにおかしい人です。

#074 え、わたしが? 2015/02/08

▽去年、「子猫生まれたからあげるよ」と彼女がいうので猫を譲り受けることになったのですが、渡されたのが親猫でした。(＊田＊＊夫、男性、21歳、学生)

▼とてもおかしくて、読んでいて思わず笑ってしまいました。親猫を渡されたあなたも驚いただろうけど、自分が渡されちゃった親猫もきっと驚いただろうな。「え、わたしが?」みたいな感じで。「子猫が生まれたから、あんたはもういいよ」みたいなことになったのでしょうか。でも可愛がってあげてくださいね。

#075 村上さんがお札に!? 2015/02/09

▽先日、財布の中から漱石《そうせき》が出てきました。次は村上さんが出ないかと期待しています。村上さんはお札になるとしたら一万円札、五千円札、千円札のどれがいいですか。(その昔いただいたコードネーム「けんこう一番」、男性、52歳、無職)

▼お札はあまり気が進まないな。切手の方がいいです。ストロベリー味の切手とかね。みんなになめられて、楽しそうだ。お札をなめる人っていないですよね。

#076　2015/02/09
それじゃ巨人ファンと同じでは？

▽私の夫も、ヤクルト・スワローズを熱心に応援しています。ヤクルトが負けると、内容はよかったから実質ヤクルトの勝ちだね！とご機嫌なときと、もー！　なんだよ〇〇！　またかよ！（〇〇＝負けたピッチャーなど）と罵詈《ばり》雑言《ぞうごん》が飛び出るときがあります。そのイライラをひきずっているときにうっかり私が適当なことをいってしまうと、火に油をそそぐ結果になります。ヤクルトが負けたときの夫への対処法について、アドバイスいただけたらうれしいです。（シーズーをめぐる冒険、女性、39歳、エンジニア）

▼僕は昔ながらの正統的なヤクルト・スワローズのファンなので、「負けるのが当たり前」と思って応援しています。勝てばラッキー、負ければ「ま、しょうがないか」というスタンスです。しかし野村監督時代の「強いスワローズ」を見てファンになった人々には、「強くて当然」という意識があり、負けると頭にきたりします。これは精神衛生上あまりよくありません。不幸なことです。それじゃ巨人ファンと同じじゃありません

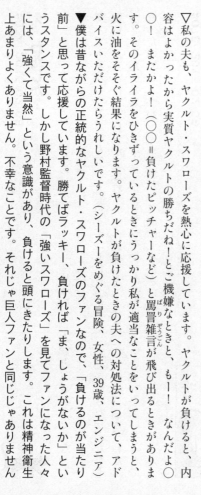

か……と夫に言ってあげられるといいんですが、火に油を注ぐことになるかもね。

#077 2015/02/10 これが本当に自分の望んだ人生なのか

▽以前、村上朝日堂で、悩める21歳の方に「おいしいものを食べて、楽しいことをして、女の子とやることを考えているのが、その歳としては普通なのではないでしょうか。そのうちになんとかなるような気がします。」と村上さんは答えられていました。それを本で読んだとき私もちょうど21歳で、ずっとその言葉を肝に銘じて20代を過ごし、今29歳になりました。就職して結婚もして、側から見ればうまく社会に馴染んでやっているという感じかもしれませんが、これが本当に自分の望んだ人生なのか、もっといい人生を送れたのではと思うことがあります。村上さんが29歳の時、どんなことを思っていたか教えていただきたいです。（にんじゃん、男性、29歳、工場技術員）

▼でもなんとかなっちゃったでしょう? よかったじゃないですか。仕事もちゃんとやっているし、奥さんももらった。立派なものです。僕も及ばずながら褒めてあげます。「これが本当に自分の望んだ人生なのか?」、それも29歳の人が普通に考えることです。きっとなんとかなります。十年後にまたメールをください。

#078　2015/02/10
小中学生に道徳を教えるには

▽昨年に中央教育審議会が小中学校の課外であった道徳を正式な教科とするという答申をしました。村上さんが考える小中学生に教えておきたい道徳はありますか？　あるとしたら、教えてください。（木村珈琲、男性、47歳、会社員）

▼道徳というのはまわりの大人が率先して見せるものであって、教えるものではないような気がします。いくら教えても、大人がそれを実行していないようでは、子供は納得しませんよね。僕が外を走っていると、子供たちの多くはまねをして走ります。子供ってそういうものですよね。自然にまねをしてしまう。良くも悪くも。

#079　2015/02/10
一度も恋愛したことがありません

▽私は生まれてから22年間、一度も恋愛を経験した事がありません。よく友人達に「恋愛をした方が良い」と言われますが、いまいちぴんときません。家族や友人と過ごす時間で十分満足しているからです。

恋愛は素敵なものですか？　村上さんにとっての恋愛とは何ですか？（スニフキン、女性、22歳、大学生）

▼（とくに若いときには）恋をするというのは、猫が足を滑らせて、回っている洗濯機の中に落っこちたような状態のことです。素敵だとか、楽しいだとか、考えている暇もありません。ただもがくしかない。こればかりは自分でやってみないと、どういうことなのかよくわからないです。そんなのいやだ、面倒だ、ということであれば、洗濯機の近くに行かないようにしてください。面白そうだというのであれば、ちょっと覗いてみてください。どちらでもあなたの自由です。

#080　2015/02/10　自分らしさと社会性と

▽28歳ですが最近社会人になりました。常識がないと上司に怒られてから、社会人としてそつのない人間になろうととても気を遣って過ごしています。周囲に適合する社会性は大事だと思いますが、たまに自分が無くなるんじゃないかな、なんて思ったりもします。自分らしくいることと社会に適合しようとすることとどちらが大事でしょう？（キキ、女性、28歳、一般社団法人の広報）

▼お言葉を返すようで申し訳ないのですが、世の中の普通の人は、自分らしく社会に適合していくことを考えます。そういう道を模索していきます。自分らしくあるか、あるいは社会に適合していくか、という二択みたいなことになると、話がかなり面倒になるからです。もちろんあなたが特殊な才能を持つ芸術家であったり、スティーブ・ジョブズみたいな天才であったりすると話は別ですが、そうでなければ、「妥協」という穏当な道を選ばれるのが賢明ではあるまいかと、僕は愚考します。それがあなたの上司のおっしゃるところの「常識」ではないかと。決してあなたの上司の肩を持つわけじゃないんですが。

常識を持つことと、そつのない人間になるのは、またべつのことです。僕は「そつのない人間」とはとても言えませんが、常識はいちおう持っています。そういう生き方も可能だと思いますよ。がんばってね。

#081　2015/02/10
純文学か大衆文学か

▽村上さんは、自分のことを純文学者だと思われますか？　大衆文学者だと思われますか？　どれほど読者を意識しながら小説を書いていらっしゃるんですか？（しゅく、女

性、26歳、学生）

▼僕は最初に「純文学」の雑誌の新人賞を受け、それからも「純文学」関係の賞をいくつか受けていますので、いちおう「純文学」フィールドにカテゴライズされていますが、最近はお互いに越境する作家たちが多く、何が純文学で何が大衆文学（エンタメ系）かというカテゴライズはとてもむずかしくなっています。というか、カテゴライズする必然性がどんどん希薄になっています。お互いに方法を交換し合うということも多くなってきているからです。たとえば純文学の作家がSFの手法を取り入れるとか、ミステリーの作家が「マジック・リアリズム」の手法を取り入れるとか。

というわけで、僕が「これは純文学だ」と意識して小説を書いているかというと、とくにそんなことはありません。でも心の底で「これは娯楽小説ではない」という意識はいくらかあります。娯楽小説ではないというのは、言い換えれば、作者が読者に対してある種の、ある程度の努力を要求することだろうと僕は考えています。言うなれば、咀《そ》嚼力《しゃくりょく》を要求するということです。「ここから先は自分の歯で嚙《か》んでくださいね」ということです。ときどきそのことで怒ったり、不満を寄せられたりする読者がいます。僕はそういうとき「申し訳ありませんが、こういうものなので」と言うしかありません。逆に「もっとしっかり嚙ませろ」と文句を言う読者もいます。そういうときにも僕は「申し訳ありませんが、こういうものなので」と言うしかありません。むずかしいものですね。

　ということでよろしいでしょうか？

#082　2015/02/11
多様性という美点

▽はじめまして。
　私は村上さんの小説も猫も大好きです。理由を考えることもなかったし、至極自然に好きだったので大人になって、真逆の人も少なからずいることがとても驚きでした。

　今はいろんな人がいるなぁと分かったような顔をして生きていますが「猫嫌い」だの「村上春樹、良さがわかんない」だの言う人がいる驚きは鮮烈でした。

　村上さんが一番驚いたのはどんな嗜好《しこう》ですか？　あと、何猫が好きですか？

　私は「茶トラで太ってるオス」です。（コモ湖、女性、39歳、会社員）
▼世間にはもちろん「猫が嫌い」という人もたくさんいますし、

「村上春樹は気に入らない」という人もたくさんいます。多様性は世界の持つ美点のひとつです。みんなが猫好きで、みんなが僕の小説を読んでいるような世界は、きっとそれなりに息苦しいと思いますよ。よかったらこれからも僕の本を読んでください。僕は気の良い雄の黒猫が好きです。性格のきつい雌のシャム猫も好きです。

#083 2015/02/11 音楽系と絵画系

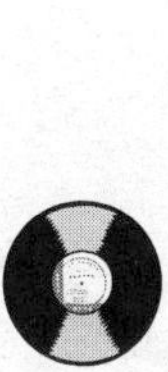

▽村上さんこんにちは。
僕はレディオヘッドのファンで、村上さんを知ったのも彼らのアルバム『ヘイル・トゥー・ザ・シーフ』発売時のインタビュー、「このアルバムはハルキムラカミの影響を受けた」的な発言を受けてです。以降、村上さんの作品はほぼ全て愛読させていただいております。

質問です。村上さんはレディオヘッドに会った事はありますでしょうか。相思相愛（笑）に見受けられるのであるのでは？ と考えています。（文系エンジニア、男性、33歳、会社員）

▼僕はレディオヘッドの人と会ったことはありません。なかなかミュージシャンの人と

会う機会ってないんです。生活の場がずいぶん違いますから。でも僕の小説を好んでくれる音楽関係者はけっこうたくさんいるみたいです。それは僕の小説文体が基本的には音楽的だからじゃないかと思っています。

小説の文体って、音楽系と絵画系にわかれるというのが僕の説です。絵画系の人の文章ってとても美しいんだけど、ときどき細部にこだわりすぎて、流れがふと止まってしまうことがあります。音楽系の人の文章は流れがいいのが特徴です。そのかわり細部が少し強引になることもあります。その二つの長所がうまくかみ合うといちばんいいわけで、僕も「そうなるといいな」と思っています。

#084　2015/02/11　ペンは剣より強い方がいいんでしょうか？

▽村上さん、こんにちは。今日は風が冷たいですね。でも福岡の空は青色です。実は、高校生のころから村上さんにお聞きしたいことがありました。満を持して、お尋ねします。

「ペンは剣よりも強し」だと思いますか。（はらぺこ咲子、女性、27歳、会社員）

▼すごく正面切っての質問で、びびってしまいます。ペンは剣よりも強いか？　そのと

おりです。ペンは剣よりも強いですよ、もちろん、と断言したいところですが、昨今なかなかそうとばかりも言えない部分が多いです。テロもありますし、ネットの炎上みたいなこともあります。ものを書くときにはじゅうぶん用心深くならなくてはなりません。

僕は普段は、基本的にむしろ「ペンがあまり強くなりすぎないように」ということを意識して文章を書いています。僕の書く文章ができるだけ人を傷つけることがないようにと思って、言葉を選ぶようにしています。でもそれはとてもむずかしいことで、何を書いてもそれによって傷ついたり、腹を立てたりする人が、多かれ少なかれ出てきます。これはある程度しょうがないんです。でも、それにもかかわらず、できる限り、人を傷つけない文章を書くことを心がけなくてはならない。これは文章を書く人間にとっての大事なモラルなのです。

でもそれと同時にいざ闘うべきだと思ったときには、闘えるだけの胆力（ぐっと腹に入れる力のことです）を蓄えておかなくてはなりません。でもそれは本当にいざというときのためのものです。みだりにペンを剣より強くしちゃうのは危険なことです。と僕は個人的に考えています。ほかの考え方をする人もいるでしょうが。

#085　2015/02/11
好きなことは仕事になり得るのか

▽好きな事を仕事にしたい、ということについてどう思いますか。私は『仕事』である以上好きとか嫌いとかでないと思うのですが。好きな事を仕事にしたら好きな事ではなくなると思うのですが。村上さんは好きな事が仕事になっていますか。仕事は好きな事ですか。（育実、女性、35歳、会社員）

▼僕はとにかくジャズが好きで、七年ばかり東京でジャズクラブを経営していたのですが、その店を売って専業小説家になって、それから三年くらいはほとんどジャズが聴けませんでした。だから毎日、クラシックとロックばかり聴いていました。なんだかぐったりと、ジャズに疲れてしまったんです。好きな音楽なのに、聴く気にもなれなかった。好きなことを商売にすると、それくらいの反動があります。でもやはり嫌いなことを仕事にはできないですしね。むずかしいところです。

#086　2015/02/11
結末はいつ考えているのですか

▽村上さんは小説を書くときある程度結末まで考えて書き始めるのか、書きながら結末を考えていくのか、どのように話を考えられているのでしょうか？（ワンダーランド、男性、33歳、会社員）

▼書きながら考えます。最初から結論を決めちゃうと、書くのがつまらないです。『世界の終りとハードボイルド・ワンダーランド』は最後の結論がどうしても定まらなくて、いくつかのヴァージョンを書きました。そして結局今あるものに落ち着きました。ほかのヴァージョンもなかなか素敵だったんですが。でもそういうのはあくまで例外です。いつもだいたい結論は、書いているうちに自然にすっと出てきます。その「すっと」という感じがいいんです。

#087 2015/02/11
その点、うちのつば九郎は……

▽つば九郎とドアラの絡《から》みをどう思いますか？（甥っ子におばちゃんと呼ばれたくない、女性、28歳、フリーター）

▼ドアラって、何かしら哀愁が漂っていますよね。僕はドアラを見ていてときどき「この人って、精神分析にかかった方がいいかもな」と思うことがあります。なにかオブセ

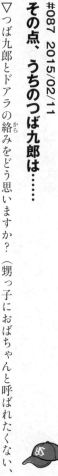

ッションがあるのではないでしょうか。夫婦仲がうまくいってないとか、セックスレスに悩んでいるとか。バック転をやるときも、なんだかすごくつらそうだし。その点うちのつば九郎は、屈折みたいなものがなくていいです。ゴー、ゴー、つば九郎。

#088　2015/02/12　「物語の復権」について考える

▽いつも楽しく村上さんの作品を読ませてもらっております。ところで、小説と物語ってどう違うのでしょう。私は日本文学を専攻しているのですが、さっぱりわかりません。少なくとも、物語は別の宇宙を創造しているような、広く深い感じがします。（ぽっぽっぽ、男性、20歳、大学生）

▼小説と物語はべつのものではありません。小説という容れ物の中に、物語という装置が含まれていると考えていただければいいと思います。ただ二十世紀になって長いあいだ、「物語」というものが小説的環境からはじき出されていた――あるいは下位のポジションに追いやられていた――時期がありました。そんなものはもう時代遅れだ。それよりは心理描写だろう、言語解体だろう、意識の解析だろう、実験小説だろう、社会主義リアリズムだろう、ポストモダンだろう……みたいな。でも近年になってようやく

「物語性」の大きな揺り戻し、というか復権がありました。もちろんその新しい「物語」は旧来の物語そのままではありません。それを引用しながら、そこに新しいイディオムを積極的に付け加えているわけです。だいたいわかっていただけましたでしょうか？

　僕が「物語の復権」という動きを最初に感じたのはジョン・アーヴィングの『ガープの世界』でした。それからティム・オブライエンの『カチアートを追跡して』。それらを読んで「ああ、こんなのもありなんだ」と思いました。そこには新鮮な驚きがありました。もちろんガルシア＝マルケスをはじめとする南米系マジック・リアリズムの影響もその背景にはあったわけですが。

#089　2015/02/12　安西水丸作品の魅力

▽こんにちは。私の息子（1歳7か月）は絵本を殆ど読もうとしないのに、安西水丸さんの絵本にだけは強く共鳴し、歓《よろこ》びの表情を炸裂《さくれつ》させます。村上さんは安西水丸さんと組んで、相乗効果を持つ様々な作品をお作りになっておられますが、安西さんの作品の持つ普遍的な魅力って何なのでしょうか？　教えて頂ければ幸いです。（丘引、男性、43歳、公務員）

▼へえ、そうなんだ。水丸さんもそれを聞いたら、さぞ喜ばれるだろうと思います。水丸さんが幼少時を過ごされた千葉県千倉《ちくら》にある橋には、水丸さんの描いた絵のタイルと、小学生たちの描いた絵のタイルとが、並べて飾られています。「ああいうのってさ、小学生には負けるんだよね」と画伯はにこにこしながら話しておられました。僕はじっさいに見ましたが、「違いがよくわからん」という部分も見受けられました。水丸さんも小学生に負けてないですよ、ほんと。

#090　2015/02/12　身近な人の死の受け止め方

▽大学生の頃から村上さんのファンでほとんどの著書は読ませていただいてます。
いつも村上さんの本を読むと、答えは出ないけどとにかくよく考えるようになるのです。大抵の村上さんの著書でよく考えるのが死についてです。御嶽山《おんたけさん》の噴火で親しい友を亡くしました。兄も父も以前事故で突然亡くしました。死についての村上さんの考えを聞きたいです。

よくその人の分まで幸せに、精一杯生きろと言われますけど、その人がいたことの幸せが失われた中でどう受け止めていいのかわかりません。自分で見つけて自分で歩んでいくしかないと思うのですが、それはその人を忘れることになりそうで怖いです。人間てエゴイストで残酷でそうするしかないのでしょうか。（リリィ、女性、49歳）

▼とてもお気の毒です。親しい方を事故で亡くされると、自分という存在から何かが急激にもぎ取られてしまったような気がします。なかなかそれを受け入れることができません。気持ちの中に空洞ができてしまいます。僕にもそういう経験があります。僕があなたにアドバイスできることはほとんど何もないのですが、もしあなたの中に空洞があるのなら、その空洞をできるだけそのままに保存しておくというのも、大事なことではないかと思います。無理にその空洞を埋める必要はないのではないかと。これからあなたがご自分の人生を生きて、いろんなことを体験し、素敵な音楽を聴いたり、優れた本を読んでいるうちに、その空洞は自然に、少しずつ違うかたちをとっていくことになるかと思います。人が生きていくというのはそういうことなのだろうと、僕は考えているのですが。

#091　2015/02/12

カウリスマキ兄弟のバー

▽何年か前、フィンランドに行ったことがあります。ヘルシンキやハメーンリンナを訪

れたのですが、帰国してからしばらくたって、やはりその年に村上さんもフィンランドを訪ねていらしたことをニュースで知りました。そしてその後『色彩を持たない多崎つくると、彼の巡礼の年』を読んだ時に、ああ、ここにハメーンリンナのことが書いてある……と、ぽんと膝《ひざ》をたたいたのです。お会いできませんでしたが同じ国に同じ年に行けて、幸せでした。

ところで、フィンランドといえばアキ・カウリスマキ監督がいますが、西荻窪の喫茶店で「JUHA《ユハ》」というジャズのレコードをかけてくれるところがあります。（「JUHA」はアキ監督の映画『白い花びら』の原題です）とても良いお店なので、こちらの方にいらっしゃる機会がありましたら、是非一度訪れてみてください。夜も遅くまで営業されています。

それではまた。良い夜と音楽を！（まめ、女性、41歳、司書）

▼僕はヘルシンキにあるカウリスマキ兄弟が経営しているバーに行ったんですが、店は開いているのに、三十分以上待っても従業員が顔を見せなくて、あきらめて何も飲まずに帰ってきました。カウリスマキらしいというか、まったくやる気のない、変なバーでした。内装も大衆浴場みたいだし、ジュークボックスに入っている曲はなんか、もうとんでもないし。

#092　2015/02/12
「本屋」の行く末について

▽私がお聞きしたいのは、「本屋」の行く末についてです。
　私自身、本が好きで……少しでも関わりたくて仕事にしてしまうぐらい好きなんです。でも、最近は全く元気がない（つまり売れない）現状です。先生の本だけは別なんです、ご存知のとおり。「本」が世の中から無くなってしまう事は１００％ないと信じていますが、「本屋」の方は世の中からなくなってしまいそうな勢いです。20年書店員をやってきましたが、いろいろな物事が減る一方なんです。まだまだ底に届かない感じで落ちるばかりです。

　先生は「本屋」って今後どうなると思ってらっしゃいますか？　私は自分の子供や孫の世代に「本屋」を見せてあげられますかね？　写真見せながら、昔話しなきゃならないですかね？（M.K、男性、43歳、書店員）
▼僕も書店がもちろん好きで、よく行くのですが、その数は年を追って少なくなっていくようです。アメリカでも書店の数は着実に減っています。キンドルとかネット通販とか、そういう方式で本を読み、本を手に入れる人が多くなっているからでしょう。まずインディペンデントの書店が消えていき、それからチェーンのブックストアも淘汰《とうた》され

ていきました。残念なことです。ふらっと書店に行って、ぶらぶら本を見てあてもなく時間をつぶすというのはとても素敵なことなんですがね（今はまたインディペンデントの書店が少し息を吹き返しているようですが）。

でもときどき思うんですが、毎月出版される本の数って多すぎませんか？　あまり数が売れないから、点数を多くしないわけにいかないんだという話も耳にしましたが、それにしてもあまりにも多すぎる気がします。とくに新書とか文庫本とか、自社の棚のスペースを確保するために、どんどん数を出していく。当然中身は薄くなっていく。出版業界が自分で自分の首を絞めているような部分もあります。こう出版点数が多いと、書店の作業だってたいへんですよね。もう少しおちついた書籍環境をつくっていくことも大事じゃないかという気がします。

本屋さん、いろんな難しい問題があるのでしょうが、どうか気長にがんばってください。

#093　2015/02/12

カープは大盛り上がりですけど

▽わたし、熱狂的な広島東洋カープファンです。カープは二年連続Aクラス入りや、カ

ープ女子ブーム、黒田復帰と大盛り上がりで、ヤクルトも山田の大活躍やFAで成瀬獲得などいい補強してますね。村上さんは、今年のセリーグ、どうなると予想してますか？　注目選手、順位予想なんか教えていただけるとうれしいのですが。（まさてる、男性、34歳）

▼今年のセリーグの順位ですか。僕としては、上の方はもうどうでもいいんです。五位と六位だけ予想しますね。

5位　ヤクルト・スワローズ

6位　横浜ベイスターズ

それだけです。あとのことは知りません。適当にやってください（投げやり）。

#094　2015/02/13

ポール・マッカートニーで走る

▽村上さんこんにちは。高校3年の時から村上さんの本を読んでいます。大学受験の面接模擬練習の時に、教師に「最近読んだ本は？」と聞かれ、素直に「『ノルウェイの森』です」と答えたら難しい顔をされたことを覚えています。オトナってわからないですね。ところで、作家であると同時にランナーでもある村上さんは、近頃、走る時にどんな音

楽を聴いてらっしゃいますか？　個人的にはPaul McCartney『Wingspan』をよく聴きます。よろしければ、村上さんの最近のお気に入りをこそっと教えてください。（いなっこ、男性、30歳、会社員）

▼僕は二千曲を詰め込んだiPodをシャッフルにして走っていますので（それが三台あります）、選曲は手当たり次第みたいな感じになります。フレディー・キャノンの次がレディオヘッドとか。

　ポール・マッカートニーのアルバムっていうと、僕は『ラム』がけっこう好きです。「アンクル・アルバートとハルセイ提督」を聴きながら走るのも好きです。あれ名曲だと思うんだけど、同意してくれる人は少ない。フレディー・ハバードの演奏するこの曲もかっこいいです。

#095　2015/02/13

未来を語るときにたいせつなこと

▽私は建築関係の業務に従事しています。カタルーニャ国際賞スピーチにおける〝壊れた道路や建物を再建する〟立場の人間です。現在は直接的に東日本大震災の復興に関する業務を行っているわけではありませんが、その推移や経過などは注視しています。震

災に関する復旧や復興では津波対策としての堤防の建設や住宅の高台移転などが行われています。勿論《もちろん》、その他分野においても色々と事業が進んでいるかと思います。

ただ、これらの事業に関しては、個人的にもやもやとした違和感があります。もやもやとしたものを自分なりに考えてみると、それは本当にこれらの事業は必要なのかと感じていることです。具体的には、将来的な見通し（よく計画とかビジョンと呼ばれているものです）が不明瞭《ふめいりょう》な中で急いで物事を進めていいものかと言う疑念です。しかし、阪神・淡路大震災でも問題になりましたが、生活基盤が迅速に復旧していかないと生きている人の生活が成り立たなくなる側面もあると感じます。将来的な見通しが不明瞭になるのは、将来予測がその当時の計画通りにならないということが実績としてあるためだと考えます。例えば、戦後やバブル期における将来人口計画は実際の人口動向とは明らかに異なります。また、将来的な見通しとは機械的に作る物ではなく、どうあるべきかという思想の基にあるべきものだと考えます。その思想に関する議論が全くなされていない現状では同じ失敗を何度でも繰り返すのではなかろうかと感じています。

村上さんはカタルーニャ国際賞スピーチの中で〝損なわれた倫理や規範の再生を試みるとき〟という表現をされています。私はこの表現の内容がとても重要だと感じました（読み手の勝手な解釈であることは申し訳ありません）。未来のことを語るときに自分たちはどうあるべきか、どこに行こうとしているのかという視点を持たないと、人間の生活が工場の作業ラインのようになってしまうと思います。村上さんは小説、物語において何かしらの行動を起こされているかと思います。それは簡単に語れるものではないと思いますが、倫理や規範の再生について具体的にどうお考えになっているか教えていただけると幸いです。(すなどり、男性、41歳、会社員)

▼長期的なグランド・プランがないまま、個別の「復旧」がばらばらに行われていくことに疑念を感じておられるということですね。たしかにそのとおりだと僕も思います。上に立って一貫した大きなあらすじをつくって、「こういう風な基本方針でやりましょう」ときっぱり示せる人がいないみたいですね。これは日本の政治のいわば体質的なものので、どうしようもないんじゃないかな、という無力感さえ感じます。あらすじがないまま、ローカルな目先の利害で物事が進んでいくことの怖さ。これは原発問題についても言えることとですが。

それから僕がずっと気になっているのは、海砂問題です。阪神淡路大震災のとき、高速道路の橋脚があっけなく崩れたのは、川砂ではなく海砂をつかったせいが大きく、その責任者が追及されなくてはならない、みたいなことが言われていましたが(当然ですね、そのためにたくさんの人が亡くなったのだから)、そういう追及って、ちゃんとされたのかな。あるいは僕が見逃しているのかもしれませんが、ついぞそんな話を耳にしませんん。僕はそのことが個人的にけっこう気になっています。そういうのをきちんとしておかないと、どこかでまた同じようなことが起こるのではないかと心配です。

#096　2015/02/13
電車内の携帯電話について

▽電車に乗って、いつも不思議だなぁ、と思っていることがあります。アナウンスで、「携帯電話での通話は、お控えください。」とありますが、よっぽど、車内で、友達同士、大声で話している声のほうが迷惑だと思うのですが……。小さい声で、携帯で話すくらいは良いのでは？　と思うのですが、村上さんはどう思いますか？（ニック、男性、49歳、会社員）

▼理由はよくわかりませんが、僕の場合、電車の中で携帯で話している人の話を聞いていると、なんだかその空間に「異界」がぐいぐいと無理に入り込んできたみたいで、落ち着かない気持ちになります。人と人とが生の声で話していると、「うるさいな」と思うことはあっても、異界性みたいなものは感じられません。一つの場をとりあえず公平に共有するというコンセンサスが、携帯という個人装置の侵入によって破られるからではないかと、僕は愚考するのですが。というわけで、僕も電車の中では携帯で話してほしくないです。あくまで私見ですが。

#097 2015/02/13 批判に対する心構えとは

▽批判される立場になられることについて、質問です。
やはり、フィクションであっても様々な意見が寄せられたり、また知らないところで色々と書かれることがあると思います。

私も小説家ではありませんが、人に指導したり情報を発信したりする側になる転換期を迎えており、正直、批判される怖さというのがあります。

村上さんは、小説家となってから、そのようなこととどのように折り合いをつけてきたのか、または、折り合いはついていないのかもしれませんが、どのような心構えで活動なさってきたのか知りたいです。また、批判に強くなる方法はありますか？（友蔵、男性、37歳）

▼批判に強くなる方法はひとつしかありません。批判を目にしないことです（笑）。僕もしょっちゅう批判を受けていますが、激しい批判を受けて、「柳に風」とへらへら笑っていることはなかなかできません。生身の人間ですから、やはり傷ついたり腹が立ったりします。だからできるだけ見ないようにする。でもそう思っていても、避けがたく目についたり、人づてに耳に届いたりすることはあります。そういうときは、「おまえ

は創作者になりたいのか、それとも評論家になりたいのか、どっちなんだ？」と自分に問いかけてみることです。そうすると「どれだけこっぴどく批判されても、何もつくり出さずに批判だけする側に回るよりは、何かをつくり出して批判される側に回る方が、まだいいよな」と思えるはずです。うまく折り合いをつけて、がんばってくださいね。

#098　2015/02/14
さて、かばんに何を入れようか

▽人生なんてガラクタだと最近思います。
親に言われるから勉強をし、人から嫌われないために世間体を気にし、結局僕って何？　人生って何？　と最近つくづく思います。

思春期だからなどという問題ではありません。春樹さんは人生をどう捉えていますか？（レンポン、男性、17歳、高校生）

▼僕は人生をどう捉えているか？　とてもむずかしい質問です。僕は基本的に、人生とはただの容れ物だと思っています。空っぽのかばんみたいなものです。そこに何を入れていくか（何を入れていかないか）はあくまで本人次第です。だから「容れ物とは何か？」みたいなことを考え込むよりは、「そこに何を入れるか？」ということを考えて

いった方がいいと思います。勉強なんていらないやと思えば、勉強なんてかばんに入れなければいいし、世間体なんてかまうものかと思えば、世間体なんてかばんに入れなければいい。でもそこまでするのもけっこう面倒かも、と思えば、「最低限の勉強と世間体」をいちおうお義理に入れておいて、あとは適当にやっていけばいいんです。よく探せば、きみのまわりに、きみのかばんに入れたくなるような素敵なものがいくつか見つかるはずです。探してください。繰り返すようだけど、大事なのは容れ物じゃなくて、中身です。「人生とは何か？」みたいなことは、そんなに真剣に考えてもしょうがないと僕は思うんだけどね。コンテンツのことを考えよう。

#099　2015/02/15
「アンダーカバー」着ますか？

▽こんばんは。村上さんは「アンダーカバー」のデザイナーの高橋盾《じゅん》さんを知っているとおもいますが、アンダーカバーの洋服を着たことがありますか？　洋服は青山のコム・デ・ギャルソンでまとめ買いをすると読んだことがあるので。アンダーカバーの洋服

も素敵ですよ。（もっちー、男性、35歳、公務員）

▼高橋さんもとても熱心なマラソン・ランナーで、そのせいもあって、彼がデザインしているランニング・ウェア「GYAKUSOU」の製品（メーカーはナイキ）をよく着て走っています。宣伝するわけではありませんが、ランナーがデザインしているだけあって、ずいぶん着やすいです。ポケットもたくさんついていて、iPodとか鍵とかいろんなものがうまく入れられます。

#100　2015/02/15　自分のことが好きですか？

▽村上さんこんばんは。私はあまり自分のことが好きではありません。村上さんはご自身のことがお好きですか。（あさきゆめみし、女性、19歳、大学生）

▼あまり自分については考えないようにして生きています。なるべくほかのことについて考えるようにしています。ほかのことについてどう考えるかという、姿勢や考え方の中に「あなた」はいます。その関係性が大事なのであって、あなたが誰かというのは、じっさいにはそれほど大事なことではありません。そう考えていくと、少しらくになれるんじゃないかな。

#101 2015/02/15
悪しき物語に対抗するために

▽地下鉄サリン事件からまもなく20年です。
改めて『アンダーグラウンド』『約束された場所で』を読み返してみましたが、20年経った今も、多くの問題を投げかけていると感じました。『アンダーグラウンド』は、また全部読み通してしまいました。今読んでも、感動します。その中の何人かの声に触れると涙が出ます。『約束された場所で』は、今読んでも、いろいろな意味で頭を抱えて考え込まされます。

村上さんは、当時「悪とは何かずっと考えてきたが、まだよくわからない」とおっしゃっていましたが、現在、悪について、何らか新たな見解に達していらっしゃったら、少し教えて頂ければうれしいです。

また、麻原や少年Aのように「純粋な悪というか、悪の腫瘍《しゅよう》みたいなものがわっと結集して出てくる場合があるような気がします」と書かれていますが、そういうものに対しても、「新たな物語」を社会に提出し続けてゆくことがもっとも有効な対抗策とお考えでいらっしゃるでしょうか？（naga、男性、53歳、会社員）
▼悪しき物語に対抗するには、善き物語を立ち上げていくしかないという考えには、今

でもまったく変わりはありません。論理に対抗する論理にはどうしても限りがあります。論理対論理は地表の戦いであり、物語対物語は地下の戦いです。地表と地下がシンクロしていくことで、本当の効果が生まれます。自分の物語を、できるだけ「善き物語」（決して倫理的にgoodということではありません）に近づけていきたいというのが、僕の一貫した気持ちです。

#102 2015/02/15 ヤクルトファンを増やす妙案

▽ヤクルトファンです。セ・リーグ一メディア露出の少ないと思われるヤクルトは、不人気球団とか他球団ファンに貶《おとし》められるも、村上先生のような方から応援していただけて嬉《うれ》しい限りです。当日券でも手に入るのが神宮球場の良いところですが、もっとヤクルトファンを増やす妙案はないでしょうか？　ビジターファンにホームジャックされるのは悔しいので。また、今季はどの選手に期待してますか？（ろくまる、女性、47歳、公務員）

▼ヤクルトファン、これくらいでいいんじゃないですか（笑）。たしかに満員にはならないけど、みんなけっこう楽しく、和気藹々《あいあい》と応援していて、いいじゃないですか。都

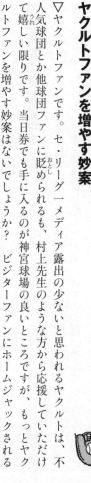

会的というか、ごりごりしてなくて。そういうところがこのチームのファンの持ち味です。負けてもそんなひどいヤジは飛ばないし、頭にきて選手バスに石を投げるような人もいないし。こんな感じでこのままやっていきましょうよ。

#103　2015/02/15

携帯電話の着信音は？

▽村上さんの携帯の着信音は何ですか？（ねこなべ、女性、34歳、会社員）

▼ずっと『荒野の七人』のテーマだったんですが、スマホに買い換えまして、今のところ面倒なのでできあいのものを使っています。マイルズ・デイヴィスの『SEVEN STEPS TO HEAVEN』のテーマがいいなと思っているのですが、手に入らなくて。

#104　2015/02/16

それはあなたの中に潜んでいる

▽以前、村上さんが、「書きたいことがあって小説を書くのではない」といった発言をされているのを読みましたが、書きたいことがなくても小説を書く、その原動力は村上

さんにとってどんなものだとお考えですか？　また、ご自分の中から出てきた最初のアイデアや文章が、小説になる、と感じる瞬間には、どんなことが起きていますか？　私自身も小説を書こうとしていますが、よく書きあぐねます。書きたいことがあるというより、ぼんやりとある書き表したい雰囲気やイメージを言葉にしたい、という衝動があります、が、まだいい形になりません。

村上さんは、自分のために書くとか、自分を信じて書くとか、考えたことはありますか？（祝祭男、男性、35歳、教師）

▼「これを書きたい！」と思って書き始めると、小説ってなかなか書けません。マテリアルが重すぎると、それを背負って進むのがつらくなります。それよりは軽い足腰が大事です。マテリアルのことはあまり考えないで、まず文章を書くことによって、自分の中にあるものを少しずつ引き出していくといいのです。あなたの中には描かれるべき何かが確実に潜んでいます。小説を書くというのは、それを見つけていく作業です。最初から目に見えているものを見つけたって、あまり意味はありません。

ということでよろしいでしょうか？　わかりにくいですか？

#105　2015/02/16
親切心が極意です

▽病院で広報を担当してます。しかしなかなか想いが伝わらない事が多いです。村上さんが相手にメッセージを伝える時に意識している事は何ですか？（熊本よいとこ、男性、44歳、会社員）

▼親切心です。それ以外にありません。親切心をフルに使ってください。それが文章を書く極意です。おもねるのではなく、親切になるのです。

#106　2015/02/16
ちゃんと効果はあったんだ！

▽何年か前に村上さんに聞いてみようという本でお悩み相談的なものがあり、友人が少ないのですがどうすればいいですか、といった質問がありました。

猫でも飼ったらどうですか、という回答を読み当時ママ友付き合いに悩んでいた私は猫を飼う決心をしました。あれから数年経ちましたが、猫も可愛いし、少ないですが友人も出来て幸せな日々を送れています。村上さんに是非お礼を一言言いたいと思いメールしました。ちなみに猫は動物愛護センターでもらいました。

一日中のんびりお昼寝して幸せそうにしている猫を見る度に物事を深刻に考えずに気楽にやればいいのだよなぁ、と思えます。友人はいたらいたでいいですけど、いなくてもいいんだよなぁ、と思えます。（キミ、女性、40+数歳、主婦）

▼僕は困った相談があると、たいてい「猫を飼ったらどうですか」と答えています。かなりイージーですが、ちゃんと効果はあったんだ。それをうかがって、僕もほっとしました。猫を飼うと心がついつい広がります。心が広がると友人だってつくれます。すべては猫のおかげです。ヤクルトの新戦力である猫手の成瀬（にゃるせ）投手にもがんばってもらいたいものです（関係ないか）。

#107 2015/02/16 村上さんの生き方の原点は？

▽高校の部活（放送部）で、『ノルウェイの森』がヤバイらしいと回し読みされていたのを、こそっとチラ読みして、はまったのがきっかけで、ファンになりました。
ところで質問ですが、村上さんの揺らがない、ある意味、頑なな生き方は、少年あるいは青年時代に、これといった大きな何かに影響を受けたからだというのはありますす

か？（山羊座の土星人、女性、40歳、中学校教諭）

▼どうしてこういう性格になったのか、僕にもよくわかりません。両親ともまったく似ていないし、まわりの誰とも似ていません。若いうちに結婚して、自立して商売を始めて、それから小説家になって、そうするうちにだんだん自分の世界、というか生き方が固まってきたということだと思います。それぞれの段階で身銭を切っていろんなことを学んで、それが身についてきたということだと思います。身銭を切るって大事ですよね。他人のお金を使っていては、何も身につきません。本当に大事なことは多くの場合、痛みと引き替えにしか手に入りません。

#108 2015/02/17 「褒めて育てる」っていわれても

▽村上さんは「褒めて育てる」についてどう思われますか？
怒らない、怒鳴らない、叩かない。
褒める。
そう簡単にはできません。
褒めて育った子は社会に出た時、打たれ弱い子になりそうだなと思ってしまいます。

（クロクル、女性、37歳、自営業）

▼僕は店をやっているとき、ずいぶんいろんな人に働いてもらったんですが、「僕はほめて使ってください」と自分から言う人がけっこういるので、びっくりしました。普通自分からそんなこと言わねえよなあとか、あきれてしまいました。でもそういう人って最近ますます増えているみたいですね。僕なんか、そんなこと口が裂けても言わないけどな。

というのが僕の意見です。怒鳴ったり、叩いたりする必要まではないと思いますが、いけないことはいけないとはっきり言って育てるのが筋だと僕は思います。少なくとも「僕はほめて使ってください」と自分で言うような人間にはなってほしくないですよね。

#109 2015/02/17
口説くための独立器官

▽先日ご既婚の上司とふたりでお酒をご一緒したところ、口説かれてショックを受けました。

「君を愛している、妻とはもう冷めている。ただの同居人みたいなものだよ」

なんて、どの口が言えるのでしょう。

今思うと自分にも問題があったと思うのですが（ふたりでご飯を食べるようなシチュエーションになるべきではなかったと思います）、それにしても理解できないんです。男性はなぜ、適当なこと言って女の子を口説くのでしょうか。

何かそのための独立器官でも存在してるのでしょうか。

村上さんも、適当なことを言って女の子を口説かれた経験はありますか？

また、そのようなときは、どんな気持ちなのですか？（たらちゃん、女性、29歳、会社員）

▼僕はそんなことを言って女性を口説いたことは一度もありません。ほんとに。「男性はなぜ？」と一緒くたにしないでください。人には節度というものが必要です。女性を口説くのは（まあ）勝手ですが、そこで「妻とはうまくいってないんだ」みたいなことを安直に口にして、奥さんを引き合いに出すのはフェアではないだろう。というのが、僕の基本的な考え方です。

ここだけの話ですが、安西水丸さん（ご冥福《めいふく》をお祈りします）は「うちの奥さんはとても素敵なんだよ」と言いながら若い女の子をせっせと口説いておられました。プロです。

#110　2015/02/17
もういちど襲撃するなら……

▽村上さんにおりいって質問です。
今の時代にパン屋を襲撃するなら、武器は何を持っていけばいいですか？（恵比《えび》店《てん》、男性、48歳、自営業）

▼三日前のバゲットに決まってるじゃないですか。あれ、効きますよ。

#111　2015/02/17
根源的な魂の闇を描くために

▽おはようございます。１９８９年6月25日発行の「ユリイカ」臨時増刊号で、柴田元幸さんのインタビューで、「僕がやりたいのは、どろっとした情念を取り去ったあとになおも残る、根源的な魂の闇みたいなものを描くことなんじゃないかと思う」と仰ってます。この感覚は仏教の一切皆苦に通じるところがあるのでは、と思いますが、いかがでしょうか？　前から気になっていて、いつか聞いてみたいと思っていました。（にじますダンス、男性、36歳、調理師）

▼あまり一般教養がないので、仏教の「一切皆苦」って意味がよくわかんないんですが、僕は昔から「どろどろしたもの」がどうも苦手でした。でも日本の純文学って、その「どろどろしたもの」を描かなくてはならないみたいにずっと思われていて、僕はそういうのにどうしても馴染めませんでした。そんなことをしなくても、人の魂の深く暗いところはきっと描けるはずだと強く信じていました。
それで35年くらいその方法をずっと模索してきました。少しずつやり方をつかみつつあるように、自分では感じているのですが（もちろんそうは思わない方もたくさんいらっしゃると思いますが）。

#112 2015/02/17 お気に入りのビル・エヴァンズは？

▽村上さんこんにちは。
私はBill Evansのアルバム『alone』の「Here's That Rainy Day」が一番好きで、この曲を聞くと、『ノルウェイの森』を読みたくなります。
村上さんは、Bill Evansが関わっている曲でお気に入りの曲はありますか？（ごーやー、男性、36歳、会社員）

▼ビル・エヴァンズは多くの素敵な演奏を残しています。駄作があまりない人です。僕が個人的に好きなのは、彼が作曲した「Interplay」というブルーズ曲です。同じタイトルのアルバム（Riverside）に入っています。フレディー・ハバードのトランペットとジム・ホールのギターが入っていて、トリオ演奏ではありませんが、いかにもエヴァンズらしい静かで知的なブルーズ演奏です。これは僕が高校時代に最初に買ったエヴァンズのLPなので、余計に印象が強かったのかもしれません。これを聴くといつもただ「ああ、いいなあ」と思います。

#113 2015/02/17
「時」は何を解決してくれますか？

▽高校一年の男子です。
最近、進路や自分が大人になったらとか、将来のことをいろいろ不安に思ったりしているのですが、結局「時」が解決してくれるという結論に達します。

一体「時」というのは何を解決してくれて、はたまた何を解決してくれないのでしょうか。（たはちょ、男性、16歳、学生）

▼すごい根源的な質問ですね。答えるのがたいへんむずかしいです。だから答えるのを

やめちゃおうかと思ったんだけど、そういうことではいかんと思って、こうしてがんばってメールを書いています。「時」というのは何を解決してくれて、はたまた何を解決してくれないのか（はたまた、というのが素敵です）。

　時間って目には見えません。そうですね？　だからたとえば猫さんには時間という観念がありません。時間は目で見えないし、匂いも嗅《か》げないから。でも人間には時間というものが観念としてわかります。一本の線みたいにして図表的に考えるからです。たとえば横書きにした歴史年表を思い浮かべてください。左の方が昔で、右の方が現代になっている。一定方向に時間は流れている。でも時間って、線じゃないんですよね。人間が無理に、わかりやすいように、線のかたちに変えているだけです。だから本来は猫さんのほうが正しいんです。時間なんて、かたちも匂いもないものです。そう思うと、僕らは本当は猫さんたちみたいに暮らしていくのが良いのかもしれませんね。そうすれば過去とか未来とかについて、あれこれ思い悩む必要もありません。

　でも今さらそうもいきません。もうこうなっちゃっているんだから。だから僕らは過去を悔やんだり、未来を不安に思いながら人生を生きていきます。疲れるよね。だから僕は思うんだけど、きみもどこかに猫みたいなところをちょっと残しておくといいんじゃないかな。普通はきちんと時間に従って生きていく。でも、何か都合が悪くなったら、「おれ、猫だからじかんのことなんてわかんねえ。過去も未来もねえや。なるようにな

ああっ！
僕は知ってる。前にも同じように転んだけど、大したことなかった。
だからこれも大したことない。時間がたてばすぐに忘れるだろう。けど……。
うわーん！

るさ、「にゃあ」みたいに適当にまわりをはぐらかして、開き直って生きていく。これしかないですよ。

はたまた、僕もわりにそうやって生きてきたような気がします。にゃあ。

#114 2015/02/17 ビートルズをどのように感じていましたか？

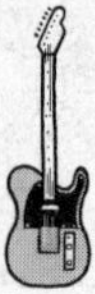

▽春樹さんは、世代的にはビートルズ世代ということになると思うのですが、ビートルズ旋風が吹き荒れていた60年代当時、春樹さんはビートルズに対してどのように感じていらっしゃいましたか？

まわりの人たちはどうでしたか？

といいますのも、僕が知っているビートルズ世代（と思われる）年代の人で、当時ビートルズのことが本当に好きだった人の割合がかなり少ないように思えるからです。

特に、ジャズやクラシックが好きだった人たちは、ビートルズなんか馬鹿《ばか》にして聴いていなかったのではないでしょうか。（イチロー、男性、60歳、リサーチャー）

▼僕はデビューからリアルタイムでビートルズを聴いていましたが、レコードは一枚も買わなかったですね。ヒットした曲はだいたい覚えていますが、ＬＰ単位では聴かなか

ったので、聴いたことのない曲もたくさんありました。レコードで買うのはジャズかクラシックで、ポップソングというのは（ビートルズも含めて）ラジオで聴くものだと思っていました。でも素晴らしいバンドだと思っていましたよ。決して馬鹿にはしていませんでした。ただお金があまりなかったので、レコードが買えなかっただけです（どうせラジオでがんがんかかっていたし）。今はもちろんアルバムを全部持っていますが。ビートルズの曲で何がいちばん好きか？　そう言われても素晴らしい曲がありすぎて決められません。でもレコードでいうと「ペニー・レイン」と「ストロベリー・フィールズ～」のシングルA／B面カップリングに心を惹《ひ》かれます。初めて聴いたときから夢中になりました。『サージェント・ペパーズ～』のアルバムを最初に聴いたときにはひっくり返ったな。あまりにも斬新《ざんしん》だったので。

#115　2015/02/18　レコード体験には十分ご注意ください

▽レコードの魅力ってなんですか？
僕はCD派で、レコードは体験したことがありません。（はすのはな、男性、18歳）

▼かなり危険ですから、必要がなければレコード関係には近寄られない方がいいと思い

ます。時間もとられるし、お金もかかるし、普通の人には理解されません。いちおう合法ではありますが、身の安全の保証はできません。それでも体験したいですか？

#116 2015/02/18 村上流の英語上達法を伝授してください

▽街角でも外国人の方を多く見かけるようになりました。これから先、英語とまったく無縁で生活することはできないのかなと感じています。
海外旅行をしていても、もっと英語が話せればどんなに楽しいだろうと思うことが何度もありました。

村上さん、英語が上達する村上流（村上龍ではなく）のヒントを教えてください。よろしくお願いします。（鍛冶屋、男性、44歳、地方公務員）

▼語学の習得は、楽器の習得と同じです。勉強し、努力し、実践するしかありません。コツとかヒントとか近道とかなんてないんです。ピアノを習いたての人が、ちょっと練習して、二ヶ月後にベートーヴェンの後期ピアノ・ソナタをすらすら弾けるなんてことはまずありませんよね。それと同じです。時間をかけて努力するしか道はありません。僕もけっこう苦労しました。今でも会話はかなり苦手ですが。

#117 2015/02/18 日本持ち上げ本の氾濫をどう思いますか？

▽最近「なぜ日本人はこんなに素晴らしいのか」という感じの、日本を大きく持ち上げる本が書店に多く並んでいますが、このことについてどのように思われますでしょうか。

（クリームパン、男性、26歳）

▼そうなんですか。知りませんでした。よその人が「おまえは素晴らしい」と言ってくれるのは意義深いことだと思いますが、自分で言ってちゃしょうがないですよね。「それを言っちゃあ、おしめえよ」と寅さんも言っております。

#118 2015/02/18 「若いんだからやり直せる」とは無責任な

▽村上さんに是非ご意見を伺いたいのですが、たとえば仕事をやめた時など、よく世間では「若いんだからまだまだやり直せるよ」と言いますよね。でも若い世代？の僕としては、言うほど簡単にやり直せることばかりでもないように思います。そういう発言って、ちょっと無責任というか、他人ごとすぎやしませんか。村上さんはどうお考えです

か。（ノーウェアマン、男性、31歳、教員）

▼あのですね、他人のことをきちんと真剣に考えてくれる人なんて、世の中にはそんなにいないんです。「若いんだからまだまだやり直せるよ」というのは、「まあ、よくわかんねえけど、適当にやれや」というのと同じことです。とりあえず紋切り型のレスポンスをしているだけです。紋切り型のレスポンスなんだから、無責任も何もありません。ただの他人ごとです。冷たいようですが、自分のことは自分で考えて、自分で判断し、自分で責任をとっていくしかありません。というのが僕の基本的な考え方ですが。役に立てなくてすみません。

#119 2015/02/18 パティシエの恋人たち

▽私は恋人ができると、ゴダールの『軽蔑《けいべつ》』のバルドーを真似《まね》て「わたしのおっぱいと乳首どちらが好き？」と訊《き》いてみるのですが、誰もがみな「どっちも」と凡庸な返答でかぶりついてくるのがお決まりパターンです。でもおっぱいと乳首は役割も違うし異なるものですよね？　私の中ではいちごのショートケーキのいちごとスポンジ&クリーム部分の違いと同じものなのに……春樹さんはどちらが好きですか？（はしばみのみ、女

性、35歳、パティシエ）

▼実際に見てみないとわかりませんよ、そんなの。答えようがないじゃないですか。かぶりつくしかない？　そうかも。ところで「誰もがみな」とおっしゃいますが、いったいこれまで何人くらいの男性に乳房と乳首を見せられたのでしょう？　そっちの方に僕としては興味をかきたてられます。

#120　2015/02/19　漫画やアニメを見ないのですか？

▽村上さんは漫画もアニメも読まないし観《み》ないとどこかで読みました。

表現には、小説と随筆と戯曲と詩と漫画と絵画とアニメと映画とテレビとラジオと舞台と落語と漫才とコントと歌舞伎《かぶき》とゲームと音楽と……その他諸々《もろもろ》のものがあります。

表現方法が違うだけで、その他の表現にも感動や魂の共鳴があると思います。

そこに人生を揺るがすような思いや魂があるかもしれないのに、漫画やアニメを観ないと仰っているのはなぜですか？……私も、そこに感動があるかもしれないのに、浪曲や人形浄瑠璃《じょうるり》を観には行かないのですが……。たまたま興味関心が向かなかったり、その機会がないというだけでしょうか。

漫画やアニメも表現として成熟して、見る価値のあるものになっていると思います。
（よしはる、男性、33歳、公務員）

▼残念ながら、人生の持ち時間にはそれぞれ限りがあります。一人の人間が何もかもをカバーするのは現実的に不可能です。だからある程度の年齢になると、興味の対象を絞って活動していかなくてはなりません。僕も若い頃はわりに熱心に漫画を見たり、アニメを見たりしていました。でも今はそこまで手を伸ばしている余裕がありません。決して漫画やアニメを軽く見ているわけではありません。「表現として成熟していない」とか思っているわけでも、もちろんありません。

僕は文楽はときどき観に行きます。見出すと面白いですよ。でもなぜか歌舞伎は行かない。野球は見ますが、バスケとラグビーは見ません。どうしてか？　ただ何もかもと関わっているだけの時間的余裕がないからです。年齢を重ねるにつれて、時間はどんどん過ぎ去る速度を上げていきます。あなたもある程度の歳になると、そのへんの感じはおわかりになるのではないでしょうか。

#121 2015/02/19 朝から「やっきり」しています

▽夫のことでお聞きしたいことがあり、メールします。夫は暑がりで、夏はいつもTシャツにパンツで寝ているのですが、気がつくとパンツを脱ぎ、あそこを露出しています。やめてほしいと言っても、本人には全く身に覚えがなく、自分のせいではないと言います。じゃあ何でいつも出してるのよ、と聞くと、「それは妖怪ボロンの仕業だ」と言うのです。
　パンツだけならまだしも、シャツも脱いでしまうことがあり、そうなると完全に全裸なのですが、本人は「妖怪すっぽんぽんも現れた」と言っています。本人には全く意識がないので、自分のこととして考えてくれません。

　私としては、朝は爽《さわ》やかに気持ち良く起きたいのですが、エッチをしたわけでもないのに毎日ボロンされ、しかも妖怪のせいにされると、朝からやっきりしてしまいます。どうしたら脱がなくなるでしょうか。（みゅう、女性、45歳）

（管理人註）
「やっきりする」とは、「腹が立つ」を意味する静岡地方の方言です。

▼なかなか楽しそうなご主人です。そんなに出したいのなら、出させてあげればいいじゃないですか。あなたも同じように対応すれば、恨みっこなしで、お互い気持ちよいんじゃないでしょうか。しかしいろんな相談があるものですね。感心してしまいます。

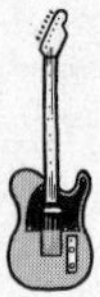

#122 2015/02/19 アーティストの表現の自由について

▽いま、巷《ちまた》でサザンオールスターズさんが反日等々言われております。表現の自由とは、どこまでが認められると思いますか!?（みいやん、女性、36歳、会社員）

▼僕はそのことについては具体的によく知らないので、意見は申し上げられませんが、あくまで一般論を申し上げまして、どんな日本人にもある意味において、ある部分において「反日」になる権利くらいはあるんじゃないかと思います。成熟した国家というのはそういうものです。成熟した人間が必ず「自己否定」や「自己批判」を内包しているように。あくまで一般論としてですが。

#123　2015/02/19　眼鏡をかけますか？

▽村上さんはめがねをかけますか？　めがねって、どう思いますか？（あたまくらくら、男性、31歳、会社員）

▼僕は運転するときと映画を見るときには眼鏡をかけます。野球を見るときにもかけます。それ以外にはほとんどかけません。老眼はまだないので、老眼鏡はかけません。コンタクトレンズって、使ったことありません。まぶしいのでサングラスはよくかけます。眼鏡って、なくすことがあるので面倒ですよね。

スガシカオさんと話をしていたら、「普通の人は眼鏡をかけると変装になるんだけど、僕の場合、眼鏡をはずすと変装になります」とおっしゃっていました。たしかに眼鏡をはずすと、誰だかちょっとわかりません。便利ですね。

#124 猫はお歌を唄わないの? 2015/02/19

▽先日、小さな女の子がお母さんに、「どうして本物の猫はお歌を唄わないの?」と、聞いていたそうです。そのお母さんは、「唄うわけないやん!」と、冷たい答え。うちの息子に同じ質問をすると「生きて行くのに必死なのさ」と、答えました。うちには3匹猫がいますが、隠れて唄っているんじゃないかと思うときが時々あります。

村上さんならどう答えてあげますか⁉(神戸パン屋のかおり、女性、52歳、パート)

▼ヤクルト・スワローズの畠山《はたけやま》選手がホームランを打ったときだけ、猫はみんなで路地の奥に集まり、緑の傘を振って「東京音頭」を歌うんだよ、と教えてあげてください。本気にされると困りますが。なにはともあれ、畠山選手にもがんばってもらいたいものです。

#125 文章の手本を見つけましょう 2015/02/20

▽村上さんに相談したいことは、どうやったら説明や情景描写をわかりやすくできるか、ということです。

僕も村上さんのように小説を書いてみよう、と思っていくつか書いたことがあるのですが、情景描写が面倒くさくなって途中で止めたり強引に書き進んだりしました。詳しく書きすぎると読む方も書く方もしんどいですし、書かなすぎたらわかりにくいですし、こんなふうに一々さじ加減を考えてるうちに消耗してしまいました。

それと、普段口べたで説明が苦手なせいか、書いてるときも言葉が出てこなかったりしました。

村上さんもエッセイで自分のことを口べただと書いてますが、文章はわかりやすく書かれてますね。説明や情景描写をするときに何か気をつけてらっしゃることや、過去に練習されたことがあるのでしょうか？（クチベタベター、男性、31歳、派遣社員）

▼情景描写と心理描写と会話、というのがだいたいにおいて、小説にとっての三要素みたいになります。この三つをどうブレンドしていくかというのが、小説家の腕の見せ所です。スコット・フィッツジェラルドの『グレート・ギャツビー』が、そういう点において、僕の教科書になりました。この三要素のブレンドに関して言えば、これはもう完《かん》璧《ぺき》な小説です。どこを取り上げても、ぴたーっと決まっています。実に見事です。読んでいるだけで勉強になります。あなたも自分にとっての手本をみつけて、熟読玩味《がんみ》され

るといいと思います。口べたと文章のうまさは関係ありません。安心してください。

#126　2015/02/20
最近おすすめの「スパゲティー小説」は？

▽今頃、ミレニアム三部作（スティーグ・ラーソン）を夫婦で一気読みしました。
ひさびさに冒険小説でおもしろかったーと思いました。

この本は春樹さんが昔書いていた「スパゲティー小説（スパゲティーをゆでながらもつい手にとってしまう小説）」だと思うのですが、最近のもので春樹さんのおすすめのスパゲティー小説はありますか？（ガープ男、男性、47歳、無職）

▼『ミレニアム』面白かったですね。僕もはまりました。最近夢中になった小説？　ほかのところでも書いたんですが、ドナ・タートの『The Goldfinch』はよかったですよ。とにかく面白い。50週以上にわたって、NYタイムズのベストセラー・リストに載っています。でも残念ながらまだ翻訳が出ていません。だから今はとりあえず、彼女の前の作品『シークレット・ヒストリー』を読んでみてください。これもなかなかはまります。
ドナさんはこの前ニューヨークで会ったとき、僕にノーベル賞チョコレートをくれました。ノーベル賞メダルそっくりの金色のフォイルに包まれたチョコレートです。「は

い、ハルキ、これオスロのおみやげ」ということでした。わざわざ僕のために買ってきてくれた。とても面白い人です。僕と彼女とはエージェントが同じなので、二度ばかり会ったことがあります。彼女はブレット・イーストン・エリスさんと大学で同じクラスだったんですね。

（管理人註）
ドナ・タートの作品は、２０１６年『ゴールドフィンチ』岡真知子訳・河出書房新社、２０１７年『黙約』（『シークレット・ヒストリー』改題）吉浦澄子訳・新潮文庫が刊行された。

#127 2015/02/20

出産直前に突然去っていった夫

▽先日出産一週間前に「僕の直感によると僕の幸せはここにはない」と言って夫が去っていきました。突然のことに呆然《ぼうぜん》としつつ、赤ちゃんの世話に追われ寝不足で朦朧《もうろう》とする頭で彼の幸せとは一体何だったのか、そもそも直感とはなんなのかを考えてみるのですが、焦《こ》げ付いた味噌《みそ》煮込みうどんの土鍋《どなべ》のように頭の中がドロドロとしてしまい途方

に暮れています。なので今日の昼食はなんとなく味噌煮込みうどんにしたのですが、村上さんは味噌煮込みうどんはお好きですか？

生きていると好むと好まざるとにかかわらずいろんな事が起こるんですね。（味噌煮込みうどん、女性、32歳、主婦）

▼さぞやびっくりされたことと思います。しかしとんでもない話だな。あなたもおっしゃるように、ほんとにいろんなことが起こるんだなと、僕も驚いてしまいます。「僕の直感によると僕の幸せはここにはない」なんて言われて出て行かれても、それは困りますよね。それも出産一週間前に。そんな風に「直感」でみんながものごとを決めるようになったら、世界はむちゃくちゃなことになってしまいます。細かい事情はわかりませんが、彼にきちんと責任をとらせる現実的処置をとられた方がいいと思いますよ。がんばって育児に励んでください。そのうちにきっと良いこともあります。

#128　2015/02/20
いちばん心を揺さぶられた場所

▽ぼくは31歳のサラリーマンで、趣味が旅行です。

村上さんは色んな国の色んな街をみてきたと思いますが一番感動した場所はどこです

か？

　僕はローマのサン・ピエトロ大聖堂です。カトリックではありませんが、建物自体が神々《こうごう》しく見え、何時間もただ眺めていました。（オニエレファント、男性、31歳、会社員）

▼僕はローマでバチカンのすぐ近くに、わりに長く住んでいたんですが、あまり近いと行かないものなんですね。バチカンってほとんど見物したことがありませんでした。毎日前を歩いていただけです。もったいないことをしたかも。僕が感動した場所？　とくに「ここに感動した」ということはないかもしれない。少なくとも急には思い出せません。中くらいの「感心」ならけっこういっぱいあるんですが。

　いちばん「心を揺さぶられた」のはモンゴルのノモンハンの戦場跡でした。戦車の残《ざん》骸《がい》や薬莢《やっきょう》や水筒や榴弾《りゅうだん》なんかが、砂丘の中にまだそのまま残って散らばっていたから。まるで少し前に戦闘が行われたばかり、みたいな感じで生々しく。そこで日本軍＝満洲国軍とソビエト＝モンゴル軍が激しい戦闘を繰り広げたのは1939年のことなのだけれど、半世紀以上たっても、ほとんどそのままのかたちで戦場が放置されている。それは僕にとってずいぶんショックでした。こんなところまで連れてこられて、意味のない戦いに巻き込まれ（ほとんど意味のない戦争だったんです）むなしく死んでいった若い人々のことを思うと、胸が痛みました。

#129　2015/02/20
父はまだ早いと言うけれど

▽私は中学1年生です。
村上さんの本が読みたいのですが、ファンの父にまだ早いと言われ読めていません。
どうしたらいいでしょうか。（中一女子、女性、13歳、学生）

▼同じような質問が、あなたくらいの年齢の人たちからたくさん寄せられています。でも、中学校一年生ならもう大丈夫だと僕は思いますよ。お父さんに隠れて、どんどん読んじゃえば。エッチなところもときどきありますが、飛ばして読んでいいです。もし読みたければ、読んでもいいです。とくに害にはなりません。そういうところ、僕もそんなに気にせずに書いていますので、あなたもそんなに気にせずに読めばいいんです。間違ったことを書いているわけではありませんから、なんとかなります。がんばって読んでね。気に入ってくれるといいんだけど。

#130　2015/02/21
幻となった丸谷さんからの受賞祝辞

▽いつ頃かは忘れたのですが、村上龍さんが「ノーベル文学賞候補として（春樹さんが）何年も挙げられていて、そのたびに一応、受賞した場合のコメントを用意しないといけない。それを僕は読む機会があり読んでいるけれど、毎年書いているから、年々、そのコメントが面白くなってるんだよ。今年のなんか、とても面白かった」とか、そんな内容のことを話されていたような記憶があるのですが（「龍言飛語」動画配信だったかな〜？　違ってたら、すみません）。

事実とすれば、その面白いコメントが気になったりもします。（ケイ、女性、42歳、パート）

▼いろんなところで皆さんになにかとご迷惑をおかけしているようで、僕としても心苦しい限りです。

そういえば、丸谷才一さんが亡くなったとき、お宅に弔問に伺って、息子さんから「実は……」と見せられたものがあります。それは丸谷さんが書かれた、僕のN賞受賞の祝辞の原稿でした。それを書いてから間もなく亡くなられたんです。でも（ご存じのように）僕は受賞しておりませんので、それは幻の祝辞となったわけです。お手間をとらせて、本当に申し訳ないことをしました。ご冥福をお祈りします。

#131 2015/02/21 もし野球選手だったらポジションは?

▽ご自分が野球選手だったとしたら、どのポジションだったと思いますか?

私は投手で中継ぎ。多彩な変化球とスタミナのなさが特徴で、わりと若くに肩痛めちゃいそうなタイプだったかと。(にゃぷりんこ、女性、49歳、会社員)

▼僕は二塁手に興味があります。すごく頭を使うポジションだし、やりがいあるだろうなと思います。早稲田にいるとき体育実技でソフトボールをとって、そのときに二塁を守ったんですが、複雑なカバープレイとかをずいぶんたたき込まれ、二塁手の魅力にとりつかれました。西大立目《にしおおたちめ》さんという方が先生で、甲子園の高校野球の審判としてずいぶん活躍された方なんですが、この人の指導は理論的で、ほんとうにうまかった。僕が早稲田大学で学んだことの中では、あるいはいちばん有益だったかもしれません。今でも野球を観《み》に行くと、二塁手の守備位置と動きについ目が行きます。西大立目さんは早大名誉教授として2002年に亡くなられたそうです。

以前、古田敦也さんにお目にかかって、その西大立目さんの話をしたら、「え、村上さんは西大立目さんに教わったんですか。それはうらやましいなあ」と目を細めておられました。あの古田さんがそう言うくらいだから、とても立派な人だったんですね。当時は何も知らなかったけど。

#132 2015/02/21 それこそが「村上主義者」の真骨頂

▽大学生のときに村上さんの本に出会って以来、本を読むようになりました。僕の人間性や考え方が村上さんによって大きく変わったと思います。多かれ少なかれ、僕の一部は村上春樹で出来ているわけです。
　ところで、現在つき合っている彼女と結婚を考えているのですが（先週、婚約指輪を購入しました）、1つだけ引っかかることがあるので教えてください。実は、彼女は村上さんの本が好きではありません。どちらかというと嫌いです。さらに困ったことに、彼女の母が「村上春樹なんて、どこがいいのか全然わからない」と言うので、僕も「そうですよね、まったく……」と答えるしかありませんでした。ごめんなさい。

　こういったことは今後の人生で問題になるのでしょうか。

（栃木のブライアン・ウィルソン、男性、29歳、研究者）

▼奥さんと奥さんのお母さんというのは、すごく大事です。よく話を合わせておいた方がいいと思います。「村上春樹なんて、ほんと、かすみたいなやつだよね」とか「あんなやつの本なんて、まったく紙の無駄遣いですよ。社会の恥だ」とか好き放題言ってかまいません。そして陰でこそこそ僕の本を読み続けてください。それこそが「村上主義者」の真骨頂です。それでこそ僕の読者です。逆風を糧《かて》にして、がんばってね。

#133 2015/02/21 わかりにくい小説と人はいうけれど

▽春樹さんの書く小説について、「わかりにくい・理解しにくい・何が言いたいのかわからない」といった内容の評価が世間で少なくないことに関して、ご本人としてはどのように受け止めておられますか？(shiina、男性、39歳、会社員)

▼そういう反応があるのはまあ当然だろうと思っています。僕自身、かなりわかりにくい話を書いていると認識していますから。それがこのように世間である程度売れているということの方が、むしろ不思議な気がしちゃいます。僕は読者に「よくわからなくても、けっこうおもろい」と思っていただけるととても嬉《うれ》しいんです。もちろん「よくわかるけど、それでもおもろい」という方がいいのでしょうが。

いろんなルートから登れる山みたいな小説が書けるといいなと、僕は常々思っています。簡単に登れるルート、中級の登山者のためのルート、それからかなり難度の高い上級者向けのちょっと危険なルートと、同じひとつの山にそういういくつかの選択肢があるといいなと。

#134 2015/02/21

女子大での授業に悩んでます

▽私は今、女子大に勤めていますが、学生があまりにも授業を聞いてくれないため悩んでいます。こちらがどれだけ入念に準備していっても、彼女達はとにもかくにも黙って90分座っているのが苦痛でしかたないようで、おしゃべり、スマホ、化粧、飲食とやりたい放題です。なぜか唐突に着替えはじめる学生がいたり、失恋した学生が急に泣き出したり、お菓子を配りはじめる学生がいたりします。ちょっとでも注意しようものなら「チッ」と舌打ちして不貞寝《ふてね》です。年がら年中他人の子の反抗期に付き合っているようでとても疲れます。とはいえ、学生が一方的に悪い訳ではなく、おもしろい授業で学生を引きつけられない私も悪いのです。教えたい内容はたくさんあるのですが、話芸もなく、一発芸もできないので、パッと学生を振り向かせる授業ができません……。教える

内容以前のところで、自信をなくしております。こんな私に聴衆を引きつける術《すべ》を伝授してください。（ミツアナグマ、女性、30歳、大学講師）

▼僕はアメリカの大学でしか教えたことがありませんが、みんなすごく熱心に授業にのぞんでいますし、ちゃんと予習もやってきます。積極的に発言もします。少なくとも私語はありません。それは僕の授業だけじゃなくて、ほかの授業でも（僕が見る限り）だいたいそうです。日本とアメリカで、どうしてそんな違いが出てくるのでしょうね？不思議ですね。僕が一度、「来週までにこの本を読んできてね」と課題を出したら、一人の学生が手を上げて、「村上先生、僕らは高い授業料を払ってここで学んでいるんです。もっとたくさん課題を出してください」と言いました。すげえなあと思いましたよ。

お仕事大変だと思いますが、がんばってくださいね。日本はどうなるんでしょうね？

#135　2015/02/22
自分を好きになる必要はあるのか

▽村上さん、私は自分の事が好きになれません。娘に幸せになってもらうためにも、まずは自分の事を好きになりたいです。

どうしたら好きになれるでしょうか？（Rainbow、女性、39歳）

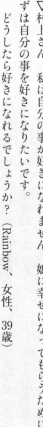

▼自分のことを好きになる必要なんて何もありません。どうして自分のことを好きにならなくちゃいけないんですか？ 誰がそんなことを決めたんですか？ まず自分に何ができるかを考えてください。そしてそれを、少しでもいいからやってみてください。手を動かして、身体を動かして。それから自分のことが好きになれるかどうか、考えてみたらどうですか？

#136 2015/02/22
僕のほとんど唯一の贅沢は

▽村上さん、こんばんは。
お金の使い方にはその人の人格が出ると聞きます。
なにかお金の使い方に哲学はお持ちですか？
僕はギフトに使う時が一番楽しくて、なのでそれが一番なのかな？ と思ってます。
（り、男性、39歳、アパレル販売員）

▼僕の現在のほとんど唯一《ゆいいつ》の贅沢《ぜいたく》は、絵画を買うことです。絵画を買うというのは、それを保管することでもあります。言うなれば一時的に預かっているようなものです。生きている間はそれを好きなだけ眺めて過ごすこともできますしね。

#137 2015/02/22 どのくらい推敲するのでしょうか？

▽子どもの頃、下宿生活をする年の離れた兄が、溜《た》まったカセットテープや本を実家に持って帰ってくるのが楽しみで、その中に、先生の『回転木馬のデッド・ヒート』がありまして、それを読んだのが、村上作品に触れたはじめてでした。子ども心ながらに、強く惹《ひ》かれました。その後、様々な距離の置き方をしながら、多数の作品を読ませていただきました。結果、どうしても、読みやすいのは村上作品です。いろいろな名文家もいらっしゃいますが、体感的に、村上作品は、その文自体がとても読みやすいのです。

先天的なセンスの問題もあるかもしれませんが、私の勝手に考えたこととして、もしかすると、ものすごく推敲《すいこう》をなさっているのかと思いました。もちろん、作家は、かなりの推敲をするとは思うのですが、先生はすらりと文を書けるのでしょうか。それとも、素朴（粗野？）なもととなる文があって、それを精錬させていくのでしょうか。

なんともセンスのないまとまりのない文面で恐縮ですが、この歳《とし》で、のらりくらりと新人賞に応募している者です。

もしもご返答いただきましたなら、糧にいたします。（リリス、女性、36歳）

▼推敲は僕の最大の趣味です。やっていて、こんな楽しいことはありません。推敲がで

きるから、小説を書いているようなものです。最初はだいたい流れのままにさっと書いてしまって、あとからしっかりと手を入れていきます。最初からみっちり書いていこうとすると、流れに乗ることがむずかしくなるので。推敲にとってもっとも大事なのは、親切心です。読者に対する親切心（サービス心ではなく親切心です）。それを失ったら、小説を書く意味なんてないんじゃないかと僕は思っているのですが。

#138 2015/02/22 善と悪のたたかい

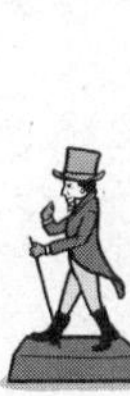

▽こんにちは、小説を全く読んだことがなかったのですが、周りのみんなが口を揃《そろ》えて村上さんの本を薦《すす》めたのがきっかけで、すっかりハマってしまいました。なので村上さん以外の小説を全く読んだことがありません。ところで、私の質問です。私はこの世の中良くなっていくと思っています。悪くはなりません。なぜかというと、今、善と悪を大人も子供も知り感じることができます。そんな子供が大きくなり、歪《ゆが》んでいたものが少しずつ正されている気がするのです。でも逆に悪も強いです。これを友達に言ったら否定されました。村上さんはどのように感じますか？ 貴重な時間の中読んでいただきありがとうございます。回答していただけたらとても嬉しいです。（seagull、女性、27

歳）

▼不思議なことかもしれませんが、僕の経験から言いますと、どんな時代でも、悪と善の量のバランスというのはほとんど変わりません。善が比較的多い時代とか、悪が比較的多い時代とか、そういうのはありません。だいたいどの時代でも同じです。あなたはがっかりするかもしれませんが、世界というのはそういう風にできているみたいです。でもそれにもかかわらずあなたには、あなたが善であると思うことを真剣に追求する責務があります。だってそうしないと、何かの加減でひょっとして悪が勝ってしまうかもしれないから。僕の言うことがわかりますか？　たとえ無駄かもしれないとわかっていても、あなたには善を追求する責務があるのです。考えてみてください。

#139　2015/02/23
おおきなかぶをぬいてどうするの？

▽私は小学校2年生の娘がいるのですが、国語のテストの解答がちょっと変わっています。昨年は「おおきなかぶ」の問題で「かぶをどうしようとしているのですか」という問題（答えは抜こうとしている）に対して「つけもの」と解答するなど、最初は微笑《ほほえ》ましく思えていたのですが、2年生になっても変わらず、このままでは国語が苦手になる

のではと心配しております。小説家として何かアドバイスをいただけたらと思います。（やっぱり猫が好き、男性、36歳、公務員）

▼僕も「おおきなかぶ」については、昔からいろいろと疑問を覚えてきました。あれって、漬け物にしてもきっとまずいですよね。大きすぎて。煮物にもできないし。切るのも大変だし。抜いてはみたものの、結局は無駄骨だったということになるんじゃないかな。みんなで連携してかぶを抜いたという、その行為自体に意味があったのかもしれません。内容にではなく、方向性に意味があったというか。構造主義とかの先駆けみたいなものだったのでしょうか？　でもそんなこと、小学校二年生のクラスではよくわかんないですよね。

#140　2015/02/23　翻訳で補えない領域は存在するか？

▽この前、とある遠い国で、とても気難しそうな顔をした人々が、とても堅そうな頭を抱えながら議論する、愉快な哲学者たちの集会がありました。そこで、「村上春樹」の

小説が、正午ちょっと過ぎたぐらいの軽いコーヒーブレイクのように、突然（あまり会合の本題とは関係なく）引き合いに出されて、驚きました。

その文脈で、「村上春樹の小説には、日本語ができる人間にしか理解できないような部分、翻訳では補うことができないような物語の領域が存在するのだろうか？　彼はあまりそのようなことを気にしていないように見えるけど。日本人としてどう思う？」と、とても高名な某NekoYanagi教授に問いかけられ、大ピンチでした。

そこで僕は、緊張感を隠すために、めいっぱい無愛想なモアイ像のような顔を浮かべて、「この世の中に、全《すべ》てが翻訳で補われてしまうような文学は存在しません。しかしその補いきれなさのロジックと強度は、翻訳した後にしかわからないものです。だからこそ、この質問に答えるべきなのは、実はあなたたちなのですよ」と、少しはぐらかしたような回答をしてしまいました。実際のところ、村上さんならば、このような質問に、どのようにお答えになりますか？（猫になりたい哲学者、男性、30歳、スナフキンになれないコマドリ）

▼言語レベルでつきあわせていくと、オリジナルのテキストと翻訳されたものとのあいだには、やはりある程度の落差は生じます。これはもう原理的に仕方ないことです。しかしその表層を一枚剝《は》いだ物語レベルにおいては、ほとんどそのままの内容が伝達可能であるはずだと、僕は考えています。作家としても、翻訳者としても、そう考えていま

す。つまり物語性が強い小説であればあるほど、それは翻訳による転換に耐える体質をそなえているということになると思います。物語というのはいわば、世界の共通言語としての機能を果たしているわけです。僕としてはそういう物語の本来的なパワーを信じたいと思っています。言語レベルにおいても翻訳者のぎりぎりの努力が必要とされることは言うまでもありませんが。

#141 2015/02/23
小説は生産性が低いと貶されます

▽小説を読んでいると、旦那《だんな》さんから生産性が低いと非難されます。どうせなら〝成功者の習慣〟のような自己成長を促す本を読むようにとのこと。隠れて読むのもなんだか変です。
　村上さんはどのようにお考えでしょうか？（ねじまき魚、女性、37歳）

▼はあ、そうですか。でも生産性の低いものって、けっこう必要なんですよね。生産性の高いものばかり追求していると、人間がだんだん薄くなります。どうしてかはわからないけど、なんか確実に薄くなるんです。薄くなっても、お金が入ってくればいいじゃん、楽しく暮らせればいいじゃん、ということであれば、問題はぜんぜんないんだけど、

でもそればっかりじゃいやですよね？　だからときどき生産性の低いものも読んでください。あまりお金儲《もう》けにはつながりませんが。

#142　2015/02/23
私一人が読んでも読まなくても

▽私はあと2週間で21歳になる大学生です。質問なのですが、村上さんにとってひとりひとりの読者とはどういうものなのでしょうか？　村上さんの作品が大好きで、読んでは勇気をもらっています。でも時々、私一人が読んでも読まなくても、村上さんにしてみれば一緒なのではないかと思うこともあります。そしてそういうときは少し落ち込みます。村上さんの読者のイメージを教えていただけると嬉しいです。（もりー、女性、20歳、大学生）

▼むずかしい質問ですね。たしかにあなたが読んでも読まなくても、僕は違いに気づかないと思います。言うまでもなく、具体的に読者の数を数えることはできませんから。でもそれはこの地上での話であって、足元のずっと下の方の暗くて深いところでは、きみが僕の本を読んでくれないことで、僕は少し傷つくことになるかもしれません。そして少なからず落ち込むかもしれない。そこでは、僕は逆にきみから勇気をもらって本を

書いているかもしれません。そういう風に考えてみてはどうでしょう？　この地上ばかりが僕らの世界ではありません。僕らの足元深くにはそういう特別な世界があるのです、ほんとに。

#143 2015/02/23
生きることが辛い時には

▽昨年、いままでに感じたことがないほど、生きることが辛《つら》くなりました。

村上さんの小説を読み、なんとか今までやってこられました。

仕事も恋愛も全部うまくいかなくて、これから先、どうなってしまうのかなと思うとどうしていいかわからなくなってしまいます。友人に相談したところ、やりたいことを見つけるように言われましたが思い浮かばず、美味《おい》しいものを食べたり、本を読んだりして日々が過ぎていきます。今がよければいいといった感じです。

村上さんなら、このような時をどう乗り越えますか？（さらら、女性、29歳、会社員）

▼僕は単純な人間なので、わりに単純なことしか言えません。身体《からだ》を動かしなさい。自分の身体と対話をしなさい。あなたの場合、まずそこから始めるしかありません。身体

を動かすことがきらい？　呼吸をすることはきらいですか？　それと同じです。あなたにとって身体を動かすことは、呼吸するのと同じくらい必要なことです。運動が嫌いなら、部屋の片付けだって、アイロンがけだって、お風呂《ふろ》の掃除だって、なんだってかまいません。集中して身体を動かしなさい。そうしないといつまでたっても、そこから抜け出せないですよ。がんばって。

家庭で試しちゃいけないもの
#144　2015/02/24

▽春樹さんこんにちは。エッチな動画をみてるところを妻に見られたときは何という言葉を発すれば正解なのでしょう。
　こんな話題の後になんですが、作品は多分、全部読んでます。作品は好きなのも嫌いなのもありますが、春樹さんが作品を生み出す姿勢は大好きで尊敬してます。応援してます！（うごうご、男性、37歳、公認会計士）

▼「きみのためにいろいろと研究していたんだよ。学ぶことは大事だから。そうか、なるほどね、ふうん、こういうのもアリなのか、ほほう」とか言ってればいいんじゃないでしょうか。うまく通用するかどうかはわかりませんが。それからそのようなフィール

ドにおいては、「Please don't try at home」（ご家庭ではお試しにならないでください）という種類のものごとも少なからずありますので、取り扱いにはじゅうぶん気をつけてくださいね。いずれにせよLive and learn（生涯勉強）です。

#145 2015/02/24
面白い新聞って何でしょう？

▽こんにちは。私は新聞記者をしています。ご存知の通り、人びとの新聞離れによって業界は縮小傾向にあります。私は主に政治の取材をしていますが、苦労して取材して、一生懸命に記事を書いても、なかなか皆さんに新聞を読んでもらえない世の中になってきました。面白い新聞をつくりたい、と思いますが、社内の議論はあまり生産的だとは思えません。そこで村上さんにお聞きしたいのは「面白い新聞って何でしょう？」ということなのです。別に洗練されたビジネスモデルがどうだとかいう議論ではなく、純粋に、村上さんならどんな新聞を読んでみたいと思いますか？ これまでに読んだ記事で「面白いなあ」と感じられたのはどんな記事ですか？ ご意見を聞きたいです。（にっけい、男性、28歳、新聞記者）

▼僕は海外での生活が長くて、ずっと日本では新聞をとっていなかったんですが、19

９５年に『アンダーグラウンド』という地下鉄サリン事件を扱った本を書こうと思い、オウム真理教裁判をフォローするために、新聞をとり始めました。そのときに主要紙を並べて細かく読み比べてみたんですが、毎日新聞の「裁判傍聴記」が僕としてはいちばん読みやすく、記述も的確だったので、毎日新聞をとることにしました。新聞によって少しずつ観点や文体が違ってくるんですね。新聞それぞれ独自の「持ち味」「人柄」みたいなものは、テレビのニュースや、インターネットのニュースではなかなか出てきません。そういうきちんとした「売り」みたいなものが見えてこないと、新聞の未来はあまり明るくないのではないかと思います。速報性や万遍のなさよりは、パッケージとしてのメッセージの信頼性が大事になってきます。

あと新聞の文体ってもう少しどうにかなりませんかね。決まりきった表現が多すぎて、いくぶん権威主義的な匂《にお》いもまだ残っており、なんか今ひとつ馴染《なじ》めません。これだけメディアの様相が激しく変化しているのだから、新しい新聞文体みたいなものができていってもいいんじゃないのかな。これまでにない文体を作っていくというのは、実際にはなかなかむずかしいでしょうが、やはりそういう努力も必要ですよね。

#146 愛を誓っても大丈夫ですか? 2015/02/25

▽私は数日後に、自分の結婚式を控えております。結婚式って、皆さんの前で、愛を誓いますよね。でも、私には愛を誓うって壮大過ぎてよく分かりません。誓っても守れるか、不安です。もちろん、相手のことは大事なのですが……こんなモチベーションで、結婚式を迎えてもいいのでしょうか。（はちみつ、女性、27歳、教育関係）

▼大丈夫です。なんとかなります。愛なんて誓っておけばいいんです。あとで多少の変更はききます。本当ですよ。経験者として言っているんだからたしかです。お幸せに。

#147 正直な研究者ではダメですか? 2015/02/25

▽私は薬学部の5年生です。細菌の免疫《めんえき》逃避機構に関する研究をしています。自分の力不足に悔しい思いをすることも多いですが、研究はすごく面白いです。

ただ、研究者として生きていくには、研究だけではなくて、ある種の政治力やコネクションも必要なようです。教授に気に入られることも大事なようですし、時には人の研究結果をさも自分が結果を出したように学会で発表し業績をあげる教員もいます。

こういうことは、研究者だけではなく、小説家など他の職業にも言えることのような気がします。私はズルをしない、正直で実力を持った人間でありたいと思いますが、それだけではダメなのかもしれません。

村上さんの意見を聞かせてください。（緑ちゃんに憧れる女の子、女性、22歳、大学生）

▼研究、いろいろと大変だと思います。僕は研究なんてしたことないので、どういうものだかよくわかりませんが。でもまあ、世間にはいろんな人がいます。もちろん小説家にもいろんな人がいます。はしっこい人がいたり、のんびりした人がいたり、戦闘的な人がいたり、要領の良い人がいたり、親切な人がいたり。で、思うんですが、人生というのは長距離レースみたいなものです。長い時間をかける勝負です。途中で誰かに抜かれたり、誰かを抜いたり、そういうのってあまり大勢にはほとんど関係ありません。自分のペースを守ってゴールを目指すことが何より大事になります。途中経過は気にしないで、自分のペースをつかんでください。そうすればそんなにひどいことにはなりません。優勝はできないかもしれないけど、後悔はしません。それが大事なんだよね。がん

ばって研究を続けてください。

#148 2015/02/25 女性なので想像しかできませんが

▽突然ですが、「完璧《かんぺき》な勃起《ぼっき》」とはどういう状態の事ですか？ 小説の中で出てくるたびに、いつもつまずいてしまいます。

私は女性なので、想像する事しかできませんが、時計の針のようにグルグル、グルグル回っている状態なのではないかと、推測しております。

村上さんのお眼鏡にかなう質問を！ と色々精査した結果、このような質問になってしまい、申し訳ありません。

いつまでも応援しております。（中二病、女性、31歳）

▼わけのわからないことを書いて、申し訳なく思っています。そんなに真剣に考え込まないでください。ちょっと漠然とイメージしてから、そのままやり過ごしてしまっていただければ、作者としては嬉しかったのですが。僕としてもここであまりリアルに説明できないのですが、でもとにかく「時計の針のようにグルグル、グルグル回っている状態」でないことは確かです。いったいどこであなたは、そのようなイメージを入手され

たのでしょう？　まあ、いいんですが。

#149　2015/02/26　国語の授業が苦痛です

▽こんにちは。私は12歳です。
　このサイトは、母に教えてもらって知りました。

　村上さんのエッセイが好きで何冊も持っています。何度も読んだのもあります。学校の図書館に一冊も置いていないのが残念です。エッセイだけしか読まないのは、小説は過激な部分があるので小学生には不適切だと母に言われたからです。

　ところで、小学校の国語の授業がとてもつまらなくて毎日学校へ行くのがいやです。特に、教科書にのっている文章を使っての授業がきらいです。教科書の文章はどれもありきたりで、いかにも大人が読ませたがりそうな面白みのないものばかりです。しかも、授業で質問されたことに対して答えることがずれている人や、そもそも答えが文章として成り立っていない人が多いです。先生が明らかに見当ちがいのことを教えたりもします。

　どうすれば国語の授業の苦痛が和らげられるでしょうか。（りか、女性、12歳、小学

生)

▼そうですか。僕も国語の授業ってあまり面白いとは思わなかったですね。とくに勉強しなくても成績はすごく良かったんですが（笑）。僕の小説はときどき過激な部分があります。でも悪いことを勧めたり、道徳的に間違ったことを教えていたりとか、そういうことはありませんので、「多少エッチなくらいいいよ」と思えば読んでもいいんじゃないかな。お母さんに隠れてこっそり読んでみれば。僕は12歳の時にスタンダールの『赤と黒』を読んで、夢中になりました。かなり深い不倫小説なんですけどね、だいたいわかった。

たぶんきみはまわりの人たちより、本が深く読めるのだと思います。だから教科書に載っている文章とか、先生の教え方とかが物足りないんでしょう。そんなものは適当にやり過ごしておいて、自分の好きな本をどんどん読んでいくといいです。読むべき本は世界にいっぱいあります。たくさん読んでください。

#150 2015/02/26 何のために生きているのかと自問するとき

▽夫はときどき人は何のために生きてるんだ？ と心から不思議そうに言います。私や子どもや家族の存在は答えにはならないようです。

家族思いで、あまり趣味もなく、休日は家族と過ごすのがとても楽しそうに見えます。

健康な方だと思います。

彼の思考回路は変わらないのかなと感じていますが、どう思われますか？ （しまなみ、女性、33歳、会社員）

▼幸福な家庭があり、満ち足りた生活を送っていても、人はときとして「おれは（わたしは）いったい何のために生きているのだろう？」と自問するものです。多くの人がそうしています。あなたはしませんか？ 僕らはこの世に生まれて、頭に教育を詰め込み、恋をして結婚をして子供を作り（というのを平均だとします）、せっせと働き、そしてやがて年老いて死んでいきます。いったい何のために？ と思いますよね。自分がただの何かの通路みたいに思えることもあります。ＤＮＡを次世代に受け渡しているだけの存在（僕は子供がいないのでそれも果たしておりませんが）。そこにいったい何の意味があるのだろう？

ご主人がときどきそんな本質的な疑問を抱かれることによって、何か具体的な支障が生じているのでしょうか？　もしそうでないなら、疑問くらい好きに抱かせておいてあげてはいかがでしょう。ある日突然ギターを片手に、スナフキンみたいな感じで「ぼろーん」と放浪の旅に出たりすると、それはちょっと問題になるかもしれませんが、もしそうでないのであれば。

#151　2015/02/26　優美と思ってくれる人がいるだけで

▽私は、1992年に脳出血のために左足が麻痺《まひ》してしまいました。リハビリをがんばった結果、杖《つえ》はつかずに歩けるようにはなりました。同じ92年に出版された『国境の南、太陽の西』の島本さんと同じような「左脚をちょっとかき回すような感じ」の歩き方です。当時はかなり落ち込んでいましたが、この本を読んでいたら、その歩き方に対して「綺麗《きれい》な脚がそんな優美な曲線を描くのを飽きずに眺めていた」という表現があって、その「優美」という言葉に涙がでてきました。

少なくとも小説の世界では、この歩き方を「優美」と思ってくれる人がいるのだと思ったら励まされました。それからはずっと足の麻痺のことで落ち込んだときは島本さんを思い描いて、その言葉を思い出してきました。そうすると生きるのが少し楽になったような気がしました。村上さん本当にありがとうございました。

最近は左膝《ひだりひざ》が痛くなってきたので杖をつくようにしています。杖をつくようになったら、街に出かけてもまわりの人たちがとてもやさしくしてくれます。みんなが幸せを分けてくれているみたいです。人って本質的にやさしいですね。（みもざ、女性、54歳、主婦）

▼いつも僕の本を読んでいただいて、ありがとうございます。
小学校の頃ですが、僕と同じクラスに足の悪い女の子がいて、でもいつもとても元気で前向きだったので、その子の足が悪いことをつい忘れてしまうことがよくありました。僕はあの小説を書くときに、その子のことを思い出して書いていました。タイプはぜんぜん違いますし、モデルというわけではありませんが。いろいろとご不自由があるかとは思いますが、これからもチャーミングに生きていってください。

#152 2015/02/26 老境に入って幸せに生きる条件

▽村上春樹さんも、もう老境の域にさしかかられているのであえて伺いたいと思います。
幸福に生きるために必要なものって、強いて言うなら、最低限のお金ともうひとつはなんでしょうか？（もじばけ、男性、43歳、自営）

▼そう言われると「そうか、おれももう老境なのか」とあらためて考えさせられてしまいますが、自分では普段そんな風に年齢を意識することはありません。べつに若作りして生きているわけではないんですが、「老境だから」という意識はないということです。幸福に生きるために必要なもの？　まず健康であることです。そのためには節制と運動

は欠かせません。次に目的意識です。これがないと、いくら健康でも生きている意味がありません。

昔アメリカの雑誌で「老境特集」をやっていまして、そこに男性が元気に長生きするための三つの条件というのが掲げてありました。

①同じ一人の相手と結婚生活を長く続けること
②日々適度な運動をすること
③好きな仕事をして、高い収入を得ていること

リアルですね。いかがですか、条件にかなっていますか？

#153 2015/02/27
「僕」の中に混入してきた「俺」の謎

▽今、私は大学3年生で、卒業論文で村上春樹さんの作品を扱おうとしています。テーマは「村上春樹作品における人称の変化」です。

村上さんの作品はある時期から、語りを一人称から三人称へ転換していることに気づき、雑誌のインタビュー記事などを読んで、転換させた理由も理解しました。

ただ、人称について謎《なぞ》が解けないことが一つあります。『色彩を持たない多崎つくる

と、彼の巡礼の年』では、語りは三人称をとっていますが、つくるの一人称は「僕」となっています。しかし、何ヵ所か会話の際に「俺」と言っているところがあると思うんですが、それは何故なのでしょうか。

今まで「僕」（あるいは「私」）で統一してきたのに、「僕」と「俺」が混同しているのは初めて拝見しました。お答えいただけると嬉しいです。（リンゴ、女性、21歳、大学生）

▼「僕」と「俺」「おれ」はもちろん意図的に、微妙に使い分けています。そう思って読んでくれますか？　人称というのは僕にとってはかなり大事な問題で、いつもそのことを意識しています。僕の場合、一人称から三人称へという長期的な流れははっきりしているんだけど、そろそろまた一人称に戻ってみようかなということを考えています。一人称の新しい可能性を試してみるというか。もちろんどうなるかはわかりませんが。

#154　2015/02/27
耳栓が手放せないチェリストの夫

▽こんにちは。村上さんは、ＢＧＭについて素敵な場面を幾つも書かれてますね。パスタを茹《ゆ》でる時の「泥棒かささぎ」とか。私は『１Ｑ８４』を読んでヤナーチェクを知り

ました。「ノルウェイの森」も改めて歌詞を面白く読みました。ところが、実際我が家では、BGMはご法度《はっと》です。私の夫はコンサートチェリストで、ホテルの朝食バイキングなどで耳に流し込まれる音楽を毒薬か暴力のように感じてます。ボリュームを少し下げて下さいとお願いしても、どこでも断わられるので、今は耳栓を持参しています。スキー場にも耳栓必須《ひっす》です。私の故郷でリサイタルをした後、町一番のフレンチレストランのオーナーがモーツァルトをかけてお迎えしてくれたのですが、夫は止めて下さるよう懇願してました。わざわざ夫のCDをかけて下さることもあり、黙って耳栓している彼を見ると可哀想になります。心に残るような素敵なBGMにはなかなか出会えないものです。（朗善、女性、55歳、主婦）

▼そうですね。僕もまったく音楽のかかっていない店に入るとほっとします。日本の飲食店って、ほとんど必ず何か音楽が流れていて、けっこう疲れることがあります。それもだいたいはひどい音で。

かなり昔のことになりますが（これは前にもどこかで書いた覚えがあるんだけど）、原宿のラフォーレに入ったら、こっちの店からホール&オーツの「I Can't Go for That」が大きな音で流れてきて、あっちの店からスティービー・ワンダーの「Part-Time Lover」が大きな音で流れてきて、それがちょうど僕のいるあたりでぶつかってひとつに混じり合って、わけのわからない騒音になって、そのときはさすがに僕もぶち切れました。すぐにそのビルを飛び出して、それ以来原宿にはほとんど近寄らないようにしています。日本人って音に対していささか無神経なところがあります。どうしてでしょうね？

#155 2015/02/28 勇気って、人にもらうものなの？

▽最近テレビなどで「勇気をもらう」という表現をよく耳にします。私は、この表現を聞くと、ついテレビに向かって「勇気は人にもらうものじゃないでしょ、自分の中から湧《わ》くんでしょ」などと、声を出して突っ込んでしまっていました。しかし、よくよく考え、「勇気をもらった」という表現が一般的になったという事は、私にはピンと来ないけれども、多くの人が勇気をあげたり、もらったりしてると感じてるということなのではないか、と考えるようになりました。

村上さんは、小説を書くことによって勇気をあげたり、又はもらったりという感覚を持っておられますか？（しゅうか、女性、47歳、主婦）

▼そうですね。たしかにちょっと気になる言葉ですね。僕もあまり好きではありません。そんなに簡単に勇気をもらったり、あげたりするものじゃないですよね。勇気というのは力を振り絞って、奥の方から引き出してくるものですよね。あるときには命がけで。簡単にもらったものなら、「ちょっとそのへんに置いておこうか」みたいなことになりかねません。
　あと僕は、映画とか本とかの宣伝で「涙が止まりませんでした」みたいな惹句《じゃっく》が多すぎるのも気になります。昔はそんなになかったと思うんだけど、最近はなにしろ多いですよね。泣きゃあいいってもんでもないだろ、みたいに思うことが多いです。人々はそんなに「感動」に飢えているのでしょうか？　泣くのと感動するのとは、ちょっと違うような気もしますが。

#156　2015/02/28
「わりに迷惑」について説明します

▽村上さんがノーベル賞候補になっていることについて「迷惑」とおっしゃっていることを聞いて、安心しました。これからも頑張って下さい。（匿名希望、男性、51歳）
▼こんにちは。励ましをありがとうございます。ただ、失礼な言い方かもしれませんが、

あなたの文章の中には間違い（のようなもの）が二つほどあります。あなたばかりではなく、ほかの多くの人も誤解されているのではないかと思いますので、いちおう説明させていただきます。

第一に僕は「ノーベル賞候補になっていること」が迷惑だと言っているのではありません。そのことでメディア的に大騒ぎされるために、いろいろと煩《わずら》わしい問題も出てくるので、僕としてはそれが困る、と言っているだけです。第二に、僕はだいたい正式に「ノーベル賞候補」になっているわけではないのです。イギリスの民間の賭《か》け専門の会社がオッズ（賭け率）をマスコミに発表しているだけです。ノーベル賞の主催者が、「村上さんが候補者になっています」と公式に発表しているわけではないのです。アカデミー賞やグラミー賞や芥川賞みたいに最終候補が正式に発表され、その中から「The winner is……」という感じで受賞者が出るという仕組みではありません。候補絞りも最終選考もまったく秘密裏に行われます。僕の方にももちろん連絡なんてありません。ですから、僕が候補になっているというのは、あくまで憶測に過ぎません。ただの賭け屋の憶測で、これだけ大手メディアが動くというのもずいぶんけったいな話だよなあと、僕はいささか首をひねっているだけです。迷惑しているというよりは、当惑しているという方が近いかも。

#157　2015/02/28
定食の王道は？

▽一番嬉しい日替り定食は何ですか？（うーたん、女性、31歳、飲食業）

▼たぶん「牡蠣《かき》フライ＋あじフライ定食（キャベツ山盛り）あさりの味噌《みそ》汁《しる》つき」だと思います。お腹《なか》がすいてきたな、なんか。

#158　2015/03/01
河合隼雄先生との対談をもっと読みたかった

▽だいぶ時間がたってしまっていますが、河合隼雄先生がお亡くなりになってとても残念に思っています。

村上春樹さんと河合隼雄先生の対談がもっと読みたかったです。（ぶんた、男性、37歳、アルバイト）

▼そうですね。僕も河合先生ともっといろんな話をしたかったです。とても深くものを考えられる方だったので、話をしていて楽しかった。もちろん学ぶところも多かったですし、本当に残念です。安西水丸さんともっとたくさんお酒を一緒に飲みたかった。

もっとたくさんろくでもない話をしたかった。僕にとって大事な人が、この何年かのあいだに世を去られました。

どちらも最後にお目にかかったときはとてもお元気でしたので、亡くなったということが、まだうまく把握しきれていない部分が僕の中にあります。人というのは意外に急に亡くなってしまうものなのですね。『グレート・ギャツビー』の中にウルフシャイムが、ギャツビーが殺されたあとでニックに「友情というものは相手が生きているうちに行使するものだ」みたいなことを言うシーンがあります。たしかにそうかもしれないですね。友人は生きているうちに大事にしなくてはなりません。

#159 2015/03/01 作家以外でどんな仕事につきたいですか？

▽作家以外でやってみたいなと思う職業はありますか？
私は看護師（子育て休業中）ですが、手先が器用なのと、靴が好きなので靴職人になってみたいと思うことがあります。（はりまぐろ、女性、38歳、主婦）

▼僕は『スター・ウォーズ』のチューバッカみたいな仕事をしたいなと前から思っています。ハリソン・フォードのとなりで「うぉー！」とか「むおこぉー！」とか叫びなが

ら、帝国軍とばしばし戦う。あの人、たぶん確定申告とかしてないですよね。いいなあ。楽しそうだ。

#160 2015/03/01
仮定法が使い分けられない高校生より

▽仮定法現在と仮定法過去の使い分けができません。英語話者の人たちはどうやって区別しているのでしょうか？（コマさん、男性、16歳、学生）

▼仮定法の原理についてここで説明するわけにはいきません。申し訳ありませんが、ちょっと暇がないんです。『表現のための実践ロイヤル英文法』（綿貫陽、マーク・ピーターセン著・旺文社）は優れた本です（無人島に持っていってもいいくらいです）。これを読むと仮定法の細かいニュアンスが理解できると思いますよ。読んで理解してください。仮定法はとても大事です。しっかりマスターしてくださいね。

#161 2015/03/01
村上さんがスローガンを決めるなら

▽東京ヤクルト・スワローズの2015年シーズンスローガンが「つばめ改革」に決まりましたが、村上さんがスローガンをつける立場であったならどのような言葉を選ぶのでしょうか。非常に興味があります。
あと、スワローズ帽の猫のイラストですが、せっかくなら「ニャー」こと成瀬選手のようなサウスポーのものも見たいな、と思ってしまう自分がいます。（ロック・ハラー、男性、26歳）

▼なるほどね、「つばめ改革」ですか。それも悪くないけど（わけのわからない英語みたいなものを使ってないから）、でもなんか「改造中」「改装中」みたいでちょっと迫力ないですよね。ここはやはり「つばめ一揆《いっき》」でいってもらいたかったな。それならいかにも元気そうですよね。むしろ旗とかもって走っているみたいで。
猫手の「にゃるせ」にもがんばってほしいですね。期待しています。にゃー。

#162 2015/03/01 小説家としての冥利

▽沖縄のとある精神病院の待合室からメールしております。私は患者ではなく、医薬品の営業マンをしております。

村上さんの作品は何度も何度も読み返して味わっております。受けた影響は小さくないです。

もし作品を通して世界に大きな影響を与えられるとしたら、どんな影響を与えたいと、村上さんはお考えですか？（のーりーずん、男性、28歳、ＭＲ）

▼出口を見失って苦しんでいる人に、「出口はあるかもしれない」と思わせることができたらいいなあと思っています。もし誰かにそういう影響を与えられたら、小説家としては冥利《みょうり》に尽きます。

#163　2015/03/02　誰も責任を取らないのは、なぜ？

▽村上さんは、『ねじまき鳥クロニクル』でノモンハン事件を取り上げ、当時の軍部や官僚組織の無責任な対応を、物語の力で痛烈に批判されましたが、戦後も同じようなことが日本中のいたるところで起きていますよね。バブルの発生も、不用意な収束を図ったことによるクラッシュも当時の大蔵省によるものですが、そのせいでいったい何人の日本人が経済的に行き詰まり自殺したことでしょう。民主党政権下での官僚のサボタージュも目に余るものがありましたし、昨年末の消費税増税の延期を潰《つぶ》そうとした財務省

の動きも、経済の実態や国民の生活を無視した、いかにもお上《かみ》然としたやり口でした。そのせいで安倍総理は年末に衆議院解散・総選挙までしなくてはならなくなった。誰も責任を取らないというのは役人だけでなく、企業を含めどのような組織においてもいくらでもあって、日本人の病弊のようですが、いったいどうすればまともになるのか。村上さんはどのように思われますか？（ykandori、男性、49歳、無職）

▼そうですよね。いろいろと腹の立つことはあります。福島の原発事故であれだけの人人が故郷を追われ、生活を無茶苦茶にされて、その責任は誰がとったんだというと、誰も取ってないんです。じゃあ誰にも責任はないのか？　ということになります。前にもどこかで書きましたが、「津波だけが悪いんだ」みたいなことにだけはしたくない。でもなんだかそうなっちゃいそうな雲行きです。どうすればいいんでしょうね、ほんとに。

#164 2015/03/02 この壁に対して私は一体何ができるのでしょうか

▽村上様

初めまして。私は香港人で高校生以来、あなたの作品の大ファンです。まずはドイツのウェルト文学賞の授賞式の中であなたが香港のデモ参加者へ発せられた、平和的に壁に立ち向かい続けて欲しいという激励のお言葉について感謝申し上げます。あなたのお言葉は私たちにとって大きな力となりました。また、２００９年にイスラエルのエルサレム賞を受賞した際のあなたの「卵と壁」の比喩《ひゆ》は、私たちの運動のスローガンの一つとなり人々を勇気付けました。さらにはその比喩を取り入れた歌まで作られました。

私たちは若者の力をこの抗議活動を通して知ることができました。しかし同時に、現状とその壁に対して私たちがいかに無力かについても知ることとなりました。現在香港は再び日常に戻っており、香港の人々は何もなかったかのように生活しています。

しかし、この壁が決して揺らいだわけではないことを私たちは知っています。

そこで質問なのですが、文学を愛し執筆する若者として、この壁に対して私は一体何ができるのでしょうか。もし質問にお答えくだされば幸いです。

香港の若きデモ参加者より（言雋、女性、22歳）

▼いろんなことが思うように行かなかったみたいで、僕としても残念です。でも民主化のためにあなたがたが行ったことは、決して無駄には終わらないと思います。一見「何もなかった」ように見えるかもしれませんが、足の下の見えないところで、何かは確実に変わっているはずです。あなた方が行ったことはひとつの事実として残っていますし、その事実は誰にも無視することのできないものです。世界はその事実のぶんだけ変化したのです。これからもがんばって、ほんの少しずつでもいいから世界を変えていってください。僕も応援しています。

#165 2015/03/02 マネキンと上手に別れたい

▽僕の住んでいる千駄木周辺にはよくゴミが落ちていて、今までにソファーや新品のダーツを道で拾いました。それで、ある日、女性のマネキン（上半身と下半身がわかれているもの）が道に捨てられているのを見つけて、どうにも見過ごせず、上半身だけ自転車のカゴに入れて持ち帰りました（あとからやっぱり下半身も取りにいきました）。最初は部屋の机の横においてたまに眺めたりしてマネキン（キャロラインといいます）との同居生活を楽しんでいたのですが、そのうち現実の恋人もでき、どうもこのまま狭い

部屋でキャロラインと暮らしていくのがお互いにとってあまりよくないように思えてきました。しかし、かといって、また道に捨てるのはあまりにもかわいそうで、キャロラインをどうするべきか悩んでいます。「キャロラインよ、キャロラインよ、汝《なんじ》を如何《いかん》せん」という感じなのです。村上さんのご経験から、このような場合に上手に別れる方法を教えていただけませんでしょうか。（さんさんボックス2号、男性、25歳、会社員）

▼そんなこと相談されても困ります。あなたとキャロラインさんとで相談して決めてください。でも遠くに捨てたはずのキャロラインが夜中に戻ってきて、こんこん、こんこん、と玄関のドアをノックしたりしたらこわいですね。「ねえ、なんであたしを捨てたの？」とか言いながら。ああ、考えるだけで怖いなあ。よくよく考えて対処してくださいね。だいたいマネキンなんて拾ってくるあなたに責任があるんです。

#166　2015/03/02
自分の「これだ！」を見つけたい

▽僕は高校を卒業しある専門学校に入学しました。しかし三日とたたないうちに僕はその専門学校が嫌になって辞めてしまいました。その専門学校は僕が行こうと決めたところではありません、親が決めました。思えば僕は小さい頃から親に決められる人生でし

た。ただぼんやりと生きてきました。専門学校をやめた時に気づいたのです。だからこれからは自分自身の意思にしたがって生きようと決めました。これからしたいことはあるにはあるのですが、たくさんありしかもそれを本当にしたいのかどうかも正直わかりません。僕の友人には小さい頃から絵が好きで高校の時に必死に勉強して美大にはいった人がいて、そいつのことがとても羨《うらや》ましいです。僕は必死になれるものがありません。父は画家を生業にしているのですが、小さいときに絵の先生に弟子入りして勉強をしていたそうです。僕は、今はとりあえず大学に入ろうと勉強をしていますが、なんで勉強してるんだろう？とよく思います。夢がないのに果たして勉強する意味があるだろうかと。

村上さん、どうしたら自分のこれだというものを見つけることができますか？　それとも僕が甘えているだけなのでしょうか？（ケンタツ、男性、19歳、浪人生）

▼甘えているとは思いませんよ。自分が本当にやりたいことがまだ見つからない——それは普通のことです。19歳でそういうのが見つけられている人の方がむしろ少数派です。これからがんばって見つけてください。ただ、僕は思うんですが、本当にやりたいことというのは、あなたがそれを見つけるよりは、向こうがあなたを見つけることの方が、可能性としては高いのではないかな。僕の場合もそうでした。僕が「小説家になりたい」と思ったのではなく、向こうが「村上くん、小説を書いてみたら」と持ちかけてき

たのです。そういうことは多かれ少なかれ、遅かれ早かれ、あなたの身にも起こるかもしれません。それを見逃さないようにすることも大事です。下手をすると見落としてしまうから。いつも目をしっかりと開け、耳を澄ましていること、それが大事です。そうすればそのうちにきっと何かが見つかると思いますよ。

#167 2015/03/02 奥さんの機嫌が悪いときは……

▽村上さんこんばんは。
　奥さんがよくわからないけど、いや少しはアレかなぐらいは分かるのですが、機嫌が悪いときって本当家にいるのがキツイですね。村上さんもそういう時ってあるんですか？　そういう時はやっぱり静かに待っているしかないのでしょうか？（サッパリ、男性、45歳、会社員）

▼奥さんの機嫌が悪くなると、あれこれ八つ当たりされて、なんでおれがこんなひどい目にあわなくちゃならないんだよ、と疑問に思ってしまう。よくわかります。それは世界中の夫の92

パーセントくらいが、同時進行的にひしひしと経験していることです。

そうですね、「これはただの気象現象なのだ」と思われてはいかがでしょう。これは竜巻なんだ、これは突風なんだ、これはフェーン現象なんだ。そう思うと気持ちが（比較的）ラクになります。誰も天気に文句は言えませんからね。相手が奥さんだと思うから、首をひねりたくなるし、ときとして頭に来ることもあります。でも自然現象だと思えば、あきらめもつきます。がんばってくださいね。艱難《かんなん》辛苦があなたをタマにします。タマになって「にゃあにゃあ」ととぼけていてください。

#168 2015/03/02 大金が入ると人は変わる？

▽はじめまして。率直にお聞きしますが、大きなお金が入って人が変わることってやっぱりありますか？　村上さんはお金に対してどんな風に考えていますか？（ぶかっち、男性、35歳、臨床心理士／僧侶）

▼僕は『ノルウェイの森』がベストセラーになったとき、ほとんど外国に住んでいましたので、「お金が入った」という実感がまるでありませんでした。ローマの狭いアパートで、以前と同じ生活をずっと続け、ただひたすら次の小説を書いていました。でもし

ばらくして日本に帰ってきて、まわりが僕を見る目がずいぶん違っていて、そちらの方にむしろ驚きました。へえ、こんなにまわりが変わっちゃうんだ、と。どう変わったか？　総じてあまり良い方には変わらなかった、としか僕には言えません。誰かに会うたびに、「お金がずいぶん入ったでしょう」というようなことばかり言われて、けっこう落ち込みました。「金のためにくだらない本を書きやがって」みたいなことも言われました。友だちも少なくなりました。いやなことが多かったです。で、すぐにまた海外に出て行きました。バブルの喧噪《けんそう》のまっただ中で、日本にいるとすごく疲れたし。

僕自身は変わらなかったのか？　それは僕にもわかりません。僕自身はそんなに変わっていないと思うんだけど、「いや、村上は変わった」と言う人もいるかもしれません。でも僕にしてみれば「まわりが変わった」という印象の方が強かったです。僕自身はずっと同じ姿勢で小説を書き続けてきたと思うのですが。

#169　2015/03/03

花屋を経営するのに役立った言葉

▽私、花屋を開業して10年になります。経営の勉強もしたことがない中、なんとか、そこそこやってこられたのは春樹さんの本のおかげです。今日は本の中で役立った言葉べ

スト3をお伝えします。

第3位

良いニュースは、小さな声で語られる

もうだめーと思ったとき、じたばたしながら耳をすませると、いつもどこからかニュースが聞こえてきました。いつも肝に銘じています。短いけど、とても大事にしている言葉です。

第2位

お店を始めるときは、道に座って道ゆく人の顔をながめる

ちょっと原文と変わったかもしれませんが、経営上手なおじさんの台詞《せりふ》にありましたよね！　実践しました‼　良かったです!!!

第1位

優雅に生きることが一番の復習

どなたかの引用だったかもしれません。悔しい思いをしたときは、この言葉を胸に優雅に乗り越えてきました。そのうちに、嘘みたいに、悪人は消えていきました。魔法のように。

　夢見がちな甘ちゃんひとりっ子の私ですが、お店を運営することで、たくましく、筋力がついてきました。意外と、商売にむいてたようです。ハードな日もありますが、生きている実感を感じられる楽しい日々です。

きついときは、春樹さんの本が支えです。先のことは分かりませんが、これからもステップを踏み続けます。

お礼もかねて、お伝えさせていただきました。（リリー、女性、25歳、花屋）

▼第三位と第二位については、僕はよく覚えていません。そんなこと書きましたっけ？どこに書いたんだろう。思い出せません。すみません。
第一位（「復習」ではなくて「復讐《ふくしゅう》」ですよね）はスコット・フィッツジェラルドのお金持ちの友人、ジェラルド・マーフィーの好きだった言葉です。Living well is the best revenge. もともとはどこかの国の諺《ことわざ》だったと思うのですが。何を言われても何をされても、あえて仕返しをしたりはしない。こうやって優雅にぬくぬくと生きていることが、それを見せつけてやることが、いちばんの仕返しになるんだ、と。なかなか懐《ふところ》の深い考え方ですよね。僕は半ば冗談で「金持ち喧嘩《けんか》せず」と意訳してますが。

店を開く前に、その場所に座って、道行く人々の顔をただじっと眺める。これは僕が商売を始める前に実際にやったことです。土地勘をつかむためには必要な下調べです。通行人の数までかぞえました。それくらいみっちりやらないとお店ってできません。まず綿密に情報を集めること。

でもとにかく、花屋さんの経営がうまくいっておられるようでなによりです。そう聞いて、僕としても嬉しいです。何かのお役に立てたのならそれにまさる喜びはありません。

#170 2015/03/03
本当の俺のことも知らないくせに!?

▽このサイトを見ていますと、春樹さんのことが大好きな人が実にたくさんいらっしゃいますね。

　春樹さんはこのように言われて、「本当の俺のことも知らないくせに、よく言うぜ、けっ」って思うことがありますか？

　大好きだろうと、そうでなかろうと、それはそれとして、どうでもいいかもしれませんが。（ぱるさー、女性、42歳、団体職員）

▼本当の自分とは何か？　って、よくわからないですよね。人間というのは場合場合によって、ごく自然に自分の役割を果たしているわけで、じゃあタマネギの皮むきみたいにどんどん役割を剝《は》いでいって、そのあとに何が残るかというと、自分でもよくわかりません。だから「本当の俺のことも知らないくせに、よく言うぜ、けっ」みたいなことは、まったく思いません。せつせつと自分の役割を果たしているだけです。たぶん本当

の僕というのは、いろんな役割の集合としてあるのだろうという気はします。これからも僕の本を楽しんでいただければと思います。

#171 2015/03/03
すごく面白くて、すごく意味がわからない

▽村上さんの長編小説って、すごく面白いのですが、すごく意味がわからないです。わかる人にはわかるような仕掛けがあるのですかね？（おにぎり、男性、29歳、会社員）

▼「私にはこの小説が理解できた」と思っている人には意外に理解できていなくて、「私にはこの小説は理解できない」と思っている人には意外に理解できている、というのが村上の小説のあり方です。なんだか禅問答みたいですね。でも大丈夫ですよ。読んでいて「面白い」と思ったら、それはある意味、根幹を理解できているということなんです。心配せずに読んでいってください。

#172 2015/03/03
登場人物にモデルがいると教わったんですが

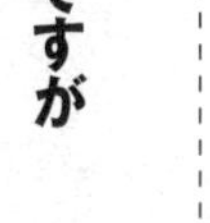

▽今回、ぜひ答えてほしい質問とは村上さんの書く作品の登場人物についてです。
私は現在文芸部に所属しており、読むだけの立場から書く立場にもなることを強いられています。その時毎回悩むのは登場人物についてです。私には村上さんの書くような魅力ある登場人物を書くことが出来ません。

そこで訊ねたいのですが、村上さんの書く登場人物にはモデルがいらっしゃるのでしょうか。またどのようにして登場人物を生み出すのでしょうか。

村上さんの研究をしている教授の方に話を聞くと、一部の登場人物にはモデルがいるかもしれないと仰っていました。『ノルウェイの森』の緑は現在の奥さん、直子は高校時代の同級生、キズキは友人とのことですが本当なのでしょうか。

私は最近になって村上さんの本を読み始めました。そのきっかけは前述した教授の影響です。一冊一冊読み終えるごとにどうすればこのような作品が書けるのかと感じます。特に鼠《ねずみ》と直子に対しては虜《とりこ》になるほどです。村上さんの書く人物には人を引き付ける魅力と生々しさがあると私は思います。

村上さんの作品について、他者が書く考察本ではなく本人の口から色々と聞きたいと

私は思います。何も語れなくなるまえにぜひお願いします。(yamada、男性、20歳、学生)

▼僕は基本的に「テキストはオープンですから、好きに解釈してください」という立場をとっているのですが、モデル問題に関しては、明らかな間違いや事実誤認が横行していることもあり、ときどき訂正をさせてもらっています。まずひとつ理解していただきたいのは、この『ノルウェイの森』は自伝的な話ではないし、特定のモデルは存在しないということです。ここに書かれている心情のようなものは、おおむね僕が抱いた心情に近いものかもしれません。しかし書かれている内容はまったくのフィクションですし、具体的なモデルはいません。あるいはいろんな人々のキャラクターが合成されてできあがっています。

うちの奥さんにあなたのメールを見せたら、「まったくもう、どうして私が緑のモデルなのよ！」とぷんぷん怒っていました。そんなに怒ることもないと思うんだけど。でも「ちゃんと誤解をただしておいてね」と言われたので、こうしてこのお返事を書いております。あまり家庭に波風を立てないでください。お願いします。

#173 2015/03/03 マッカラーズを訳してるなんて！

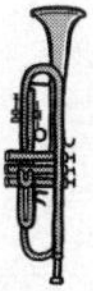

▽掲載中の質問の中に、現在マッカラーズを訳しているとのお答えがあり、嬉しくてメールをしてしまいました。
ずっと好きだったのですが邦訳はほぼ絶版で、拙《つたな》い英語力で原書を読んでいました。以前の村上さんへの質問シリーズの本の中で、奥様がマッカラーズをお好きだという話があり、嬉しく思ったのを思い出しました。

村上さんの翻訳を機に、彼女の作品がたくさん再版または新訳されると良いなあと思います。（ことぶき、女性、35歳、主婦）

▼マッカラーズ、良いですよね。うちの奥さんもマッカラーズが好きですが、もともとは僕が好きで、彼女に教えたんです。日本ではもうひとつまだ知名度がありませんが、もっとポピュラーに読まれて良い人だと思います。ところで、最近評判のドナ・タートさんも南部出身の女性作家で、彼女の『ひそやかな復讐』はマッカラーズの影響をかなり色濃く受けていると僕は思っています。この人、実際に会うと、見かけも相当にマッカラーズが入ってます。小柄で、どことなく神秘的です。
タートさんと南部の話をしていて、フォークナーが戦後間もなく日本に来たときの話

をしました。彼は日本人を前にした講演で「あなたがた日本人と私たち（南部人）のあいだには共通点がひとつあります。それはヤンキーに敗北したということです」と言いました。日本人はみんなそれを聞いて腰を抜かした。その話をしたら、タートさんは大笑いして、「そうなのよ。実にそのとおり」と言ってました。南部のことがずいぶん好きみたいです。

#174 2015/03/03
「言葉で表せない」はずがない！

▽ぼくは「言葉で表せない」という言い回しが嫌いです。その表せないような事柄も、自分の日本語力を駆使して何とか言ってみることが、表現でありコミュニケーションであると思っています。「言葉で表せない」と言って片付けることは、考えることを放棄し、自分の言語力はそれまでだと言っているようなものだと思っています。村上さんはどう思いますか。（2：14、男性、20歳、大学生）

▼でもね、言葉で表せないことって少なからずあるんです。実際に。また言葉で表してしまうと、いちばん大事な何かが失われてしまうということもあります。そういうものごとをうまく文章化するには、あるいは言語化するには、プロ並みの腕が必要になりま

す。いや、プロにだってむずかしいかもしれません。たとえば誰か大事な人を突然亡くして、深い悲しみに沈んでいる人に、「あなたの気持ちを正確に言語化してください」と言っても、それは酷ですよね。もちろんそれは極端な例ですが、僕はこれまでにそれに似た局面を何度となく目にしてきました。そしてそのたびに言葉の無力さを実感させられました。

あなたのおっしゃることは理屈としてとてもよくわかります。面倒だから、時間がかかるから、と言って説明を回避する怠惰な大人たちがいることも確かです。お腹立ちももっともです。でも人には言葉を失ってしまう時があり、場所があります。あまりものごとを単純化しないで、そのへんを理解するように試みてください。

#175 2015/03/04
2歳半の息子には見えないものが見えるらしい

▽2歳半の息子が、私と入浴中に突然「ママ、お腹の中に女の子がいるよ?」と言いだし、まさかと思いながらも検査をしてみると、陽性反応が出て妊娠が発覚しました。
息子に言われなければしばらく気が付かなかった……。

後日「ママのお腹に赤ちゃんが見えるの?」と聞くと「居るよー。見えるよー!」と、まるで散歩中に野良《のら》猫でも見つけたかのように話すのです。

そして以前からですが、たまに誰も居ない所に手を振って微笑《ほほえ》んだりもする。

保育園で似たようなことをしていると先生から報告を受けました。

37歳の使用感たっぷりの私の目や心には、全く映らないのですが、村上さんの小説にも、猫の声が聞こえたり、その本人にしか見えないものが見えていたりすることが多いのですよね?

もしかして村上さんは今も息子と同様に、見えないものが見えていたりしますか? また幼い頃に見えていたりした経験がおありですか?

見えないものが見えるって、スペシャルな感じで何とも羨ましいです。（オイゾー、女性、37歳、デザイン制作）

▼すごいですね。そういうのがちゃんと見えちゃうんだ。スティーブン・キングの『シャイニング』みたいです。『シャイニング』の主人公の男の子は、見たくないものまで見てしまって、とても恐ろしい目にあいますが。

幼児期にそういう特殊な「勘」を持っていても、多くの人は成長する過程でそれを徐徐に失っていくようです。でも失わずに、そのまま成長する人も、わずかだけれど中にはいるみたいです。息子さんの成長を見守ってあげていてください。ひょっとしたら作家とかになるかもしれませんよ。僕ですか？ 僕にはそういう経験はありません。見ているはずのものを見ていなかったりすることは、ちょくちょくありましたが。

#176 2015/03/04 不倫を肯定的に描いていませんか

▽私は村上さんの全ての作品を読ませていただいてます。何度も読み返している作品も多数あります。とても楽しませてもらい、いつも感謝しております。ありがとうございます。

ただ以前から一つ気になっているのが、不倫を肯定的に描かれている様に思う事です。それは作品を面白くするためなのか、それとも村上さんの何か信念のようなものなのかが知りたいです。私個人としてはどうしても肯定的に捉えることができないので（全ての不倫を否定する訳ではありませんが、どうしても裏切り行為と見えてしまうためです）、何かしっくりこない違和感が残ります。もし肯定されるのなら、その理由をお聞かせいただければと思います。

末筆ですが、お体を大切にしていただき、これからもたくさんの作品をお待ちしてます。（take2015、男性、47歳、ドライバー）

▼そうですか、そんなに不倫のことをたくさん書いていましたっけね。思い出せません。とくに意識して書いたことはないんですが。

ご理解いただきたいのですが、僕は別に不倫を肯定してるわけではありません。ただ人の心というのは、うまく制度に沿って動くとは限らないものです。そこからはみ出してしまう心の動きもあります。そこにあるいろんな現実をいろんな側面から描くというのは、小説のひとつの本来的機能であって、肯定する否定するというのはまた別の問題になります。『ボヴァリー夫人』においてフロベールは、『赤と黒』においてスタンダールは不倫行為を鮮やかに描いています。それらの当事者はおおむね悲劇的な結末を迎えますが、その著者たちは決して不倫行為を批判しているわけではありません。否定も肯定もしていません。ただ静かな（そして憐《あわ》れみを込めた）視線でその運命を見つめているだけです。小説というのはもともとそういうものなのです。ご理解ください。

#177 2015/03/04
電子書籍をお使いですか？

▽電子書籍をお使いになっているようでしたら、何処で、何を読んでいるのか教えていただけますでしょうか？（七番目のペンギン、男性、41歳）

▼英語のKindleを持っています。僕がこれまでに翻訳した、あるいは今翻訳している英語のテキストを、そこにまとめてぶち込んでいます。そうすると何かでチェックしたりするときに、すごく便利です。あとは飛行機の中で気楽に読めるミステリーなんかを入れています。もらいものなんですが、使ってみると役に立つので、よく利用しています。

日本語のキンドルはまだ持っていません。今のところとくに必要がないので。もし誰かがくれたら、けっこう重宝するかもしれませんが、自分から買うつもりはまだありません。

#178　2015/03/04
5行で、あいうえお

▽あのどうしても、わたしには、
いまだにわからないことがひとつあって。それをむらかみさんにごそうだんします。シンデレラのものがたりでガラスのくつだけが12じすぎても、えっと、なぜカボチャにもねずみにもならずにガラスのままなのでしょうか？

おこたえいただければ、さいわいです。

あいうえおをあたまにして5ぎょうでよろしくおねがいいたします。みやお拝。（みやお、女性、64歳、無職）

▼むずかしい質問ですね。注文も多いし。でもまあやってみましょう。
あれはもともとカラスの靴だったんです。カラスの羽を
いっぱいあつめてきて、素敵なフェラガモのパンプスに変えました。
うまくいったと思ったら、もう十二時。カラスの靴に戻るべきところが
えーと、あれはカラスだったかガラスだったか、
おもい出せずに、魔法使いは結局ガラスの靴にしちゃったんです。
かっこ悪い間違いですが、そのおかげで王子様は

きれいなシンデレラと一緒になることができました。
くまもきつねも大喜びしました。
けっこうなことですね。
こんこん。
というところでいかがでしょう。僕もけっして暇なわけではないんですが。

#179　2015/03/04　図書館で借りて読んでもいいですか？

▽以前、テレビの生放送である女性作家が出演されていて、視聴者からのメールで「先生の作品を今も図書館から借りて読んでます」とあり、その作家が「図書館！」と絶句されていました。また、ある漫画家は、「リサイクル本で買って読んでます」とか作者本人には言わないほうがいいと言っていました。
私自身、図書館やリサイクル本をよく利用するのですが（村上さんの本も何冊か図書館で借りて読みました……）、作家としては、やはり、あまり言ってほしくないものですか？（まめたろう、女性、45歳）
▼僕はどんなかたちであろうが、自分の本が読まれていれば嬉《うれ》しいです。買って本棚に

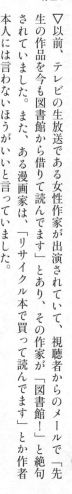

置いたまま、というよりは図書館で借りたり、友だちに借りたりして実際に手にとって読んでもらえる方がずっといいです。買っても借りても、ぜんぜん気にしません。ほんとに。僕自身もよく古本屋さんで本を買います。神保町なんかにいくと、一日つぶれます。いちばん望ましいのは、図書館で借りて読んだけど、やっぱり自分の手元に置いておきたいので、書店で買い直しました、というケースですね。僕としてもそういう本を書きたいです。

好きな女の子のタイプを女優で言うと……

#180　2015/03/05

▽作品によく、美人というわけではないけど、とても魅力的な女の子が登場しますが、わたしはいつもどんな顔なんだろう……と思っています。
　春樹さんてどんな女の子がタイプなんですか？（外見的に）日本人でも外国人でも、女優さんやモデルでどなたか心惹《ひ》かれる人がいたら、ぜひ教えてください！（黒い猫、女性、24歳）

▼僕が「このひとは美人だ」と思っている女性は、世間一般的には「とくに美人とは言えない。どちらかといえばファニーフェイスだ」と思われていることが多いみたいです。

逆に僕が「ふん、なんだか面白い、へんてこな顔だな」と思っている人が、世間ではよく美人だと思われているみたいです。どうしてそうなるのか、よくわかりません。僕の美意識はどこか歪《ゆが》んでいるのだろうか？

女優でいうと、僕が好きなタイプは、シシー・スペイセクとロザンナ・アークエットです。変かな？　鼻に特徴があるかも。

最近ではスカーレット・ヨハンソンさんが気に入ってます。

#181 2015/03/05
「吾輩は猫である」で始まる短い文を書け

▽「吾輩は猫である」を冒頭として短い文を書けという課題に向き合っています。

そこで街中の猫たちをぼんやり観察しているのですが、吾輩顔（吾輩的雰囲気な顔）の猫はいても、本当に吾輩を1人称にして語っていそうな猫ってなかなか見つかりません。

村上さんは、そういう猫を見た・かかわったことはありますか？（しろしろ、女性、34歳、事務）

▼そうですか。「吾輩は猫である」を冒頭として短い文を書く。面白い課題ですね。

吾輩は猫である。なめこはまだない。しいたけならあるが、まつたけもない。それでキノコどんぶりとは見当がつかない。ともかく薄暗いじめじめしたところでシメジが育つという。

みたいなことを書いても点数はもらえないんだろうな。ぜんぜん意味ないですものね。でも僕はとにかくキノコがかなり好きなんです。それだけ。

#182　2015/03/05

「かわいいね」と夫に言われ続けて20年

▽大好きな春樹さんに直接質問できるなんて、夢みたいです。

折り入って（という程でもないのですが）ご相談があります。

結婚して20年近くになるのですが、主人が頻繁に「かわいいね」「貴方ってホントにかわいいね」などと言ってきます。

かわいいと言われることは、嬉しくないわけではないのですが、いつも返答に困ってしまいます。春樹さんがこの様な立場だったら、なんて答えますか？ 何か、気の利《き》いた返答ってありますでしょうか？（もしょもしょ、女性、44歳、医療従事者）

▼仲良くてなによりです。結婚後20年たった今でも、ご主人がしょっちゅうあなたのことを可愛いと言う。それのどこがいけないんですか？ 僕にはあなたの言っていることがよく理解できません。どうして気の利いた答えを返さなくちゃならないんですか。ただそれを受け入れて、ご主人にやさしくしてあげればいいだけのことじゃないですか。教えるも何もないと思うんですが。

世の中にはセックスレスや浮気のことで悩んでいる奥さんがたくさんおられます。そんなことでぶちぶち言っていると、ばちが当たりますよ。ほんとに。……とここまで書いてきてふと思ったんだけど、それってただののろけですか？ だとしたら、あなたは僕の時間と手間を浪費させています。ほんとに。

#183　2015/03/05　話すより書く方がラクな訳

▽村上さんは、話すことは苦手のようなことを以前にお書きになられていたと思いますが、英語での講演を拝聴して、それは謙遜だと思いました。
　私は職業柄、講演をすることがありますが、どうも自信がもてません。そこで、何かアドバイスをいただければ幸いです。（えてきち、男性、39歳、ファイナンシャル・プランナー）

▼僕は講演をしなくてはならないとき、英語でも日本語でも同じですが、原稿をそっくり暗記してしまいます。30分くらいの講演なら、原稿を見なくてもしゃべれるようにします。そうしないと駄目なんです。だから手間もかかるし、すごく疲れます。僕が「話すのが苦手だ」というのはそういう意味です。覚えるのは、主に走りながら覚えます。ゆっくりと走るのって、ものを覚えるのに向いているみたいです。それを二週間くらいやって、全部丸暗記します。そして話すときは、人々の目をしっかりと見て話します。ものを書いている方がずっとラクです。ほんとに。

#184 2015/03/05 カラヤンについて聞きたい名曲喫茶店主です

▽村上さん、はじめまして。多摩地区で名曲喫茶を営んでいる者です（ブッシュ／ゼルキンの演奏によるシューベルト「幻想曲」をかけながらこの質問を書いております）。

私はこれまで、指揮者ヘルベルト・フォン・カラヤンの遺《のこ》した作品をろくすっぽ聴かずに来たのですが、昨年、ひょんなことから「カラヤン没後25周年コンピレーション」の選曲に携わる機会に恵まれました。それで覚悟を決め、遡《さかのぼ》って音源を聴きこんでみたところ、その「つるつる」とした質感と金太郎飴《あめ》的華やかさに改めて嘆息した次第です。その後、なんとか選曲を終えたものの、自分はカラヤンという指揮者の功績（功罪）と魅力をまだしっかと摑《つか》んでいないように感じています。

村上さんは、指揮者としてのカラヤンについてどのように思われますか？ また、愛聴されているカラヤン関連作品がもしありましたら、教えて頂けると嬉しいです。（月草、男性、39歳、自営業）

▼僕もカラヤンの音楽って、そんなにしっかり系統的に聴いたことはないんですが、でも日本にたくさんいる（ように見える）「カラヤン嫌い」ではぜんぜんありません。ちょくちょく聴いています。今ひとつ承服できない演奏もあり、また「これは素晴らし

い」と思う演奏もあります。いちばん好きなのはやはり「マーラー9番」かな。あれはとても良いと思います。オペラも素晴らしいですよね。でもカラヤンの件に限らず、日本のクラシック音楽のファンって、けっこう非寛容な人が多いですよね。「＊＊＊を認めるようなやつとは口もききたくない」とか。そこまで決めつけなくてもいいだろうと思うんですが。

ジャズ・ファンはもう少し寛容です。僕も昔からキース・ジャレットに対してかなり批判的ですが、それでも愛好する彼のアルバムは何枚かあります。良いものは良い。音楽というのはそういうものだろうと思うんですが。

#185　2015/03/06
もし芥川賞をとっていたら

▽もし若かりし頃に芥川賞をとっていたら、今とは違うスタイルの作家になられていたとお思いでしょうか。(gigaco、女性、38歳、電機メーカー勤務)

▼ずいぶん生意気なことを言うようで、僕としてもいささか気が引けるのですが、あえて思い切って言わせていただけるなら、賞をひとつもらったくらいで、生き方や書き方のスタイルが変わっているようじゃ、小説家をやっている意味なんてなにもありゃしま

せん。

#186 2015/03/06 翻訳を志す韓国人です

▽こんにちは。私は村上春樹さんの作品を日本語で読みたくて日本語を学んだ韓国人です。初めて村上春樹さんの作品を日本語で読む前には少し心配でした。韓国語に翻訳されたものと感じが違うんじゃないかなという恐れがあったからです。でも実際に読んでみたらやはり村上春樹さんは村上春樹さんであったのです。それが分かってすごく嬉しかったです。今は趣味として村上春樹さんの作品を自分で訳してみています。いつか村上春樹さんの作品を自分で翻訳するのが夢です。多分少なくない時間がかかるだろうと思いますが、諦《あきら》めず頑張ります！ 村上春樹さんもそのいつかまで引き続き楽しい作品を書いてくださいね。いつも応援しています。（スミ、女性、32歳、大学院生）

▼ありがとうございます。韓国語の翻訳が、日本語のオリジナルとそんなに変わらなかったと知って、それは嬉しいです。僕も翻訳（英語→日本語）をやっていますので、翻訳の力を信じたいという気持ちが強くあります。翻訳って、とても大事な仕事なんです。言葉は違っていても、人の考えることって基本的に同じなんだということを実証するた

めの作業ですから。国と国との間で、やたら喧嘩をけしかける人も中にはいますが、お互い「わかりあえる」「わかりあいたい」と思っている人はもっとずっとたくさんいるはずです。大きな声にならないだけで。あなたも翻訳を志しているからには、しっかりと勉強して、大事な架け橋になってください。

#187　2015/03/06
僕に似合う「ぶんがく賞」

▽こんにちは、先日授業で大江健三郎さんの文章を読みました。
　ここで質問なのですが、村上さんもノーベル文学賞を取りたいと思っていますか？
(yuyuko、女性、17歳、高校生)

▼どちらかというと、僕には「脳減るぶんがく賞」の方があっているんじゃないかと思います。この賞をもらうと、頭がすっと軽くなって、いちいち余計なことを考えずに気持ちよく暮らせる。だれかそういう賞をつくってくれないかなと思っています。さて、いよいよ「脳減るぶんがく賞」の季節が巡ってまいりました、とかテレビのニュース番組で取り上げられたりしてね。赤いちゃんちゃんこを着て、とんがり帽子をかぶって、にこにこと発表を待っていたりして。「脳減るぶんがく賞」は気楽でよさそうだ。

#188 2015/03/06 村上さんのお気に入りビールを愛飲してます

▽以前、ハワイのビール「ビッグ・スウェル」「これはうまかったです」との村上さんの発言があり、近くの酒屋さんに取り寄せてもらいました。現在でも美味《おい》しく飲んでおり、地元では「村上さんのビール」として定着しつつあります。
村上さんの現在のお薦めビールをお教え下さい。（たまちゃん、男性、59歳、自由業）

▼「ビッグ・スウェル」おいしいですよね。いかにもＩＰＡ（インディア・ペール・エール）らしいきりっとした味わいです。あとは「Obsession」というＩＰＡもおいしいですよ。これは缶ではなくて瓶なので、取り寄せはむずかしいかもしれませんが。日本でももっと簡単にＩＰＡが飲めるようになるといいですね。うちの近所には、なかなかおいしいＩＰＡのナマを飲ませてくれるバーがあって、重宝していますが。

#189 2015/03/06 いじらしいアプリ

▽iPhoneの秘書的アプリのSiriを利用されたことがありますか？

私は、とあるCDショップの店内で流れている曲がとても気に入って、Siriに「この曲は何?」と訊《き》きました。そしたらSiriは数秒間の沈黙のあと、「もう少しこのまま聴かせてください」と言って店内の曲をじっと聴いた後、数秒後に曲名と歌手を答えてくれました。そのときSiriは息をひそめて曲を一生懸命聴いてくれたようで、とてもいじらしくなりました。(ひこにゃんも好き。、男性、54歳、会社員)

▼へえ、Siriってそんなこともできるんだ。しりませんでした……というのがオチなんですが、つまらなかったですね。すみません。今度Siriを試してみます。

#190 2015/03/06 「マイルズ・エヴァンズ」問題の核心

▽マイルスですか?
マイルズですか?
みんなマイルスと言うんですけど、どこかで村上さんが「マイルズが正しい」と書い

ていたような気がするので、ぼくはマイルズと発音するようにしています。（タナカダイスケ、男性、32歳）

▼Milesの正しい発音は「マイルズ」です。Evansの正しい発音は「エヴァンズ」です。「マイルス」とか「エヴァンス」とかいった、これまでの日本語の表記が明らかに間違っているのです。どうしてそれが間違ったままできたのかというと、日本の某ジャズ雑誌（今は廃刊になった）が「これが正しい」と勝手に決めちまったからです。その間違った決めつけが、そのまま今まで「合意」として引き継がれてきました。新聞やレコード会社もそれに従っている。でも間違っているものは、どう考えても間違っています。だから僕は「マイルズ」「エヴァンズ」と表記しています。新聞とか雑誌とかレコード会社とかも、そろそろ正しく訂正した方がいいと思うんですが、日本ではいったん上の方で合意がなされると、それを崩すことはほとんど不可能になります。でもソニー・ロリンズはちゃんと「ロリンズ」で、「ロリンス」じゃないんです。不思議ですよね。

#191 2015/03/07

翻訳の難関にぶつかったときに思い出す

▽翻訳業に携わっている者です。

村上さんはいつも楽しそうに翻訳をなさっているように見えますが、私はときどきどうしても原文の意味がとれなくて、途中で仕事を投げ出したくなるときがあります（さすがに投げ出しはしませんが……）。

村上さんはそんな状況に陥ることはありませんか？　失礼な質問かとは思いますが、お教えいただけたら嬉しいです。

よろしくお願いいたします。（junjun、女性、46歳、翻訳家）

▼原文の意味がうまくくみ取れずに困ることはしょっちゅうあります。でも投げ出したいと思ったことは一度もありません。「一生懸命考えれば、意味がわからないわけがない」と信じているからです。高校生のときにモームのエッセイを英語で読みました。そこで「人間の考えることが、人間に理解できないわけがない」という文章に出会いました。翻訳で難関にぶつかるたびにその言葉を思い出します。そして「人間の書いたことなのだから、人間にわからないわけがないんだ」とあらためて思います。実際じっと深く考えていると、だいたい意味はわかってくるものです。

#192　2015/03/07
創作活動と走ることをどう切り替える？

▽村上様がジョギングを日々行われていることはファンの間でもよく知られていることですが、執筆が進みながら対象となる物語の世界にうまく入り込めているときなど、ジョギングすることにより、せっかくの勢いがそがれるというか、心身がリセットされてしまうことによるデメリットのようなものはあるのでしょうか？

また、ジョギングすることにより、むしろ世界に入り込んで継続的に執筆ができるメリットとしては体力面があるだろうなと思っていますが、その他メリットについて伺えればと思っています。

執筆活動とトレーニングとの折り合いについてどのように処理されているのか前から是非伺いたいと思っていました。どうぞよろしくお願いいたします。（Ken、男性、43歳）

▼ものを書く、あるいはなんらかのかたちで創作活動をおこなうときに、大切になってくるのは、創作意識を自由にオンにしたりオフにしたりできる能力です。この能力がないと、意識のフェイズが入り乱れて、日常生活が乱されたり、創作意欲が削《そ》がれたりします。僕の場合はこのオンとオフとの切り替えがかなりはっきりしており、それはとてもありがたいことです。机の前を離れると意識をオフにして、ただ無心に走ります。そして頭を休め、肉体をすっきりとさせ、気分転換をします。机の前に戻ると、再び意識をオンにします。そしてすぐに仕事の続きに取りかかれます。

これは僕に特別に備わっている能力なのか、それとも創作者が多かれ少なかれ一般的に持っている能力なのか、それは僕にはわかりません。他の人たちのことはよくわからないので。でもこのオン・オフ機能が備わってないときっと不便だろうな、とは思います。ということでよろしいでしょうか？

#193　2015/03/07　あなたがあとに残せるもの

▽僕たち夫婦には子供がいません。不妊治療もしていますが、年齢的に厳しくおそらく、自分たちの子供を見ることはできないと思います。

なんだか、これまでのいろんなことを後悔したり、妻に申し訳ないとか、ため息ばっかりです。

無条件に愛せる存在がほしかったなあ。

生きる張り合いがないんです。（らくだのくちびる、男性、43歳、学習塾経営）

▼僕にも子供はいませんが、ため息なんてついていませんよ。「無条件に愛することができるもの」は与えられるのではなく、自分で見いだしていくものです。与えられなかったことを嘆いているだけでは、人間として進歩がありません。あなたがあとに残せる

のはなにも、自分の子供だけではないはずですよ。そんなことをくよくよと考えているくらいなら、思い切って養子縁組を考えてみてはいかがですか？　ため息をついていないで、がんばって前向きに生きてください。

#194　2015/03/07　むらかみさんの本がだいすきです

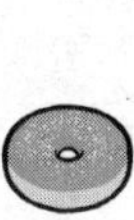

▽こんにちは。わたしたちは、おねえさんが、むらかみさんの本をたくさんもっているので、いつもよんでもらいます。わたしたちはネジマキドリやひつじおとこやねずみのおはなしがだいすきです。むらかみさんの本は、こわいおはなしのときも、たのしいおはなしのときも、やさしい人がいっぱいだから、だいすきです。むらかみさんの本のなかの人も、お兄さんやおねえさんみたいでだいすきです。わたしたちは、大きくなるのがたのしみです。大きくなったら、じぶんたちで本をかいにいきます。げんきで、また本をかいてください。（さらかな、女性、8さいと7さい）

▼ありがとうございます。きみたちはドーナツは好きですか？　僕はなぜかドーナツが昔から好きです。たぶん穴が開いているからだね。穴だけを残してドーナツを食べるのが、僕は好きです。残った穴は明日の朝ごはんのためにとっておきます。大きくなった

ら僕の本を買ってくださるということで、楽しみにしています。ありがとう。

#195 2015/03/08 好きなカウリスマキ監督作品は

▽カウリスマキ監督の作品では、どの作品が一番好きですか？

私は、『ラヴィ・ド・ボエーム』が一番好きです。(akikatsu、女性、29歳、事務・パート)

▼そうですね、『ラヴィ・ド・ボエーム』いいですよね。僕も大好きな映画です。犬もけなげだし、音楽も素敵だし。それから僕は『レニングラード・カウボーイズ』シリーズ（正・続・ライブ）もあほらしくて大好きです。けっこう何度も見ています。あそこまであほらしいと、ただただ見とれてしまいます。最近カウリスマキさんの映画があまり公開されないので、ちょっと寂しいです。ヘルシンキのカウリスマキさんの経営するバーに行ったとき、マッティー・ペロンパーさんの遺影の前で写真を撮ってきました。

合掌。

しかしカウリスマキさんって、いったいどこであんな不思議な顔をした俳優ばかり見つけてくるのでしょう。僕はヘルシンキの街をずいぶん歩いてみましたが、人々はみんなわりに普通の顔をしていましたけどね。

#196 2015/03/09
「異界」へのアクセス

▽村上さんの小説では、たびたび「異界のようなもの」にアクセスするストーリーが描かれているかと思いますが、村上さんは実際に「異界のようなもの」にアクセスしようとしたことはございますか？

私もこれまでの長くない人生の中で、何度か頑張ってアクセスしようと試みてみたものの、その都度残念な結果に終わってしまっています（仮に心おどる夢が見れたとしても、すぐにのっぺりとした現実が目の前に立ちはだかってしまいます）。「異界」にアクセスをする、という行動や、思いが、幾分大袈裟《おおげさ》な表現にはなりますが、私たちがどこから来て、どこにいくのか、ということのちょっとしたヒントになっていると、何となくいつも感じています。（空飛ぶ猫、男性、29歳、会社員）

▼僕が小説を書くときに訪れる場所は、僕自身の内部に存在している場所です。それをとりあえず「異界」と呼ぶこともあります。それは現実に僕が生きているこの地表の世界とは、また別な世界です。普通の人は夢を見るときに、しばしばそこを訪れます。僕は――というか物語を語るものはと言ってもいいのでしょうが――そこを目覚めた意識のまま訪れます。そしてその世界について描写します。だからそれは外部にある「異界」ではありません。あくまで内的な「異界」です。異界という言い方が誤解を招くなら、率直に「深層意識」と言ってもいいかもしれません（ちょっとだけ違うんですが）。どうすればそこにアクセスできるか？　僕にはわかりません。瞑想《めいそう》の訓練みたいなものである程度可能になるかもしれませんが、妙な思想が絡《から》んでくると危険なこともありますので、くれぐれも気をつけてくださいね。マジックにはホワイト・マジックとブラック・マジックがあります。違いに留意してください。

俺は今、いい夢を見ている。
この夢最高！起きるなよ、俺！
ふふっ。あははははは。
なにか夢を見ていた気がする。

#197 2015/03/09
インターネットから離れられる？

▽iPadとiPhoneが登場してから、仕事のメールが飛躍的に増えました。以前は大阪出張などの帰りの新幹線では、ビール飲みつつ本を読んでくつろいでいたのに、今や行きも帰りもずーっとメール退治。通勤電車の中も、駅のホームも、バス停でさえ、もはや仕事の場所です。普通の会社員でさえこのような状況ですから、村上さんの元には、前回とは比較にならない、大量のメールが押し寄せているものとお察しします。（BRORA、女性、50歳、会社員）

▼本当にそうですね。十年前に比べたら、ここに送られてくるメールの数も圧倒的に増えています。大変なことになっています。そうですか、お勤めの方も今では、そんな風にスマホにしっかり搦《から》め捕られてしまっているんだ。つらいですね。インターネットというのは人を自由にする可能性を秘めているものだと思っていたのですが、同時に人を不自由にするものでもあるのですね。世の中はこれから、インターネットから自由に離れられる人と離れられない人とに、二極化していくのかもしれませんね。恐ろしいことです。

#198 2015/03/09 作品が完成したとわかる瞬間

▽香川県在住だけれども、うどんはあまり食べない公務員27歳です。学生時代はいわゆる「村上春樹中毒」で、春樹さんの書いたものならなんでもという具合に読み漁《あさ》らせていただきました（もちろん今でも熱心な読者です）。私は小説を書きあげたことがないのでうまくイメージができないのですが、たとえば長編小説を書いていて何度も書き直しをされると思うのですが、それはどういう段階で「作品」として仕上がったと確信されるものなのですか？ なにか決め手のようなものがあるのですか？ 春樹さんに質問しても「そんなことうなぎにでも訊いてくれ」と一蹴《いっしゅう》されるような気がしてとまどっていましたが、思い切ってメールしてみることにしました。それでは。チャオ。（S太郎、男性、27歳、公務員）

▼画家のジャクソン・ポロックは例の「絵の具まき散らし絵画」で有名ですが、ジャーナリストに「いったいいつ、その絵が完成したってわかるんですか？」と質問され、「セックスと同じだよ。終われば終わったってわかる」と答えていましたが、僕もだいたいそれと同じです。終われば終わったってわかる。

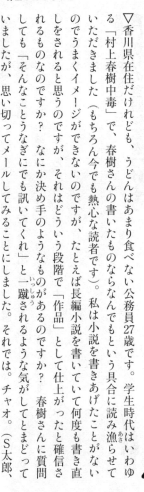

#199 2015/03/09 好きな四字熟語は？

▽村上さん、こんにちは！ 好きな四字熟語を教えて下さい。私は一石二鳥が好きです。
（ぱりぱり、女性、38歳）

▼僕は所ジョージさんのつくられた「三茶池尻」という四字熟語がとても好きです。「首都高に乗ったけど、混んでいたので本線にも入らず降りなくちゃならなくて、がっかりする様」と説明されています。三軒茶屋出入口と池尻出入口とのあいだって、650メートルくらいしか距離がないんですよね。お金を払って首都高に乗って、目と鼻の先で降りなくちゃならないと、そりゃがっかりしますよね。あまり意味とか教訓とかのない四字熟語ですが、すごくよく実感できます。

#200 2015/03/09 言い切りの言説に気をつけよう

▽学生時代に、「この本の良さが分からない奴ってダメだよね」「世間の奴ってさぁ」とよく言っている人がいました。確かにその人は沢山の本を読んでいたし（もちろん村上

さんの本も）、文章力もあったのですが、今思えばその人は、本によって視野が狭くなっていたのではないか？　と思います。本に限った話ではないと思うのですが、村上さんはどう思いますか？（皮膚がベラベラ、男性、28歳）

▼そういう人ってときどきいますよね。その昔、キース・ジャレットのソロが世間で流《は》行《や》っていた頃、「キース・ジャレットの良さがわからない人間は駄目だ」みたいなことを言われて、僕にしては珍しくむかっとしたことがあります。僕はたまたまキース・ジャレットのソロがぜんぜん好きじゃなかったんだけど、それとはべつの話として、そんなのわかったって、わからなくたって、人間性とは何の関係もありませんよね。「＊＊＊＊の良さがわからない人間は駄目だ」みたいな言い切りの言説にはお互いじゅうぶんに気をつけましょう。そういうことを口にする人には、たぶん何か問題があります。

僕の小説だってそうです。好きな人がいて、好きじゃない人がいて、それで世界がうまくまだらにまわっているんです。uniformity（画一性）くらい怖いものはありません。みなさんも気をつけてくださいね。

#201　2015/03/09　だったら太宰治も好きになる?

▽同僚に、「私は、村上春樹が好きだよ」と話したところ、その同僚に、「じゃ、太宰治も好きでしょ」って、言われました。その同僚曰《いわ》く、村上春樹氏と太宰治は、同じ部類なんだそうです。私は、太宰治は、昔「走れメロス」くらいしか読んだことがないので、良くわからないです。村上さんは、どう思われますか? 変なこと書いて、ムッとされたらごめんなさい。(たばりん、女性、54歳、働く主婦)

▼いえいえ、ムッとなんかしませんよ。大丈夫です。僕は実を言うと太宰治の作品がずっと苦手だったんです。読もうとしてもどうしても読めなかった。でも最近になって、iPodで朗読された彼の作品を聴いていると、「いいなあ」と思うようになりました。声で文章を聴いていると、目で読んでいるときの独特の重さが消えて、すらりと頭に入ってくるんです。わりに不思議です。しかし「同じ部類」と言われると、太宰さんの方がムッとされるかもしれませんね。

ふと気が向いたので、あなたにはコードネームを差し上げます。あなたのコードネームは「歩け、シラス」です。シラスは歩くのか、そんなこと僕は知りません。

#202　2015/03/10
本当に困っているだけに話せません

▽村上さんは、迷ったり悩んだりしていることをひとに相談しますか？　相談するって難しいです。ほんとうに困っていることや、ほんとうに助けてほしいことほど、うまく話せません。ぼくのことを知らない村上さんになら、とはじめは考えていたのですが、やはり村上さんにも話せません。困りました。（ひろかず、男性、26歳、図書館員）

▼そうですね。本当に困っていることって、誰にも話せません。僕も同じです。自分で考えて、なんとかやってきました。そうやって生きているとだんだん「自分力」がついてきます。「自分力」、大事ですよ。ただ偏狭にならないようにくれぐれも気をつけてくださいね。ときどき部屋の窓を開けて、空気を入れ換えることが大事になります。

#203　2015/03/10
アトランタに住むスワローズ・ファン一家より

▽アトランタ在住51歳の主婦（村上主義者）です。うちの夫は、父親が大の巨人ファンだったにもかかわらず小学生の頃からヤクルト・スワローズを応援しています。つられ

て私や二人の息子たち（成人）もファンです。以前はスワローズ・ファンクラブにも加入し、家族で神宮に足を運んでいました。「まあホームランも観《み》れたしいいか。頑張ってたし」としみじみ地下鉄の駅に向かうとき、二男だけが目に涙をいっぱい溜《た》めて、月を見上げていたことなど、とてもいい思い出です。今は近所のよしみでアトランタの2部チームの試合も見に行っています。アメリカの観客は「1回表から9回裏までがっつり見逃さないぞ」という気負いがなく、のんびり応援してるのがいいです。村上さん、名誉会員第2号就任おめでとうございます。第1号は出川哲朗さんですね。スワローズのそうゆう抜け感も気に入っています。（真雪、女性、51歳、主婦）

▼アトランタにお住まいなんですね。アトランタといえばブレーブズですね。マイナーリーグの試合しか見ないというのはもったいないような気もしますが。

「がつがつしていない」というチームカラーは、ヤクルト・スワローズの良い点でもあり、また同時に悪い点でもあります。広岡とか野村とかいった「かりかりした」監督が来るとたしかにとりあえず強くはなるんだけど、選手たちもだんだん疲れてきて、「もういいんじゃね？」みたいな感じでだらけていって、次にわりに穏やかなおとなしめの監督（関根、若松、小川なんか）が来ると、なんだかみんな生き生きとして（でも弱くて）……というパターンを繰り返しているみたいです。困ったものです。真中監督がどのようにこんなチームの手綱をしぼっていくか、見届けたいと思います（むずかしいと思うけど)。

#204 2015/03/10 腹が立っても怒鳴らない秘訣

▽昨日、妻と喧嘩《けんか》をしました。謝りはしたのですが、まだわだかまりが消えません。口論に腹が立ち、こちらから怒鳴ってしまったことも反省してます。
村上さんの思う夫婦円満の秘訣《ひけつ》、腹が立っても怒鳴らない秘訣を教えてください。
村上さんの小説に出てくる男性は、女性に対して怒鳴ったりはしないですよね……。
(国分寺市在住39歳♂、男性、39歳、会社員)

▼あのですね、こちらに向かって驀進《ばくしん》してくる機関車に向かって怒鳴ったりはしませんよね。それとだいたい同じことだと思われたらいかがでしょう? 無駄なエネルギーは使わないようにして、身の危険は素早く避ける、これしかありません。人生の知恵です。
がんばって平謝りしてください。

#205　2015/03/10　じつは美人で才能があるので……

▽小さい頃から同性に何となく嫌われてしまいます。自分でいうのも何ですが、美人で才能があるので、仲間ハズレにされたりねたまれたりしてきました。若い頃は確かに上から目線の気がありましたが、今では年も重ねて丸くなりましたし、かなり謙虚なつもりです。なのに先日同僚たちからまたさりげなく仲間ハズレにされました。

慣れてはいるものの、またかとやはりショックでした。

悲しさとあきらめで寂しくてたまりません。集団とうまく付き合えない自分が情けないです。

この先どうすればよいのでしょうか。（ふらふらが〜る、女性、50歳、グラフィックデザイナー）

▼とても失礼なことを申し上げるようで心苦しいのですが、あなたのメールを読んでいると、「かなり謙虚なつもりです」とおっしゃるわりに、それほど謙虚な雰囲気が伝わってきません（笑）。そういう姿勢も、同僚の方々に自然に（じわじわと）伝わるのではないでしょうか？　僕が思うに、あなたは「謙虚になる」という希望を捨てられた

方が良いと思います。いっそ「私は謙虚になんかなれないわ」と開き直った方がいいんじゃないでしょうか。そんな気がします。人の性格ってそんなに簡単には変わりませんし、演技を長く続けることもできません。これが自分のポジションなんだと腹をくくるしかないでしょう。身を捨ててこそ浮かぶ瀬もあれと言います。いろんなことを気にせず、自分らしくさばさばと生きていれば、それなりに近づいてくる人もいると思いますよ。

#206 2015/03/10 電車の中でひっぱたかれました

▽僕は若かりしころに村上さんの小説の影響を受けて、電車の中で女の子に「君は僕と寝るべきなんだ」と口説いてひっぱたかれた男です。

最近、村上さんがトライしてみたいと思った口説きシチュエーションは何かありますか？　あったらこっそり教えてください。

次の作品も楽しみにしてます。（ごろんた、男性、42歳、会社員）

▼そりゃ、ひっぱたかれます（笑）。笑っちゃいけないんでしょうが、でも小説の中の言葉は、現実の言葉とは少し違った次元で成立しているものです。そのへんをご理解く

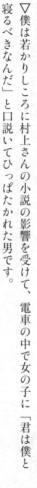

ださい。

僕がトライしてみたいと思う口説き文句？　ないですよ、そんなもの。ケース・バイ・ケースで正しい言葉というのは微妙に変化していくものです。その場になってみないと出てきません。自然で自発的であることが、口説き文句にはいちばん大事なんです。むずかしいでしょう？　むずかしいんです。

#207　2015/03/10　村上春樹風に書くのが流行っていますが

▽私はとある会社の広報部で仕事をしています。弊社は小さな会社で、なおかつ市場も消費者ターゲットもとても狭いので、私が広報ニュースを発信しても社会的にはあまりインパクトがありません。

……ということで、ある日ちょっと自暴自棄になって、村上春樹風に文章を作ってニュースを発信してみました。思ったよりも社内の評判がよく、その日の社内メールは社員が村上春樹風に文章を書くという、変なブームになりました。

そこで質問です。ネットでは村上春樹さん風に文章を書く事が流行っています。まあそんな経緯もあり、私自身もその流行に乗ってみたのですが、村上春樹さん自身はその流行をどう思われていますか？

　それらを読んで「こいつら下手糞《へたくそ》だな！」と赤ペンで直したくなりますか？　もし村上さんがいやなら……もちろん私たちすぐその遊びを止《や》めます。そして心の中でこっそりやります。気分を害してしまっていたら本当にごめんなさい。（文化的雪かき担当、女性、40歳、会社員）
▼そうですか。きっと僕には僕の文体みたいなものがあるんでしょうね。僕自身はごく普通に自然に文章を書いているので、自分の文体のことなんて意識したことはほとんどありません。もちろんいずれにせよ、文体の専売特許みたいなものを登録しているわけではありませんから、どのように真似《まね》をされてもいじくられても、まったくフリーです。気分を害するなんてとんでもないことです。僕はプロの物書きなので、僕の文体はどこまでもオープンなテキストです。
　でもご自分では誰かのスタイルをそのまま真似ているつもりでも、結局はそれは一種の「自己改変」なんですよね。たとえば高校球児がイチローの打撃フォームを真似したとしても、それはイチローそっくりに打つというわけではなく（体質的にも体力的にも、そんなことができるわけがない）、イチローのフォームをとりあえずのフレームとして取り込むことによって、その中で自分の本来の打撃フォームをモディファイしているわけなのです。文章もそれと同じことです。そっくり誰かの真似なんてできるわけはあり

ません。あなたはその「真似」をいわば触媒にして、あなた自身の文体を再形成しているだけです。それはある意味、とても自然な行為であると僕は思いますよ。誰に恥じることもありません。

#208　2015/03/11
100パーセントの女の子に出会えましたか？

▽私は、『カンガルー日和《びより》』の中の「4月のある晴れた朝に100パーセントの女の子に出会うことについて」という短編が大好きです。村上さんは、今までの人生の中で、100パーセントの女の子に出会ったことがあったと思いますか？（あめとゆき、女性、32歳、主婦）

▼いいえ、ないと思います。でも「なにも100パーセントじゃなくたっていいじゃないか」と思わせる女性に会ったことはあります。そういうのもまた素敵なものですよ。

#209　2015/03/11　仏教の「できること」「やるべきこと」

▽村上さんは、オウム真理教事件に関連するノンフィクション（インタビュー集）の仕事をされたり、また海外での受賞スピーチでは、ご自身の家族が「パートタイムの僧《そう》侶《りょ》」であったというお話をされていたように記憶しています。

そこで質問なのですが、村上さんは、現代の僧侶やお寺、仏教の「できること」「やるべきこと」に対して、なにかしらの感触をお持ちでしょうか？　もちろん、それは誰よりも自分自身が繰り返し何度も考えるべきことでは、あるのですが。

村上さんの書かれたものを繰り返し愛読していたおかげで、自然に文章を書くのが好きになったのか、24歳で住職就任以来、「書くこと」を通じて、様々な仕事、人と出会うことが出来ました。本当にありがとうございます。（ミッセイ、男性、37歳、寺院住職）

▼うちの父親の家系は僧侶だったので、仏教はいつも僕の身の回りにありました。僕はとくに信仰を持ちませんが、そういう空気は今でも僕に自然に染《し》みついてしまっているのかなと感じることはあります。教養とはほとんど関係のないところで。でも日本人の信仰って、だいたいにおいてそういう傾向が強いみたいですね。教養よりは雰囲気で信

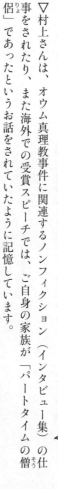

仰する、みたいな。

現代の日本で仏教にできること？ ずいぶんむずかしい問題で、僕にはとても答えられそうにありませんが、結局は地域コミュニティーの中にそのような雰囲気を味わえる場をこしらえて、それを静かに維持していくということに尽きるのではないでしょうか。

#210 2015/03/11 小説における資本論

▽街を歩いていて、よく思うのです。これはどのくらいの資本が投下されていて、どれくらいで回収されるか計算されたものだなと。もちろん世の中は広くて、そういうものではない本物もなかにはありますが、世の中の大抵はそういうふうにできているように僕には思えます。
誰もがそういう中のひとりにはなりたくないけれど、仕方なくそうしているのかななんて、僕は思っています。

小説だってそうです。大抵の小説には投下された資本があり、その回収があります。でも、本来、小説はそういうものではなかったはずですよね？

世の中で時を超えて残るものは、いったいどれくらいあるのでしょう？

これから未来、資本の投下と回収の呪縛《じゅばく》から抜け出た未来はあるのでしょうか？　古いお寺なんかをみるたびに、そういうことを考えてしまいますが、春樹さんはどう思われますか？

自分の小説が、一体どれくらい残ると思いますか？（abejunichi、男性、39歳、働きながらカフカ的に作家）

▼そうですか。なかなか面白い考え方をなさるんですね。僕は自分が小説を書くことをあまり「資本投下」という風には考えたことがありません。でもたしかにそう言われてみれば、僕はその小説を書くことに有形無形の資本を投下しているわけで（時間をかけ、手間をかけ、記憶を漁《あさ》り、想像力を駆使している。電気代も払っているし、人件費もかかる）、その本から収入があれば、僕は結果的にその投下資本を回収しているということになります。しかしそれはあくまで「考え方によっては」ということであって、それは小説を書くという行為の一側面にすぎません。僕は基本的に「書かざるを得ない」と感じるから書くのであって、「こうすれば儲《もう》かるから書こうぜ」と思って書いているわけではありません。ですからそれは普通の何かを作る——たとえばセメントや家具を作る——ような意味での経済行為とは少し違うと思うんです。だいたい小説なんて、とくになくてもいいものです。生活必需品ではありません。普通の品物と同じように考えると、少し無理があるのではないでしょうか。

自分の小説がいつまで残るか？　言うまでもなく、そんなこと僕にはわかるわけがありません。誰かかわりに見届けておいてください。

#211　2015/03/11
まっとうな含羞を抱えて

▽初めまして。村上主義者です。書店が大好きなのですが、村上さんの新刊小説の発売後数日だけは、こんなことを言って申し訳ないのですが、嫌いな場所になってしまいます。

店先のワゴンにどっさり積んで、派手なPOPで、店員総出の「村上春樹の新刊◯◯、販売してま〜す」（リフレイン）

小説を読む行為とは隠微なものだと思います。発売初日に欲しいけど、もう少し普段通りに、こっそり買えたらいいのに。

村上さんは、待ち焦《こ》がれた本を買う時に、含羞《がんしゅう》というか、気恥ずかしさみたいな感情を抱くことがありますか。（yamars、女性、46歳、自営業）

▼そうですね。あなたの気持ちはよくわかります。僕自身もやはり、常に気恥ずかしさとともに生きております。しかし僕らはまた、好むと好まざるとにかかわらず、資本主

義の世界に生きています。そして本を制作し、流通させ、販売するという作業は（それによって作者と読者が結ばれるわけですが）、巨大で冷徹な経済機構の一部に組み込まれています。僕は冗談で「村上春樹インダストリー」と呼んでいますが、ときどき冗談とばかりも言えなくなることもあります。書店がどのようなイベントをおこなおうが、僕個人にはいかんともしがたいことになっています。申し訳ありませんが耐えてください。

ただわかっていただきたいのは、何があろうと僕はどこまでも常に村上春樹という生身の一個人であるということです。僕は「インダストリー」とは無縁なところでひとりぼっちでこつこつと（せつせつと）小説を書いています。それが本というかたちになる時点で、やむを得ずインダストリアルになってしまうということです。しかしそれを読むあなたもまたひとりの生身の個人です。途中で何があったとしても、最終的に僕の生身とあなたの生身とが触れあうことができたとしたら、それはひとつの大事な達成であろうと僕は考えていますが。お互いまっとうな含羞を抱えたまま、この世界を無事に乗り切っていきたいものですね。

#212 2015/03/11
身銭を切って得られるもの

▽私は趣味で漫画を描いているのですが、自分の漫画を読み返すと内容が薄味だなぁと感じます。
　村上さんの小説はとても濃く感じるのですが、その濃さは一体どのようにして作り出しているのでしょうか？

教えていただけると幸いです。（桃井桃子、女性、23歳、会社員）

▼お褒めにあずかりまして、ありがとうございます。どうして濃いのか？　もし僕の小説が何らかの意味で濃いのだとしたら（薄いという方も少なからずおられますが）、それはそれだけの資本投下がなされているからではないでしょうか？　身銭を切って、そこで初めて得られるものがあります。あなたも若いうちにどんどん身銭を切られると良いと思います。そして内的な資本を貯《た》めてください。まだ23歳でしょう。今はいろんなものをどんどん吸収している時期です。傷ついても、頭をどこかに思い切りぶっつけても、誰かから痛い目にあわされても、それが滋養になります。しっかりと生きていれば、知らないうちに自分の中に「自分力」が溜まっていきます。大事なのはいつも勇気を持つことです。がんばってね。

#213 2015/03/11
「闇」について教えてください

▽普段は意識していませんが、ときどき自分の心の中を覗《のぞ》き込むと、闇《やみ》のようなものが渦巻いているのをかすかに感じます。得体の知れない、暗闇を好む、狡猾《こうかつ》な存在です。いまのところはうまく折り合って、仲よくやっています。
　そこで質問です。

　心の闇って、誰もが持っているものでしょうか。

　ものすごく笑顔あふれる健康的な人でも、人知れず心の闇は抱えているものでしょうか。

　村上さんは心の闇から小説をひっぱり出しているような気がするのですが、違いますか？（ねこジェラシー、男性、37歳、地方公務員）
▼誰の心の中にも闇のようなものはあります。しかし詳しく観察してみると、その闇にも「良い闇」と「悪い闇」があります。ホワイト・マジックとブラック・マジックのように。スティーブン・キングの小説『ザ・スタンド』と同じですね。闇が全部悪いものではありません。役に立つ闇もあります。役に立つ細菌がいるのと同じように。あなたはその「良い闇」をうまく味方につける必要があります。闇がまったくなければ、それ

はそれで人間は薄っぺらになってしまいます。しかし悪い闇に利用されると、人は多くの過《あやま》ちを犯します。注意深くなること、光のありかを常に頭の中に入れておくこと、あなたなりの個人的護符（タリスマン）をみつけること、それが大事になります。

#214 2015/03/12 ホエールズに負ける?

▽スワローズってドラゴンズやタイガースには到底敵《かな》わないのではないでしょうか。ホエールズにも負けると思いますが、カープとはいい勝負だと思います。（レッドソックス、男性、39歳、会社員）

▼あのですね、「ホエールズ」っていったいいつの話ですか？　今はベイスターズっていうんです（僕も「ホエールズ」の方が好きですが）。それから最近のカープはけっこう強いんですよ。情報をきちんとヴァージョン・アップしてから、スワローズの悪口を言ってくださいね。

#215　2015/03/12
「前向き」について考える

▽前向きって疲れますよね。村上さんはどう思いますか、前向きについて。（nani、女性、44歳、自営業）

▼猫なんて自分の見たいところしか見ていませんよね。前も後ろも、右も左もありません。猫に学びましょう。人生の大事なことはだいたい猫から学べます。

#216　2015/03/12
男子が足りないので、合コンに参加しませんか？

▽合コンって参加されたことありますか？　ないですよね。多分。（笑）

僕はこの歳《とし》になって恥ずかしいんですが、趣味は？　と聞かれたら「合コン」と思わず言ってしまいそうになるくらい、結構頻繁にしています。1週間に1回くらいです。

でもひとつ問題があるんですね。

合コンでは「人数を合わす」というのが暗黙の了解となっていますが、一昔前なんかは開催したら、確実に野獣男子が一人か二人多くきてました。

つまり男子のほうが積極的だったんです。

ところが現在は女子のほうが圧倒的に多く、合コン企画しても女子は一瞬にして定員が埋まりますが、男子は全くです。

問題というのは、男子が集まらないことです。

そこで折り入って、春樹さんにお願いがあります。僕が主催する合コンに参加して頂けませんか？

春樹さんの好みは、ばっちし把握してますので、大丈夫です。

どうぞご検討のほうよろしくお願い致します！（1かける6、男性、44歳、不動産・美容業）

▼はあ、趣味が合コンなんだ。しかし週に一回って、いったいなんですか、それは？ ちょっと多すぎやしませんか？ まあ、あなたがそれでいいのならいいんですが。

男女の員数あわせで僕にも参加してほしい。で、合コンっていったいどんなことをするんですか。僕はそういうのにまだ参加したことないので、事情がよくわからないんです。みんなの前で結婚生活の大変さについてスピーチするとか、老後の不安を語るとか、そういうことをすればいいのでしょうか？ しかし僕の好みを「ばっちし把握している」っていわれてもなあ……。どんな女性が出てくるんだろう。ええ、なに？　それはちょっとないんじゃない、ということになりそうな予感が少しばかりあります。

#217　2015/03/12
全男性を代表してお詫びします……

▽私は、付き合って2年半ほどの彼氏がいます。
　彼は、私と二人きりになると我慢？ができないらしく、すぐにいろいろと手を出して来ようとします。

　私は彼のことがすごく好きなんですが、彼の鼻が膨らみ、瞳孔《どうこう》が開き、性的に興奮しているのを見ると変な感じがして、なんだかなぁと冷めた気持ちになってしまいます。自分でもどうしたいのかわかりません。もう少し大人になれば（もう20歳ですが）だんだんとそういう気持ちになるんでしょうか？

　なんか、良いアドバイスがあればぜひお願いしたいです。（ほしの、女性、20歳、学生）

▼どうもごめんなさいね……と全男性を代表してあなたに深くお詫《わ》びします。二十歳《はたち》くらいのときって、そのような強い性欲を人は（というか一般的な男は）持つものなんで

す。鼻が膨らみ、瞳孔が開き、すぐにいやらしいことをしようとします。ほんとに馬鹿《ばか》みたいですが、こればかりはある程度しょうがないんです。男というのはそういう風にできています。僕にも覚えがなくはないです。だから全男性を代表して、こうしていちおう謝っているわけです。

あなたがどうしてもそういう気持ちになれなければ、もちろん無理してやることはありません。蹴飛《けと》ばしてやればいいんです。でも「まあ、ちょっとくらいいいかも」というのであれば、試しに少し受け入れてあげたらいかがでしょう？　意外に楽しいかもしれませんよ。彼も喜ぶと思うし。僕自身には何の利害も絡《から》んでいませんが。

#218　2015/03/12　本や映画を評価するときのスタンスは？

▽本や映画、音楽など他人の評価に左右されずに自分の評価を下すということは簡単なことではないように思えます。村上さんはそれらの作品を手に取った時どのように接しようとしていますか？　作品について考える時の村上さんの姿勢、スタンスのようなものがあれば教えてください。（九十松、男性、24歳、大学院生）

▼僕はできるだけ書評とか映画評のたぐいは読まないようにしています。ベイシックな

情報だけを仕入れます。僕も昔は書評とか映画評を少し書いていたことがあって、それがときとしてけっこういい加減なものになってしまうことを、身にしみて知っているからです（だからこそ自戒して、そういうものを書くのをなるべく控えるようにしてきたのです）。もちろん中には頭を下げたくなるような立派な評もありますが、どちらかといえば、そういうものよりはそうではないものの方が多いかもしれない。風向きをはかって、「これをこんな風に書いておいたら、人は感心してくれるだろう」みたいな姿勢で書かれているものがときどきあるみたいに感じませんか？

まずご自分の嗅覚《きゅうかく》で本や映画を選び、自分の感覚でそれを評価する習慣をつけられるといいと思います。あまり他人の意見をあてにしていると、やがて痛い目にあうことになります。嗅覚を磨くことはとても大事です。野球場に行ったらスコアボードではなく、試合そのものをじっくり見ましょう。それと同じことです。

#219 2015/03/13
悲しいときに悲しみ、泣けるときに泣く

▽去年の今ごろ息子を病気で亡くしてから好きだった読書も音楽も虚《むな》しくなってしまいました。でも年末にやっと『女のいない男たち』を読みたい気になれました。まだ2話しか読めていませんが、「木野」がとても良かったです。最後に木野が泣いた時、私も自分のいる場所が少しだけ分かった気がしました。これからも悲しむべき時に悲しんでいいように思えました。

そんな風に思えたことが嬉しかったので、この機会にお礼を言いたくてメールさせていただきました。村上さん、ありがとうございます。（マーガリン、女性、38歳、保育士）

▼息子さんのことはとてもお気の毒です。本当にお力落としのことと思います。

この話の主人公の木野は、最後の最後まで自らの感情を抑えつけています。というか、感情を外に出すことを拒んでいるうちに、感情を開く方法そのものを忘れてしまっています。でも自分の暗い内部から、恐怖が蓋《ふた》を開けてずるずると這《は》い出てきたとき、彼はようやく心を開き、涙を流すことができます。そういう話だと僕は考えています。小説を書き始めたときには、木野がどういう人なのか、僕にもさっぱりわからなかったので

すが、書いているうちにだんだん彼のことが理解できるようになってきました。泣けるときには、とにかく泣けるだけ泣いてしまうことも大事ですよね。

まだ先は長いです。お元気でお暮らしください。

#220 2015/03/13 最近、どんな本を読んでいますか

▽村上さんはたくさんの本を読まれているとのことですが、小説以外の本を読まれている印象がありません。
ノウハウ本やビジネス書、随筆、新書、雑誌などの類《たぐい》も読まれたりすることもあるのでしょうか。（猫頭巾、女性、47歳、ＯＬ）

▼僕はノンフィクションが好きでよく読んでいます。実際には小説よりは非小説を読むことの方が多いと思いますよ。ビジネス書はあまり読みません。雑誌もあまり読みません。新書はたまに読みます。最近読んでいるのは（再読ですが）ジュリアン・ジェインズの『神々の沈黙——意識の誕生と文明の興亡』です。分厚い本だけど、何度読んでもとても興味深い。バランスをとるためにLee Childの『Bad Luck and Trouble』を併読しています。これ、けっこうよく書けています。Hope the best, prepare for the worst.（最良を望みつつ、最悪に備えるんだ）というのが主人公ジャック・リーチャーの金言です。クールですね。

#221 2015/03/13 「中二病」という言葉が嫌いです

▽中二病という言葉をご存知ですか？ 中二病とは、主に思春期に見られる「つい背伸びしがちな行動」を揶揄《やゆ》した言葉です。

最近、他人と違う言動をした人に対して中二病だ中二病だと言って小馬鹿にする人たちをよく見ます。そういう人たちはどうしてそんなことを言うのでしょうか？

ちなみに、15歳の少年が村上さんの小説を読んでいたら中二病呼ばわりされます。僕はこの言葉が嫌いで仕方ありません。（猫とマタタビ、男性、21歳、大学生）

▼そうなんだ。中二病ってそういう意味だったんですか。知りませんでした。中学校二年生がかかる何か特殊な病気なのかと思っていました。ひとつ賢くなりました。ありがとうございます。ところで中二病の人がひとつ歳をとったら、性格がおっとりしてきて、「中三階級」になるんでしょうか？ くだらない質問ですが。

#222 2015/03/13
好きな建築を教えてください

▽私は建築の設計をやっておりまして、学生の頃、村上さんの『世界の終りとハードボイルド・ワンダーランド』の中に出てきた図書館を小説の描写から想像して図面&模型化するというような事をやって、一部の先生から高評価を得ました。
そこで質問なのですが、村上さんが好きな建築ってありますか？ 理由も併せて教えて頂けると嬉しいです。（いっちー、男性、49歳、建築設計）

▼へえ、そんなことをやったんですか。面白そうだな。でもどんな図書館でしたっけね？ 僕はほとんど覚えていないんです。あまり目立たない、小さな建物じゃなかったかな。僕が好きな建築？ 僕は京都の詩《し》仙堂《せんどう》っていう建物が昔から好きで、できるだけ人が少なそうなときに一人で行って、縁側に座ってぼけーっと庭を眺めています。なんていうことのない素直な家屋なんだけど、どこかしら人を落ち着かせるものがあります。

#223 2015/03/13 食卓日記をお願いします

▽昨日1日で食べた物を細かく教えてください。（りえっち、女性、38歳、派遣）

▼いいですよ。昨日はいろいろと忙しくて、あまりろくなものを食べていないんですが。朝早く起きて、コーヒーを飲んで仕事（翻訳のゲラの直し）をして、七時ごろ、朝ご飯に野菜サンドイッチを少し（小さいのを三きれ）食べて、それから十時に歯科医の検診に行って、帰ってきてこのようなメールの返事を書き、お昼ご飯は酵素玄米のおにぎり（鮭入り）とひじきと、野菜の煮付けと、キュウリとわかめの酢の物、豆腐のお味噌汁。それからジムに泳ぎにいって、三時から事務所で文藝春秋のOさんと打ち合わせ。四時に別の編集者と打ち合わせ（こんなにたくさん人に会うのってずいぶん珍しいんですが）。夕方に軽くできあいのお寿司《すし》をつまんで、七時から六本木にスガシカオさんのアコースティック・ライブを聴きにいって（とてもよかったですよ）、それが終わってからうちの近所の店で生ビール（キリンブラウマイスター）と赤ワイン（カベルネ・ソーヴィニヨン）を一杯飲み、「牡蠣《かき》ときのこのアヒージョ」と「マルゲリータ・ピザ（小さいの）」を食べました。寝る前にピザを食べるなんてまずないことなんだけど、昨日はコンサートがあり、なんかお腹《なか》がすいてしまったので、あくまで例外的です。間食

はまったくしておりません。
　ということでよろしいでしょうか。

#224　2015/03/13　心の中で批判や中傷をどうやり過ごすか

▽村上さんの文章は美しいし、特に翻訳の文章は読んでいて心が癒《いや》されるように感じられます。しかし、世の中には村上さんの作品や文章を酷評するような人もいるのではないでしょうか。そのような中傷や批判にいちいち腹を立てていたらきりがないと思うのですが、どのようにして心の中で処理していらっしゃるのですか？（みゆ、女性、29歳、学生）

▼こんなことを言うとあるいはまた馬鹿にされるかもしれませんが、規則正しく生活し、規則正しく仕事をしていると、たいていのものごとはやり過ごすことができます。誉められてもけなされても、好かれても嫌われても、敬われても馬鹿にされても、規則正しさがすべてをうまく平準化していってくれます。本当ですよ。だから僕はできるだけ規則正しく生きようと努力しています。朝は早起きして仕事をし、適度な運動をし、良い音楽を聴き、たくさん野菜を食べます。それでいろんなことはだいたいうまくいくみた

いです。試してみてください。

#225 2015/03/14
呼び名は統一しております

▽かれこれ、20年来のファンです。村上さんの愛読者の事を称する時に、マスコミなどで巷間《こうかん》言われている呼び名にどうも、しっくりきません。
私自身は、積極的にそのような名前で呼ばれたくないなと。そのため、面倒くさいので、人前で村上さんの愛読者である事を、いちいち口に出して言わなくなりました。ちょっと前まで、こんな事ってなかったんですけれどね。

村上さんの熱心な愛読者ならば、言葉の選び方、比喩《ひゆ》の巧みさに自覚的なはずだと思うんですけれども。

村上さんは、自分のファンがどのように名付けされて、ファイリングされるかという事に、どのようにお考えですか？　気になりませんか？（マザケーンコナーズ、男性、43歳）
▼このサイトでは「村上主義（Murakamism）」あるいは「村上主義者（Murakamist）」という呼び名でいちおう統一しております。誰がこしらえたのかは知りませんが、「ハ

ルキスト」というのは語感がいささかチャラいので、とりあえず無視しませんか。世の中には「村上主義」というものがはっきりと存在します。一種の世界の眺め方です。それをとる、とらないはもちろん個人の自由です。僕はそういうものを誰にも押しつけるつもりはありません。ただそういうものがあるというだけです。

#226 2015/03/14 隕石落下が心配な少年へ

▽うちには5歳の男の子がいるのですが、彼はいつ地球に隕石《いんせき》が落ちて来るか心配らしく、文字通り夜も眠れないで気を揉《も》んでいます。5歳の子供にうまく言って安心させたいのですが、いまいち確率の概念など難しいことを理解できないらしく納得してもらえません。彼にどう言ってあげたら良いと思いますか？（レナ子、女性、37歳、主婦）

▼気持ちはよくわかります。でも夜に寝られないというのは困りますよね。そうですね、アリのことを考えてみてください。あの人たち、というかアリたちは、

いつ人間の靴底でぺしゃんこに踏みつぶされてしまうかもしれないのに、そんなことはものともせず、日々黙々と勤勉に働いています。アリが路上で人に踏みつぶされる可能性に比べたら、空から落ちてきた隕石が人にあたる可能性なんて、まったく微微たるものじゃないですか。そんなことを心配して眠れない夜を過ごしていたりしたら、アリが気分を悪くしますよ。「ふざけんじゃねえや。アリえねえ」とか言って、怒ってみんなで攻めてくるかもしれない。その方がずっと怖いじゃないですか。アリの身にもなってあげてください。

#227 2015/03/14 ギャツビーの映画あれこれ

▽こんにちは。自分は音楽家なもので、村上さんの小説の中の音楽の部分が大好きです。うちの子供は文章を読みこんだりレポートを書くのが大の苦手で、高校時代、課題図書である『ギャツビー』を読み終れそうもなかったので親子3人で一緒に読みました。で、私の方が心からはまりました。すごいですね、『ギャツビー』!! 村上さんが翻訳

されてると聞いてぜひともぜひとも読みたいと思っています。アメリカに住んでいるので『1Q84』もやっとこの前読んだばかりで……すみません。

それで何度もあの本を読んだ後、ディカプリオ主演のギャツビーの映画を見て、近年あれほど落胆した事はないというぐらいがっかりしました。俳優さん達の演技は皆良かったし、美術やカメラワークも好きだったし、色々省かれたエピソードも2時間ものにするには仕方ないか、と悪くはなかったです。ただただ音楽が気に入らなかったのです。その反対で、お話より音楽が素晴らしかったので大好きな映画というのも一杯あります。村上さんも映画を見て、音楽で評価が180度変わってしまったということはありましたか。（ばけ、女性、49歳）

▼そうですか、ディカプリオ＝ギャツビーはあまり気に入らなかったんだ。僕はけっこうあの映画、好きでした。音楽も楽しかったですけどね。二回見ました。

監督のバズ・ラーマンとディカプリオは、あの映画の企画を映画会社に持ち込んだんだけど、「今さら『ギャツビー』もないだろう」とはねつけられて、そのときに「ムラカミハルキも『ギャツビー』を訳しているんだぞ」と言って会社の幹部を説得したんだそうです。本当かどうか、見たわけじゃないので知りませんが、そういう話を聞きました。ラーマンさんが日本に来たとき、僕に会いたいということだったんだけど、僕はそのときちょうど日本にいなかったので、会えませんでした。

その前のロバート・レッドフォード版も、フランシス・フォード・コッポラの脚本がとてもうまく書けていて、僕はけっこう好きでした。ただ俳優がねえ……というところはあります。レッドフォードとミア・ファローはやはり少しばかりミスキャストですよね。その前にスティーブ・マックイーンとアリ・マッグロウでやろうという話もあったみたいですが、これはちょっと「なんじゃ、そりゃ」の世界ですね。僕は一昔前のサム・シェパードにギャツビーをやらせたかったけど。デイジー役はかなりむずかしいです。育ちが良くて美しくて魅力的で、素直なんだけど、人間が微妙に薄い。そういう演技ができる女優がなかなかいません。

　ところで、あなたのメールはちょうど１７０００通目のメールになりました。おめでとうございます。記念にコードネームを差し上げます。あなたのコードネームは「痛快・胡麻《ごま》まぶし」です。胡麻まぶしはお好きですか？　僕は大好きです。

#228　2015/03/15

男が抱く「孤独の予感」

▽以前、彼女のいない男友達の前で『女のいない男たち』を読んでいたら、「なんだそ

れは、当てつけか」と怒られてしまいました。

でも、たしかに僕には彼女がいますが、精神的にはずっと『女のいない男たち』なんです。この感じ、村上さんならわかってくださるのではないでしょうか？（＊＊＊、男性、24歳、会社員）

▼そうですね。たとえ彼女がいても妻がいても、男というのはいつも基本的に「女のいない男たち」なんだという気がします。自分がどこに繋《つな》がっているのか、誰に繋がっているのか、しばしば確信が持てなくなります。それは（あくまで僕の感触によればですが）女性が一般的に男女関係に対して感じている感じ方とは、少し違っているかもしれません。いつ自分が夜の海に一人で放り出されるかもしれないという、孤独の予感のようなものを男はいつも抱いています。というか、そんな風に僕は感じてしまいます。それはあなたが感じていることとだいたい同じでしょうか？

#229　2015/03/15
エッセイの引き出しが多いですね

▽熱心な村上主義者のひとりで、いつも小説やエッセイを楽しく読ませてもらっています。

村上さんがエッセイで取り上げる話題は、街中で見かける標語からラブホテルのネーミングまでとても幅広いですよね。

普段から「これは書きたい」というアイディアが浮かぶと、メモに残されているのですか？　それとも机に向かって、「今日はこの話題でいこう」と書かれているのでしょうか？

いつも引き出しが豊富なので、気になって質問させていただきました。（ハイウェイラジオ、男性、26歳、会社員）

▼僕はエッセイの連載ってあまりやらないんですが、やるときはまずネタを一年分くらい前もって用意します。そうしないと「今週は何を書けばいいかな」みたいなネタ探しに追いまくられて、生きていてもちっとも楽しくないからです。だから50個くらいのネタを用意しておいてから、よっこらしょと連載を始めます。新しく書きたいものがあればそれを入れて、リストから古いものをふるい落とす、というシステムでやっています。だからわりにラクです。やってみるとわかると思うけど、連載のネタに詰まるって、ほんとにきついんです。そういう目にはあいたくありません。無理にひねり出していると、文章もだんだん薄くなってきちゃうしね。週刊誌の連載エッセイを何本も持っている人を見ると、ただただ感心します。僕にはとてもできません。

#230　2015/03/15
このままだと日本文学はどうなる……

▽暫《しばら》く皆様からの回答を拝見させていただきますと、あまり村上さんは日本の、割と最近の小説って読まれないような気がするのですが、それは現代日本文学に何らかの不満があるからなのでしょうか？　それともただ単に面倒なだけなのでしょうか？

　最近はインターネットの普及で誰でも作品を気軽に発表し、またそこからプロが発掘される良い時代になりました。ですが、作品が溢《あふ》れる中、埋もれないように皆売れる物語ばかり書いているような気もします。早い話が、村上さんみたいな美しい文体で勝負する小説家が他にいなくなったということです（決して村上さんの物語が劣っているということではありません）。

　僕の友人に若者向け小説、所謂《いわゆる》ライトノベルと呼ばれる類のものの専門家がいて、たまに借りて読んだりするのですが、やはりどれも文章が平凡で、民衆の求める要素を詰め込んだだけのものばかりでした。このままだと日本文学はどうなるのだろうとつくづく思います。もう明治後期の劇的な文体は見られないのだろうかと思うと悲しくなります。（オノ（ry、男性、17歳、高校生兼音ゲーマー）

▼最近の日本の若い作家の作品もちょくちょく読んでいますよ。ただ僕はあまりそうい

うことを語るのが好きではないので、語らないだけです。結果的にエール交換みたいになるのがいやなので。派閥とかグループわけとかも好みませんし。外国の作家だとそういうことがないので、わりにラクに感想を言えるんだけど。そのへんの事情をどうかご理解ください。

ご心配もわかりますが、文学なんてほうっておけばなんとかなっていくものです。気を遣ってやる必要もありません。這《は》い上がってこられないのなら、沈ませておけばいいんです。僕はそう思っていますが。

#231　2015/03/15
いま、日本の社会は息苦しい？

▽おりいって質問したいことですが、私は最近の日本の社会はとても息苦しいのではないかと思っています。つい先日も有名なミュージシャンが、コンサートの演出で謝罪に追い込まれてしまいました。それだけでなく、何かあるとすぐ批判が殺到します。
海外にもよくいらっしゃる村上さんは、今の日本の社会をどのようにお考えですか？また、そのような社会で自分自身が平静を保つためにどうすればよいとお考えですか？

お考えをお聞かせいただければ幸いです。（のりろー、男性、36歳、弁護士）

▼あなたがおっしゃるように、たしかにけっこう息苦しい社会だと思います。僕もときどき批判みたいなことを受けているみたいですね。

ただどのような時代にあっても、どのようなメディアにあっても、言葉に対する畏《おそ》れと慎重さは、決して失われてはならないものです。言葉をおろそかにするものは、必ずその報いを受けます。汚らしい言葉を使う人は、ますます汚らしくなっていきます。そのことはいつも自分にしっかり言い聞かせています。

#232 2015/03/15 村上さんなら何と答えますか?

▽すこし重い話をさせてください。昨年母が死にました。とても急なことで、ばたばたと葬式を終わらせ一息ついた私に待っていたのは「大変だったでしょう」という言葉でした。私はこの「大変だったでしょう」という言葉になんて返せばいいのでしょう。この言葉をかけてくる人は「母がなくなった大学生の娘」に同情したいだけなのではないかと考えてしまい素直に受け取ることができません。親を亡くした気持ちというのは経験のない人は理解できない心情だと思うし、母や父は子供よりも先に亡くなることが当たり前でそれがはやくきただけの私はなにが大変だったのかわからないのです。村上さ

んはこのような言葉をかけられたときなんと答えますか。（匿名希望、女性、20歳、学生）

▼本当にお気の毒です。ショックであったと思います。

でも実際に大変だったんじゃないのですか？　まわりの人たちはあなたをなんとか慰めたいと思うんだけど、うまい言葉を見つけられないだけなんです。みんながうまい言葉を見つけられるわけじゃないんです。そのことを理解してあげてください。言葉というのは本当にむずかしいものです。僕がそんなときになんと答えるか？「ええ、ずいぶん大変でした。ありがとうございます」と答える以外にないんじゃないですか？

たしか『ノルウェイの森』で、緑さんがお父さんの葬儀の少しあとで、「僕」と一緒に新宿にポルノ映画を見に行くシーンがあったと思います（よく覚えていないんだけど）。緑さんはたぶんあなたと同じくらいの年齢だと思います。よかったら読んでみてください。言葉にならないことってすごく大事なんです。だからそれだけに、言葉をあまり責めないように。

#233　2015/03/15

卒業前に告白したい！

▽卒業して離ればなれになる前に大好きな人に告白したいのですが、僕の気持ちは中々言葉になりません。そういう時どうするべきでしょうか？

また、村上さんが格好いいと思う告白はどんなのですか？

いつもわくわくしながら村上さんの作品を読んでいます。体調に気をつけてこれからも頑張ってください。（回転するナックル、男性、18歳、高校生）

▼そうだなあ、告白はけっこうリスクがありますよ。それよりはもっと軽く、「卒業しても君と連絡が取りたいんだけど、いいかな？」みたいに、ちょっと様子を見てみるほうがいいと思いますよ。話が重くなると、女の子はわりに引きます。女の子を引かせないのが、まずは大事なことになります。わかるよね？　うまくいくといいですね。卒業式か。卒業して彼女と会えなくなるとつらいよね。気持ちはよくわかります。がんばって。

#234　2015/03/15　「大人」の定義

▽都内在住の大学生です。

私は高校生の時から20歳になれば「大人」になると考えていました。しかし、実際に20歳になっても高校生の頃と何も変化しておらず、「大人」になったように感じません。たしかに物理的、身体的な区切りとして20歳を大人とすることは適当なことなのかもしれません。しかし、身体が大人でも精神的に大人ではない人が多々いるように感じます。

私は、経済的にも精神的にも親から自立し、自己の決定に責任を負う義務が発生する段階におり、その義務を果たす能力が備わっていることが「大人」であるように感じます。

村上春樹さんは、「大人」をどのように定義していますか。（カフカ、男性、21歳、大学生）

▼当然のことです。二十歳になったからって、急に大人になれるわけじゃありません。また経済的に自立できたとしても、それで大人になれるわけでもありません。僕は個人的には、自分の心の痛みと、まわりの人々の心の痛みとを、等価とまではいかずとも、

ある程度密接に連動させて考えられるようになることが大人の証《あかし》ではないかと考えています。そういう意味では、いくつになっても未成熟な人はたくさんいます。

#235　2015/03/16　作品を富士山にたとえれば

▽こんにちは。私は小学生の頃から読書はしていましたが、ここ数年は特に読んでおり昨年は１２０冊ほど（再読したものも含む）読みました。もちろん春樹さんの本もたくさん読んでいます。ただ、最近春樹さんの小説についての本（『世界は村上春樹をどう読むか』『ハルキ・ムラカミと言葉の音楽』）を読んでみて、自分がいかに読解できていないかがわかり、ちょっと悲しくなりました。
　でも春樹さんはどこかで「読書はとても個人的な行為だからどう読むのも自由」とおっしゃっていたと思います。今でもこのお考えは変わりませんか？　まぁ基本的に解説書の類いは読みませんし、たとえ読解できていないとしても読み続けさせていただくのですが……（笑）。（ちゆき、女性、28歳、会社員）
▼どのような解説書も説明本も、それがどれほど優れたものであったとしても、あくまでテキストの一部を切り取ったものに過ぎません。小説というのはゲームではありませ

んので、「完全攻略本」みたいなものはどこにも存在しません。作品を富士山にたとえれば、一つの角度からそれを捉《とら》えた写真のようなものです。そこから全体像は浮かび上がってはきません。でも作品を読んだあなたは、実際に富士山に登って、下りてきた人です。あなたは既に全体を体験しているのです。今さら攻略本が必要ですか？

#236　2015/03/16
簡単なビールのおつまみ

▽こんにちは。
　家で簡単にできるオススメのおつまみを教えてください。僕はビールを主に飲みます。
（弥太郎、男性、29歳、会社員）

▼れんこんを薄切りにして、それを酢を加えた水にしばらくつけておきます。あくを抜くんです。それからペーパータオルでその水気をきれいにとります。塩こしょうをします。そしてフライパンにひたひたに油を入れて熱し、そこで軽く揚げます。好みによってたかのつめを入れます。簡単な料理ですが、ビールにあうと思いますよ。僕はこれがけっこう好きです。あとはこんにゃく炒《いた》めをよくつくりますが、これは説明がちょっと手間なので、省きます。

#237 2015/03/16 戦争の不安について

▽去年から日本では、また日本が戦争をするようになるのでは、という不安の声が多く聞かれるようになっています。そんなことは無い、という声もあります。私は亡くなった母から「戦争は始まったらもう手が付けられないから、始まらないようにしなければならない」と教わってきました。日本が戦争に近づいているように感じるのは、不安から来る妄想なのか、はたまた現実なのか、わかりません。村上さんは、どう思われますか？（もりさわ、女性、30歳、日本語教員）

▼僕がアメリカに住んでいるとき、ちょうどアメリカはいくつかの戦争に巻き込まれていました。湾岸戦争、アフガニスタンでの戦争、イラク戦争。そういうのを間近に見ていて思ったのは、いったん戦争に巻き込まれると、人はみんな多かれ少なかれ頭がおかしくなるんだ、ということでした。普段ならわかるはずのことが、わからなくなってしまう。とくにイラク戦争のときはひどかった。フランス政府はアメリカ軍の根拠不十分で一方的なイラク侵攻に疑義を呈したんだけど（ごく当然な疑義でした。実際に根拠はなかったのだから）、そのときのアメリカに蔓延《まんえん》した反仏感情はほとんど理不尽なものでした。一流新聞までもが「我々は第二次大戦でフランスをドイツ軍から解放しなけれ

ばよかったんだ」みたいな下品きわまりない記事を載せました。普段のアメリカからすれば、ちょっとあり得ない暴言です。でもそんなことが実際に起こってしまう。「ちょっと待てよ。そこまでやるのはまずいよ」というまっとうな声が、マッチョな怒号の中にかき消されてしまいます。

そこまで頭が過熱してしまうと、熱が冷めるまでにそうとう時間がかかります。そして冷めたときにはもう手遅れということになりかねません。実際にイラク戦争の後遺症で、世界はごらんのように大変なことになってしまっています。とにかく頭に血を上らせないこと、それがなにより大切です。そして政治家こそが頭をいつも冷やしてなくてはならないはずなのに、中には人々の頭に血を上らせようと、火に油を注ぐような危険な真似をする人もいます。そういう状況はなんとしても阻止しなくてはいけないと僕は考えますが。

#238　2015/03/16　なくならない悪夢と向き合うには

▽『海辺のカフカ』に、笑い続ける父親の顔へするどい嘴《くちばし》を何度もたたき込むが父親は笑い続ける、というようなシーンがあったかと思います。

もう何年も、私はまさにこのような悪夢に悩んでいます。

私は、実母との間にしかるべき「自分は愛されている」という確信を一度も持ったことのないまま大人になってしまいました。おそらく私の幼少期、母は祖母（母にとっては姑《しゅうとめ》です）の機嫌をそこなわないで（それがおそろしく難しいことなのですが）、家業をやっていくことだけで頭がいっぱいだったのだろうと思います。

もちろん母娘関係はこじれにこじれ、家出さわぎからストレス性疾患まで一通りバタバタして、そのこと自体はもう、いつまで言っていたって仕方ないって思えるようになったんです。母には母の、祖母には祖母の悲しみがあったでしょうし、自分はいま自分の子供を愛し、子供も私を愛してくれます。

それなのに、その悪夢はなくなりません。

私が泣き叫びながら母に訴える、母は嘲笑《ちょうしょう》をやめない。私が泣けば泣くほど、いっそう笑う。いつもそのパターンです。自分の叫び声で目覚めます。

いつか、これを乗り越えることは出来るんでしょうか。（匿名希望、女性、39歳、専業主婦）
▼そのような思いは薄らぐことはあっても、おそらくは消えることはないと思います。その悪夢があなたという今ある人間を作ってきたからです。それを消し去ろうとするのは、あなた自身を消し去ろうとするのとほとんど同じことになります。そのような思い

は既に、あなたという人間の一部となってしまっています。だからあなたはこれからも、その悪夢とともに生きていく必要があります。まずそのことを認識してください。つらいかもしれませんが、それが真実です。

にもかかわらず、そのような重荷を背負いながらも、あなたは自分の子供を愛することができるし、子供と良い関係を保つことができる。それは素晴らしい達成です。その達成を続けていってください。人は誰しも多かれ少なかれ、それなりの悪夢を抱えて生きています。その悪夢を乗り越えることによって、人はそれぞれに成長していきます。抱えている荷物が重ければ重いだけ、いったんそれを乗り越えれば、人は大きくなれます。しっかり乗り越えてください。

#239　2015/03/16
インタビューのときに心がけていること

▽仕事上インタビューをする機会が多いのですが、相手の心を開くことが出来ず、形だけで終わることがあります。村上さんの中で、インタビューに臨む際、何か徹底していることはありますか？　そしてそれは、わたしにもマネできますでしょうか？（すどうまみ、女性、25歳、ライター）

▼インタビューに関して僕が徹底的に心がけているのは、徹底的に相手を好きになろうとすることです。正直言って、インタビューする相手の中にはいろんな方がおられます。むずかしい人、クセのある人、口の重い人、口の軽すぎる人、失礼ながら「個人的なレベルではたぶんこの人とはつきあわないだろうな」と思ってしまうこともあります。でも仕事としてインタビューをするときにはいつも、その人を100パーセント好きになろうと真剣につとめます。そして真剣につとめれば、必ず相手のことが好きになれます。そうすれば相手が口にするすべての言葉がとても興味深く思えてきます。もっとこの人のことをよく知りたいという気持ちになります。そしてそのようなあなたの気持ちは必ず相手に伝わります。僕はこれまでずっとそういう風にしてインタビューをしてきました。

#240 2015/03/17 シューマンの「予言の鳥」を聴く

▽『ねじまき鳥クロニクル』の第二部のタイトル「予言する鳥」について質問です。

村上さんの著作に登場する数多くの楽曲の中でも、私はこの曲がどうにも気になり、実際に聴いてみました。

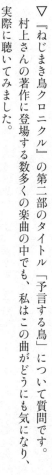

なんと美しく不安な曲だろうと思い、すっかり魅了されてしまいました。とても気に入ったのは、クララ・ハスキルの演奏でした。バックハウスもなかなか素敵な演奏だと思いました。

村上さんはお気に入りの演奏がありますか？（がーこ、女性、28歳、フリーランス）

▼『森の情景』の七曲目ですが、よく単体としても演奏されます。僕はルービンシュタインの演奏（単体）で聴いて、この曲を知ったと思っていたんだけど、なぜかそのルービンシュタインのレコードがみつかりませんでした。どこに行ったんだろう？　あとはリヒテルの演奏をよく聴きました。この『森の情景』はとても素晴らしいです。完璧《かんぺき》な技術と、まっすぐ核心に踏み込んでいく洞察と、みずみずしいエモーション。50年代から60年代にかけてのリヒテルは、まさに魔法のような存在でした。アルフレッド・コルトーの演奏はとてもチャーミングでいいですよ。まるでお話のうまいおじさんの語りを聞いているみたいで。ハンガリーのピアニスト、デジュ・ラーンキの演奏も若々しくて気持ちいいです。ヴァレリ・アファナシェフの演奏は例によってこってりと企《たくら》みがあり、まるでシューマンじゃないみたいに聞こえます。それと対照的なのがアシュケナージの演奏で、とてもさっぱりとしてすがすがしい（もう少し屈託があってもいいかもしれない）。うちにあった「予言の鳥」はそれくらいでした。

あなたがお聴きになったバックハウスとハスキルのレコードはうちにはありませんんで

した。機会があったら聴いておきますね。しかしシューマンの音楽ってうまく演奏するのはすごくむずかしそうですね。ロマン派の深い屈託と、はっと驚くほど清新な空気とが隣り合っていて、その狭間《はざま》みたいなのを表現することはおそろしく微妙な作業になります。シューマンの音楽をまとめて聴いていて、つくづくそう思いました。やっぱりコルトーはいいな。

#241 2015/03/17 人生最後の食事と辞世の句

▽村上主義者カフカ派の者です。30年来愛読しております。

村上さんは人生最後の晩飯で食べたいものを決めていますか。わたしは、ヨーロッパ軒のパリ丼です。(かずへい、男性、44歳、大学職員)

▼はあ、村上主義者カフカ派ってのがあるんだ。なんかだんだん流派が増えていくみたいですねえ。大丈夫かな。

僕は人生最後の食事には、やはり鍋焼《なべや》きうどんが食べたいです。冬場はもちろん、夏でもがんばって鍋焼きうどん。店はど

こでもいいです。ぜいたくは言いません。「増田屋」でもかまいません（ごめんね、増田屋）。一人でサンケイスポーツを読みながら、しみじみと鍋焼きうどんを味わいたいです。辞世の句「ヤクルトは、最後の日にも、また負けた」。なんか情けないですね。

#242 2015/03/17 世界を理系の魂で見る

▽村上さんは、世の中にある「数式」の量や割合についてどう思われますか。

私はつい数ヶ月前までエンジニアとして働いており、大学の専攻も理系でしたが、生活していく上で「ここは言葉でなく数式で表せばもっとわかりやすくなるのに」とか、「つまりそれはこれがこれの関数になるということですか」と思うことが、そこそこあります。

仕事で技術論文を読んでいた時にも、昔に比べて数式が減ってるなあと思うことがありました。

村上さんは世の中にある数式は今くらいの塩梅《あんばい》でいいと思いますか。私としてはもう少し世の中に数式が増えてほしいです。（コッペパン、男性、26歳、無職）

▼そうですか。ぼくは数学のたぐいがどうも苦手なので、数式を示されると引いてしま

うところがあります。数式のない世界に行くと、ほっとします。あなたとは真逆ですね。そういえば河合隼雄さんは昔、数学の先生をしておられました。京大理学部数学科を出て、高校で三年間数学を教えておられました。もともとが理系の方です。しっかり数式の人です。それが結局、人の心を取り扱うお仕事をなさるようになりました。そういう数式的な思考が、心理学を探究するにあたってどのような役を果たしていたのか、一度そのへんのお話を聞かなくてはと思っていたのですが、その前に残念ながら急逝されてしまいました。とても残念です。

ただ僕が感じたのは、河合先生はうわべの感情にはなかなか簡単に流されない人だなということでした。もちろんそういうものを理解はされるんだけど、観察者としての厳しいスタンスを維持したまま、その奥にあるものを見据えようとなさいます。そして常に机上の論理よりは、手に取れる実証を求められました。そういうところに「理系の魂」みたいなものがうかがえたのかなという気もします。

というわけで、「ここは言葉でなく数式で表せばもっとわかりやすくなるのに」と思われるのももっともですが、数式ではなく「理系の魂」をもって世界を広くしっかり見ていただければと思います。人の心はなかなか関数だけでは表せません。

#243　2015/03/18　夫の携帯を覗き見してしまった

▽村上さん、アドバイスください。私は夫の携帯を覗き見てしまいました。他の女性（ご主人、お子さんがいらっしゃる方です）との下品なメールのやりとりを見つけてしまいました。見なければ良かったと思いますし、もしかしたら私に良くないところがあったのかと、部屋を夫の好きな物で飾り直し、朝もきちんとメイクするように心がけたり、笑顔で仲良くするように努めてみましたが、どうやらメールのやりとりは続いている様子です。悲しくなるばかりで夜目が覚めてしまったり、夫への愛を再確認しました。最初はメールのことを問い詰めてやる、と思っていたのですが、そんなことしたら心がもっと離れて壊れてしまいそうで、三人の娘のことも考えると何もできません。良くある話だとお思いになるかもしれませんが、私にとってはもうどうしたら良いのかわからなくて、涙が出るばかりです。村上さんなら、どうお考えになりますか？（うさぎ、女性、39歳、主婦）

▼他人の携帯や私信は勝手に見るものではありません。僕は絶対に見ないし、うちの奥さんも見ません。それは我が家のルールになっています。まずそのことが前提としてあります。あなたはそんなものを見るべきではなかった。世の中には見ないで済ませてし

まった方がいいものもたくさんあります。でも見てしまったんですよね。そしてその結果、夫に対する信頼感を持てなくなった。

ご主人を問い詰めるのはやはりまずいと思います。あなたが携帯をのぞき見したことを言わなくてはならなくなるから。しばらくそのまま様子を見るしかないんじゃないかな。そしてあなた自身について、あなたと夫との人間関係について深く静かにお考えになるといいのではないでしょうか。これからどうやっていけばいいのか？　夫婦関係を回復する余地はあるのか、それともないのか？　それをもう少しはっきりさせたあとで、お二人で話し合いをもたれるべきだと思います（携帯を見たことはできれば言わないようにして）。今のところ、それ以上のアドバイスは僕にはできません。

#244　2015/03/18
ジャイアンツ・ファンはなぜ目の敵にされるのか？

▽春樹さんが東京ヤクルト・スワローズのファンでいらっしゃることをよく理解した上で、質問させていただきます。

私は小さい頃から読売ジャイアンツのファンで、ファンクラブにも入会しています。（ちなみに私の青春は、村上春樹さん、小林秀雄さん、あだち充さん、Mr.Children、読売ジャイアンツでできています。）

斎藤雅樹と原辰徳を中継で見始めた頃から、他の球団に浮気をしたことはありません。単純に他の球団よりも、ジャイアンツの野球中継を観る機会が多かったからだと思います。

ジャイアンツ・ファンであることは、決して特別に蔑《さげす》まれることではないと思っていました。

ですが大学に入学した頃から、ジャイアンツ・ファンが周りに少ないことに気づきました。感覚的にタイガースやカープ・ファンの方が多く、またベイスターズ・ファンというだけで、人格まで良く見られる傾向があるように感じます。

ジャイアンツ・ファンというだけで「なんで？」と理由をきかれます。最近は追及されるまで、ジャイアンツ・ファンであることを隠すようになりました。

この間クライマックスシリーズで敗北した折には、「いや〜、残念だったね〜」と笑顔で話しかけられました。

また原監督の一億円事件？のニュースが放映された頃には、「なんで払うかね？　謎《なぞ》です、巨人軍」というコメントをいただきました。お詫《わ》びのコメントをしました。

この間、docomoのコンシェルジュアプリに「好きな球団はどこ？」と質問したら、「よく分からないのでお調べしたところ、一番好きなのは東京ヤクルトです」という返答がありました。恐る恐る「一番嫌いな球団は？」と質問したら、まったく躊躇《ちゅうちょ》なく、「巨人です」と答えていました。分かってはいましたが。

なぜジャイアンツばかりが目の敵にされるのでしょうか？ 他のスポーツでも、これほどアンチが目立つチームはないように感じます。

春樹さんはどうお考えですか。（やまかよ、女性、35歳、販売員）

▼お気の毒です。読売ジャイアンツのファンになられてしまったというのは、きっと前世のカルマが祟《たた》っているのでしょう……というのはもちろん冗談です。読売ジャイアンツは伝統ある強いチームだし、人気があって当然です。ただ僕は、あそこの上の方で偉そうにふんぞり返って、あれこれ余計な口出しをする「あの人」が個人的にあまり好きになれないのです。読売ジャイアンツも20年前にはもっと明るい人気があったと思うんですがね。「あの人」のせいだろうとまでは言いませんが。

#245 2015/03/18
みんな他人のあら探しばかりしている……

▽もう少しで20歳になります。僕が小学生のころは20歳の人がとても大人びてかっこよく見えましたが、今こうしてその立場になると、自分が想像してた20歳になれそうとは

あまり思えません。僕も含め、僕の周りは他人のあら探しばかりしている印象です。そういうことばかり成長してる気がして、かっこいいとはかけ離れているのですが、これって普通なんでしょうか？（ニック、男性、19歳、大学生）

▼みんな他人のあら探しをしている？　へえ、そうなんだ。でもあら探しって、具体的にいったいどんなことをしているんだろう？　僕にはどういうことなのか、よくわかりません。たぶん育った時代が、僕ときみとでは違いすぎるんだろうね。少なくとも僕がきみくらいの年齢のとき、僕や、僕のまわりにいる人たちは、とくにあら探しなんてしてなかったですね。みんなほとんど馬鹿で、いい加減で、乱暴だったけど、あら探しみたいなことはしていなかったと思う。うーん、というわけで僕にはうまく答えようがありません。

でもさ、もし自分に何かやりたいことがきちんとあれば、それをすることに忙しくて、他人のあら探しなんてことをしているような暇はないよね、きっと？　ということは、自分のやりたいことが、きみにはまだちゃんと見つかっていないというだけなんじゃないのかな。

まわりのことはいちいち気にしないで、自分がどういう人間なのかをしっかり見つめてみることが大事だと思いますよ。なんといってもきみにとっては、きみ自身がいちばん大事な存在なんだから。

#246 2015/03/19 安西水丸さんとの懐かしき日々

▽読者との直接交流サイト、再開していただいてありがとうございます。1998年と2006年に2、3度お返事いただきました。ありがとうございました。20年ほど前からの読者です。

このサイトの再開はうれしかったのですが、最初に拝見した率直な感想は、水丸さんのイラストではない寂しさでした。もちろんフジモトマサルさんのイラストも温かくて味わいがあるとは思うのですが、もう水丸さんのイラストを見られないんだなって改めて感じました。

いろいろなところで水丸さんについては語られているとは思いますが、一つ教えてください。水丸さんとの最初の出会いはピーターキャットだったのですか？ その時の水丸さんに対する印象はどのようなものでしたか？ どのような経緯で親しくなられたのでしょうか。（あと2kg減量、男性、43歳、会社員）

▼水丸さんは僕が小説家としてデビューしたころに、店にときどき見えていたと思います。おうちが店のわりに近くだったので、散歩のついでに寄ったみたいでした。うちの店は、僕が小説家になる前から、なぜか作家や編集者がお客としてよく出入りしていた

ので（そういえば中上健次さんも村上龍さんもみえたことがありました）、水丸さんと初めて会ったのが作家デビューの前だったかあとだったか、よく覚えていません。でもいずれにせよ、当時水丸さんはまだ平凡社の社員で、あくまで副業でイラストを描いておられました。

僕は嵐山光三郎さんと水丸さんと糸井重里さんが一緒にやっていた、雑誌『宝島』の「チューサン階級ノトモ」が大好きで、以前から水丸さんのファンでもあったので、わりにすぐ仲良くなりました。その少しあとで水丸さんは会社を辞め、独立してイラストレーターになりました。「社長に辞表を出してさ、『お世話になりました』って頭を下げて、ちょっと言い忘れたことがあって戻ろうとしたら、社長があとずさりして辞表をさっと隠すんだよね。きっと取り返しにきたかと思ったんだね」と笑っておられました。慰留はまったくされなかったそうです。社長の気持ちもわかるけどな（笑）。

水丸さんについてはとんでもない話がほんとにいっぱいあるのですが、残念ながらここにはとても書けません。

#247 2015/03/19
朝のメロン畑のような香りのコロン

▽『世界の終りとハードボイルド・ワンダーランド』に出てくる、ピンクの女の子がつけていたコロンがずーっと気になってます。朝のメロン畑のような香りのコロンてほんとにあるのでしょうか？　後村上さんの好きな香りってありますか？（とみちゃん、女性、59歳、無し）

▼そういうものがあってもいいのではないでしょうか？　どんな匂《にお》いだかは知りませんが。僕の好きな香り？　高校時代、気持ちの良い夏の夕暮れにガールフレンドと二人で散歩していたとき、彼女の髪からふと漂ってきたシャンプーの匂いですね。ごく当たり前の柑橘《かんきつ》系の匂い。不思議だけど、半世紀くらいたった今でもはっきり覚えています。

#248　2015/03/19　いろんなものが「ほぼ」化していく町

▽私の家の近くに、保々という地名があります。ほぼようちえん、ほぼ老人会、ほぼ小学校、ほぼ郵便局。いろんなものが「ほぼ」化しています。最初に、幼稚園の建物が「ほぼようちえん」と表示されているのを見て、なんか幼稚園になりたてな感じ、あともうちょっとで出来上がる感じがいいなと思いました。

保々地区は、夏には蛍がたくさん見られるとても良い場所です。（クワナのアロワナ、女性、53歳、自営業）

▼いいですねえ。なんでも「ほぼ」がついちゃうんだ。アメリカならALMOSTっていう名前の町があるようなものなんだ。そこの地区の毎日新聞の販売店は「ほぼ毎日」なんですかね。「おい、昨日は新聞が入ってなかったよ」「すみません、うちはほぼ毎日なもんで」みたいな会話が交わされているのでしょうか？　「ほぼ日刊イトイ新聞」の糸井重里さんに教えてあげたいような町です。

#249 2015/03/20 あの日から二十年

▽こんにちは。僕は今大学生です。僕はいままで、自分でも嫌になるぐらいなさけなく恥ずかしい失敗をいくつかしてきてしまいました。僕はそのことを思うと、本当に嫌になります。村上さんの『約束された場所で』のオウム真理教の信者の方の話を読むと、胸が痛くなることがあります。この本を読むたびに、人の失敗（または悪）はその人の容量を超えて自分にのしかかってしまうものなのだと思います。それは本当に恐ろしいことだと思います。

　そこで質問なのですが、この本の河合隼雄さんとの対話の中で「悪がシステム単位のものか、個人単位のものかまだわからない」ということを村上さんが仰《おっしゃ》っていたと思うのですが、今はどういう風に考えておられるでしょうか。また、もし悪を犯してしまったら、その人はそのあとどういう風に生きていけばいいのか、その人にとって人生とは何だったのだろうかということを僕は考えるのですが、村上さんはどう思われますか。

　こういったデリケートな問題に対して、もしかしたら僕の文章が軽薄なものになっているかもしれませんが、その時は申し訳ありません。（匿名希望、男性、22歳、学生）

▼オウム真理教の一連の事件については、かなり長いあいだ細かく取材し、それとつき

あって生きてきたので、僕の身体《からだ》の中までその空気が染《し》みついてしまっているような気がします。心が重いというか、それについては簡単には語れない部分があります。被害者のみなさんについても、また罪に問われている加害者の側についても。もちろん彼らが罪を犯したことは事実だし、それを償わなくちゃならないのは確かなんですが、法廷で彼らが死刑を宣告されるところに立ち会うと、やはりしばらくは言葉を失うほど落ち込みます。たぶんそれは、彼らが犯罪者には見えないからだと思います。彼らはどう見ても、僕らのすぐそばによくいる人々なのです。でもそれと同時にもちろん、彼らのせいで愛する人を失い、人生を狂わされた多くの人々を目にしてきた僕としては、安易に同情するわけにはいきません。そのへんのジレンマが僕の口を重くさせます。

今のところ僕に言えるのはそれくらいです。すみません。サリン事件から二十年になります。でもあの事件について考えるときの心の重さはちっとも変わりません。

#250 2015/03/20

地下鉄サリン事件の被害者です

▽私は地下鉄サリン事件の被害者です。当事者は、あの日のことは自分が経験したことしかわからないので、村上さんの『アンダーグラウンド』を読んで、はじめて視界が広

がったような、自分の立ち位置が見える俯瞰図《ふかんず》を見たような気がしました。

事件に遭遇した直後、私は吐き気がひどくて1日食事ができなくなりましたが、ほかの症状はなかったため、コリンエステラーゼが30％減少したと言われても、被害者の中では軽いほうだと思っていました。その後、さまざまな症状が出始めましたが、事件から何か月も過ぎてから出た原因不明の不調（内科、耳鼻咽喉科、婦人科、歯科、眼科など）が、事件とつながりがあるとは、当初は思いもしませんでした。

事件から15年後、犯罪被害者給付金を受けるにあたり、事件当時かかった大学病院からカルテを取り寄せたとき、「有機リン中毒」と書かれていたことと、北里研究所病院であらためて受けた検査で「中枢《ちゅうすう》神経機能障害」と診断されたことから、インターネットや本で調べるようになり、これまでの原因不明の症状が、じつはどれも有機リン中毒の典型だとわかりました。

病院でさまざまな検査をしても何もわからないまま同じ症状を繰り返していたころは、心身ともにつらい時期でしたが、有機リン中毒という古くて新しい中毒の問題だとわかってからは、気持ちのうえで楽になりました。ただし、医療の面では、ＰＴＳＤばかりが強調され、有機リン中毒は無視される現状に不安を感じます。

サリンの発がん性は不明とされていますが、私は4年前にがんを患《わずら》っています。それは特殊な例なのか、そうではないのかもわかりません。有機リン中毒で生殖障害が起きることは、動物実験では明らかになっているそうですが、サリンの被害者はどうだったのか、そんなことも気になります。20年を経た今なら、比較的容易に調べられると思いますが、被害者同士をつなぐ場はなく、関心をもつ研究者もいないようです。20年目のアンケートでたずねられたのはPTSDのことばかりでした。私は、自分が経験してきたような言葉になりにくい身体症状が気になります。

あれから20年目の自分の状況を、村上さんにご報告したいと思っていたときに、「村上さんのところ」が開設されると知り、相談させていただくことにしました。『アンダーグラウンド』に登場した人や他の被害者たちは、今どうなのか気になります。村上さんから呼びかけていただくことはできませんか。（きの未来、女性、60歳、編集者）

▼メールをありがとうございます。そうですね、PTSDについてはよく語られますが、おっしゃるように、そのような純粋に肉体的な後遺症が取り上げられることは比較的少ないようです。いろいろとご苦労が多いことと思います。サリン事件について、被害者のみなさんの身体状況について、医学的に立体的に研究する機関のようなものがきっと必要なんでしょうね。それについての調査研究をしている民間団体もあるようですが、そういうことは国がきちんと窓口を作り、系統立ててやるべきことだろうと僕は思います。医学的資料としても、将来的に大切な意味を持つことですし。被告人たちを裁判にかけ、刑事罰を与えてそれで一件落着、みたいになってしまうのがいちばんまずいです

ね。

僕は自分の書いたものを読んで泣くことってまずないんですが、『アンダーグラウンド』だけはいつ読んでも思わずどこかで涙が出てきます。たぶんそれはあの本が僕の書いた本というよりは、あくまでいろんな方のボイスの大きな集合体であるからだと思います。あの事件は僕にとっても、いろいろと大きな意味を持つ出来事でした。20年を経た今でも、思い返すたびに胸が痛くなります。

#251 2015/03/20
老人ホームで働いています

▽特別養護老人ホームで働き始めて10ヶ月目。悪戦苦闘の日々です。
　職場に１００歳を超える寂しがり屋のおばあちゃんがいるのですが、入社３ヶ月くらいの時、就寝前に「私の好きな人はみんな死んじゃった。もう生きていてもしょうがない。死んじゃいたい」とおっしゃいました。一瞬言葉に詰まって「でも僕は○○さんのことが好きだから、いなくなっちゃったら寂しい」と答えたところ素敵な笑みを浮かべて「長いこと生きていたけどこんなに嬉《うれ》しいことはない」と言っていただけました。僕も嬉しかったです。

　ここまでは良かったのです。

　しかし相手は認知症の高齢者です。ベッドに入る度に同じ質問を何度も僕に繰り返すのです。初めのうちはどうしたらこの人が寂しさを感じずに眠れるだろうと言葉を考えていたのですが、日々の多忙さにかまけて気づいたらおばあちゃんがその質問をした瞬間反射的に同じフレーズを薬を出すように使うようになっていたのです。

　おばあちゃんは相変わらず同じフレーズで素敵な笑顔を見せてくれますが、何かすごく裏切っているような気がしてなりません。

いつも言葉を変え、気持ちを込められればいいのですが、戦場のような介護現場で、常に時間と戦い、自分の心の余裕もなく、そのおばあちゃんに対して雑になっていることは否《いな》めません。

村上さんだったらこういう時どうされるのでしょうか？（宮木ノプキ、男性、24歳、介護職員）

▼いや、それはもう毎日同じことを繰り返し言うしかないですよ。それがあなたに与えられた責務です。しっかり続けてください。そのたびに相手のおばあさんは幸福な気持ちになれるのだから、そしてあなたは誰かを日々あらたに幸福な気持ちにしているのだから、そんな素晴らしいことはありません。いろいろとご苦労が多いと思いますが、とても大事なお仕事です。どうかめげずにがんばってくださいね。

#252 2015/03/21 絶対になりたくない職業は何ですか？

▽村上さん、こんにちは。小説家以外になってみたかった職業、絶対になりたくない職業というのはありますか。僕は怖がりなので、検視官、戦場カメラマン、プロレスラーなどには絶対になりたくありません。（4番サード西瓜、男性、40歳）

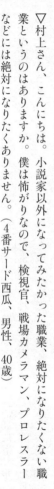

▼僕は外科医だけには絶対になりたくない、というかなれないですね。人の頭にドリルで穴を開けるなんて、考えただけで手が震えます。それも昔は麻酔なしで穴を開けてたんですね。ああ、いやだ。でもうちの奥さんは、外科医になれなかったのが、人生で唯《ゆい》一《いっ》悔やんでいることなんだそうです。外科医か、サーカスの綱渡りになりたかったそうです。作家の妻はどうもつまらないみたいです。

#253 2015/03/21 いいですか、覚えるのはたった二つ

▽私は、以前、村上さんが著書の中で「女性は怒りたいときに怒る」という趣旨のことを書かれているのを読みました。その時は意味が理解できなかったのですが、結婚して数年経《た》ち、妻に怒られる中で、その意味が自分なりに理解できるようになりました。つまり、女性は目の前のことに腹を立てているのではなく、溜まった怒りを目の前の事象を通して吐き出している、ということです。男性はそのような理屈の通らない状況で混乱し、対処できない、という風に理解しています。そこで、村上さんに質問です。このような状況ではどのように対処すればよいのでしょうか？　あるいはどのように対処されていますか？（村上主義者、男性、47歳）

▼そうですか。やっとわかったんだ。よかったですね。これであなたも筋金入りの村上主義者になれます。ほかのところでも既に述べたことですが、もう一度復習の意味でお答えします。それを切り抜ける方法は二つしかありません。たった二つです。よく覚えておいてください。

①これは自然現象なのであって（嵐《あらし》とか竜巻とか噴火とか）あきらめるしかないと思う。

②とにかく平謝りに謝ってその場を切り抜ける。

それ以外に道はありません。がんばって耐えてくださいね。ソクラテスもプラトンも耐えて大きくなりました。

#254 2015/03/21 女性の悪と男性の悪

▽村上さんは、なぜ「悪女」という言葉があると思われますか。

「女流作家」はあるけど「男流作家」はない、というのと同じなのでしょうか。

わたしが今まで人にこの質問をした中で、いちばん「ふむそうかな」と思った答えは（思いたいのかもですが）、「女の人の方が頭がいいからじゃないかな」です。

ぜひ村上さんはどうお答えになるのか知りたいので教えてください。（にへいこう、

女性、30歳、不動産業）

▼そういえば「悪妻」って言うけど、「悪夫」とは言いませんよね。また「ファム・ファタール（致死的な女）」はいるけど「オム・ファタール」っていませんよね（僕の知る限りいない）。不思議ですね。

　男性よりも女性の方がより悪が深いのか？　より致死性が高いのか？　こんなことを言うと叱《しか》られそうだけど、たぶんそのとおりだと僕は思います。男性の悪が堅く地殻的なものだとすれば、女性の悪は流動的な溶岩に近いものです。前者が意図的なものだとすれば、後者は本能的なものです。地表に吹き出したとき、それは致死的なものになります。その怖さをたぶん昔の人は言葉にしたのだと思います。

#255　2015/03/21
自分に正直に生きている気がしない

▽自分に正直に生きる、というのはどういうことでしょうか。たとえば、私は会社勤めの雑誌編集者なのですが、職業上、初めて会った人たちと調子よく話したり、興味ないことにも興味あるように振舞ったり、自分の思うことと雑誌の方向性の違いを飲み込んだり、自分に正直に生きている気がしないんです。ただの世慣れた人みたいな。自分に

正直に生きるとは、どんな職業でも可能なことなのでしょうか。（ぴよこ、女性、42歳、編集者）

▼人はみんな、それぞれに役柄を与えられて生きています。その役柄をこなすことと、自らに正直であることとは必ずしも一致しません。というか、一致しないことのほうが多いかもしれません。人は多かれ少なかれ、その不一致をうまくすり合わせながら生きています。でもときどき、そのすり合わせに疲れてしまいます。それはよくわかります。

じゃあ、自分に他にどんな役柄の選択肢があるのか？　普通の場合、あまりないですよね、たぶん。だとしたら、与えられた役柄を不足なくこなしている自分をできるだけ客観的にテクニカルに評価し、愛する（あるいはいとおしむ）ようにつとめるしかないんじゃないでしょうか。それを一つの個人的達成として捉《とら》えるというか。自らに正直な自分だけを愛していると、人生はいささか薄く、一面的になっていくんじゃないかという気がしなくもない。僕に言えるのはそれくらいです。いや、私はそんなすり合わせに終始する生き方はいやだ、もっと自分に正直に生きたいと言われたら、僕にもなんとも言いようはありません。それはまったくの正論ですから。

#256 2015/03/21 告白されたら嬉しいはず、は本当か？

▽恋愛がたいてい上手《うま》くいっているという村上さんに質問です。
今、好きだと告白しようかどうか迷っている人がいます。その人のことを私はよく知っているわけでもありませんし、相手も同じです。

それで、「告白されて嫌な気持ちになる人はいないよ」と言う人が結構いるのですが、私は好きではない人に告白されても嬉しくないですし、何でそんなこと言うんだ、と思ってしまいます。

村上さんはどうですか。好きでも嫌いでもない女性に告白されて嬉しいですか？（みゆき、女性、22歳、大学生）

▼こんなことを言うとなんですが、「じかに告白」というのはあまり賢いやり方ではありません。もちろんそれでうまくいくこともありますが、うまくいかないときのショックは大きいですよ。しばらく立ち直れないかもしれません。上級者は告白をする前に上手に探りを入れるものです。そしてその感触や反応を見て、次に進むかどうかを決めます。恋愛というのは、ある意味では戦争と同じです。戦略とシミュレーションが大事です。突撃と玉砕だけでは勝てません。よく考えて行動してください。きっとうまいやり

方はあると思う。良い仲介者がいるといいんだけどね。

好きでも嫌いでもない女性に告白されて嬉しいですか？　あまりそういうことはないですが、やはりちょっと困るかもね。悪いなあとか思ってしまいます。

#257　2015/03/21
『こころ』の奥深さをどう伝えれば

▽私は高校の国語教師です。
　文学が好きで、国語教師になりました。

教科書に載っている作品にも面白いものがたくさんあります。

しかし、その面白さをうまく生徒に伝えられないんです。

というか、生徒はなかなか、まともに作品に向き合ってくれません。

漱石先生の『こころ』も、Ｋの自殺は許せん、「私」は卑怯者《ひきょうもの》だ、で終わってしまいます。

どうしたら、文学の奥深さを理解してもらえるでしょうか？

それとも、文学の良さは教えられて理解するものではないのでしょうか。

自分の教師としての力量の不足を自覚しつつ、こちらに書かせていただきました。

（しーちゃん、女性、51歳）

▼僕もね、正直言いまして、『こころ』ってよく理解できないんです。「文学の奥深さ」に行きつく前に、「なんなんだよ、この話は?」みたいな方に行ってしまいます。あの登場人物がみんな何を考えているのか、さっぱりわけがわからなくて、感動できませんでした。すみません。でもそういう人って、僕のほかにけっこういるんじゃないでしょうか?『こころ』はもうひとつよくわからんクラブ」というのをブログで立ち上げたら、けっこう盛り上がりそうな気がするのですが。

#258 2015/03/22 四十過ぎはエイリアン?

▽飲食店をかれこれ14年経営しています。

最近、若いスタッフたちとのコミュニケーションに疑問を感じます。一緒に働いてくれているのだから、少しは世間話をしようとこちらから話題をふっても会話が成り立たないのです。気のない返事をいくらかもらえるだけで、いつも「壁打ちテニス」状態です。自分の話を一切しないのです。

とはいっても仕事に対しては真摯《しんし》だし、お客様に対しては笑顔で普通に対応してくれるのでそれだけで感謝すべきだし、十分なのですが……。

村上さんもお店を経営されていましたが、スタッフとの関係などで気を揉《も》むようなことはありましたか？　経営者としての心の持ちようをアドバイスいただければと思います。（ミニマム・ローチ、男性、46歳、自営業）

▼僕が店を経営していたのは主に20代のころで、働いてくれている人たちとはほとんど同じくらいの年代でした。十歳以上離れていることはなかったと思います。だから経営者と被雇用者というよりは、みんなでわいわいやっていたという感じの関係でした。というわけで僕としては、あなたにアドバイスの与えようもありません。

ただ一般論でざっくり申し上げれば、若い人たちには若い人たちのあいだだけの話題があり、彼らにとって四十過ぎの人間はもうエイリアンみたいなものです。たぶんコミュニケートする意味も、そのための有効な言葉も見いだせないのだと思います。きちんと働いてくれているのなら、それで満足するしかないのではないでしょうか。

お気の毒ですが、年をとっていくというのはだいたいにおいてそういうことです。あまりいろんな期待をせず、おたがい気持ちよく働ける環境作りだけを念頭に置くようになさってはいかがでしょう。

#259 2015/03/22 猫はいつも仕事の邪魔をする

▽高校生の時に親友から借りた『羊をめぐる冒険』を読んで以来のファンです。
質問は、ねこについてです。

私は、机に長時間向かってものを書き続けなければならない仕事をしているのですが（漫画家です）、ねこって、こちらが忙しい時に限って、かまってくれーーと大騒ぎをしませんか？

ヒマな時に遊んでやろうと思っておもちゃを投げたりしても全然乗って来ないのに、こういう時に限って……と思います。

村上さんは、ねこと暮らしていらしたとき、執筆中にねこに邪魔をされてほとほと困った事がなかったですか？

退屈だーと訴えてねこが騒ぐのを収めるよい方法はないでしょうか。（ねこのヒゲ、女性、46歳、自由業）

▼猫って、人が集中して仕事をしていると、必ず邪魔しにきます。それもしつこく邪魔します。何をもってしても、その決意をくじくことはできません。ドアを閉めても、こっちが開けるまでかりかりとひっかきます。そういう風にできている動物みたいです。

まったくもう、ですね。

僕は今のところ猫を飼っていないので、そういう目にあわないのは楽ですが、でもさびしいです、やはり。猫いるといいなと思います。たまには邪魔されてみたいかも。

#260　2015/03/22
SNSなんか早く廃れてしまえばいいのに

▽どうしてもツイッターやラインといったSNSになじむことができません。そして、それを上手に使いこなしてのし上がっていく人たちもなんだか好かないです。
ですが、今どきの大学生はツイッターやラインを使いこなせないと取り残されてしまいます。

例えば、大学に合格してから入学前までの期間です。この時期はその後の大学生活を左右するといっても過言でないくらい、大事な時期になっています。

というのも、大学が決まると同じ大学に進学する人同士がツイッター上で関係を築き、さらには、ラインで連絡を取り合ってグループを作ってしまうからです。大学の入学式の日には、

もうすでにコミュニティが完成されているのです。なんだかちょっとおかしな気がして納得がいきません。だからツイッターとかラインなんて早く廃《すた》れてしまえばいいのにと思っているのですが、なかなかそううまくはいかないものです。

携帯電話やインターネットとかがなかった時代に、思いを寄せる人と文通したり（本当に文通なんてする人がいたのか知りませんが）、その人の家の電話にドキドキしながら電話をしたりなんてことがしたかったです。

どうすれば、そういう時代が訪れるでしょうか。（ぽんきち、男性、20歳、大学生）

▼ＬＩＮＥもツイッターも、僕はまったく使っておりません。どうして使わないのか？　使わなくても不便は感じないからです。「村上さん、使ってくださいよ」と言われたこともありませんし。どういうものなのかすらよく知りません。これ以上コミュニケーション・ツールが増えてもうっとうしいだけですよね。とくにコミュニケートするべきこともないのに。

でも、そうですか、ＬＩＮＥとかツイッターとかは、そういうグループ作りのために使われているんだ。知りませんでした。話をきくと、なんとなく不快なものですね。というか、少なくとも僕には必要ないものみたいです。学生時代、好きな女の人によく手紙を書いたものです。封筒に入れ、切手を貼り、ポストまで歩いてもっていった。あれはなかなかいいものですよ。なんか古老の昔話みたいですが。「昔むかし、郵便ポストっちゅうものがあってのう」みたいに。

#261 2015/03/22
性描写のシーンでつらくなります

▽村上さんはセックス経験のない男性をどう思われますか？

僕は30代後半でありながらセックスしたことがありません。

村上さんのエッセイにはセックスの話題がたくさん出てきますし、村上さんの作品の主役はセックスをしていない人はまずいません。

村上さんと村上さんの作品の登場人物から「物語作家として言わせてもらえば（物語の登場人物としていわせてもらえば）いい年齢《とし》した男がセックスもしていないなんて『お話にならない』」と思われているようで、村上さんの作品の性描写のシーンはいつもつらくなります。作品を読んで、音楽を聴きたくなったり食べ物を食べたくなったりはするけれど、セックスはしたいとは思わないのです。

やはり僕は村上さんや村上さんの作品の人物から軽蔑《けいべつ》されるような人間なのでしょうか。（かんぱち、男性、36歳、小売業）

▼性欲や性のとらえ方に関しては、個人によって大きな差があります。性欲がとても強い人もいれば、弱いというか、淡泊な方もおられます。僕は小説家として性というものを、魂と魂を結びつける通路のひとつとして捉え、そのように描いています。しかしもちろん性だけがその通路ではありません。ほかにいろんな通路があります。というか、性はその通路のひとつのメタファーに過ぎないかもしれません。そう考えていただけると、僕としては嬉しいです。

僕はどちらかというと、性に関してはオープンな方だと思います。そのような姿勢、というか考え方があなたの感情を傷つけているのだとしたら申し訳なく思います。もちろんそんなことであなたを軽蔑したりはしません。すべての読者の個性を認め、尊重するのが小説家の役目です。「村上はこういうやつなんだ。そして僕はこういう人間なんだ」と思って気楽に読んでください。人はみんなそれぞれにちょっとずつ違うんです。

#262　2015/03/23

人生って不公平なものです

▽今年度、山ほど仕事&役職を任されました。去年の2月に結婚した新婚さんなのに、仕事がたくさんあっていつも帰るのが遅くなります。そんななか働き盛りの30代男性ど

もがろくに仕事もせず、さっさと帰っていきます。そして大した仕事も与えられていません。男女差別じゃないですけど、これはどういうことなんでしょうか？　私が仕事ができちゃう人間だからなんでしょうか？　それにしても辛《つら》いです。そんなやつと同じ、もしくは少ない給料をもらっているなんて……。学校関係者にもリストラがあっても良い気さえしてきます。（童顔女、女性、27歳、教育関係）

▼僕は会社っていうか、職場のことってよく知らないんですが。それって、どこでもだいたい同じことみたいですよ。仕事が出来る人はどんどん仕事を押しつけられて忙しくなるし、暇を持てあましている人はどんどん暇を持てあまします。そして給料は変わらない。というか、むしろ暇な人の方が高かったりします。僕がイタリアに住んでいたとき、郵便局とか行くとみんなだいたいたらたら適当に仕事をしていて、並んでいる列がちっとも短くならないんだけど、中には勤勉で有能な人が一人くらいいて、その人が出てくると、列がさっと短くなりました。見ていて気持ちが良いくらい。イタリアでも日本でもどこでも、世の中ってそういう風にできているみたいです。あなたのような人がいないと、仕事が片付かないんです。いろいろとたいへんだとは思いますが、世の中のために仕事をがんばってください。そして新婚生活をできるだけ楽しんでください。

#263　2015/03/23　丸谷才一さんの慧眼

▽コードネーム「船乗りシンドバッド」です。

私にとって好きな作家といえば、村上さんと丸谷さんの両氏でして、これは数十年間ずっと変わらず、丸谷さんが群像新人文学賞の選考時に村上さんの『風の歌を聴け』を強く推されたことも承知していました。

２０１２年に丸谷さんが残念ながら鬼籍に入られ、これを受けて「丸谷才一全集」が発刊されて、私も順に読み進めていたところ、驚いてしまうことがありました。というのは、丸谷さんは芥川賞や群像新人文学賞、谷崎潤一郎賞など多くの文学賞の審査員をされていたのですが、その選評は非常に厳しいものが多いことを知り、その中で１９７９年に村上さんが受賞された『風の歌を聴け』の選評だけが突出して、まさに絶賛されていたことでした。

「さすがだなぁ……」とつくづく思いました。この時点の村上さんの作品は、ともすれば時代の流行に乗った軽い小説といった見方をされることが多かった中で、丸谷さんのこの選評は、実に的確な評価をされていたわけで、その慧眼《けいがん》に驚き、また、お二人の今日に至る多くの作品を見れば、まさに至当な見方だったのだということでしょう。

つい長々と書いてしまいましたが、村上さんにとって丸谷才一という人はどういう方だったのか、何かエピソードなども含めてお教えいただけたら幸いです。（船乗りシンドバッド、男性、58歳、公務員）

▼「船乗りシンドバッド」、たしかに僕が差し上げたコードネームですね。覚えています。意味ないネームなんですが（笑）。

僕はなかなか文壇方面に出ていかない人間なので、丸谷さんと直接お目にかかったことはあまりなかったのですが、一度だけ二人で食事をしたことがあります。原宿駅近くにある有名なカウンター割烹《かっぽう》で。でも緊張してうまく話せませんでしたね。僕もまだ若かったし、相手はなにしろ博学多識、洒脱《しゃだつ》な方ですから、何を話せばいいのかもよくわからないし。

亡《な》くなったときは外国にいたので、お葬式にもうかがえませんでしたが、少し後でおたくに弔問に行きました。そのときに息子さんに、書棚からお好きな本をお好きなだけ持っていってくださいと言われまして、お言葉に甘えて、英語の原書をショッピングバッグひとつぶんいただいて帰りました。たくさんの英語の蔵書がありましたが、僕が驚いたのは、どの本にもしっかり読んだ形跡のあったことでした。さすが、すごいなあと思いました。

#264 2015/03/24 大人になるって、どういうことだろう?

▽私はあと2年もしたら父親が死んだ歳《とし》と同じになります。いろいろと血縁関係に関しては面倒くさいことがあったのですが、10代20代の私ではわからなかったことが、今はなんとなくわかるようになってきました。

結局のところ人というのは、外見は歳を取っても中身は10代20代の頃と同じままなんだろうなぁと思っています。40歳になった私自身がそうなので。人によって内面の時間の流れ方が違うというか。

当時、10年以上ぶりに見た(その頃の私は18歳)棺桶《かんおけ》の中にいた父親の顔はとても若いという印象でした。たぶん、父親の内面は10代の頃のままだったんじゃないかと、40歳になった私は考えています。若い自分(内面)を持ったまま、40代50代の自分を生きていくための、次の物語をうまく描くことが父にはできなかったのではないかと。そう考えてみると、わりと今の私としてはしっくりくる感じです。ま、あくまでも想像の域ですが。

10代20代の頃の私は人生晩秋という感じで、毎日心が重く、ため息ばかりついていました。「さっさと人生が終わればいいのに」くらいに思っていたのに、今は「楽しく生きてみよう」という方向に心がシフトしました。心が広がる方向に自分がどこまでいけるか。自分を一歩引いて見てみると、その心の変化がおもしろいし、私は自分の次の物語を描いてみたいと思っています。

で、ここで60代になった村上さんに質問なのですが、以前このサイトで「28歳なんてだいたいまだ大人じゃないですよ。始まったばかりなんだから」とか「あなたはまだ48歳でしょう。僕から見れば青年みたいなものです」とか、おっしゃっていましたが、ではこの世界に、大人っていると思いますか？（村上さんは、確か自転車の名前が、「永遠の18歳（号）」だったように思う）

私は60歳70歳80歳……になっても、大人になった人って、どこにもいないだろうと予想しています。（振り返ると、一番大人だったのは10歳の頃だと思う、女性、40歳、遊牧民型のお仕事見習い）

▼僕は十代でドストエフスキーに溺《おぼ》れていた頃、ドストエフスキーってすごいじいさんだと思っていました。顔つきもかなり老人っぽいし。でもこのあいだ調べてみたら、死んだときはまだ59歳だったんですね。それで自分がドストエフスキーよりもずっとじいさんになっていることを知って、愕然《がくぜん》としてしまいました。それからフィッツジェラルドが死んだのが44歳だったと思います。レイモンド・カーヴァーが亡くなったのが50歳。僕はそういう作家たちの死んだ歳を、自分にとっての里程標みたいに思って生きてきま

した。「まだまだがんばらなくっちゃ」と思って。でもドストエフスキーを越えちゃうと、なんだかずいぶん感慨深いものがあります。あともう里程標がないじゃないか、みたいな。

でもこの年齢になって思うのは、人間って斑《まだら》にできているものなんだな、ということです。僕の中にはまだ子供っぽい部分がたくさんあるし、それなりに老成した部分ももちろんあります。昔に比べると人間が少しまるくなったような気がするけど、同時に以前よりも研ぎ澄まされてきたところもあります。そういういろんな相反するものが、僕の中に斑に混在している。

そういう意味では、あなたが言うように「人が大人になる」なんてあり得ないことなのかもしれません。そこにはきちんとした統一性なんてないんだから。統一性がないわけだから、やはり迷いはあります。

けっきょく人が大人になるというのは、あくまで相対的なものだと思うんです。「比較的大人になる」ということですね。ああ、十年前に比べたら、比較的大人になったかなと。それだってあくまで感覚的なものに過ぎませんが。

僕はたとえば十年前に書いたものを読み返してみて、そう感じることがあります。ああ、あの頃はまだ若かったんだな。今ならこうは書かないかもな、とか。大人になるとはどういうことか、一言でいえばいろんなことをあきらめていくことだと思います。良い意味でも、悪い意味でも。うまくあきらめられる人は、うまく大人になれるということじゃないかな。

#265　2015/03/24　好きなイギリス人作家は誰ですか

▽イギリスの大学で政治学を教えています。こちらでも村上さんの小説は人気で、僕が日本人だと分かると「じゃあ村上春樹って知ってる？」と聞かれるようなこともしばしばです（知ってるに決まってるだろ！　と答えたくなってしまいます）。僕は村上さんの作品は全部読んでいます。英訳されているものは全《すべ》て英語でも読みました。
外国人の友人たちが村上さんの小説をこれほど読んでいると知るにつけ、お返し（？）に、僕も「〇〇国における村上春樹」と呼べるような作家の作品を読んでみたいと常々思っていました。それで、村上ファンを名乗る外国人には常に「あなたの国の作家で、（作風や人気の面で）村上春樹的な位置づけの人って誰がいる？　こんど読んでみたいから」と聞いてみることにしています。すると大概みな「うーん」と考えこんでしまい、具体的な答えが返ってくることはあまりないのですが、いまのところ、ヘルマン・ヘッセ（特に『ステッペンウルフ』）とオルハン・パムクの名前が挙がっています。

残念ながら、イギリス人の作家の名前が挙がったことはありません。村上さんは、この2人の作家はお好きですか？　また、村上さんだったら、イギリス人の作家で誰の名前を挙げますか？

ところで、ドイツ語では『ノルウェイの森』は『直子の微笑《ほほえ》み』と訳されているそうですね。僕はノルウェイの森の方がタイトルとして断然良いと思うのですが。（dyna-man、男性、37歳、大学講師）
▼僕はイシグロのファンですので、やはりカズオ・イシグロの名前をあげると思います。世界的にも人気があり、評価は高いですよね。もともとは日本人だけど、既に英国を代表する作家になっています。ヘッセ？　そこまでさかのぼると恐れ多いですね、かなり。オルハン・パムクはまだ読んだことがありません。このあいだギュンター・グラスさんに会いました。（残念ながら先日亡くなられてしまいましたが）ドイツを代表する優れた作家です。デンマークの彼の別荘（というよりは小さな森の家）を訪ねたのですが、趣味の絵を描いて（すごくうまい）、森でキノコを採って、夫人と犬とともに、静かに悠々と暮らしておられました。

#266 2015/03/24 ドイツの歴史に何を見るか

▽やたら第一次世界大戦後から第二次大戦後にかけてのドイツの歴史に興味がある者です（軍事マニアなどではありません）。もう10年以上も、戦争→ハイパーインフレ→戦争の流れを、繰り返し、動画や本で観《み》てしまいます。貧困などで国が混乱している時の人（権力者・大衆）の心理に、昔からとても興味を抱いてしまうのです。私が住んでいる日本という国も私が生きている間に、そのようなことがあるかもしれません。そのことを考えると、不安になり毎日が楽しくなくなります。どのようにバランスをとればいいのでしょうかねぇ。（歯ぎしり女、女性、38歳、会社員）

▼僕は中学校二年生のときにウィリアム・シャイラーの『第三帝国の興亡』（名著です）を読破し、しばらくナチの歴史にのめり込んでいました。あの時代の歴史は本当に面白いです。面白いといってはなんだけど、濃密というか、普通じゃないというか、学ぶべきことが山ほどあります。今でもナチものはかなり熱心に読み続けています。「憲法改正の手口はヒットラーに学ぶべきだ」みたいな趣旨のことを抜かしたボケ大臣がいましたが、世の中は冗談抜きでだんだんおそろしくなっています。そういうときには歴史を正確に振り返ることが大事になると思います。

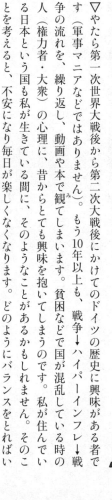

#267 2015/03/24

「代打、村上」の登場テーマ曲

▽はじめまして。四半世紀、野球ファンをしている者です（村上主義者歴はちょっと短い20年）。

近年選手が登場するときに登場曲がかかっているようです。スワローズさんもやってますね。音楽が一瞬過ぎてかける必要あるのかな?と思っているのですが、選手は燃えるのでしょうか?

どうせなら、守護神登場!とか代打のこの人!というここぞの場面だけでがつんと音楽がくると盛り上がると思うのですが。

そこで村上さんが代打で登場するならば、どんな曲をかけたいですか?

ちなみに私は心の中でB'zの「ultra soul」をかけたいです。（ミートローフ、女性、36歳、母親業）

▼僕はドアーズの「ハートに火をつけて」のイントロですね。レイ・マンザレクのあの深く暗い魔術的なオルガンの響き。燃えます。

#268　2015/03/24
本を読む人生、本を読まない人生

▽本をよく読む人と、本をほとんど読まない人がいますが、どちらの人生が幸せでしょうか？　全般的に本を読まない人のほうが、楽天的で人生を楽しんでいるように感じますが、どう思われますか？（猫星、女性、40歳代、無職）

▼たとえ不幸せになったって、人に嫌われたって、本を読まないよりは本を読む人生の方がずっと良いです。そんなの当たり前の話ではないですか。

#269　2015/03/25
もし馬主になったら

▽もし春樹さんが馬主になったとしたら、どんな馬名をつけますか？　その名前をペンネームに使いたいので是非考えていただければ幸いです。（マスター、男性、44歳）

▼そうだなあ、「滝のしらたき」というのはどうでしょう？　意味もないし、勢いもないし、あまり勝てそうにない馬のような気がしますが。

#270　2015/03/25　ニューヨークで一番好きな場所

▽私の好きな場所は、家族で行くディズニーランドと一人で行くブルーノート東京です。ひねりがなくてすみません。もちろん、自分にとってそうそう気軽に行ける場所ではないですが。
　ところで、両方に共通するのが、老若男女、国を問わず色々な方が来ているということです。やっぱり、人間の心の底に共通して流れているものってあるのでしょうか？

　それが分かれば、世界中の紛争も無くなりますかね？

　安易過ぎますね。（寛容になりたい、男性、50歳、公務員）

▼僕はニューヨークの「ヴィレッジ・ヴァンガード」が好きな場所です。素晴らしいところですよ。是非一度行ってみてください。ものすごくいびつなかたちをした地下のジャズクラブなんですが、惚《ほ》れ惚《ぼ》れするくらい音がいいんです。どの席で聴いても、しっかりジャズの音がしています。ほとんど奇跡的な空間です。あそこでジャズを聴くと、みしみしと身体に浸《し》みます。

#271　2015/03/25
なぜ今もドストエフスキーなのか？

▽多くの日本人（作家、評論家含めて）はなぜドストエフスキーに惹かれるのでしょうか？　トルストイやツルゲーネフじゃなぜダメなんですか？（ドストエフスキー、男性、55歳、医師）

▼僕はトルストイもツルゲーネフも好きで、よく読みました。でも現代という時代から見ると、ドストエフスキーの小説が持つ「同時代性」は圧倒的に傑出しています。現代の読者はドストエフスキーの小説を、「有名な古典小説だから読む」というよりは、むしろ今ここにある問題へのアクチュアルな回答（あるいは回答の示唆《しさ》）を求めて読んでいるような気がします。フランツ・カフカの場合もそれは同じことです。彼らの抱えていた問題意識が、時代を超えて現代にまでしっかり通じているのだと思います。もちろんそれでトルストイやツルゲーネフの作品の価値が落ちるというわけではありません。少しべつのところに属しているものなのだ、ということです。それは日本のみならず、世界中で見られる現象です。

#272 2015/03/25 「シナリオを書いている私」が恥ずかしい

▽私は幼い頃から物語が好きでした。小説や映画、まんが・ゲーム等で表現される物語に心が強く引きつけられます。
なぜあの小説は売れたのか、とか、私だったら、あそこはああいう展開にするのに等と色々なことを考えてしまい、頭がいっぱいになってしまう性格です。

それ故《ゆえ》、最近では脚本を書いています。しかし、うまく完成させることが出来ません。目標ページ数の半分や三分の二までは書けるのですが、どうしても「シナリオを書いている私」というものに恥ずかしさのようなものがこみ上げてきてしまい、そうなってしまったら、途中から頭に何も浮かばなくなってしまうのです。

ペラ五枚程度の断片的なシーンなら、いくつか書けるのですけれど。なかなかちょうどよい感じの物語にはならないのです。

色々な種類の物語の「断片」を頻繁に思いつくような感じですけれど、それらを1つの公募の作品として完成させることができないということです。

村上さんは小説を書いている時に、恥ずかしくて書けなくなったようなことはありましたでしょうか。

　このような私が最後まで物語を書くにはこの先どうしたらよいかなど、ご助言ございましたらご教示いただけませんでしょうか。（物語好き、男性、26歳、会社員）

▼もし「シナリオを書いている私」というものに恥ずかしさのようなものを感じられるのであれば、はっきり申し上げまして、それはあなたが自分自身を超えていないからです。ものを書いているあるポイントで自分自身を超えることができたら、恥ずかしさみたいなものを感じているような余裕はないはずです。もっともっと自然に書きたくなるはずです。頭で筋を考えていると、どうしても自分を超えることはできません。身体全体でしっかり考えないとだめです。

　ペラ五枚の断片でもいいから、自分で気に入ったものがあれば、それを徹底的に書き直すと良いと思います。初心者のうちは書き直しがすべてです。漫然とあちこち書き散らすのではなく、局地に集中すること。我慢強くトンカチ仕事に励むこと。そこからきっと自然な何かが出てきます。

#273　2015/03/25

最近のコンドームはすごい！

▽昨年すごく久々にコンドームを買ったんですが、最近のコンドームはすごいですね。

つけていないのと変わりない感じです。日本の技術にあっぱれです（笑）。今度薬局でコンドームコーナー眺めてみてください！（羊男コマ、男性、35歳、写真屋）

▼そうですか。それはすごいですね。日本の技術力もまだまだ捨てたものではない。そのコンドームを「はやぶさ」に載せて木星まで運びたいくらいです。木星人も感動してくれるかもしれません。

僕はこのあいだ事務所で何かの話をしていて、「どうも今ひとつぴんとこない」ことの比喩《ひゆ》として、「まるでコンドームを二枚重ねてセックスしているみたいな」と言ったら、うちのアシスタント（女）は首を深く傾《かし》げてしばらく考えてから、「あの、はるきさん、そういう実感は私にはよくわからないことです」と言いました。たしかにそうだ。言う相手を間違えていました。でもそこまで真剣に考え込む必要もないんじゃないかな。僕だって実際にはやったことないんだから。

#274　2015/03/25
ひとりおでん、楽しいですよね

▽春樹さんこんばんは。わたしは一人暮らしです。今土曜日の夜7時前ですが、4人分くらいのおでんを煮込んでいます。友だちには「ひとりなのになんでおでんを煮るの

か？　コンビニで買えば」と言われます。煮てもいいですよね？（猫子、女性、40歳）

▼僕もひとりおでん作るの大好きです。楽しいですよね。コンビニでおでんなんて買うものじゃありません。そんな怠け者たちはたとえ天国に行けても、いい席には着かせてもらえません。いろんな具を買ってきて、ゼロからぐつぐつと個人的に煮込んでいってこそおでんです。

#275　2015/03/26
ビリー・ホリデイは素晴らしい

▽村上さんこんにちは。妻と猫と暮らしています。いきなりですが僕はビリー・ホリデイの音楽がとても好きです。20代の頃はヴァーヴ盤（CD）をよく聴いていましたが、30を過ぎた頃から古いコロムビア盤（LP）が主になりました。彼女の音楽は身体に直に食い込んでくる感じがします。時としてそれが圧倒的なまでに迫って来るので、軽い放心状態になります。深い悲しみと喜びが一度に来たような、何とも言いようのない気持ちです。どうしてこういう事が起こるのでしょうか（もしかして村上さん御存知ではないですか？）。（とむねこなな、男性、36歳、自営業）

▼僕もコロムビア盤をよく聴きます。何度聴いても聴き飽きません。僕も主にLPで聴

いていますが（どちらもCDとLPで全部持っています）、LPの音ってやはりいいですよ。昔ビリー・ホリデイのSPを何枚か持っていて、SPのプレーヤーでも聴いたんですが、SPはもっといいかも。でももうプレーヤーがなくなったので、SP盤も処分しました。ビリー・ホリデイの影響を受けた女性歌手は無数にいますが、何度も聴いていると「もういいか」と思ったりします。でもビリー・ホリデイの歌は「もういいか」とは思わない。いったいどこが違うのでしょうね。

コロムビア盤がヴァーヴ盤より個人的に好きなのは、たぶん（逆説的ですが）コロムビア盤の方がつまらない歌が多いからだと思います。素晴らしい曲ももちろんたくさん入っていますが、たいしたことのない当時のはやり歌も少なからず入っています。今ではもう誰も覚えていないような歌。でもビリー・ホリデイが歌うと、そんな歌でさえ輝いて聞こえます。そういうところが僕は個人的に大好きなのです。もちろん全盛時代のテディ・ウィルソンやカウント・ベイシーがバッキングをつとめているということもありますが。

#276 2015/03/26

友達がいない、欲しくもない

▽私は48歳の男性で既婚者です。子どもはいません。
早速ですが、私には友達がいません。欲しいとも思いません。

一般的に考えて、やはりおかしいのでしょうか？

世の中的には、友達が多い人は、人を惹きつける力を持った優れた人で、いない人はどこか問題のある、魅力のない人間というイメージがあるように思います。

男同士で旅行したり、ツーリングしたりするグループを見かけますが、何が楽しいのか、私には全く理解できません。

そもそも友達とはいったいなんでしょうか？　いないよりはいた方が、やはり良いことなのでしょうか？（ウミニャンコ、男性、48歳、会社経営）
▼48歳で既婚で、友だちがいない。普通だと思いますよ。いなくてもとくに不自由ありませんよね？　だったらそれで何の問題もありません。ちっとも気にすることありません。友だちの多さと、その人の人間的魅力は、かならずしも連動していないと思います。

#277　2015/03/26　白黒映画の魅力

▽高校生の頃から作品を読ませていただいてます。村上さんの作品を読むと、自分の人生が少し上品で豊かになったような気がします。
私は映画が好きなのですが、今日は溝口健二監督の『山椒大夫《さんしょうだゆう》』と『雨月物語』を見ました。地元の市民会館で上映会をしていたのです。普段は見ない白黒映画でしたが、村上さんの作品にも出てきた雨月物語ということもあり、見に行きました。

大きな画面で見ると迫力があり、今まで感じたことのない質感のようなものを感じ、とても感動しました。白黒映画を、これからもっと見たいなと思いました。

村上さんの作品にも度々映画のことが出てきますが、お好きな映画（できれば白黒でお願いします）がありましたら、ぜひ教えていただきたいです。

村上さんがあまり人に「おすすめ」をされないことは、先の質問でも触れられていましたが、とても知りたいです。邦画でも洋画でもかまいません。（わぐ、男性、27歳）
▼白黒映画といわれてまず頭に浮かんでくるのは、『生きる』（黒澤明）と『東京物語』（小津安二郎）ですね。この二本はご覧になりましたか？　もしまだだったら、レンタル・ショップまで走って行って借りてくる価値はあると思いますが。それから僕は豊田四

郎の『夫婦善哉《めおとぜんざい》』『猫と庄造と二人のをんな』『濹東綺譚《ぼくとうきたん》』のあたりもとても好きです。そういえば『猫と庄造と二人のをんな』は僕が子供の頃、うちの近所（夙川《しゅくがわ》のあたり）で撮影をしていました。文藝春秋の社長をしておられた平尾さんが子役で出ていたそうです。変な縁ですね。

#278　2015/03/26　子供の頃に習い事は何かしましたか？

▽私には3歳の男の子がいます。周りは教育熱心な人が多く、勉強、スポーツ、芸術、英会話など習い事をたくさん子供にさせています。うちも体操教室には通っているんですが……。
村上さんは子供の頃、習い事をしていましたか？　ご両親が教師をされてたと聞き、やはり教育熱心なご家庭でしたか？

子供は心ゆくまでたっぷり遊んだり、ボーっと色んな思いにふけったり、そういう時間が特にその子を作っていくような気がするんですが、考えが甘いでしょうか……。

（ホッとアップルパイ、女性、35歳、主婦）

▼僕が小さい頃（たぶん小学校の低学年だったと思いますが）、須田剋太《すだこくた》さんという画

家が近所に住んでおられました。司馬遼太郎さんとよく一緒に仕事をしておられたとても有名な方ですが、子供がお好きだったようで、おうちの離れに子供を集めて絵画教室のようなものを開いておられました。僕はそこに行って、絵を習っていました。というか、みんなで好きに絵を描いて、それを須田さんがにこにこと「これはいいねえ」とか「ここはこうしたら」とか感想を言うというようなところでした。とても良い方だったと記憶しています。僕が須田さんから受けたアドバイスは、「ものを枠で囲うのはよくないよ。枠をはずして描きなさい」というものでした。なぜかそのことだけを今でもはっきり覚えています。なかなか楽しかったですよ。夙川のわきにある洒落《しゃれ》た洋風のお宅でした。白い垣根に薔薇《ばら》が繁っていて。

あとはピアノを習っていました。ソナチネくらいまでいったかなあ。あまり良い生徒ではなかったですが。先生が阪急今津線の小林《おばやし》というところに住んでいて、そこまで電車に乗って一人で通うのはわりに好きでした。今でもときどき気が向くと楽譜を開くことはあります。指はなかなか動きませんが。

塾とかは行かなかったですね。昔はわりにのんびりしていたもので。

#279 2015/03/26
母親への感謝と憎しみ

▽私は、親が小さい頃に離婚して以来、女手ひとつで育てられました。母親は、仕事がとてもよく出来る人で、一般家庭以上に裕福な暮らしをさせてもらいました。今まで、私の希望はほとんど叶《かな》えてくれました。

お金に困らない生活と引き換えに母親は、いつも夜遅くまで働き詰めで、私は、幼少時代、家族と過ごした記憶はほとんどありません。食卓でひとりで食べるような毎日が当たり前でした。

ふつうの家庭に育った人からは想像できないくらい、孤独な幼少時代でした。当時を思い出すだけで涙が出てきます……。

私は、何不自由のない生活を送らせてくれる母親に感謝すると同時に、母親がとても憎いです。

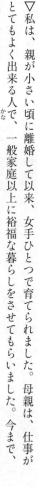

親不孝だと自分でもわかっているのですが、母親を冷たくあしらったり、暴言を吐いたりしてしまいます。幼少時代の孤独な小さな私がいつも私の中にいて、私に訴えかけてくるんです。

しょうがないでしょ、という母親の言い分もわかりますが、どうしても許せません……。これ以上、憎しみを抱えたまま生きたくありません。どうしたら母親を許すことができるようになりますか？　あるいは、どうしたら幼少時代の痛みを癒《いや》すことができますか？　教えてください。（るな、女性、17歳、学生）

▼すごくむずかしい質問です。僕も困ってしまって、答えに窮します。あなたの気持ちもよくわかりますし、お母さんの気持ちもわかりますし、「こうしなさい」みたいなことは簡単に言えません。

ただあなたが知らなくてはならないのは、ものごとには必ず二つの面があるということです。あなたはそういう環境に置かれたことで、ずっと淋《さび》しく孤独な子供時代を送ってこなくてはならなかったし、お母さんをある意味で憎むようになりました。それは良くない面です。でもそのおかげで自立心は強くなったし、自分を冷静に見つめる能力は培《つちか》われたはずです（あなたの文章からそのような傾向がはっきり感じ取れます）。それは良い面です。良い面も悪い面も、お母さんがあなたに与えたものです。良い面を伸ばし、悪い面を少なくしていくことが、これからのあなたの大事な仕事になります。良い面が伸びていけば、お母さんを憎む気持ちもだんだん消えていくかもしれません。そうなるといいですね。しっかり生きていってください。

#280 2015/03/26 好きな作家は筒井康隆さんです

▽好きな作家は、村上春樹さんと答えるのは当たり前過ぎて恥ずかしいので、筒井康隆さんと言うことにしています。筒井さんの小説もおもしろいですよ。読んでみてください。（センスオブワンダー、男性、49歳、会社員）

▼僕は高校時代から筒井さんの小説はよく読んでいますよ。僕がよく覚えているのは、マスターベーションをするたびになぜか空間移動してしまう青年の話で、その青年の名前が「千益夫《せんますお》」でした。「よくもまあ、こんなくだらないことを考えるなあ」というのが僕の感想でした。面白かったけど。当時の筒井さんはとにかくぶっ飛んでいましたね。

（管理人註）

千益夫が登場する作品は「郵性省」。『陰悩録――リビドー短篇集』（角川文庫）所収です。

#281 2015/03/26
男は女にかなう訳がない

▽私は男の子二人を育てたことによって、男って良く言えば素直、悪く言えば単純でバカだと心から納得できました。これじゃあ、女にかなう訳ないよな、と。でも、はるきさんの単純バカの少年時代があまり想像できません。いつも沈思黙考し、一人で颯爽《さっそう》と行動しているイメージです。はるきさんはどんな小学生でしたか。（こたこ、女性、46歳、主婦）

▼僕もしっかりとアホな子供でした（笑）。男の子って、ほんとに愚かですよね。よくわかります。不注意で、雑で、無神経です。僕も人生の過程でいっぱい怪我《けが》をして、いっぱい痛い目に遭って、さまざまな教訓を身につけ、なんとか今日に至っております。偉そうなことを言うみたいですが、男というのはつくられていくものなんです。それは女性のつくられ方とは少し違っています。我慢強く成長を見守ってあげてください。

#282 2015/03/26 じいじとばあばとねこの島

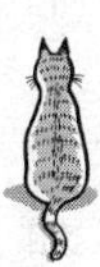

▽私の住む福岡には、通称「猫島」と呼ばれる島があります。道路もほぼ舗装されず、信号もない。歩いても二時間半くらいで島を一周できますし、お店は購買店と数年前にできた小さな食堂だけです。そして、沢山の猫がいます。
その島で育った母は、島を出るまで、猫を家の中で飼うなんて考えられなかったといいます。

それくらい島には猫が溢《あふ》れ、サザエさんみたいに、ちょっと玄関をあけたままだと、猫が魚をくわえて走ってにげます。祖母は「まーたやられた！」といって一応追いかけます。それを見て私たちは笑う。

とにかく長閑《のどか》で、じいじとばあばとねこたちが共存している感じです。

春樹さま。よろしければ是非、この福岡の相島《あいのしま》に、遊びに来てくれませんか？　写真を撮って、歩いて、魚釣りはどうですか？　是非案内させてください。心からお待ちしています。（陸の木、女性、40歳）
▼いいですねえ。その島にぜひ行ってみたいです。
伊豆に網代《あじろ》という街がありまして、そこは干物の街で、道路沿いにずっと干物を売っ

ている店が並んでいます。そこに「猫が店番をしている干物屋さんがある」という情報を耳にしまして、カメラを持って訪ねてみたんですが、残念ながらそういう店は見当たりませんでした。あれは都市伝説だったのかなあ。しかし僕も暇ですね。

#283　2015/03/26
ほんとうだよ、羊くん

▽僕は今中学三年生で、今年の四月から高校生です。
　その高校生活がとても不安です。世間の人たちは青春は金で買えない、後悔しないようにしろ、と言います。それは正しい事だとは分かっていますが、僕が進学する学校は中堅レベルの平凡で大したことがない学校なのです。高いレベルの学校に進学する人は、知的な友人や恋人に囲まれ、偏差値相応の素晴らしい青春を謳歌《おうか》するのでしょうか？

　後悔が残りそうで怖いです。（虹を待つ羊、男性、15歳、中学生）

▼きみがたぶんやるべきことは、一人でいいから良い友だちをみつけることです。二人でも三人でもなく、一人でいい。どんな学校のどんなクラスにだって、一人くらいは興味深いやつ、気が合いそうなやつがいるはずです。そういう人をみつけるといい。「知的な友人や恋人に囲まれ」る必要なんてぜんぜんありません。本当に話の合う友だちが

一人みつかれば、それでオーケーです。そうすれば「ああ、この学校に来てよかったな」と思えるようになります。偏差値なんてぜんぜん関係ないです。ほんとうだよ。

#284　2015/03/26
人はなぜ物語を欲するのか？

▽私には5歳になる息子がいますが、これが毎日毎日絵本を読んでくれとせがんできます。

　そこでフト思ったのですが、子供だけでなく大人や老人も含め、人はなぜ物語を読みたがるのでしょうか。

　小説や絵本のみならず、テレビドラマ、映画、マンガ、アニメ、演劇などなど、世の中は物語にあふれています。人はなぜこんなにも物語を欲するのか。疑似体験がしたいのか？　共感したいのか？　考えると不思議です。

村上さんはどうしてだと思いますか？（バハレイヤオアシス、男性、44歳、会社員）

▼僕らは何かに属していないと、うまく生きていくことができません。僕らはもちろん家族に属し、社会に属し、今という時代に属しているわけなんですが、それだけでは足りません。その「属し方」が大事なのです。その属し方を納得するために、物語が必要

になってきます。物語は僕らがどのようにしてそのようなものに属しているか、なぜ属さなくてはいけないかということを、意識下でありありと疑似体験させます。そして他者との共感という作用を通して、結合部分の軋轢《あつれき》を緩和します。そのようにして、僕らは自分の今あるポジションに納得していけるわけです（あるいは納得できない人は納得できるポジションに向けて進んでいきます）。それが物語の持つ大事な機能のひとつであると、僕は基本的に考えています。もちろん物語にはそればかりでなく、ほかにもいくつかの大事な機能がありますが、とりあえず。

かつてタコは地球を支配し、大いに栄えた。
私はその一部始終を見てきた。そしてここに一つの物語としてまとめる。
こっこれは！
なにが書いてあるの？読んで。
タコ語だからさっぱりわかんない。
お父さん、それフランス語だよ。

#285　2015/03/26
先輩の家庭を壊す気はありません

▽私の恋について何かアドバイス頂きたいです。

　私には彼がいます。お互いとても信頼していて、趣味や考え方も似ており、いつか結婚したいと思う仲です。

　しかし、最近職場の先輩に惹かれてしょうがない自分がいます。その先輩は既婚者(かなりの愛妻家)で、40歳になる人です。何にも染まらず、ちゃんと自分の意見を言える方です。仕事をともにする機会が増え、気付いたら惹かれていました。

　先日二人で出張をし、その夜はじめて二人だけでお酒を飲みました。私の想像では、その時の先輩は私に多少の好意?の様なものを持っていた様に感じました。

　しかし出張も終わり、日常の仕事に戻ってから、先輩からの好意を感じることはありません。

　私は先輩の家庭を壊す気もありません。ただ好きな人と楽しく仕事が出来ればいい。でもあの夜のことを思い出すと、もっと仲良くなりたい、また二人で飲みたい。一度でいいから抱かれたいという気持ちを抑えることが辛くなります。彼に抱かれながら先輩を思い浮かべてしまう最低な自分がいます。

何かアドバイス頂けないでしょうか？（吉子、女性、26歳、会社員）

▼僕に言わせれば、あなたの感じている感情はごく当たり前のことです。多くの人があなたと同じような体験をしていると思います。恥じることもありませんし、罪悪感を覚えることもありません。人の心の動きというのはそういうものなんです。心というのはある意味では夢と同じです。いつも正しい論理に従って動いていくものではありません。

あなたはつきあっている男性のことを「お互いとても信頼していて、趣味や考え方も似ており、いつか結婚したいと思う」と言います。でも彼を愛していて、いつも一緒にいたいと強く思う、とまではおっしゃいません。あるいはそこには何かが少し欠けているのではありませんか？　そしてその「欠けているところ」を埋めるために、言い換えればその迷いの代償として、あなたはその先輩に対する「欲望」を抱かれるのではないでしょうか？　罪悪感を抱かれる前に、その辺のところをもう一度考え直してみればいかがでしょう？

#286　2015/03/26
旅行エッセイの書き方が知りたい

▽はじめまして。私は北海道の田舎の大学で勉強している韓国人留学生のすぅと申しま

す。

私は村上さんの作品、特に旅行や海外滞在中書かれたエッセイの大ファンです。村上さんの旅行エッセイは村上さんが経験した事を正直に書くことで、私がその地に行った気分になるだけではなく、多分実際行っても気づけなかったであろうの事を感じることが出来、何回読んでも飽きないくらい面白いです。

ここで村上さんへの質問です。私が北の国に来て7年が経ち、なかなか出来ない楽しい経験をしましたのでこれらを文章で書きたいと思っています。いつか村上さんのようなエッセイを書くのが夢です。しかし、海外はどうしても自分の母国での生活とは違うので、正直に出来たこと、感じたことを書くと、その地の人の気に障《さわ》ることを書く事も多少あると思います。実際に存在する所や人の話なので、その面で小説を書くこととは違うと思います。村上さんは旅行エッセイを書くとき、どのようにされてますか？　また、どのように書いたらもっと面白いエッセイになるのか教えていただけたらうれしいです。（すぅ、女性、29歳、学生）

▼旅行エッセイ、あるいは滞在記みたいなものは、僕の経験からすれば、はっきりとした目的意識なしには書けません。つまり「自分はこの旅行について、あるいは滞在について、一冊の本を書くのだ」という覚悟がまず必要になります。のんべんだらりんと旅行したり生活していたりしたら、本なんてまず書けません。というか、人が読んで面白

いと思う本は書けません。いやしくも一冊の本を出すからには、「本を書く」という明確な意識を持った目ですべてを観察しておく必要があるからです。そうして気がついたことをどんどんメモしていきます。忘れないうちに書き留めます。それは日記ではありません。文章を書くために必要な材料のメモです。そしてそのようなメモを集めて、本にまとめていきます。面白い部分を膨らませ、あまり面白くない部分を捨てていきます。

その地の人々の気にさわることを書くこともたまにはあります。これはある程度しょうがないことです。旅行や滞在には面白くないこと、不快なことはつきものですから。正直になろうとすれば、嫌なことだってしっかり書かなくてはなりません。ただ、常にユーモアの精神を忘れないこと、自己をできるだけ客体化すること（ひとりよがりにならないこと）、これはとても大事です。そうすれば、その地の人が読んでも、それほど腹を立てることはないでしょう。と思いますが。

#287　2015/03/26
好きな漫画家はいますか？

▽村上さんは学生時代から佐々木マキさんの漫画のファンだったそうですが、やはり「ガロ」はよく読まれていたのでしょうか？　また、他に好きな（日本の）漫画家さん

はいらっしゃいますか？（匿名希望、男性、28歳）

▼高校時代には「ガロ」をよく読んでいましたよ。大好きだった。つげ義春とか、白土三平とか、素晴らしかったですね。手塚治虫さんの「COM」もありました。もう少し後のことになりますが、僕が好きだったのは山岸涼子さんの『日出処《ひいづるところ》の天子』と村上もとかさんの『赤いペガサス』ですね。ニキ・ラウダかっこよかったな。最近は漫画ってほとんど読んでいませんが。

#288　2015/03/26　アメリカ留学中の悔しい出来事

▽私は今、アメリカの大学に留学しています。去年の秋から二年生になり、大学の課題の量が増え、クラス内でディスカッションをする機会も多くなりました。私は恥ずかしがり屋で英語もペラペラではないのですが、何も発言しないのはいけないと思い毎週クラス内で一回は発言するようにしています。

ですが、この間同じディスカッションの講義をとっているクラスメイトが私の英語がおかしいと言って笑っているところをたまたま目撃してしまいました。一生懸命頑張っていたはずの私にとって、それはとても悔しい出来事でした。村上さんは、自分の努力

が相手に伝わらなかった時、それを悔しいと感じたときはどうしますか？（匿名希望、女性、20歳、学生）

▼僕の英語だって、よくおかしいと言われます。でもそんなのいいじゃないですか。しょせん外国語なんだから。ものすごく流暢《りゅうちょう》に英語をしゃべれるけど、話の内容がちっとも面白くないという人もよく見かけます。多少語学に難があっても、言いたいことをきちんと持っている人になりましょう。そうすれば人は耳を傾けてくれます。いずれにせよ、あなたはまだ学んでいる段階です。あちこちで痛い目にあいながらしっかり学ばなくては。

#289　2015/03/28
とある離島の学校図書館にて

▽とある離島で学校司書をしています。採用時、好きな作家は？という質問に「村上春樹さんです」と答えました。理由は？と聞かれ、何だか説明がしどろもどろだったのですが今働くことができています。

これまで個人的（趣味的）な視点で村上さんの作品を見ていましたが、学校図書館に勤めるようになり社会的な村上さんの作品の扱われ方を知りました（これまで関心がな

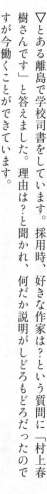

かっただけかもしれません)。

村上さんの作品全てを読んできてはいませんが、ある時期にある作品を何度も読み返したり、ふと思い出しては黄ばんだ文庫本を掘り出してみたりしています、禁断症状のように。

なので図書館で借りる本ではないようです、私の中では。

村上さんは学生の頃、学校図書館を利用しましたか?

そこは好きな場所でしたか?

私はあまり利用していませんでしたが、学校図書館で働くことを今のところ選んでいます。

そこは私の好きな場所です。そして生徒さんにとってリラックスできる空間となるよう心掛けながらいつもそこにいます。

少しずつ生徒さんにも村上さんの作品を紹介していきたいと思っています。(島の学校司書、女性、43歳、学校司書)

▼僕は高校の図書館は利用しまくりました。司書のおねえさんともすっかり仲良くなりました。僕くらい兵庫県立神戸高校図書館の本をたくさん借りて読んだ生徒はいないんじゃないかな。新刊が入ってくると、その箱をもらって(どうせ捨てちゃうから)、くんくん匂《にお》いを嗅《か》いでいました。それだけで幸福な気持ちになれました(温かいトースタ

ーの匂いを嗅ぐのが大好きなどこかの猫みたいに）。それくらい本が好きだったんです。大事なお仕事です。がんばってくださいね。

#290 2015/03/28 大丈夫、まだ13歳

▽友達に告白してフラれました。
お互い、これからも友達でいようと約束しましたが、いざ、会うと気まずくなって隠れたり目を逸《そ》らしたりしてしまいます。

どうやったら昔のように普通に喋《しゃべ》れるようになるのでしょうか？（カナコ、女性、13歳、中学生）

▼告白を失敗すると、けっこうあとを引きます。告白する前に僕にちょっと相談してくれたらきっと止めたと思うんだけど、もう遅いですよね。どうやったら昔のように普通に喋れるようになるのか？　うーん、そうですねえ、どうなるか僕にはもちろんわからないけど、たぶん時間がうまく解決してくれるでしょう。いずれにせよ、きみはなかなか勇敢で決断力のある女の子みたいだから、きっと立ち直れます。大丈夫。べつの素敵な男の子をみつけよう。

#291　2015/03/29
人生で最高の牡蠣

▽牡蠣《かき》はフライで召し上がるのが一番お好きですか？

牡蠣が一番美味《おい》しかったのはどこの国でしょうか？（しゃびにゃん、女性、63歳、ピアノ&アコーディオン弾き）

▼スコットランドのアイラ島でとれる小さな新鮮な生牡蠣に、アイラのシングル・モルトを注いで、するっと一口で食べるのが最高においしいです。こんなおいしい食べ物はまたとありません。暖炉がぱちぱちと音を立てている、アイラ島の小さなレストランで食べました。それ以外には何の音も聞こえません。そのあとに食べるアイラの牛肉も、潮の香りがして香ばしいです。牛が海藻を食べるせいです。

#292　2015/03/29
優しい夫にだんだん腹がたってきました

▽来月結婚する人と、ここに来て険悪ムードになることが増えてます。彼は、とにかく優しいと皆言います。実際優しく、家事もできて、頼んだことはたいてい快くやってく

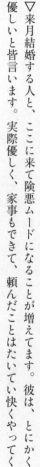

れます。

しかし、引っ越し・結婚式の準備が始まって大変な今、分かったことがありました。彼は、頼んだことはしてくれるし、私の好きなようにしていいよと、一見優しいんですが、自分で何か考えたり、言わなくても自分から動くということはないんです。どうかな？　と聞いても、どうかな？　とオウムのように同じセリフが返ってきます。私が余裕のある時は、私が動いて、考えて、彼にお願いして万事うまくいくんですが、私も人間です。疲れて頭が回らない時もあります。アイディアも、私だけでは広がりません。

私がしなかったら、引っ越しの手続きも結婚式の準備も進みません。そして、彼はノー天気に、私が必死で準備したことに乗っかって無邪気に楽しそうです。

私も仕事してて、必死に準備してるのを知ってか知らずか、だんだん腹がたってきました。そして悲しくなってきました。

実は、頼りにならない……？

春樹さん、こういう男の人どう思われますか？　結婚してやっていけるでしょうか？（あい、女性、32歳、看護師）
▼そう言われると、僕も耳が痛いです。現実的な段取りになる

と、僕もからきし駄目なところがあって、「ま、適当にやってよ」と丸投げして、よくうちの奥さんに文句を言われています。でもね、きっといろんな手配とか段取りとか、現実的なことになるとあなたの方がずっと手早く、ずっとお上手なんだと思いますよ。だからなんとなく「よろしく」とまかせてしまう。その方が結果的にうまくいくから。たぶん彼が段取りをすると、あなたはぜんぜん気に入らないと思います。そういうのって適性があるし、しょうがないです。あきらめましょう。

（結論）

　自分でやった方が速いです。

#293　2015/03/30　自分の意見は押しつけない

▽僕は普段ジャズを好きで聞いています。「厚木からの長い道のり」には感動と同時に考えさせられもしました。以前、ジャズ喫茶でリクエストノートに載っていた大西さんのライブ盤をリクエストしたところ、マスターから彼女のものはかけない。あんな芋は聴くな。少しは俺の著作を読んでくれよみたいなことを言われました。僕はその言葉に失望し、それ以来、その店には行かなくなりました。因《ちな》みに店のマスターはジャズ本の

監修などをする、有名ジャズ評論家なのです。

作品を創造する過程では他者の影響や試行錯誤、時には失敗作も含め、長い目で、時には温かく見守ることも大事だと思うのですが、歴史上の名演や演奏家と比較し、手厳しく罵《ば》倒《とう》したのでは未来あるミュージシャンもたまったものではない。もう少し表現者の苦労を尊重すべきではないだろうか。村上さんも心無い批評にたびたびあってきたと思いますが、これからも頑張って下さい。（ジュン、男性、48歳、講師）

▼小さな店の主人というのは、それぞれの見識があり意見があり、それを生きがいにして生きている人が多いようです。うまく意見があえば優れたメンターになれますし、そうじゃない場合はただの安っぽい独裁者みたいになります。僕も音楽については好き嫌いがそれなりに激しい人間ですが、できるだけ人にはその意見を押しつけないようにしてきました。ただ「自分が好きじゃないものを好きとは言えない」という態度を貫いてきただけです。それほど好きになれない演奏に対しても、「あんなやつはイモだ」とか「あんな音楽はクズだ」とか言ったことは一度もありません。嫌いなものを嫌いだと大声で公言するよりは、好きなものをじっくり賞賛する方が、お互いなにかと気持ちよいものですよね。

#294　2015/03/30
表現したいことを自在に書く秘訣は?

▽沢山の素晴らしい作品を生み出している村上さんに教えて頂きたいのですが、村上さんは物語を文章として表現する事は初めから割とスムーズに出来たのでしょうか?私は自分の表現したい事を的確に捉えてリアルに表現できる様になりたいです。今は、イメージを形にする為に細部を見ようとしても霧がかかってぼんやりしていて上手く表現できずに試行錯誤しています。

村上さんが培ってきた自己表現の秘訣《ひけつ》を教えて頂けると幸いです。(もこもこ、女性、38歳、会社員)

▼自分の表現したいことを自分が表現したいように表現するというのは、とてもむずかしいことです。僕ももちろん、初めからそんなことができたわけではありません。最初は限られたことを限られたかたちでしか表現できませんでした。けっこう不自由でした。それを35年くらいかけて、すこしずつ改良していったわけです。それにはもちろん努力が必要でした。規則正しい生活と、体力作り、集中力の強化、そのような生活システムの確立も大事でした(あくまで僕の場合はということですが)。自分の書きたいことがだいたい書きたいように書けるようになったかなと実感したのは、たぶん２０００年く

らいだったと思います。シドニー・オリンピックを取材に行って、二週間毎日、その日のうちに４００字詰め原稿用紙30枚の完成原稿を書いていたんですが、あまりにすらすら書けちゃうので、自分でもびっくりしたことを覚えています。作家としてデビューしたのが１９７９年ですから、そうなるまでに21年くらいかかったことになります。それからあとは文章を書くのが楽しくなりました。

今でも新しい作品を書くたびに、いろんなことを試しています。こんなことはできるかな？　みたいな好奇心をもってひとつひとつの作品を書き続けています。このような大量のメールを現在進行形でやりとりすることも、僕にとってはひとつの新たな挑戦です。そこでは嵩《かさ》とスピードが重要な要素になります。量が集まって、それで初めて見えてくるものもあります。うまくいくといいんですが。

#295 2015/03/31 カルト教団に向かった彼らの「物語」

▽世代論というのが可能かどうかわかりませんが、村上さんは、オウム真理教による地下鉄サリン事件の実行犯の世代（大体、現在の40代前半から50代後半）をどのような世代ととらえられますか。私はこの世代に該当しますが、事件の公判が行われるたびに、何か責任のようなものを感じています。せめてどうして私達の世代があのような社会的事件を起こしてしまったのか理解したいと思っています。
　当時、有名私立大学を出た医師など、優秀な若者がなぜカルト教団に入ったのだろうかと問題になりました。私もそのような大学の1つに通う学生でしたので、哲学の教授から「あなたたちにはカルト教団に入った人の気持ちがわかるか」と尋ねられたのを覚えています。

　同じ時代の空気を吸っていたとはいえ、私には全く見当がつかず、絶対的なことを言ってくれる誰かに自分の判断を委《ゆだ》ねたいと思ったこともありませんでした。

　しかし、時代の流れとして、若者がカルト教団に向かう、あるいはマインドコントロールを受けやすい時期にあったのではないかと思われます。村上さんは大勢の関係者にインタビューなさいましたが、とりわけ何か感じられたことはありましたか。（パンケ

（ーキ浜口、女性、43歳、ＯＬ）

▼僕は「世代論」というのが昔からもうひとつ好きではなくて、そういう括《くく》り方はできるだけしないように心がけてきました。僕自身も「団塊の世代は暑苦しい」みたいな言われ方は、簡単にされたくありませんので。ひとつの世代の中にもいろんな人はいますよね。みんなが同じようなことを考えているわけではありません。

ただオウム真理教の信者・元信者の人たちをインタビューしてきて、ひとつ思ったのは「ノストラダムスの予言」に影響された人がけっこう多かったということでした。その世代の人たちがいちばん感じやすい十代のころに、「ノストラダムスの予言」についての本が大ベストセラーになりました。そしてテレビなんかでも盛んに取り上げられました。１９９９年に世界は破滅するという例の予言です。そのおかげで「終末」という観念が、彼らの意識に強くすり込まれてしまった。

つまり彼らには「世界には終末があり、それはそれほど遠くない将来に訪れるだろう」という、世界のあり方についての「物語性」が自然に植え付けられてしまったということです。少なくとも僕がインタビューしたオウム真理教の信者・元信者の人たちについては、おおむねそういうことが言えました。だから麻原彰晃の説く終末論（ハルマゲドン）がすんなりと抵抗なく受け入れられたのでしょう。そこにはまた「スプーン曲げ」に代表される、「超能力」に対する憧《あこが》れ・信仰のようなものもありました（そこにもまたテレビの影響が見られます）。

僕自身も「物語性」を提供するものの一人として、『アンダーグラウンド』の取材をしながら、物語の大事さを痛感させられました。悪《あ》しき物語を凌駕《りょうが》する善《よ》き物語を作っていかなくてはならない。それがそのときに僕の感じたことでした。もちろん何が悪しき物語であり、何が善き物語であるかというのは、とても判断がむずかしい問題なのですが。

#296　2015/03/31
物語がすーっと沁み込んでくる

▽私がはじめてハルキさんの本に出会ったのは高校生の時でしたが、そのときは残念ながらすれ違い、ハルキさんとの再会は社会人になってからでした。私はハルキさんの虜《とりこ》になりました。その頃、入社3年目でしたが仕事にやりがいを感じることができず、このままで私の人生はいいのだろうかと真剣に悩んでいた時期でした。そんな時、やり場のない私の心にハルキさんの物語がすーっと沁《し》み込んできました。通勤の電車の中、仕事の移動途中、ずっとハルキさんの本を携え、かたっぱしから読み耽《ふけ》りました。物語の世界に没頭し、ある意味逃避行していた日々を思い出します。心が弱っていたときに、

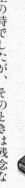

物語の世界に触れ、その世界に埋もれることで私の心は救われました。友人に「村上春樹」ってよくわからないとか言われることがありますが、私にとってはわかるとか、どういう意味かとか考えて読んでいるのではなく、うまく説明できないのですが自分の中に入ってくる、沁み込んでくるような感じなのです。

同時代に生きて、リアルタイムで本を手にできることに喜びを感じています。できれば、一度でいいのでお目にかかって、感謝の気持ちを直接お伝えしたいのですが、日本ではサイン会は開催されないとのこと、残念です……。（ムサビー、女性、42歳、会社員）

▼そうですね。小説って、音楽とか絵とかと同じだと僕は思うんです。大事なのは、わかったとかわからないとかじゃなくて、それが身体に沁みるかどうかということなんじゃないかなと。「うん、よくわかった」と思って、読み終えて一週間たったらみんなすっかり忘れていた、というんじゃ意味ないですよね。わかったかわからないか、それもよくわからないけど、十年たってもなんかよく覚えている、というような小説を僕としては書きたいです。

この前も同じようなことを書いたんですが、心が弱っているとき、あるいは落ち込んでいるとき、僕の小説を「避難所にして充電場所」として使っていただけると、僕としてはとても嬉《うれ》しいです。それも小説というものの大事な役目ですから。逃げ込むだけでは足りないんですよね。そこからエネルギーを受け取る必要があります。

それに比べたら、サインなんてただの紙の汚れみたいなものだと僕は思うんですが、そうでもないのかな？

#297 2015/03/31
世襲がそんなに悪いのか

▽私は日本海側の田舎町でほそぼそと自営業的な会社員をしています。この前、同窓会で酔った友人から「お前は自分のやりたいことがなかったのか、親の敷いたレールに……」とか言われ、内心やれやれという思いと、今時親の敷いたレールって古臭いなと思ったのですが、その場は否定もせずに聞き流す程度でいました。私自身は自分の役割がここにあると信じて日々仕事に精を出しているのですが、世襲が悪いことのようにいわれると家業を継ぐことを否定されているようで寂しくなりました。そこで質問なのですが、世襲についてどう思われますか？（野ねずみ、男性、41歳、会社員）

▼自分の持ち場をまもって生きていくというのは、すごく大事なことだと僕は考えています。僕はとくに世襲するようなものもなかったので、自分で自分の持ち場を作って、こうして生きていますが、それがどのような仕事であれ、どのような経緯でもたらされ

たものであれ、自分の与えられた職分をきちんとまっとうに果たしていくこと自体に意味があると、基本的に認識しています。あえて言うなら職業倫理というか。僕のやっている仕事は、外から見ればあるいは派手に見えるかもしれませんが、日々やっていること自体は地道な作業です。そしていつも「職業倫理」というものが僕の頭の中にあります。ずるはしない、全力を尽くす、というのが僕の職業倫理リストのいちばん最初に来ます。

　仕事が生きがいだという人もいますし、仕事なんてただの必要悪だという人もいます。僕はどちらもありだと思っています。でもどちらにしても、職業倫理みたいなものはなくてはなりません。それは生きていく上でどうしても必要なものだから。それが僕の考え方です。あなたに与えられた持ち場で仕事に励んでください。

#298　2015/03/31　在日コリアン3世の気持ち

▽私は、生まれも育ちも日本ですが、国籍は韓国籍です。いわゆる在日コリアン3世で

す。ごく普通に周りに溶け込んで育てられたとは思いますが、今では、特にネット上では不特定多数の人から悪意を向けられたり、現実世界でも悲しいことは、生きてきてたくさんありました。

ですが28歳になって、仕事上の問題や、日常のさまざまな面倒事から逃れる為《ため》に、帰化手続をすることにしました。

働くためにと割り切ってはいるのですが、これから前向きに生きて行こう！という気持ちと同じくらい、私の28年間ってなんだったんだろうという脱力感を感じます。誰かに憎まれたこともなく、そして誰かを強く憎んだこともない周りの友達の朗らかで真っ白な人生を思うと……なんだか虚《むな》しいです。

勿論《もちろん》みんなたくさんの悩みを抱えて生きていると分かってはいるのですが、差別に対して悲しみや憎悪《ぞうお》を感じたことは、私にとって、「人生のしみ」みたいに思えてしまいます。

それは恐らく、差別を受けることがあったら、絶対に怒ってはいけないし、こちらが分かって許してあげなくてはいけない、と教えられてきたからだと思います。

そういった立場だったからこそ、勉強や仕事を頑張ってきたということも言えますが、その制限がなかったら（例えばですが、韓国籍では公務員にはなれません）、私はどんな人間になって何をしていたんだろう……とも考えてしまいます。無駄なことですが生まれ育ったこの地が好きで、でも傷つけられて、片思いってこんな感じですかね……。

村上さんが私の立場だったら、どうやって人生に折り合いをつけますか？

初めて本を読んだときから、ずっと、ずっと聞いてみたかったことです。

私がやっぱりまだ子供なのですかね……。（明日も日曜日、女性、28歳、税理士・法人勤務）

▼国籍の問題というのはむずかしいですね。帰化なさるというのは、いろいろと悩まれた末の決断なのだろうと推測します。僕みたいな個人的な仕事をしていると、言うまでもなく個人そのものの資格が大事なのであって、国籍がどうこうなんてまったく関係のないことなんですが、でも実社会（というか）では、なにかと面倒なことがあるのでしょう。組織はずいぶん冷たくできていますし、世間には心ない人や無神経な人がいますからね。僕も職業が「水商売だから」「作家だから」ということで、これまでしばしばひどい目にあわされてきました。マンションの入居を断られたり、管理組合の反対で売ってもらえなかったり。この国では、どこかのちゃんとした組織に属していないと、社会的に信用されないみたいです。そういう風にはねつけられると、やはり心が傷つきますよね。いろんな場所にいろんな差別が潜んでいます。

「今までこうやってがんばってきたのに」というあなたの気持ちもよくわかります。差別されたことが心のしみになっているということも理解できます。あなたが感じておられるのはとてもまっとうなことだし、子供っぽいとも思えません。読んでいて率直に胸が痛みます。

あなたに対して実際的なアドバイスを送ることは、僕にはできそうにありません。僕にできるのは、傷ついたり、理解されなかったり、悲しみにとらわれたり、深い沈黙に潜り込んでしまったりした人々の姿を、小説の中に描き続けることだけです。もしそれがあなたの心に、一種の「浄化」のようなものをもたらすことができるとしたら、僕としてはなにより嬉しいのですが。

#299　2015/03/31

面食いは一生面食いのまま?

▽今まで村上さんに二通ほどメールを送りましたが、正直に自分が悩んでいることを書こうと思います。

ある時、僕はパートナーを選ぶときに、性格よりも顔を重視していることに気がつきました。

たとえ美人でも、性格が合わなければ本末転倒なのに、相手の容姿が自分の中で大きな位置を占めてしまうんです。

考えてみると、僕自身、自分の顔に自信がありません。おそらく、自分の容姿がコンプレックスなんです。自分の顔が好きになれないから、パートナーにきれいな容姿を求めるのだと思います。

人間、外見より中身だと多くの人はいいます。僕もそう思うし、外見で人を判断することに情けなさと恥ずかしさを覚えます。

でも、美人な女の子が隣を歩いていた方が、周りからも一目おかれますよね……そんなしょうもないことを考えてしまうんです。

僕は一生このままなのでしょうか。（ロンメル将軍、男性、24歳、大学院生）

▼僕の経験から言いますと、面食いの人は一生面食いのまま終わるみたいです。それはもうしょうがないことのようです。誰が見ても美人という、見栄《みば》えの良い女の子にしか心を惹かれない。そういう傾向は変えようとしてもまず変えられないんです。僕もそういう人を何人も知っています。だいたい間違った人と一緒になって、あとで後悔します。

僕だってもちろん僕なりに外見にこだわりますよ。でも僕の好みは普通の人の好みとはちょっとずれているみたいなので、それはわりに楽かもしれません。「この人のほんとうの美しさは僕にしかわからないんだ」という風に思えると、人生なかなか楽しいですよ。

#300　2015/04/01　真実にはいつも居場所がある

▽こんにちは。早速ご相談なのですが、わたしは言葉で人にものを伝えるのが苦手です。なのでいつもなんか違うなあ、うまく伝わらないなあと思っています。そうしていると言葉の上手な人たちがたくさんの話をして、その人たちの語ることがどんどん真実としての重みをもっていきます。わたしの話すことはだんだん真実ではなくなってしまいます。そうして時間がたつとそこに自分の場所というものがなくなってしまうのです。言葉の上手な人たちは特別悪い人たちではありません。わたしがもっと自分のことをうまく伝えられたらと思うのですが、なかなかむつかしいです。村上さんから何かアドバイスや心構えみたいなものをお伺いしたいです。ぜひよろしくお願いします。（貝殻のなまえ、男性、29歳、販売員）

▼絵のうまい人や、声の美しい人や、手先のとても器用な人や、走るのが速い人がいるのと同じように、言葉を使うことが上手な人もいます。僕もいちおうプロの文筆家ですから、言葉を使うことにはある程度手慣れているかもしれません。自分が何を感じ、何を考えているかを、言葉を選び、構文を作り、それらを組み合わせていくことによって表現し、できるだけありありと人に伝えようとします。それが僕らのやっている仕事です。

でもそれらの言葉があなたのおっしゃるように「どんどん真実としての重みをもって」いくかというと、それはまた別の問題になります。いつもそうとは限りません。どれほどうまく言葉として表現されていたとしても、もしそれが真実味を欠いていれば、そのうちにだんだんしぼんでいって、どこかに消えてしまいます。真実を正しく告げる言葉だけがあとに残ります。真実にはいつも居場所がちゃんとあります。真実ではない言葉は往々にしてそれなりの報いを受けることになります。

ですから、もしあなたがうまく人に思いを伝えられないのなら、無理をして表現はしないで、自分なりの真実をそのままじっくり持っておられると良いと思いますよ。世の中には時間が経《た》たないとわからないことがたくさんあります。具体的なアドバイスを差し上げられなくて申し訳ありませんが。

#301　2015/04/01　文学の美しさはモラルでは測れない

▽酒や薬物の上で創《つく》られる作品をどう思われますか？

数年前にある人が小説を書くというので、興味を持ったのですが、執筆の度に酒を飲んでいると知り、興醒《きょうざ》めしました。小説は少し読みましたが、趣味が合わずにホッとしました。その出来事が引っかかっています。

酒や薬物の影響下の創作物は分野問わず沢山あります。秀《ひい》でた表現をして名声のある方もいます。特に音楽の分野には。それで少し混乱しました。

村上さんは、酒や薬物の入った作品について、どう思われますか？（なかぎょう、女性、41歳）

▼作品が優れているかいないか、それがすべてだと思います。アルコール中毒、薬物中毒のうちに書かれた見事な文芸作品は歴史上、数多くあります。長期的に見ればアルコール中毒、薬物中毒は執筆作業に悪影響を及ぼすだろうと、僕は個人的には考えています（僕自身、アルコールを飲んで小説を書くことはまずありません。薬物はいうまでもなく）。しかし作品単位でみれば、話はまた別になります。コールリッジの『クーブラカーン』は彼がアヘンの幻覚で見たものを言葉に換えたものですが、まさに文芸史に残

る美しい詩です。僕も大好きな詩です。文学の美しさはモラルでは測れないものです。

僕はレイモンド・カーヴァーやスコット・フィッツジェラルドの作品を愛好し、翻訳していますが、彼らは人生の一時期をアルコール中毒患者として送りました。でもどの作品が酒を飲みながら書いたもので、どれが酒抜きで書かれたものか、僕にはわかりませんし、そんなことをいちいち考えたこともありません。結局のところ、繰り返すようですが、作品が優れていれば、それがすべてではないのでしょうか？　もちろん、だから良い作品を書くためなら何をしてもいいということにはなりません。僕が言いたいのは、残るのは人ではなく、作品だということです。

#302　2015/04/01
アーティストの政治的発言を考える

▽村上さんはアーティストの政治的発言についてどう思いますか？　アーティストが政治的発言を始めると創作がつまらなくなるように感じます。
その理由を考えてみたんですが、アーティストというのはもともと政治に興味がない人種であって、心の奥のほうでは本来「他人のことはどうでもいい」人種なんじゃないでしょうか。(K.O.、男性、42歳、建築家)

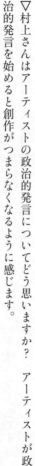

▼「アーティストというのはもともと政治に興味がない人種であって」というあなたの意見は、いささか一面的に過ぎるのではないかと僕は（僭越《せんえつ》ながら）思います。そういう人もいるでしょうが、そうじゃない人もいます。アメリカの歌手や俳優の多くは政治色を鮮明にしていますよね。アーティストもやはり社会の中に生きている人間ですし、彼らの作品と彼らの政治的姿勢が切り離せないという場合も多々あります。人それぞれです。

ただその一方で、「アーティストが政治的発言を始めると創作がつまらなくなる」というあなたの意見には、部分的に（あくまで部分的にですが）「そうかもしれない」と思わされるものがあります。どちらかといえばロジカルなアプローチを排した創作活動をしているアーティストが、政治的にロジカルな発言をするようになると、意識性と無意識性の錯綜《さくそう》が軽いクラッシュを起こす場合があります。このへんの兼ね合いはとてもむずかしいです。自分の立ち位置や視点をきちんと分離できれば問題はないのですが。いずれにせよ、人はどれだけ政治を避けようとしても、必ず何らかのかたちで政治に巻き込まれていくものです。それと正面から向き合う姿勢は、すべての人が常々しっかり準備していなくてはならないものだと、僕は基本的に考えています。アーティストに限らず、誰であれ。

#303　2015/04/02
恋はすとんと落ちるもの

▽中国の読者です。日本語が分からないので、友達に質問を書いてもらいました。
恥ずかしながら、恋愛相談です。「恋」は心から溢《あふ》れた温《ぬく》もりとずっと思っている私がいますが、また恋に落ちそうです。しかし、前回の恋と全く同じように、私が相手を深く恋を持っているのに、相手が私に対して多分好意しかないです。それでも、付き合ってもらいました。このような不対等な恋愛関係は幸なのか？　不幸なのか？

ご意見をお聞かせください。（ライオン、男性、31歳、金融関係）

▼こんにちは。初めまして。
恋というのは幸福そうだからするし、不幸そうだからしないというものではありません。得だからするし、損だからしないというものでもありません。うまくいきそうだからするし、うまくいきそうにないからやめるというものでもありません。ただ単にすとんと落ちるものです。落ちたらおしまいです。得も損もありません。恋というのは危険も安全もありません。その相手の女性が好きなら、恋をするしかないじゃないですか。どうせ女性を好きになるのなら、腹をくくって好きになれば？　と僕は思いますが。

#304　2015/04/02
娘のロックバンドの曲が不満です

▽高一の娘が女の子だけのロックバンドを始めました。編成は三人で娘の担当楽器はギターです。初心者なので、まだオリジナル曲はないようです。
三人編成のバンドといえば、思いつくだけでもクリーム、ポリス、ニルヴァーナなどがあるので、そうしたバンドの有名な曲をやってくれるのかと思ったら、最近の○○○とか△△△（自主規制）といった、私の知らない日本のバンドの曲ばかり選ぶので、私としては全くおもしろくありません。

どうしたら私の知っているような曲を演奏してくれるようになるのだろうかと嘆息しています。（犬山ぱぴ、男性、50歳、給与生活者）

▼子供というのは、必ず親の世代の気に入らないことをするようにできているんです。僕も髪を長く伸ばしたり、大音量でドアーズを聴いたり、路上で石を投げたり、勉強なんてぜんぜんやらなかったり、学生結婚しちゃったり、さんざん親の神経に障《さわ》ることをやってきました。まわりもちです。だからあきらめ

てください。おたくの娘さんが、あなたの気に入るような、あるいは知っているような音楽を演奏してくれることはたぶん今世紀中はないのではないでしょうか。

とはいえ「運命の突然の大きな転換」みたいなのがどこかであるかもしれません。密《ひそ》かにこっそりと期待しつつ、娘さんを見守ってあげてくださいね。

#305 2015/04/02
エルサレム賞を受賞するという決断

▽村上さんはエルサレム賞の受賞スピーチで、あえてイスラエルのガザ攻撃を否定する発言をされたり、カタルーニャ賞受賞スピーチでは日本の原発依存システムと核を否定されたりしましたよね。私個人としてはスピーチの内容には心から共感しました。そしてそれ以上に、固く大きな壁に立ち向かう村上さんの姿勢に感動し勇気をもらいました。半端《はんぱ》じゃない周囲からの圧力を受けたり、色々な気持ちもあったと思うのですが、あれらのスピーチを行った後、自分の中の何かが変わったと思うことはありますか？（えかきうたのコック、女性、43歳、コック）

▼イスラエルでのスピーチに関しては、現地の反応は複雑でした。ひとことでは言えませんが、イスラエル側はメディアはおおむね「聞きたくない部分は聞かなかった」とい

う姿勢だったかもしれません。カタルーニャにも原子炉は何基かありますので、セレモニーに同席していたカタルーニャの首長はわりに暗い顔をしていました。何かを主張すれば、必ず誰かが面白くない思いをします。こればかりはしょうがないです。

でも僕がいちばん意外だったのは、僕がエルサレム賞を受けにイスラエルに行くことを、日本の某新聞に「イスラエルに迎合している」と批判されたことでした。どうして何も確かめないで、こちらの真意も確かめないで、人をそんな風に安易に批判できるのだろう？　僕だって考えに考えた末に、腹をくくって賞を受けることを決断したのです。僕にとっては外国のメディアの反応よりも、そういう日本のメディアの反応がずっとショックだったですね。背中から弾丸が飛んでくるみたいな。

#306　2015/04/03　これから「核発電所」と呼びませんか？

▽1999年に文庫本化された『村上朝日堂はいかにして鍛えられたか』。この中で村上さんは、「原発ではないほかの発電技術を開発することが経済大国としての日本だ。一時、経済は衰退するかもしれないが、原発のない国として尊敬される」というようなことを書かれていました。

私は、これを読んだとき、深く感動しました。そして、いつの日か、原発のない、今で言うところの再生可能エネルギーや蓄電技術の発達で、安定的かつ本当の意味でのクリーンなエネルギーが作れるものと思いました。

カタルーニャでのスピーチでは、原発事故について、「日本人は核について『ノー』というべきだった」とおっしゃっています。村上さんは、この点について、その後、どのようにお考えですか？（ほんだらかんだら、女性、54歳、市民講座講師）

▼そうか、あの本にそんなことを書いていましたっけ。でもいずれにせよ、原発（核発電所）に対する僕の個人の考えは、当時から今まで一貫してまったく変化していません。

僕に言わせていただければ、あれは本来は「原子力発電所」ではなく「核発電所」です。nuclear＝核、atomic power＝原子力です。ですからnuclear plantは当然「核発電所」と呼ばれるべきなのです。そういう名称の微妙な言い換えからして、危険性を国民の目からなんとかそらせようという国の意図が、最初から見えているようです。「核」というのはおっかない感じがするから、「原子力」にしておけ。その方が平和利用っぽいだろう、みたいな。そして過疎《かそ》の（比較的貧しい）地域に電力会社が巨額の金を注ぎ込み、国家が政治力を行使し、その狭い地域だけの合意をもとに核発電所を一方的につくってしまった（本当はもっと広い範囲での住民合意が必要なはずなのに）。そしてその結果、今回の福島のような、国家の基幹を揺るがすような大災害が起こってしまったのです。

これから「原子力発電所」ではなく、「核発電所」と呼びませんか？　その方が、それに反対する人々の主張もより明確になると思うのですが。それが僕からのささやかな提案です。

ファンは世評にやきもきしています
#307　2015/04/03

▽村上さんの作品はほぼ読んでいるつもりです。好きな作品は、「沈黙」、「タイランド」、「ハナレイ・ベイ」です。「ランゲルハンス島の午後」もいいな。村上さんとは、井戸の底で深く繋《つな》がってると勝手に信じています（気持ち悪いですね。ご容赦）。私のために書かれたとしか思えない心震える一文に出会うと勇気が湧《わ》いてきます。本当にありがとう。

ところで、こんなに素晴らしい作家なのに、世の中の評判はあまりよろしくない？気がします。やれ、リアリティーがないやら、感情が欠落しているやら、まわりくどいやら。きっと、嫉妬《しっと》されてるだけなんでしょうけど、とても残念です。村上さんは、周りの批評は気にしないとおっしゃっていますが、ファンの方はやきもきしてしまいます。

村上作品が理解できない方々に言いたいです。「説明しなくてはそれがわからんというのは、つまり、どれだけ説明してもわからんということだ。」（きたさん、男性、55歳、教師）

▼なぜかあまり評判はよろしくないみたいですね（笑）。でも世間的に見てみれば、そういう反応がむしろ普通じゃないかな、という気もしないではありません。僕の書く小説はなんだか変な話だし、リアリティーがないと言われたら、たしかにそのとおりかもしれません。登場人物はだいたいにおいて普通じゃない感じ方をしますし、結論はもうひとつはっきりしていません。そんな小説がある程度売れること自体が不思議なのかもしれない。でもまあ、現実にはある程度売れています。おかげさまで僕は30年以上、専業作家としてわりにのんびりと飯を食っています。どうしてでしょうね？　というか年を追うごとに、世界中で着実に読者を増やしているみたいです。どうしてでしょうね？　という風に、逆の視点からものごとを見てみると、わりに気楽にかまえていられるんじゃないかな。

しかしこんなことを言っていると、ますます反感を買いそうですね。べつにいいんですが。

#308 2015/04/04 信頼するけれど、信用はしない

▽私は弁護士を目指し勉強中です。

人は善であると信じているのが私の基本的なスタンスです。もちろん、人間ですから善いことも悪いことも行うでしょう。しかし、できるだけ善の部分があると信じて、善の部分を見つけていきたいと思っています。

ところが、法科大学院の授業で、ある弁護士の教員に弁護士は人を疑うところから始めなさいと教えられました。もちろん、弁護士という立場での話だとは思います。しかし、たとえそうだとしても、私はいまいち納得できませんでした。何かに困って相談に来ている人や逮捕されている被疑者に対して、疑うところからスタートしては弁護士の意味があるのだろうかと思ってしまいます。

村上さんはどう思われますか。（おもも、女性、37歳、主婦・司法試験浪人生）

▼長嶋茂雄さんはかつて「選手は信頼するけれど、信用はしない」という名言を吐かれました。要するに配下の選手に対して「基本的にはポジティブに受け入れるけれど、細部に関してはしっかりと疑いの目を向ける」ということなのでしょう。例によって「長嶋語」ですが、なんとなく感覚としてはわかりますよね。弁護士にもそういうスタンス

は大事だと思います。依頼人はもちろん信頼しなくてはなりません。しかし依頼人の言うことを細かいところまでそっくり真に受けていたら、裁判できっと痛い目に遭うことになると思いますよ。法律の世界では実証がなにより大事です。その先生はきっとそういうことをおっしゃりたかったのだと僕は推測しますが。

#309　2015/04/04　婚活の果てに、もう心が折れそうです

▽恋人がいない、結婚できない、という質問が非常に多いとのこと。村上さんは、それに対し、とにかく外に出て人に会うように、と助言されていました。

私は、35万円払って結婚相談所に入会したり、インターネットサイトに登録したりして、結構な人数の男性にお会いしたのですが、その度、極寒の水元公園でフリスビーをさせられたり（対応する私も私ですが）、まともに仕事をしていなかったり、公開している写真が15年前のものだったので実際はおじいさんみたいだったり、土木工事やコピー機の話ばかりをされたり、お母様がUFOを信じる会に入っていたりで、もう心が折れそうです。

それでもまだ続けてみる価値はありますでしょうか。もしくは、別の探し方をした方

がよいのでしょうか。

なぜなら、上記のようなことも、好きな人であれば、全然気にならないと思われるからです。

ですが別の探し方をする場合、相談所やネット以外でどんな探し方が考えられるのか、私にはもうよくわからなくなってきました。

年齢的に切羽つまっています。

どうぞよろしくお願いいたします。（さば、女性、43歳、コンサルタント）

▼そうですか、入会するのに35万円もかかったんだ。ずいぶん高いものなんですね。でも今のところ、まだ元はとれてないんだ。たしかにそれはめげるかもしれません。
僕が「外に出て人に会いなさい」と言ったのは、そういう相談所やインターネット・サイトみたいなところではなく、もっと一般的な集まり、たとえばスポーツサークルとか、読書クラブとか、そういうところのつもりでした。少しでもいいから、自分の住んでいる世界の周縁を自然に拡張していけばいいのではないかということです。自分の生活をより豊かにし、視野を広げ、それと同時に新しい人と知り合う機会を増やすということです。新しい空気を取り入れていく。よくわからないんだけど、そういうことって、むずかしすぎるのでしょうか？

#310 2015/04/04 ラドフォード監督からの映画化の話

▽こんにちは。今ネットで見たのですが、マイケル・ラドフォード監督に『国境の南、太陽の西』の映画化を打診したという話、本当ですか。すごく意外な感じがしました。村上さんからそういうことはしないと思っていたので……。もし本当なら、どういった映画にしたかったのか教えてください。
　私の乏しい想像力では思いもつかないことが映画や舞台では見られるし、違った解釈も知ることができるので、いつか実現してもらえたら嬉しいです。（クララ、女性、47歳、パート）

▼はっきり申しあげまして、僕の方からラドフォードさんに映画化の打診をしたことはありません。こういってはなんですが、僕はそこまで自作の映画化に積極的ではありません。僕のニューヨークのエージェントから「ラドフォード監督が『国境の南〜』の映画化を希望しているけれど、どうするか？」という話があったので、面白いかもしれないと思って、ラドフォードさんが日本に来たときに会って話をしました。青山の鮨屋《すしや》で二人で話しました（このときの会話はなかなか面白かったんだけど、映画には関係ないのでここでは紹介しません）。それで仮契約みたいなものを結び、あちらが脚本を書い

て話を進めるということだったのですが、企画は途中で流れてしまったみたいです。いずれにせよ僕の方から企画を持ちかけたわけではありません。そのニュースはおそらく何かの誤解に基づいているか、あるいは一方的な情報に基づいていると思います。うちの事務所に問い合わせてもらえれば、正確な情報を差し上げられたはずなのですが。

映画の世界って、魑《ち》魅《み》魍魎《もうりょう》だらけというか、とにかくややこしいことが多いんです。多額のお金が絡《から》んできますし、あいだにいろんな人が入ってきますから、話があちこち錯綜して、すったもんだの末に面白くない結果に終わることが少なくありません。だからこそ僕としては、映画関係の話には積極的には関わらないようにしているわけですが。

#311 2015/04/04

うどん県民は革命も辞さず

▽僕は東京に住んでいますが、香川県の出身です。『海辺のカフカ』は高校生の時に読みました。高松を舞台にした小説を書いて頂きうれしく思った記憶があります。
　今は香川も大いに発展して、あのころとはすっかり変わってしまった……なんてことはなく、いまでも香川県民は田んぼを見ながら、うどんをずるずるすすっています。

　でも、うどん屋事情は少し変わりました。村上さんにはもう一度うどん紀行を書いていただきたいなと密かに祈っています（と書くと香川の人はうどんのことしか頭にないのかと思われるでしょうが、本当にうどんのことしか考えていないのです）。（おかだくん、男性、30歳、会社員）

▼僕は前からずっと確信しているのですが、もしうどんが自由に食べられなくなったりしたら、きっと香川県では人民革命が起こるはずです。そういう意味では、ひょっとしたら香川県は日本でいちばん革命が起こりやすい県かもしれません。きしめんが食べられなくなったら名古屋市民が革命を起こすでしょうか？　お好み焼きが食べられなくなったら、広島県民が革命を起こすでしょうか？　ちゃんぽんが食べられなくなったら、長崎県民が革命を起こすでしょうか？　やはり香川県民がいちばん革命に近いところにいると僕は確信してます。

#312 2015/04/04 性格の良い人間になりたいのですが

▽今回村上さんにご相談したいのは私の性格の悪さについてです（個人的すぎる質問ですみません）。
なぜか他人のちょっとした行動が許せなかったり、自分勝手に比較して落ち込んだり、見下してしまったり。我ながら本当に最低だと思います。

この性悪の根源は何なのかと自分なりに考えてみたところ、どうやら私は自信というものが全くないようなのです。だから自分の理想や価値を他人に押し付けて、それに沿わない人を勝手に自分の中で敵対視してしまうようなのです。

こんな自分は嫌です。どうしたら性格の良い人間になれるでしょうか？　そして性格の良い人間とはどんな人なのでしょうか？（流れ星、女性、29歳、主婦）

▼僕も自分のことをあまり「性格の良い人間」だとは言えないと思っています。ごく一般的なことをいえば、性格の良い人間は作家になんてまずなれません。もし仮に作家になれたとしても、あまり大したものは書けないだろうと思います（もちろんこれは僕の個人的な見解に過ぎませんが）。どんなに外目に人が良さそうに見えても、作家になろうというような人は、奥の方でぐしゃぐしゃといろんな面倒な、らちのあかないことを

考えているものです。だから「性格の良い人間になるにはどうしたらいいか？」なんて訊《き》かれても、僕には答えようがありません。だいたいからして「性格の良い人間」になりたいとも思っていないんだから。

ただ僕が個人的に心がけているのは、

①自分のやりたいことに意識を集中し

②他人のことはほうっておく

ということです。そうすれば性格の悪さは（あるいは「良くなさ」は）まわりにさほど実害を及ぼしません。そのためにはまず自分のやりたいことを見つけなくてはなりません。そうですよね？　あなたには何か自分がやりたいことってありますか？

#313　2015/04/04
日記、つけていますか？

▽僕はもう15年も日記を書いています。書くきっかけは、ある本に「日記をつけると人生が変わる」と書いてあったからです。変わる理由は、毎日に反省が生まれるからということでした。ところである問題があります。それは日記をこれだけ書くと迂闊《うかつ》に死ねないということです。じゃあ、日記をつけるのをやめたり、処分したりすればいいと思

われるかもしれませんが、ここまで長くつけるとあたかも歯磨きのようにつけないと気持ち悪くて仕方がないのです。またこれだけ長くつけた日記を処分することもできません。今まで日記が役に立ったのは裁判の時だけです。村上さんは日記をつけられますか。（黒山羊、男性、40歳、主夫）

▼僕は業務的なことや、走った距離・時間や、現実的な予定みたいなことを簡単に記すジャーナルだけをつけています。日記はつけていません。その理由はあなたが危惧《きぐ》されているのと同じことを、僕も危惧しているからです。不用意に日記なんかを残したまま、死にたくない。ほんとに迂闊に死ねませんよねえ。

これから
日記を書くから
決して部屋に
入らぬように。

#314 2015/04/05
「なんで頭が回転するの？」と外国人に問われたら

▽私の知人に、セルビアの大学で日本語を専攻している女子大生がいるのですが、「頭の回転が速い」の意味がわからないので教えてほしいと言われました。
彼女のイメージでは「ヘッドバンギングのように速く激しく頭を回している」という

ものでそれでは文章の意味がうまく理解できないとのことでした。

なんだか楽しそうなのでそのままでもいいような気もしたのですが、こういった質問にはどのように答えるのがよいのでしょうか。くだらない質問ですいません。（ハジメ、男性、41歳、板金工）

▼あたまの回転が速い、というのは英語だとwhip smartというみたいです。whip だと「回転が速い」というよりは「（直線距離的に）ぱっと迅速に」という感じです。日本語の「頭脳が回転する」という観念は外国にはあまりないみたいですね。たしかに頭脳がぐるぐる回転したら、忙しくてものなんて考えられないかも。いえいえ、くだらない質問なんかじゃないですよ。言語のあり方について、なにかと考えさせられます。

#315　2015/04/05　将来の仕事で悩む13歳

▽少し変わった中学生からです。

僕は「少し変わっている」とよく言われます。確かに自分でもそう思いますし、変わったなりの職業でないとやっていけない気がします。今回は職業と生き方についての質問です。

僕は目標が決まれば確実に努力をするタイプの人間で、努力すればいいということが多いです。

そんな僕ですので、どうしても将来の職業や生き方が気になって仕方ありません。他の大人は今は黙々と生きればいいと言いますが、それだと一人になった途端に「生き甲《が》斐《い》がない」などと思い悩んで、時間が無駄に過ぎてしまいます。それでもいいのかと思って、『風の歌を聴け』の主人公のようにのんびりしていても、この就職難に根性がない僕が教養や学力さえもなければ話になりません。

今回はどうしたら天職や好きな職を見つけ、これならやっていけると思えるかをご質問したいと思います。

村上さんのように素晴らしい文章をお書きになられる方は尊敬していますし、僕も作家はいい仕事だなと勝手に思っております。

生き方の本は何冊も読んでいますが、何一つ変わりませんし、当たり前の事しか書いてありません。

僕は死ぬまでに自分の世界を全うしたいと思っているので、どうかお返事をください。心からお願い申し上げます。

長くなってすみません。（＊＊＊、男性、13歳、中学生）

▼そうか、13歳で既にどんな仕事に就けばいいのか思い悩んでいるんだ。僕なんか13歳

の時には、将来の仕事のことなんか考えもしなかったですけどね。ただほいほいと気楽に遊んで暮らしていました。それでなんだか知らないうちに作家になっていました。作家はいいですよ。通勤しなくてもいいし、上役もいないし、会議みたいなものもないし、好きなときに起きて好きなときに寝られるし、ネクタイもしめなくていいし、とくに資本もいらないし、世界中すきなところで仕事ができるし。でもたしかに誰でも作家になれるわけじゃないですよね。ある程度の才能が必要だし、運にも恵まれる必要があります。

どうやって天職をみつけるか？ それればかりはやってみなくちゃわかりません。好きな女性に巡り会うのと同じことです。この世界のどこかにきみにぴったりの素敵な女の子（１００パーセントの女の子）がいるはずなんだけど、きみがその子と巡り会えるかどうか、それは実際に生きてみないとわからないですよね。うまく巡り会えなくて、87パーセントの女の子と一緒になるかもしれない。でも87パーセントの女の子だってなかなか良いものですよ。人生とはそういうものです。実際にやってみなくちゃわからない。大事なのは勇気を持って前に進んでいくことです。１００パーセントを目指しつつ、87パーセントも悪くないかなと実感することです。わかるかな？

#316　2015/04/06
エロ×暗記＝限界です

▽資格試験の勉強をしていますが、暗記が苦手です。エロいことと結びつけて暗記したいのですが、エロいこと自体を思い浮かべるのに限界があります。

村上さん、無数のエロいことを教えてください。（分散ねこ、女性、30歳、会社員）

▼これはあくまで僕の個人的な意見にすぎませんが、どこかに行って性欲をわあっと発散させてこられた方がいいのではないでしょうか。それからせっせと暗記に励んだらいかがでしょう。エロと暗記を一緒にするのは、ほとんど不可能です。というかそういう思いつきからしてまともじゃないです。

昔こういうサイトをやっているときに「縞《シマ》クリ隊員」という若い女性がおられました。ときどきセックスをめちゃ「しまくりたい」と思われる方でした。それで僕が「縞クリ隊員」と名付けました。あなたも「縞クリ隊」に体験入隊なさった方がいいかもしれません。そのあと、頭がすっきりして勉強がはかどるかも。

#317 2015/04/06
落ち込んだ時のマントラ

▽今日もまた落ち込むことがありました。でも村上さんの小説に出会えただけでも、私の人生上出来！　と思って頑張ろうと思います。それでは。（カレーよりハンバーグ、女性、53歳、教員）

▼うん、生きていると、落ち込むことってなにかと多いですよね。僕だって、気楽そうに見えて、これでときどき落ち込んだりもします。人間関係みたいなことでがっかりさせられることもあります。でもまあ、よかったなあと思えることも少しはあります。そうですよね？「どんな雲の裏地も明るく輝いている（Every cloud has a silver lining）」というのが僕のマントラのひとつです。落ち込んだときには、できるだけ雲の裏側のことを考えましょう。「Look for the silver lining（銀色の裏地を探そうじゃないか）」とチェット・ベイカーもやさしく歌っています。

#318 自分に片想い 2015/04/07

▽村上さんは、自分のことが好きですか？

エッセイなどを拝読していましたら、村上さんは、自分大好きだと確信しているのですが。

僕は、自分のことを好きになろうとしているのですが、どうやら片想いの状態が続いているようです。どうしたら、自分のことを好きになれますか？（めっちゃ爽やか、男性、43歳、無職）

▼僕はとくに自分のことが好きなわけじゃありません。生身の人間としての僕には、いやなところ、足りないところがいっぱいあると思っています。ただ僕は自分（文章を書く自分ということです）をひとつのツールとして用いて、自分の奥の方にある意識の世界にアクセスしています。映画『ミクロの決死圏』みたいに（この映画は見ました？　面白いですよ）。僕はその自分の奥にある世界にとても興味を持っています。でもその意識の世界のあり方と、生身の僕という人間とは少し別のもので

す。もちろん繋がってはいるんだけど、ぴたりと重なりあうものではありません。
（結論）
僕は決して自分のことが好きではないけれど、とても興味は持っています。

#319 2015/04/07
芸術かエンターテインメントか

▽最近思うのですが、小説や音楽や舞踊や演劇はもちろんのこと、ありとあらゆることは、たとえばファッションも料理も車も建築も、「表現」で、ただ何かを表現するとき、表現者が目指すものが、芸術なのか、エンターテインメントなのか、あるいはその間なのか、という違いがあると思うんです。村上さんはいかがですか？（ときどきネコ、女性、55歳）

▼僕は自分の中にあるものを、できるだけありありと、生き生きと、正確に文章に移し替えたいと考えています。そのためには僕が使うことのできる、ありとあらゆる手法と道具と技術を動員します。そうしてできあがった作品がどのような名前で呼ばれるのか、僕には知りようもありませんし、とくに興味もありません。メイン・カルチャーだろうが、サブ・カルチャーだろうが、なんだってかまいません。好きなように呼んでいただ

いてけっこうです。まず形式があるのではなく、まず中身があります。なにより大事なのは、その中身作りに全力を傾注することであり、妥協をしないことです。形式にこだわりすぎると往々にして大事なものを見逃してしまいます。

#320 2015/04/07
言葉の怖さについて

▽私は最近「人間」がとても苦手になりました。仲良く話してくれている友達も実は裏でいろいろ良くないことを話していると噂《うわさ》を耳にしたり、Twitterであらゆる人を批判する友達の姿を見かけたり。

誰しもが表と裏の顔を持っていて、コントロールしながら生きているのでしょう。けれど、その結果、皆誰かを傷つけたり、自分自身が苦しんだり。何のために人って生きてるのかなあ、と考えるようになり、自分が「人間」であることがすごくイヤになり、そして周りにいる「人間」と接することもイヤになりました。

子供の頃は夢を持つことが大事だと言われて、自分らしさを尊重して、夢に向かって努力することが大事だと思っていたのに、大人になったとたんに夢よりも安定した生活を送ること、周りに迷惑をかけないように、あまり目立ちすぎないことが大事だと言われるようになり、ますます人間って何なのかわからなくなりました。

どうしたら人間が好きになれますか？　人間の良さとは一体なんですか？（ちょろりん村、女性、21歳、学生）

▼僕はこうして文章を書いて35年も生活していますが、身にしみて学んだのは「言葉って本当に怖い」ということです。ペンは剣よりも強いとよく言いますが、言葉は実際にナイフのように人を切り裂きます。だから僕は慎重に慎重をかさねて文章を書いています。こういうやりとりも、いい加減にほいほい書いているように見えるかもしれませんが、これでずいぶん神経をつかって書いているし、何日か寝かせて、用心に用心を重ねています。僕はなんといっても言葉のプロですから、失敗は許されません。

でも世間の多くの人は、言葉の怖さをよくわかっていないように見受けられます。そしてＳＮＳが発達したせいで、抜き身の刃物のような言葉が言説空間をひゅんひゅん飛び交っています。これは僕なんかから見ると（つまりプロの視点から見ると、ということですが）、ほんとうにとんでもないことです。あなたが傷ついたり、いやになったりする気持ちはよくわかります。そう感じるのがむしろ当然です。インターネットは便利なツールですが、僕らはなんだかとんでもないものを解き放ってしまったような気がすることもあります。

しかしいずれにせよもう後戻りはできないので、そのような状況にあわせて自分を護《まも》っていくしかありません。そういうツールとのあいだに、自分なりの「適正距離」を測っておくことが大事になります。うまく測ってください。

#321　2015/04/07
17歳の女の子だから

▽厚かましいですがコードネームをください！（砂糖菓子、女性、17歳、高校生）

▼17歳の女の子だから、とくべつに差し上げましょう。「わたし厚かましいたけ」です。気に入らないかもしれませんが、あきらめてください。道で僕にあったら「こんにちは。わたしが『わたし厚かましいたけ』です」と言ってください。すぐに仲良くなれます。

#322　2015/04/07
怒りたいときにも必死で耐えていますが

▽以前村上さんはエッセイで「女性は怒りたいことがあるから怒るのではなく、怒りたいときがあるから怒るのだ」と書かれておられましたよね。
全くその通りだと思い、主人に読ませたところ、「そうかもしれないが、だからとい

って正当化しないで欲しい」と言われました。

彼の言う事も正しいと思い、怒りたいときにも必死で耐えようとしている私に宜《よろ》しければひとことください。（真っ赤なロディー、女性、33歳、主婦）

▼ご主人にどう言われようと、怒るときにはきちんと怒った方がいいですよ。僕は思うんですが、女性にとっていちばんよくないのは、ストレスを溜《た》め込むことです。適時吐き出しましょう。正当化してオーケーです。女性として生きるのはなかなか大変ですよね。生理だとか排卵だとか出産だとかお化粧だとかむだ毛抜きだとか爪《つめ》の手入れだとかストッキングだとかブラジャーだとかハイヒールだとか外反母趾《がいはんぼし》だとか美容院の予約だとか肩こりだとか満員電車の痴漢だとか隣の親父の加齢臭だとか課長のハラスメントだとか。ときどき怒りを爆発させたくなる気持ちは、男性である僕にもなんとなく理解できます。派手にやってください。

#323 2015/04/07 ラブホ街のど真ん中に住んでいる猫の生態

▽ネコ好きの村上さんに是非聞いて欲しい話があります。僕は2年前に東京から大阪に転勤になり、訳あって現在、梅田のラブホ街のど真ん中のマンションに住んでいるので

すが、転勤して間もない頃、自宅の隣でネコが正常位でニャンニャン（古い表現ですかね？）しているところを目撃しました。僕はあまりネコの生態に詳しくないので「へ〜ネコも正常位でセックスするんだ。」程度の軽い感じでよく観察もせずに、帰宅したのですが、その事を妻に話したら、「私はネコを飼ってたけど、そんなの見たことも聞いたこともない！」と信じてもらえず大論争になりました。今でも事あるごとにこの話題になりますが結論は出ず、大阪のラブホ街に生息することによりセックスに対して独特の進化をとげたネコではないか？という仮説でお茶を濁しています。

村上さんは正常位でセックスするネコを見たことはありますか？　またはそういったセックスをするネコの話を聞いたことがありますか？（みつくりーな、男性、47歳）

▼僕はこれまで猫のセックスをずいぶん見てきましたし、猫の性行為については一家言ありますが（同性セックスも見ました）、正常位の行為はまだ一度も見たことがありません。ほんとですか？　すごいなあ。ひょっとして梅田だからでしょうか？　人の行為を見て学んだのでしょうか？「お、これもなかなかええやないか。おもろいな」みたいに。通天閣のあたりにいけば、裏道の隅っこあたりで、ひょっとして猫の緊縛セックスみたいのを見られるかもしれませんね。大阪はさすがに深いですねえ。更なる観察・報告が待たれるところです。

#324 2015/04/08 鑑別所の本棚にあった1冊

▽16歳の頃に鑑別所で『ノルウェイの森』を読んで以来ファンです。その後村上さんの小説やエッセイなどはほとんど読んだと思います。

村上さんの小説の登場人物が読んでいた本や村上さんがお好きな小説家の本なども読むようになり、今度はその本にでてきた小説を読んだりして、今では僕にとっては結構な数の本が家にあります。

それまで小説なんか1冊も読んだ事がなかったので、あの時たまたま鑑別所の本棚から手にとったのが村上さんの小説じゃなかったら、こうはならなかったんだろうなと思い不思議な気持ちになります。（ツーシーム、男性、32歳、建築業）

▼そうですか。鑑別所に『ノルウェイの森』があったんだ。ふうむ。いったい誰が置いたのでしょうね。出会いというのは不思議なものですね。「よくまあ、ああいうところでこういうものと出会ったものだな」ということは、僕にもちょくちょくあります。そしてそれによって人生がけっこう様相を変えたりもします。もしあれに出会わなかったら、あの人に巡り会わなかったら、僕の人生はいったいどうなっていたんだろう、と考え込んでしまいます。僕の小説があなたの人生の何かのお役に立てたのだとしたら、僕

にとってはずいぶん嬉しいことです。

#325 2015/04/08 シベリウスしか演奏しないオーケストラ

▽私は、学生のころからアマチュアでオーボエを吹いていて、作曲家の中ではシベリウスが大好きで、現在ではシベリウスしか演奏しないというオーケストラに所属しています。
　そこで質問なのですが、シベリウスの生家も訪問された村上さんは、シベリウスのどのあたりに魅力を感じていらっしゃるでしょうか？　シベリウスの魅力を村上さんに語っていただき、一人でもシベリウスファンが増えたら幸甚《こうじん》です。（p_monteux、男性、40歳、会社員）
▼シベリウスの魅力？　どういうところ、と言われてもなかなか一口では言えません。ただなんとなくシベリウスのシンフォニーを聴いていると気持ちが良いんです。どの曲が好きだとか、そういうのもあまり関係ないみたいですね。1番とか5番とかは比較的よく聴きますが、別に何番でもいい、みたいなところはあります。聴いていると、固有の風景みたいなものが目の前にさあっと浮かんできて、それを雄大な一幅の絵みたいに、

ただぼおっと眺めているみたいな。ただその響きを通過させているみたいな。ドイツ音楽だとつい何かしら考えてしまうんだけど、シベリウスって聴いていて「とくに何も考えなくていい」みたいなところがあります。僕だけの意見かもしれませんが。

　うちにはシベリウスの全集がいくつかあります。僕はコリン・デイヴィス指揮、ボストン交響楽団の演奏が昔からけっこう好きです。節度があって、押しつけがましくなくて、好感が持てます。あとはサイモン・ラトルとか、マゼールとか、バーンスタインとか、渡邉曉雄《わたなべあけお》（新旧）とか、ベルグルンドとか。

#326　2015/04/08　花蓮の町の「村上春宿」

▽台湾東部の花蓮《ホワリエン》という名前と海がきれいな街を電車で通った時、大きく「村上春宿」と書いてある看板を見かけました。
「村上春樹」は中国語で「ツンシャンチュンシュー」、「村上春宿」は「ツンシャンチュンスー」。発音がよく似てるので、ちょっとひねったパクリだろうとニヤニヤしながらも、おおかた変哲のないラブホテル兼用安宿だろうと決めつけていました。しかし、あとから、もしかしたら村上春おばあさんがきりもりする山菜料理自慢の宿かもしれない、

もしかしたら春限定村のはずれの離れのある落ち着いた宿かもしれない、と気になってしょうがなくなってきました。

まだ実際に行ってみる勇気がありません。

「村上春宿」がどんな宿だったら泊まってみたいですか？

もし民宿を経営するならどんな宿にしたいですか？（タイワンコアラ、男性、33歳、大学院生）

▼台北《タイペイ》には「村上春樹」というマンションがあるという話を聞きました。「お洒落《しゃれ》」な雰囲気を出すためのネーミングだそうです。
なんかよくわかりませんが。ラブホだと楽しそうですね。「ねえ、『村上春宿』に行こうよ。いいだろ？」「いやよ、まだだめ。『村上春宿』まではいけない。ほんとにエッチなんだから」みたいな会話が若い恋人たちのあいだで交わされていて。僕としても困ってしまいます。

#327　2015/04/09　原発NO!に疑問を持っています

▽早速ですが、村上さんは海外でのスピーチで原発反対を訴え、メディアもそれを伝え

ていました。ただ私自身は原発についてどう自分の中で消化してよいか未《いま》だにわかりません。親友を亡くしたり自分自身もけがをしたり他人にさせたりした車社会のほうが、身に迫る危険性でいえばよっぽどあります。（年間コンスタントに事故で5000人近くが亡くなっているわけですし）。文明と書かれたおもちゃ箱の様な物の中から、一つ原発を取り出して「これはNO！」と声高に叫ぶことが果たしてどこまでフェアなのかがよくわからないのです。もちろん原発なんてない方がいいとは思うのですが、世界を見渡せば増える傾向にしかないですし。原発反対＝正義のような図式も違うと思うし……。

この先スーパーエネルギーが発見されて、原発よりも超効率がいいけど超危険、なんてエネルギーが出たら、それは止《や》めてせめて原発にしようよなんて議論になりそうな、相対的な問題にしかどうしても思えないのですがどうでしょうか……。（アジアンタム、男性、38歳）

▼たしかに年間の交通事故死が約5000人というのは問題ですよね。それについてはなんとか方策を講じなくてはと、もちろん僕も思います（最近は年々減少しているようですが）。しかし福島の原発（核発電所）の事故によって、故郷の地を立ち退《の》かなくてはならなかった人々の数はおおよそ15万人です。桁《けた》が違います。それだけの数の人々が住んでいた土地から強制退去させられ、見知らぬ地に身を寄せて暮らしています。家族

がばらばらになってしまったケースも数多くあります。その心労によって命を落とされている方もたくさんおられます。自死されたかたも多数に及んでいます。その人々の故郷はいつ戻れるかもわからない土地として、打ち捨てられています。

もしあなたのご家族が突然の政府の通達で「明日から家を捨ててよそに移ってください」と言われたらどうしますか？　そのことを少し考えてみてください。原発（核発電所）を認めるか認めないかというのは、国家の基幹と人間性の尊厳に関わる包括的な問題なのです。基本的に単発性の交通事故とは少し話が違います。そして福島の悲劇は、核発電の再稼働《さいかどう》を止めなければ、またどこかで起こりかねない構造的な状況なのです。

効率っていったい何でしょう？　15万の人々の人生を踏みつけ、ないがしろにするような効率に、どのような意味があるのでしょうか？　それを「相対的な問題」として切り捨ててしまえるものでしょうか？　というのが僕の意見です。

それからちなみに、「年間の交通事故死者５０００人に比べれば、福島の事故なんてたいしたことないじゃないか」というのは政府や電力会社の息のかかった「御用学者」あるいは「御用文化人」の愛用する常套句《じょうとうく》です。比べるべきではないものを比べる数字のトリックであり、論理のすり替えです。僕は何度もそれを耳にしてきましたが、耳にするたびにいささか心がさびしくなります。

#328 2015/04/09
質問を送ろうと生徒に呼びかけたのに

▽僕は現在高校教師（国語）をしています。事あるごとに教室で春樹さんの話をしています。ついつい嬉《うれ》しくて、今回期間限定でウェブサイトが開設されたと生徒に話をしました。こんな機会はなかなかないからＬＨＲ（ロングホームルーム、学活みたいなものですね）で村上春樹さんに1人一つ質問を考えて送ってみよう！　と提案しました。ところが生徒は「村上春樹に迷惑掛けないで！」とか、「そんなこと想定してウェブサイト開設してないよ！」とか、「先生のプライベートに付き合わせるな！」などなどあまり乗り気ではありません。
　こういうのって迷惑でしょうか。仮に返事が来れば生徒の人生の財産になると思うのです。僕のプライベートを押し付けていることには変わりはありませんが、今回の貴重な貴重な機会を大切にしたいのです。（地層のように、男性、29歳、高校教師）
▼いいですよ。質問を受けるのがこのサイトの目的です。もし生徒さんたちが僕に何か質問をされたいのであれば、もちろん

歓迎します。でも「課題として」みたいになると、どうかなとは思います。ここはあくまで自由意志に基づいて成り立っている、開かれたサイトですので。「村上春樹に迷惑掛けないで！」と言ってくださる気持ちをとてもありがたく思います。なかなか健全なクラスみたいですね。みなさんによろしくお伝えください。

#329 2015/04/09 ロンドンで「ムラカミ」を語り合える歓び

▽ロンドン在住です。ガーディアン紙にこのサイトの事が記載されていて知りました。『遠い太鼓』に影響を受けて渡英して15年以上になります。以前ロンドンで講演をされた際に、当時発売されたばかりの『海辺のカフカ』（日本語版）にサインをいただきました。あの時も大勢のサインでお疲れだったと思うのですが、英国でも大人気なのは、日本人の私たちにとって、本当にありがたいことです。日本といえばスシ、フジヤマ……というイメージが、「ムラカミ」に変わり、一般的な日本人像がすごくクールになりました。

そして何より、日本語で読んだ物語を、各国の人と語り合えるのは嬉しいです。『ノルウェイの森』を読んだスウェーデン人の同僚は「私の気持ちをどうしてこんなにわかるんだろう！」と言っていました。私には読書家でマラソンも走ったことがあるイギリス人の夫と、20代のジャズピアニストの継息子がいて、どちらももちろんムラカミ作品ファンです。

こうした海外での人気も、村上春樹さん自ら英語の翻訳の手配をされ、疲れるサイン会なども開催されて、翻訳文学が少ないといわれる英語圏の市場を独力で開拓してこられたおかげなのですから、すごいことだと思います。

私自身も翻訳に携わっていて、ある賞をとって日本文学の英訳プロジェクトに関わりかけたのですが、いわゆる日本政府の「事業仕分け」でプロジェクトがなくなってしまいました。知り合った日本文学の海外エージェントも店じまいしてしまいました。

まだまだムラカミ作品以外は、海外展開に苦戦していると思うのですが、先駆者として、日本語の作品を海外に出して行く上でのアドバイスやご意見があればおきかせください。（Bluepines、女性、50歳）

▼最初に英語訳を出してから、欧米マーケットでブレークするまでに時間がかかりました。最初の十年くらいはけっこう大変でした。いろんなことがすらすらとうまく流れ出したのは2000年くらいからだったと思います。現地のエージェントや編集者たちや翻訳者たちと、時間をかけて良い関係を確立していくことも大事なんだなと実感しました。本を書くだけ書いて、「おまかせするからあとはよろしく」みたいな姿勢ではなか

なかものごとはうまく捗《はかど》りません。出版というのは心持ちが意味を持つ仕事ですから、人と人との繋がりが大事になります。海外にも、もう25年くらい一緒に仕事をしている、友だち同然の人たちがいます。彼らは僕にとっての大切な財産です。

でも結局のところ、読者と作者とのあいだの信頼感がいちばん大事です。この作家の次の作品が出たらとにかく買って読まなくちゃ（決して読んで損はしないだろう）、という気持ちを読者に持ってもらえること。次の本が出るのを待ってもらえること。いったんそういう直接的な繋がりが生まれれば、いろんなことがうまく流れ始めます。それは日本でも外国でも同じです。

#330　2015/04/09

読書量が少ないのでは、と焦る高校生より

▽村上さんの小説が大好きな高校生です。朝日新聞社から出ている村上さんへの質問メ

ールの本でいつも笑わせてもらっていたので、こうして本当に質問ができると思うと緊張します。ちゃんと一晩寝かせて送信したいと思います。

質問というのは読書の量についてです。

家にあった「パン屋再襲撃」が僕にとって最初の小説でした。そこから村上さんの小説やエッセイを読み漁《あさ》り、母の本棚からヴォネガットやロス・マクドナルドを少しずつ盗み出して（母も村上さんのファンです）今では自分の本棚にも沢山の本があります。村上さんの作品の他にはスタインベックやケストナー、坂口安吾の小説が好きです。

読書をしていくにつれ、出版社に勤め編集者としてよい本が世に出る手助けをしたいと思うようになりました。今はそのための学校での勉強やより多くの本を読むことに夢中です。

しかし最近、自分の読書量について焦《あせ》ることが増えてきました。周りのみんなよりは沢山の本を読んでいる自信はあります。でも出版社で働く、一冊の本を作るのに携わるにはもっとたくさん本を読まないといけないのではないかと思うのです。『カラマーゾフの兄弟』も『戦争と平和』も楽しく読めたけれど、村上さんが僕ぐらいの歳《とし》の頃には世界文学全集なんかもうとっくに読み終えて洋書まで読んでいたんだと考えると不安になり、そんな気持ちでは楽しめないと分かっていつつも焦って新しい本に手を出してしまいます。

村上さんは小説を書くことと読書量にはどのくらい関係があると思いますか？ また、編集者にはどのくらいの読書体験を求めますか？（玄関マット、男性、16歳、高校生）

▼まだ16歳なんだから、これからいくらでも本は読めます。今からそんなに焦ることはないと思いますよ。それに読書というのは、たくさん読んだから偉いというものではありません。読んだ本がどれくらい自分の「血肉」になっているかというのが、むしろ大事なんです。たとえば本の中に出てきた風景がどれくらい自分の中に残っているか？ 僕の中には本で読んだ風景がたくさん残っています。たとえばヘミングウェイの「二つの心臓の大きな川」でニックが魚釣りをする風景。チャンドラーの『ロング・グッドバイ』でマーロウが自宅の玄関まで長い階段を上っていくシーン。そんな風景が、僕の内部にある無数の引き出しの中にしまい込まれています。読んだ本の数よりは、あるいは蘊蓄《うんちく》みたいなものよりは、そういう心にかたちとしてしっかり残るものが、あとになって本当に役に立ちます。

ケストナーといえば、このあいだドレスデンでケストナー博物館に行ってきました。なかなか素敵なところだったですよ。ケストナーの家はわりに貧乏だったんだけど、近所にいる叔父さんがお金持ちで、よくその家に遊びに行っていたそうです。その叔父さんの家が、今では博物館になっています。ケストナーの本って、どれも出だしの文章がいいですよね。

#331 2015/04/09 ジョギング用に何を聴いていますか？

▽Mac派の春樹さんは、今はジョギングのお供に、iPodなどをご利用のことと思います。

私は、ジョギングするには、ウエイトが重すぎて、心臓発作を起こしかねないので、ウォーキングをしております。その際、iPod nano第7世代を活用しています。

そこで悩むのが、気が付けば、せっかくたっぷり音楽を入れているのに、ついつい、偏《かたよ》ったプレイリストばかり選んでしまうのです。春樹さんの紹介で聴き始めたレッド・ホット・チリ・ペッパーズとか、サカナクションとか、ゴスペルソングとか。

できれば、せっかく入れた曲を幅広く、聴きたいのですが、だからといって、全曲シャッフルにするというのも、また違う気がしますし。

そもそも、バラードでも何でもガンガンiPodに入れてるのが悪いんでしょうね。

春樹さんは、ジョギング用だと、今は、何を聴くことが多いでしょうか？ そして、偏ったものばかり聴きがちだな、と思われることは、あるのでしょうか？（みわぼー、女性、43歳、主婦）

▼僕はジョギング用にはジョギング用の、ドライブ用にはドライブ用の、旅行用には旅行用のiPodを用意しています。そうしないと、中身がうまく用途に合いませんので。ジョギング用にはアメリカン・ロックが多いです。やはりシンプルでノリの良いものが向いていますから。

僕はトリビュート・アルバムから抜粋してiPodに入れることが多いです。たとえばオリジナルのビーチ・ボーイズとかビートルズなんか、もう「耳だこ」になっていますよね。トリビュートものだとそういうことがないのでいいです。耳に新鮮です。あとはサントラもの。サントラものって、よく観るとレアなトラックがあって、けっこう面白いですよ。アメリカの場合、一枚1ドルか2ドルで中古屋で買ってきて、そこから抜粋します。中古のサントラCDってとにかく安いですから。だから僕のiPodってけっこう変なものがいっぱい入ってます。お聴かせできるといいのですが。

#332 2015/04/10

資産の運用はされていますか?

▽村上さんは現在何か、株や外国債券などの資産運用をしておられますか？

私は一部を株に投資しておりますが、デンと構えてほったらかしにできればいいのですが、日々スマホで株価をチェックしては一喜一憂しております。

想像するに村上さんは資産運用などというものにまったく興味はなく（むしろ軽蔑《けいべつ》さえしている？）、そのまま銀行の普通預金に置かれているかと思います。海外にいく機会も多いかと思われますので、一部は外貨預金にしていそうですね。

資産ポートフォリオはどんな感じでしょうか？　教えてください。まさか、株で大儲《おおもう》けで笑いが止まらないということは、なさそうですね。（みっちゃん、男性、48歳、会社員）

▼個人的にはあまりお金の話ってしたくないんですが、ざっくり申し上げまして、僕は資産運用みたいなことにはとことん無関心です。株にも国債にも、まったく知識も興味もありません。自分の年収がいくらなのかも知りません。ほんとに。鍋焼《なべや》きうどんが食べられて、中古レコードがある程度買えれば、僕としてはオーケーです。

僕が敬愛する作家、スコット・フィッツジェラルドは、１９２０年代の大好況時代にお金をいっぱい稼いだにもかかわらず、奥さんのゼルダと二人でさんざん遊びまくって、お金を使うのに忙しくて、資産運用なんて「なんのこっちゃ？」でした。だから１９２９年の大恐慌《だいきょうこう》でも、他の大多数のアメリカ人と違って、まったく被害はこうむりませんでした。そのかわり貯蓄もほとんどなかった。しかしなにはともあれ、彼がその44年間の人生において、株の上下に一喜一憂しなかったことも確かです。「小説馬鹿《ばか》一代」というか、そういう人生ってなかなかすがすがしいかも。

#333 2015/04/10 「猫男」が増えている?

▽私は猫が好きです。けれど、猫みたいな男の人はどうも好きになれません。何かあると「にゃあ」とか言ってごまかすところが、なんとも頭にきます。「猫好き男」ならまだしも「猫男」には、ほとほとうんざりしています。この「猫男」が増殖したのは村上さんにも責任があると思いますが、どうお考えでしょうか？（ko-noha、女性、24歳）

▼僕はたしかに猫好きですし、猫的な性向をある程度有してはいますが、「猫みたいな男」を増殖させた覚えはありません。それは言いがかりというか、無実の罪です。しかしほんとにそんな人が増えているんですか？ ぜんぜん知りませんでした。あなたがとくにそういう男性を、個人的にまわりに引き寄せているのではないのでしょうか。にゃあ。

#334 2015/04/10 主人公の生き方は、受動的なのか主体的なのか

▽兵庫県の日本海側の山寺で住職をしているドイツ人です。先生の長編小説を何冊か拝読して、そのなかには極めて受動的に生きている主人公が多いというふうに見受けられました。本に向かって思わず、「もっとしっかりせよ」「オマエ、何がしたいのか」「自分の意思がないのか」と声をあげたくなることもしばしばありました。主体的に行動しているというよりも、周りの働きかけによって動かされている彼らは、典型的な草食系日本男子と思いました。草食系は仏教にも通ずるあり方だと私は思っています。なんにせよ、「【私】というものはない」というのが仏教の大前提です。私たちがふだん【私】と思っているものは、ありとあらゆる要素に形成されているまぼろしに過ぎません。そういう意味では、【私】にあまり固執していない先生の小説の主人公たちは仏教的な世界観を生きている気もいたします。

しかし仏教では「自分のよりどころは自分のみ」とも言います。【私】を否定していながら、主体性を重要だと考えているのも仏教です。先生の小説の中では、主人公を囲んでいる脇役《わきやく》のなかに主体的に生きようとする人物もありますが、主人公自身にはそういう主体性を感じないのはなぜでしょうか。

先生の小説の主人公たちが読者に、

「人生って、そんなにがんばらなくてもよい。あるいはこういう受動的な生き方もあるよ。世界じゅうの人々が【私】を手放して、より草食的な生き方をすれば世界はもっと平和になる。たぶん」

と呼びかけているのでしょうか。あるいは逆に、

「世の中には右や左に流されて生きている人であふれているが、彼らは一体何をよりどころとしようとしているのか」

という問題提起をしようとしているのでしょうか。

先生ご自身は主体性について、どうお考えでいらっしゃいますか。また自由意志（あるか、ないか）について、お考えをお持ちでしょうか。

それとも、先生はご自身の作品についてはそんなことは一切考えず、大いなるインスピレーションのもとで書かされるままに、主人公たちと同じくらい受動的な姿勢で、内なる声に耳を傾けながらお書きになっているのでしょうか。

長々とすみません。先生の小説を小難しく考えすぎているのは私だけでしょうか。

（ネルケ無方、男性、46歳、僧侶）

▼欧米の読者というか、批評家の中には僕の主人公たちが受動的であると見なす人が少なくありません。でもそれはいささか一面的な見方ではないかと僕は常々考えています。

僕は彼らが受動的であると考えたことはほとんどありません。僕の小説の主人公たちの多くは、世界の流れを「既にそこに生じたもの」として観察し、捉《とら》え、その展開の中に自分たちを有効に組み込ませようと、静かに（そしてむしろ主体的に）努めているのです。世界は僕らの意志を無視した――あるいはないものと仮定した――決定で満ちています。たとえば極端な例ではありますが、世界貿易センタービルの事件や、福島原発の災害がもたらした圧倒的なまでの状況に対して、そこに生じた現実認識の激しい落差に対して、人がそれぞれ自分の生き方や世界観を調整し、作り替えていくことを、はたして「受動的」な態度と呼んで片付けてしまってよいものでしょうか？　それが「草食男子」的な行為なのでしょうか？　世界はますますその流動性を増しています（ますます「無常」化しつつあると言うべきでしょうか）。価値は日々多様化し、テクノロジーが僕らを簡単に追い越していきます。僕ら一人ひとりが、そのような世界の流動に合わせて、自分を刻一刻変更させていくことを余儀なくされています。それは決して安易な作業ではありません。僕らはそのような難儀な作業をするにあたって、なんらかの新しい枠組みを必要とし、新しいロールモデルを求めています。僕が物語を通して目指しているのは、そのような枠組みやロールモデルを、僕なりに及ばずながらこしらえていくことなのです。それを「受動的」と呼ばれると、僭越《せんえつ》かもしれませんが、少し首をひねりたくなります。

主体性vs.制度、悟性vs.神意、あるいはロジックvs.カオスといった西欧的図式こそが、現在（それこそ）いくぶんの見直しを求められているのではないかと、現今の世界情勢を見ながら、僕なりに愚考しているのですが。

#335　2015/04/11　口が達者な人は苦手です

▽村上さんは口が達者な人は好きですか？　僕は苦手です。愉快な人であればいいですが、評論家や学者、タレントの中にはおしゃべりが得意で、相手を黙らせようとしたり、屁理屈《へりくつ》をこねる人っていますよね？　すぐキレる人もいます。そういう人って、よく学校で「何で勉強しなきゃいけないんだ」「教師はそんなに偉いのか」という生徒と似ていると思います。そういえば中学時代に、言うことを聞かないと凄《すご》い剣幕で怒る部長がいたことを思いだしました。それはともかく、論破が得意なことが頭の良さだとは思いたくありません。（皮膚がベラベラ、男性、28歳）

▼そうですね。僕もそういう人たちは苦手です。でもよくいるんですよね。僕もあなたと同じで「論破が得意なことが頭の良さだ」とは思いたくありません。それはただの技術です。でもそういう技術が今の世の中ではずいぶんもてはやされているようです。なんかいやですね。

#336 2015/04/12 妻が乳首をさわってくる

▽妻が乳首をさわってきます。
どうすればいいでしょうか？（直輝、男性、26歳）

▼うーん、しかしいろんな質問が来ますね。それはさわりかえすしかないんじゃないですか。大きさが違うかもしれませんが。まあ、仲良くやってください。

#337 2015/04/12 娘が不登校に

▽高校一年の娘が「学校が大嫌い」の一言から不登校になってしまいました。心を休ま

せてあげたい反面、私の心がやすめなくなって身体から毎日涙が流れています。涙を止める方法を教えて下さい。（はなぺちゃこ、女性、45歳、パート）

▼もし勉強をすることがいやでないのなら、学校に通わなくても、自分で勉強をして、大学に進めるような道を探してあげてください。そういう方法は必ずあります。前向きにものを考えましょう。

学校を拒否するのは敗北ではありません。ただの宣言です。その力を良い方向に向けなくては。お母さんが泣いていては話が前に進まないでしょう。

#338　2015/04/13　悩める教員2年目です

▽教員になって2年目です。村上さんは教育って何だと思いますか。子供と毎日接してますが、僕にはさっぱり分かりません。先輩教員に聞くと「持っている力を伸ばす」とか「心を育てる」とか、それっぽいけど、どこか胡散臭《うさんくさ》い言葉が返ってきます。村上さんはどう思いますか？（たろたろたろう、男性、25歳、小学校教員）

▼僕は最近の教育現場のことって、まったく知りませんので、その質問にはうまく答えられそうにありません。僕の子供時代とはずいぶん状況が違っているでしょうしね。

ただ小説家としてひとこと言わせていただけるなら、いろんな読者が僕の本のいろんな断片を切り取って、大事に覚えていてくださっています。その多くは、僕が書いたことさえ覚えていないことだったりします。僕が言いたいのは、子供たちは先生のことをよく見ているし、その言動を自分たちなりに切り取って覚えていくであろうということです。教育というのは、あなたが子供たちに与えるだけではなく、あなたがあなた自身に与えるものでもあります。責任は大きいですよ。僕が小説を書くのと同じように、あなたもあなた自身を作っていかなくてはならない。どこから切り取られてもいいような先生になってください。

#339 2015/04/13 ライバルについて

▽19歳の時に図書館で村上さんの本に出会って以来、ずっと大好きです。
22歳の時に村上さんにメールのお返事を頂きました。「ライバル」についてです。

人との競争心があまりないという私に「ライバルは過去の自分自身」という言葉を頂き、そのときは実感としてよくわからなかったのですが、いまはなるほど！と思います。

年を重ねるごとに、重みが出てくる言葉かもしれませんね。これからも、たまに思い出して生きていこうと思います。
ありがとうございました。（sleep、女性、38歳、主婦）

▼うん、僕にとっても今でも、僕の最大のライバルは過去の僕自身です。大事なのは、過去の自分を乗り越えていくことです。かつての自分を更新し、ヴァージョン・アップしていくことです。いつも「自分に負けたらおしまいだ」と思っています。他人のことなんか気にしないで、自分をしっかりと見つめていくことが大事ですよ。自分にきっちり勝つことができれば、他人にも勝てます。というか、勝ち負けなんてほとんど気にならなくなります。実はそれがいちばん大事なことなんです。

#340 2015/04/13 パティ・スミスに会って

▽おそらくパンクロックはほとんど聴いてこなかったと思われる村上さんが、パンクの女王パティ・スミスから「あなたが生きていてうれしい」と言われ、歌まで贈られてどう思いましたか？（匿名希望、男性、52歳）

▼実を言いますと、僕は彼女がパンク・ロックの人だとはぜんぜん知らなかったんです。僕は何がパンクで、何がパンクじゃないか、みたいなことはあまり考えずに音楽を聴い

てきました。グランジだとか、ユーロなんとかだとか、ヘビメタだとか、そういうものの定義もよくわかりません。でもジャンルとは関係なく、いくつかの彼女の曲は昔から聴いていました。彼女がブルース・スプリングスティーンとつくった「Because the Night」は素敵な曲ですよね。このあいだWOWOWで「ブルース・スプリングスティーン・トリビュート」を見ていたら、彼女がこの曲を歌っていました。素晴らしい歌唱でした。

　昨年ベルリンで彼女と会ったとき、息子さんの話をしてくれました。ご主人のフレッド・スミス（MC5）が生きているあいだ、息子さんは父親に反抗して、一切音楽に興味を持たなかったそうです。でもスミスさんが急死したとき、彼はずっと何日も口をきかずに沈み込んでいて、それから急にギターを手に取り、数週間部屋に閉じこもって、その楽器を独学で完全にマスターしてしまった。そのとき13歳くらいだったそうです。「今ではまさにギターのヴィルトゥオーソになっているわ」と彼女は言っていました。なかなかすごい一家みたいですね。

#341　2015/04/14　「私のこと好き?」「そうでもない」

▽主人とは学生時代に知り合いました。主人はハッキリ言ってイケメンでもなく、いい会社に勤めている訳ではありませんが、当時、他のどの男性よりも私の事を好きだと言ってくれる男性でした。

女性は愛される方が幸せになれると聞いたことがあるので、私は主人と結婚しました。7年経《た》った今、仲は悪くはないのですが、全く「好き」といってくれなくなりました。

「私のこと好き?」と聞くと「そうでもない」と返ってきます。

好き好き言ってくれるから結婚したのに。騙《だま》された気分です。

どうしたら、昔の主人に戻ってくれるでしょうか。(あらり、女性、38歳、パート主婦)

▼「そうでもない」というのはなかなか味わい深い回答ですね。結婚して七年経って、そのあいだに結婚生活について、何かと見直しのようなものがあったのでしょうね。どういう見直しであったのか、ぐいぐいと追及なさっても面白いかもしれませんが、追及しないでそのまま適当に放っておいてもいいような気

もします。「それほどでもない」というレベルでぼちぼちやっていくのも、一つの人生のあり方かもしれません。愛情75パーセントくらいでまあいいんじゃないですか？　100パーセントはけっこう疲れます。「そうでもない」というのはたぶん、「多少の経年劣化はあったけど、ま、これくらいでいいんじゃない」みたいなご主人の正直な意思表示ではないかと、僕は推測しますが。

#342 2015/04/14 ラノベ好きが理由でいじめにあっています

▽私は、アニメやいわゆるライトノベル（ラノベ）が大好きです。

そのせいか、学校でよくいじめにあいます。アニメやラノベが好きなのはいけないことなんでしょうか？（Vitamin、女性、14歳、中学生）

▼よくわからないな。アニメやラノベが好きだとどうして学校でいじめにあうんだろう？　僕にはちょっと想像がつかないことです。べつに誰に迷惑をかけるわけでもないのにね。今度はもう少し詳しく事情を説明してくださいね。僕は最近の若者世界のことにはあまり詳しくないので、何のことだかさっぱり理解できないんです。

僕は14歳の頃、フランツ・カフカに夢中になっていたけど、誰にもいじめられませんでしたよ。きみもためしにカフカを読んでみれば？

#343　2015/04/14　プロレスが好き過ぎる女子高生

▽私は高校一年生で、どうしようもなく、プロレスが好きです。リングで戦っている選手達を見ると心が燃え上がります。「燃える闘魂」は観客にも伝染するんですよ。好きなことを仕事にしたいと思うのですが、私ではプロレスラーになれないと思います。筋トレをしても筋肉は増えないし、食べても太れないし。ビジュアル的にも色が白くて、とても強そうには見えません。

　プロレス団体へ履歴書を送って、社員としてでも……とも考えましたが、女性は採用枠が少ないので希望は薄いんです。

　将来のことを考えると吐きそうです。好きなことを仕事にすることは出来ないんでしょうか？（あまりん、女性、16歳、高校生）

▼本当にプロレス関係の仕事をしたいのなら、履歴書なんて送らないで、直接押しかけていって、「お願いです。雇ってください。なんでもします。お給料もそんなにいりません。一生懸命働きます」と必死に頼み込めばいいです。それくらいやらなくちゃ。

「採用枠が少ないので希望は薄いんです」なんて気弱なことを言ってちゃだめでしょう。燃える闘魂ですよ。

#344 2015/04/14
妻にJazzを受け入れてもらうには

▽Jazzの苦手な妻にどんなプレゼンテーションをしたら、Jazzを受け入れてもらえるでしょうか？（隙あらばJazz男、男性、36歳、事務長）

▼これはあくまで僕の個人的な意見ですが、あなたには夫婦生活の厳しさというものがまだよくわかっていないみたいですね。そんなプレゼンテーションが、妻に都合良くすらりと受け入れてもらえるわけがないじゃないですか。人生というのはおおむね孤独なものです。孤独にジャズを聴いてください。ジャズとはそういうものです。身にしみますよ。

#345 2015/04/14
結婚の決め手は何でしょうか?

▽25年間生きてきて、やっと心から好きだと思える人ができました。その人と出来ればずっと一緒にいたいなぁと思っています。そこで作品の中でいろんな男女の愛のかたちを描いている村上さんに質問です。

結婚の決め手はなんだと思いますか?（あると、女性、25歳、カウンセラー）

▼僕の考える結婚の基準ですか? とても単純です。「この人と一緒にいたらぜったいに退屈しないだろうな」と思えることです。どんなに素敵な人でも、どれほどいろんな条件が揃《そろ》った人でも、「退屈だな」と感じたら、まずやっていけません。退屈なのってきついですよ。これはもちろん僕の個人的な見解に過ぎませんし、異論もあるとは思いますが。

#346 2015/04/15
愚鈍な高校男子にウンザリ!

▽はじめまして。大学時代に『ノルウェイの森』を読んで以来のファンで、多分、村上

さんが嫌っている職業の者（高校教師）です。自ら選んだ道なので闘っていくしかないのですが、人の痛みに鈍感な男子が年々増え、うんざりしています（不思議なことに、女子はそんなことありません）。判断基準が自己中心的で、注意しても聞き流し……。だから世界に戦争が絶えないんだ！　とか思ってしまいます。本当に強い人は本当に優しい人、と愚かな男子達にわからせるにはどうしたらいいのでしょうか？（めじろ、女性、45歳、教師）

▼いや、僕は先生のことをいやがっているわけじゃないですよ。どうも学校にもうひとつ馴染《なじ》めなかったと言っているだけです。なにしろうるさい規則が多すぎて、うっとうしかった。それから先生にもいろんな先生がいて、中にはけっこう問題のある人もいたなあ、ということです（いますよね？）。決して十把《じっぱ》一絡《ひとから》げにして嫌っているわけではありません。中にはきちんとまともな先生もおられました。お仕事がんばってください。僕もちょっとだけですが先生をやってみて、大変さがよくわかりました。

　その年代の男って、だいたい馬鹿なんです。猿とそんなに変わりません。まったくおっしゃるとおりです。女の子の方がずっと道理がわかっています。でもまあ、年を重ねるにつれて、男たちも少しずつ知恵をつけていきます（もちろんそのままのやつもたくさんいますが）。「こいつらはまだ進化の途上なんだ」と思って、できるだけあたたかく見守ってやってください。

#347　2015/04/15
笑えないダジャレにはワケがある

▽私と夫は同じ職場で仕事をしています。この年になっても、失敗したり、お客様に怒られたりして、凹《へこ》む日もあります。
私が真剣に夫に悩みを相談すると、夫はいつもくだらないダジャレを言ってきます。しかも、能天気な顔で！　こっちはまじめに話しているのに、まったく笑えないダジャレを言うので、本当に腹が立ちます。

でも、最近、そのダジャレを聞いて、なんだか悩んでいる自分が馬鹿らしく思えてきました。

これまで、夫はしょーもないことばっかり言うヤツだと思っていたのですが、実はこれはかなり高度な慰め方のテクニックなのでしょうか。

何となく、村上さんならわかるような気がして。（猪突猛進系、女性、43歳、会社員）

▼そういえば河合隼雄先生もしょっちゅうだじゃれを言っておられる方でした。高尚な冗談とかじゃなくて、まったくくだらないだじゃれなんです。おかしいのもあったけど、まったくおかしくなくて、あまりにもおかしくなくて笑ってしまうものもありました。でも何度かお目にかかるうちに、河合先生にとっては、そういう無意味なだじゃれを口

にすることがとても大事なんだということが、だんだんわかってきました。空気抜きというか。そしてそれはできるだけくだらない、無意味なだじゃれじゃなくてはならなかったんです。そうすることによって、場を宥《なだ》めていくというか、すっと肩の力を抜いていくというか、状況のとんがった整合性をちゃらにしていくというか。

たぶんおたくのご主人も、そのへんのことをなんとなくわかっておられるのではないでしょうか。お話をうかがっていると、そういう気がしますが。意外に深い方かもしれませんよ。

#348 2015/04/15 浮気してないと満たされない女子大生

▽私は都内の私立大学に通う四年生です。周りの友人は浮気をする人ばかりで、私もそうです。
私が何故浮気をするかというと、①単にその人がどんなＳＥＸをするのか知りたい。②真面目《まじめ》で浮気に対して否定的な人をその気にさせ、結局はみんなするんじゃん！ と納得するのがゲームをクリアするようで面白いからです。

付き合っている彼氏以外の人に好きという感情を持つことはなく、彼氏に対して罪悪感も感じません。なので私は心は他人に行ってないから浮気していない、つまり、身体の関係は浮気じゃない、という勝手な浮気への定義を作り自分自身を肯定しています。村上さんは浮気についてどうお考えですか？　また、私はどうすれば充実感を得られるのでしょう。

結婚したら浮気は犯罪になりますしね、やめなきゃとは思っています。（ラスク、女性、22歳、学生）

▼なかなかラディカルな人生を送っておられるようです。まわりの人もみんなそうやって浮気をして生きているんだ。すごい環境だなと、僕なんかはただ素直に感心してしまいます。個人的なことを言えば、僕は基本的に、あちこちに手を出すというつきあい方は好きじゃなくて（人見知りするということもあるんですが）、決まった相手とゆっくり長くつきあうのが好きです。だからあなたのような生き方とは相容《あいい》れないかもしれません。もちろんあなたの人生なんだから、好きなようにすればいいわけなんですが、もうちょっと落ち着いたら、とかは思いますよね。

単にその人がどんなSEXをするのか知りたいから浮気をするんだ、とおっしゃいますが、セックスってそんなに人によって変わるものなのかなあ。僕の視点からいえばですが、多少の差こそあれ、やることとって結局はだいたい同じじゃないですか？　人に対する好奇心というのは、もう少し別の側面に求められた方が有益なんじゃないかと、

（常識的な）僕はつい思ってしまいますが。

#349 2015/04/16
教師のジレンマ

▽わたしは中学校の教師をしています。毎年数回ですが「国語の問題で、作者の言いたかった事は何ですかってあるけど、何で作者じゃない先生に答えが分かるんですか？」と生徒に聞かれます。わたしは教科書通りの説明をして、それでも納得のいかない生徒がいたら「一般的にはそうだと考えるのが適当だからだよ」と誤魔化してしまい、そしてそれに対して、いつも罪悪感を感じてしまいます。

「作者は何を意図してこの段落を書いたのでしょうか？」とか、「○○が△△だと思ったのはなぜでしょうか？」とか、そんなの本当はわたしにも分からないのです。

おいしいコーヒーをいただいているときに、そのコーヒーがなぜおいしいのかの説明は無い方がコーヒーの味を楽しめるように思うのです。

村上さんの本を読んでいても、同じ感覚に陥る事がしばしばあります。「なぜかそうしなくてはならないと思った」というような表現に説明はいらないと思うのです。説明がないから面白いと感じるように思うのです。でも、職業上、問題があるのならそれに対しての答えを示し、更には説明する必要があるのです。ですので、どうにかして自分の中で折り合いのようなものを付けたいのです。

村上さんは執筆された作品の言葉の端々に、やはり何かしらの意図を持っていらっしゃったり、伝えたい事柄を含ませていらっしゃるのですか？　それとも、おいしいコーヒーを淹《い》れるように、文章や言葉の美しさを重視していらっしゃるのですか？　何でも結構です。どんな感覚なのかを教えてくださいませんでしょうか？（げいじょ、男性、38歳、教師）

▼百人の読者がいれば、そこには百の解釈があります。どれが「正解」と決める根拠はどこにもありません。でもそんなことを言い出したら、先生は困ってしまいますよね。試験の採点のしようもありませんし。

僕が大学で教えるときは、みんなでひとつの小説を読み、そこからいくつかのポイントをとりあげ（そのポイントは僕が選びます）、それについて学生一人ひとりにそれぞれの解釈をしてもらい、それをみんなで「ああでもない、こうでもない」と時間をかけて討論することにしています。実にいろんな意見が出てきます。それについてみんなで語り合っているうちに、だんだん「落としどころ」みたいなものが見えてきます。僕は

あまりわきに逸《そ》れないように、流れを自然に誘導していくだけです。これはなかなか面白いプロセスですよ。もちろんみんなが積極的に発言しないと成立しないわけだけど、僕の持ったクラスはみんなにぎやかだったから楽しかったです。

自分の小説をテキストにして教えたことはありません。恥ずかしいし、説明するのはかなり面倒くさそうだから。

#350 2015/04/17 翻訳は時代とともに更新されるべきなのか

▽数年前、大学の学園祭に柴田元幸さんがいらっしゃいました（『サリンジャー戦記』にサインを頂きました）。
その際も質問したのですが、翻訳のアップデートの意義とは何なのでしょうか。

例えば、古い訳語の更新とするならば、同時に本編の方のアップデートも必要になるのでは、と思います。しかし、例えば夏目漱石の純粋なアップデートって無いですよね。新たな翻訳を重ねたアップデート版で文学的な価値は変わるものなのでしょうか。

柴田さんは、原理的に確実な間違いのない翻訳は無いのだから、と答えていた様に思います。

村上さんが翻訳する際に気をつけることは何でしょうか。そして、その際は定訳となっている日本語版は気にかけますか。(jiro_hisa、男性、26歳)

▼オリジナル・テキストのアップデートは不要です。それは時代性を含んで成立しているものですから。言葉が古くなっても、表現が古くなっても、事情がかわっても、人の考え方が変わっても、それは普遍のオリジナルとして、永遠の定点として存在します。それが芸術というものです。

しかし翻訳は時代とともに更新されていく必要があります。なぜなら翻訳は芸術ではないからです。それは技術であり、芸術を運ぶためのヴィークル＝乗り物です。乗り物はより効率的で、よりわかりやすく、より時代の要請に添ったものでなくてはなりません。たとえば古い言葉は更新されなくてはなりませんし、表現はより理解しやすいものに変更されなくてはなりません。それから、以前にはわかりにくかった様々な情報が、今ではわかるようになったということもあります。

例をひとつあげますと、フィッツジェラルドの某長編小説の旧訳に「フランス大旅行団」という言葉が出てきました。目の前を「フランス大旅行団」が通り過ぎていく。僕はこの「フランス大旅行団」が何のことだかわからなくて原文をあたってみたのですが、なんとこれが「Tour de France」なんですね。ツール・ド・フランス、もちろん自転車レースです。ツール・ド・フランスの車列が目の前を通り過ぎていったのです。この翻訳がなされた当時の日本では、ツール・ド・フランスが何かを知る人はあまりいなかったのでしょう。だから翻訳者は適当に想像して「フランス大旅行団」と訳してしまった。今ならまずあり得ない間違いです。

チャンドラーの古い訳書に、グレープフルーツを「アメリカざぼん」、ブラジャーを「乳バンド」と訳しているものもありました。これはいくらなんでも更新しないとまずいですよね。そういうことが他にもたくさんあります。

優れたオリジナル作品は古びませんが、翻訳は古びます。どんな翻訳だって、多かれ少なかれ古びます。僕の翻訳だっていつか古びます。翻訳は原理的に更新されることが必要なのです。

#351　2015/04/17
村上さんが落ち込んだ時に救われたものは？

▽『ノルウェイの森』がベストセラーになり、色々嫌なことがあって落ち込んだ時に、なにか救われたものはありますか？

小説や音楽、絵画や映画でしょうか？　それとも人なのでしょうか？

立ち直る助けになったものがあれば教えて下さい。（みみず、男性、28歳）

▼時間がいちばん大きいですね。時間はいろんなことを解決してくれます。ゆっくりと、でも確実に。その時間が過ぎていくあいだ、僕は本を読み、走り、音楽を聴き、旅行していました。だいたいはローマに住んでいました。日本から遠く離れていることもよかったかもしれません。ローマなる古城のほとり、雲白くパスタ悲しむ……というのは前にも一度書きましたね。一度でじゅうぶんですね。

#352　2015/04/17
「文体づくり」を教える国語教師より

▽高校で国語の教員をしています。村上さんは、文体が大事だということをいろいろな

ところでおっしゃっていて、僕もほんとうにそうだなと思い、生徒たちと「文体づくり」をしていけたらと考えています。とはいえ、どうしたら自分の文体をつくっていけるのか、よくわかっていません。やはり、村上さんのように翻訳をやっていくことが必要なのでしょうか。アドバイスをいただければ幸いです。（チェーホフの机、男性、51歳）

▼文体は人の生き方と同じですから、急に「文体をつくりなさい」と言われてつくれるものではありません。経験を積み、知識を蓄積し、試行錯誤を経て、初めて身につくものです。でもとっかかりみたいなものは必要ですよね。まず「誰かの真似《まね》をする」ところから始められると良いと思います。もちろん真似といっても、そのままそっくりなぞるのではなく、自分の好きな文章を書く作家からヒントみたいなものをもらって、「それ風に」書くわけです。でもそういうのって、他人の服を着ているのと同じですから、どうも細かいところが身体に合いません。そういうところをちょっとずつ調整していくと、やがて自分の文体みたいなものが見えてくるはずです。だいたいの人がそうしていると思いますよ。プロの作家だって、最初は模倣から出発している人が大半のはずです。

#353　2015/04/17
物語のインスピレーション

▽何らかのインスピレーションを得て「こういうものを書こう」と決めた後に、物語のディテールについての取材をしていて、インスピレーションが色褪《いろあ》せてしまったり、当初のアイデアが変わってしまうことはありますか？（火星の冬、女性、36歳）

▼インスピレーションというようなものは、僕の場合あまりありません。ただ出だしのシーンが頭の中に鮮明に浮かんできて、それがするすると延びていくだけです。物語のディテールについて取材をすることもありません。ディテールはだいたい自分の力で満たしていきます。取材や調査をしていると、スピードが鈍るから。物語の本来的なスピードをできるだけ殺さないこと、その力を削《そ》がないこと、それが大事になります。ディテールはあとから書き直せばいいわけですから。

たとえば『ねじまき鳥クロニクル』であれば、主人公が昼ご飯のためにスパゲティーを茹《ゆ》でているときに、電話のベルが鳴ります。そのシーンだけがまず頭の中にあります。電話は誰からかかってきたのだろう？　スパゲティーはどうなるのだろう？　そこから話が始まります。そういう鮮やかなファーストシーンがひとつあれば、それでオーケーなのです。とても平凡な情景です。これはインスピレーションとも呼べませんよね。

ところで僕が『ねじまき鳥クロニクル』を発表したとき、ある批評家に「リアルさを欠いた小説だ。日本の男は昼食に一人でスパゲティーをつくったりはしない」といった批判を受けました。へえ、とびっくりしたことを覚えています。僕は昼ご飯によくスパゲティーをつくっていたんだけど。ぶつぶつ。

#354　2015/04/18
大ファンなので会わずにいたい人は？

▽私は村上春樹さんの大、大、大ファンです。全《すべ》ての出版物を持っており、何度も何度も読み返しています。

また、私はサザンオールスターズの大、大、大ファンでもあり、全てのCDを持っており、何度も何度も聴いています。

大ファンですが、村上さんにも桑田さんにも会いたいとは思いません。なぜなら、大ファン過ぎて会っても緊張して何を話せば良いか分からなくなり、困らせるだけだと想像が出来るからです。

村上さんにもそんな風に会うと緊張するので会わずにいたいと思うほどの人はいますか？（小樽の女、女性、40歳、会社員）

▼僕はビーチ・ボーイズの昔からのファンなんですが、一度来日したブライアン・ウィルソンと会って、握手をしたことがあります。そのときは「Pleased to meet you. I am a great admirer of your work.」みたいなことを言っただけでした。なんか馬鹿《ばか》みたいだよな、と自分でも思いましたが、他に言いようもないんですよね。気持ちはよくわかります。
　いつも僕の本を読んでくださってありがとうございます。

#355　2015/04/18　占い師なのに語彙が少なくて

▽私は占い師なのですが、どうも語彙《ごい》が少ないようで、お客さんのほうで言い得て妙な例えを挙げてくれることもしばしばです。そんな時は、おっしゃる通り！　とかわし、何気に話を先に進めますが、心の中は穏やかではありません。
ノーベル文学賞候補の村上さんにお聞きするのも僭越《せんえつ》なのですが、村上さんは語彙を増やすために何か特殊なトレーニングを積まれたことはありますか？

　キャッチーで適切な言葉を瞬時に出すにはどうすればよいのでしょうか。（マハロ、女性、51歳、占い師）

▼占い師をなさっているんだ。面白そうなお仕事です。語彙、少なくていいと思いますよ。あまりぺらぺら流暢《りゅうちょう》にしゃべる占い師って、もうひとつ信用できません。訥々《とつとつ》と語り、それをクライアントが助けてあげるというくらいでちょうど良いのではないでしょうか。気にすることはありません。今のままでやっていってください。

#356 2015/04/19
もし音楽の歴史を変えられるなら

▽もし、タイムスリップして音楽の歴史を変えることができるとしたら、どんなことをしてみますか。

たとえば、１９５９年2月のアイオワ州にタイムスリップしてバディ・ホリーとリッチー・ヴァレンスに「その飛行機に乗ってはいけない」とアドバイスして全力で搭乗を阻止してみる。１９６６年7月のニューヨーク州にいるボブ・ディランのオートバイを

盗んで乗れないようにしてみる。みたいな。（ハルヲ、男性、50歳、レコード会社勤務）

▼あまり歴史を変えると、タイムコップが飛んできますよ。そして木星植民地の重罪刑務所に送られるかもしれません。まずいです。

でもやはりジョン・レノンには忠告をしたいですね。「今日は外出をしない方がいいですよ」とか。あるいはサリンジャーに『キャッチャー・イン・ザ・ライ』を書かせないか。そうすればチャップマンも『キャッチャー』にのめりこんだ末に、ジョンを殺したりしなかったかもしれない。でもそうなると、僕は『キャッチャー』を翻訳できなかったわけだし、その結果……だんだん頭が痛くなってきますね。このままにしておくのがいちばんじゃないかな。

#357　2015/04/19
ルーツは村上水軍？

▽横浜在住の主婦です。19歳の時に読んだ『ノルウェイの森』がとても好きで、今もときどき読んでいます。

質問は村上さんの苗字《みょうじ》のことです。

わたしが幼少期に住んでいた広島の因島には村上姓がとても多く、クラスに何人も村上さん村上くんがいました。

もしかして村上春樹さんのルーツも、因島や村上水軍にあるのでしょうか？（moco、女性、45歳、専業主婦）

▼昔父親から聞いた話によれば、うちの父方のルーツは、川中島の戦いにからんでいた村上氏（村上義清《よしきよ》）だということです。武田氏に攻められて城を捨て、上杉氏を頼っていった豪族です。もちろん正確なところはわかりませんが、とにかく広島の方ではないみたいです。海賊あがりだとかっこよかったんですがね。

#358 2015/04/20
96歳まで村上さんの本を読んで頑張ります

▽私は84歳の年女で、昔から村上春樹様のファンです。人口40万の小さい市の84歳の未《ひつじ》年の人は８７００人で96歳の人は１２００人です。みんな元気で長生きしていますね。私も96歳まで春樹様の本を読んで頑張りたいと思っています。（84歳の年女、女性、84歳）

▼いつも僕の本を読んでいただいて、ありがとうございます。どこにお住まいなのかわかりませんが、高齢者がずいぶん元気にしておられる街のようですね。なによりです。

僕もまだまだ老《ふ》け込む歳《とし》ではないので、がんばってファンキーな小説を書いていたいと思います。これからも是非読んでください。お元気で。

#359　2015/04/20　「村上春樹の小説」と「ハルキスト」が嫌いです

▽わたしはとても村上春樹が嫌いです。いや、人間性はわからないので村上春樹が嫌いというより、村上春樹の書く小説が嫌いです。そして更に村上春樹を取り巻く「ハルキスト」といわれる連中が心底嫌いです。もしかすると村上春樹ではなくハルキストが嫌いなだけかもしれません。ハルキストとよばれる連中は、なぜ異常に村上春樹の小説を勧めてくるのでしょうか？　そして「つまらない」と感想を述べると、何故虫けらを見るような目で蔑《さげす》むのでしょうか。村上春樹ってそんなに偉いんですか？　村上春樹がわからない人間はどうしようもないくらい人間性が薄いのでしょうか。なにがハルキストをそうさせているのでしょうか。村上春樹が書く文章がそうさせているのでしょうか。村上春樹さんご自身は、ハルキストについてどう思われますか？　ボロクソに言ってください。（MC虫歯、男性、24歳、学生）

▼こんにちは。僕はまずだいいちに「ハルキスト」という呼び方が好きではありません。

最初からなんだか「ちゃらい色つきフィルター」がかかっているような響きがあり、僕はその呼称は採用しておりません。僕はどちらかというと「村上主義者」という方が好きです。もちろんあなたはどっちだって同じようなものだとお考えでしょうが、いちおう僕の気持ちとしては、そういうことになります。

それから僕は他人に「この本を読みなさい」とか「この音楽を聴きなさい」とか勧めることはありませんし、ましてや「これがわからないと駄目だ」と価値観を押しつけるような趣味もありません。ですから、そういうことをするのは純正「村上主義者」とは少し違う人々であるような気もするのですが、もちろん僕はいちいち資格審査をして「村上主義者」の会員証を発行しているわけではありませんので、そのへんのことはよく把握できておりません。もしそのことであなたが不快な思いをされてきたのだとしたら、それはまことに申し訳なく思います。たしかにそういうことをされると鬱陶《うっとう》しいですよね。お気持ちはよくわかります。

最後に僕はハルキストなり村上主義者に取り巻かれて生きているわけではありません。宗教の教祖や、政党の党首とは違います。僕は一人でこつこつとものを書いて生活しておりまして、まわりには僕の熱心な読者はほとんどいません。うちの奥さんでさえ、「あなたの書く小説は、私のための小説とは言えない(ほかにもっと肌身に身近に感じる小説はある)」と公言しております。36年にわたる作家生活のあいだに、多くの人が失望して——しばしば捨て台詞《ぜりふ》を残して——僕から離れていきました。猫さえ去って行きました。作家というのは、わりに孤独なものなんです。読者だけが僕のささやかなよすがなのです。「ボロクソに言ってください」ということですが、そんなわけで僕としては自分の大事な読者を（たとえいくらかの欠点は見受けられたとしても）ボロクソに言うわけにはいきません。ご理解ください。

#360 2015/04/21
生徒指導の教師は「壁」でしょうか？

▽私は高校教師二年目になるのですが、昨年度から生徒指導部に所属しています。最初は生徒指導部がすごく嫌でした。正直生徒のスカートが短かろうが、髪型が奇抜であろうがどうでもいいと思っていたし、生徒指導の先生たちがひどく偉そうにしているのも嫌でした。

しかしそんな私もすぐに自分の勤務している高校のスタイルに慣れていきました。生徒の中には素行が悪く、このまま社会に出てはまずいと思われる生徒が何人かいるのです。そのため、生徒が悪さをしたときにはプライドがへし折れるほどきつく叱《しか》ります。それこそが教育だと多くの教員が思っているし、確かにどうにかしなければいけないのです。しかし客観的にみれば二年目の今の私は、大学卒業したての私が思っていた偉そうな教師です。

私はこのままでいいのでしょうか。「生徒をよくするため」という一方的な大義名分のもと、かれらのプライドをへし折り、抑圧することは許されるのでしょうか。私はたまに村上さんの比喩《ひゆ》を借りれば、自分（たち）は「壁」、生徒が「卵」なのではないかと考えてしまいます。これだけでも十分恐ろしいのですが、さらに恐ろしいのは、日に日にこのような迷いが私の心から薄れていくことです。自分たちのやっていることに慣れてしまうのです。たとえ誰かから非難されても、外の人（村上さんも含みます）が何と言おうと、かれらは分かっていないだけだ、なんて言ってしまいそうなのです。現に多くの教師はそう言います。私は、まだ染まりきっていないうちに、村上さんの意見が聞きたいのです。生徒指導、もっと大きく、教師とはどうあるべきなのでしょうか。村上さんはどうお考えですか？（くりた、男性、24歳、高校教師）
▼僕は組織というものがあまり好きでないうえに、父親が教師をしていて、そういう「教師性」に対して強く反撥《はんぱつ》していた人間ですので、あなたの質問に答える資格があるのかどうか、よくわかりません。だから僕の言うことはある程度割り引いて聞いてほしいのですが、僕は学校とは基本的に勉強（学問）を教えるところであって、生活を指導する場所ではないと考えています。その二つを同時にやれというのは、教師にとっても

ずいぶん過重労働でしょう。もちろん生徒をしつけなくてはならないというのは教育者としてのひとつの考え方でしょうが、そんなことをしていたら学校生活は細かい規則だらけになってしまいます。そしてその規則を守らせるために、多大なエネルギーが費やされます。僕はそのおかげで学校がどうしても好きになれなかったし、それはお互いにとって不幸な事態だと思っています。どうしてわざわざ学校をそんな不快きわまりない場所にしなくてはならないのでしょう？　教育の本質はそういうところにはないはずだと思うのですが。

もちろん僕がそんなことを言うと、「外部の人間は何も知らないで、なんとでも気楽なことを言える」ということになるのでしょうが、とにかくそれが僕の率直な意見です。率直な意見が求められていると思ったので、率直に思うところを述べました。ご理解ください。

#361　2015/04/21

桜桃忌、河童忌、どんな忌？

▽中学校の図書館で『パン屋再襲撃』を発掘して以来、村上さんの本が気になって気になって（恥ずかしながら勉強不足でその時は村上さんのことを存じ上げませんでしたが

……）。それから村上さんの本を読めば読むほど好きになっていきました。本当に素晴らしい本をありがとうございます。

さて、お伺いしたいことです。なんとなく村上さんは不死身のような気がしているのですが、もし万が一お亡くなりになった場合は、桜桃忌《おうとうき》や河童忌《かっぱき》のように○○忌と名付けられるのでは、と勝手に思っています。

もし村上さん自身がつけるとしたらどんな忌がいいですか？（大変失礼な質問ですね、本当にすみません。しかし気になるのです……。もしよろしければお教えください。）

（キルル、女性、17歳、女性）

▼「大猫忌」みたいなのでいいのではないでしょうか。愛用の着ぐるみを飾ってくださいね。

#362 2015/04/21
「むき出しの暴力」が根を下ろさないように

▽以前に、神戸の三宮でヘイトスピーチを見かけました。私は日本で生まれ育った韓国籍です。小さな嫌がらせは何度か受けたけど、こんなむき出しの暴力を突き付けられたのは初めてでした。怖くて、気付いたら夫の腕をぎゅっとつかんでいました。

物心ついたときからずっと、この「在日」という言葉に「私」が吸い込まれていなくなってしまうような息苦しさを感じてきました。一部の「在日」や一部の日本国籍の人から向けられる「在日だから……すべき」というまなざし。これに応《こた》えられない自分が恥ずかしかったり、でも反発したりで、20代まではなんだか心の中がグチャグチャだったように思います。

だから、大人になって、春樹さんの小説で「在日韓国人」が普通の人として出てきたのを読んで、びっくりしたのを今でも覚えています。こういうの、ありなんや、と。ホント、3センチぐらい飛び上がりました。肩の力が抜け、気持ちをずいぶん楽にしてもらいました。感謝（笑）。

でも、このヘイトスピーチを見かけてからまた考え込んでしまいました。そして最近、少し私の心に変化がありました。今までずっと逃げて触れ合わないようにしてきたけど、結局は逃げられないし、戦争責任の問題を当事者でない日本国籍の人が考えることを時に求められるように、私は「在日」であることに責任のようなものがあるんじゃないだろうか、と思い始めました。私のほんの一部であっても、それもまた自分だ、という感じかな。

大人になって、あまり周りに振り回されないでいられるようになった。だからこそ向き合うべきなのかな、とも思うんです。

だからといって、何かすべきことを見つけたというのでもなく、何ができるのか、そもそも何かすべきなのかもまだ分からない。選挙権さえないですからね。

「在日」の私に普通のまなざしを向けてくれた春樹さんに、こういうときはどう考えたらいいのかずっと聞いてみたかったんです。（なな、女性、44歳、会社員）

▼もちろん僕はそのスピーチを実際に聞いたわけではないので、内容について具体的なことは何も申し上げられません。でも一般論として申し上げれば、そのようなキャンペーン（あなたの言う「むき出しの暴力」）が公衆の面前で堂々とおこなわれるというのは、一人の人間として本当に恥ずかしい、情けないことです。もちろん意見を公《おおやけ》に表明するのは自由ですが、特定の国籍や宗教を一律に口汚く非難するのは社会行為として明らかに不適切です。

いちばんの問題は、愛よりは憎悪《ぞうお》の方が、理性よりは怒りの方が、簡便に言語化できることです。ポジティブなことよりは、ネガティブなことの方が、人の心に直接的に訴えかけやすいことです。「あんなやつはカスだ、アホだ、無価値だ、非国民だ」と罵倒《ばとう》するほうが、「あの人はとても立派な人です」と説明するよりは、多くの場合インスタントな説得力を持ちます。条理を説くよりは、憎しみや恐怖をあおる方が人々の耳目を引きます。しかしそういうものを「しょうがない」として放置しておくと、それが根を下ろして、知らないうちに大きく育っていきかねません。

たとえばナチの反ユダヤ・キャンペーンを「まあ、あんなのは口で言ってるだけで、本気じゃないだろう」と思って見過ごしていた人々が、後日大きな悲劇に見舞われることになりました。何よりも怖いのは社会が品位を失っていって、それが既成の事実として人々に受け入れられていくことです。何か手が打たれるべきだと思います。

#363 2015/04/21 19歳年上の彼女と結婚したくて

▽17歳のときに通い始めた習い事の教室で、同じく入門した女性に一目ぼれ、恋をしました。そのとき25、6歳に見えた彼女は、暫《しば》らくたって僕よりも19歳も年上だということが分かりました。

20歳になって、初めて彼女にデートを申し込みました。そしてつきあうようになりました。年の差を気にし続けているのは彼女のほうだけで、僕は彼女に夢中なまま、25歳になりました。

　この8年間、合コンとか友達の紹介とかで、同年代の女の子と何人かちょこっとだけ付き合ったりはしましたが（これについては彼女も知っています。ほかの女の子とも付き合いなさいと背中を押したのは彼女なのです）、そのたびに僕には彼女じゃないとダメなんだと改めて思い知らされるばかりでした。

　法令線が目立ってきても、白髪が出現しても、彼女は彼女です。年をとっていく彼女を、ありのまま、一番そばで見ていたい。

　結婚しようと思います。でも、親や友人たちは、あまり歓迎してくれません。出会ったときすでに、彼女は病気で子供を生む機能を失っていたということも、周囲の反対の理由にはあると思います。

　彼女も、彼女の家族も、僕に対して申し訳ないという考えを持っているようです。あなたはまだ若いのだから、いろいろな可能性を奪うわけにはいかない云々《うんぬん》。

　僕は、彼女の一番そばで生きていけることこそ、僕自身の至福なんです。彼女も「あなたのそばにいる時間が一番幸せ」と言ってくれます。僕はだから結婚したいんだよ。それだけの理由じゃ弱いのか。

　村上さん、僕は彼女を幸せにできますか。（そると、男性、25歳、会社員）

▼そんなに好きなら、一緒になるしかないんじゃないですか。なかなかそこまで誰かを

好きにはなれないものです。これまで8年間、じっくりとつきあってきたんだから、迷いもないでしょう。子供を作る作らないは、男女の結びつきとはまたべつのものです。何を人生の優先事項にするかは、あなたがご自分で決めることです。

#364　本の魅力が理解できずに生きてきた　2015/04/21

▽42歳の私は、ほとんど本を読んだことがなく、また本の魅力が理解できずに生きてきたのですが、6歳の娘が図書館に行き本を借りて来て、読んでます。一般的に本を好んで読まれる方は、なぜ読むのでしょうか？　子供の事を少しは理解したいもので、すいません。よろしく願います。（ムーとチビ、男性、42歳、会社員）

▼本を読んでいると、そのあいだ別の世界に行くことができます。現実を離れることができます。それが本が僕らに与えてくれる最大の喜びです。映画を観《み》ているあいだも、同じようなことが起きるかもしれませんが、僕らは本を自由に開いたり閉じたりすることができます。いちいち映画館に行く必要もありま

せん。本はものすごく個人的な、自由な、融通のきくヴィークル（乗り物）なのです。子供たちは物語の世界を通過することによって、現実社会に自分たちをうまく適合させていきます。読書はとても大事な体験です。優しく見守ってあげてください。

#365　2015/04/21　まだまだエルヴィスに熱狂中

▽エルヴィス・プレスリーが生きていれば今年80歳です。

　私は若い時から大ファンであれ以上の人は今までも、これからも現れないとおもいます。かのジョン・レノンも「エルヴィスの前には何もなかった」との言葉を残しています。高齢の私がいまだにエルヴィスに熱狂しているのを周りの人達は白い目でみます。何とかエルヴィスの魅力を多くの人に理解して欲しいのです。

　村上さんはエルヴィスをどう思いますか？（匿名希望、女性、78歳、主婦）

▼エルヴィス、今でもちゃんと聴いてますよ。僕が初めて「ハウンド・ドッグ」と「冷たくしないで」のA／B面シングル盤を聴いたときは（小学生のときだったと思うけど）、本当にひっくりかえりました。ビートルズの「ペニー・レイン」「ストロベリー・フィールズ・フォーエバー」のA／B面シングル盤もすごかったけど、あれはそれ以上

でした。古典です。僕が個人的に好きな彼のアルバムは、本当に初期のものですが、「ブルー・ムーン」「アイ・ガット・ア・ウーマン」の入っている『ELVIS PRESLEY』。あれはずいぶん何度も聴きました。それから「Such a Night」のあたり（兵役から帰ってきてすぐの頃ですね）も好きです。

高齢でもなんでも、好きなものは好きですよね。いいじゃないですか。気にしないでどんどん熱狂していてください。

#366 2015/04/22
古典文学の研究にまで

▽僕は日本の古典文学の中の、歴史的な記述に関する研究に携わっています。最近、論文を書こうとするときに、近現代史にまつわる歴史修正的な動きが気になって、筆が鈍くなりがちです。今のところ、自分の研究分野と昨今の情勢との間には時代や扱っている資料に大きな差があります。そのため、現実問題として論文を書く際に、具体的な脅威を感じるわけではありません。しかしながら、戦前の文献などを見ていると、最初は誰もが皆「自分とはとりあえず関係ない」と感じていたにもかかわらず、あっという間にものが言えなくなっていったのではないかと思うことがあるので、怖くなります。

職業柄、自分や自分たちに都合が良ければ、間違っていてもかまわない、間違っていた方がいいという立場は取れません（文字通り、そんな馬鹿な、と思います）。その一方で、ご飯が食べられなければ生きていけないのも事実です。

現実問題として、先日の選挙の時には、職場から政治的な発言を厳につつしむよう通達が来ました。前はそこまで強く言われなかったんですけども。強く禁じられるような事態にならなければ、言おうとも思わなかったというのは実に皮肉だと思います。

僕はこれから先も（小説ではありませんが）自分なりの基準で誠実にものを書いて生きていければと思うのですが、昨今の書きにくさや不安に対してどのように向き合っていったら良いでしょうか。単に自分がナーバスになりすぎていて、考えすぎの杞憂《きゆう》というものでしょうか。書き手として最も尊敬する村上さんのお考えをうかがえればうれしく思います。

あまり面白い話で無くてすいません。あるいはサイトにそぐわないかもしれませんので、その折はどうぞご放念ください。突然失礼いたしました。（たま、男性、33歳、研究者）

▼昨今の世の中の恒常的な右傾化には、僕も常々危機感を感じております。あなたのなさっているような日本古典文学の研究にまで、そういう圧力がじわじわと及んでいるんだ。学術研究というのは何事からも自由でいなくてはならないはずのものなのに。日本

経済の失速がもたらす閉塞感《へいそくかん》と、近隣諸国の台頭に対する危機感が、おそらくこのような屈折した風潮をもたらしているのでしょうが、手遅れにならないうちになんとかしなくてはと思います。自主規制を求めるというのは最も巧妙で陰湿な抑圧です。日本はもっと洗練され、成熟した国家でなくてはならないはずなのに。

たしかにサイトの性格にはいくぶんそぐわないかもしれませんが、あなたのおっしゃっているのはとても重要なことだと思います。だからあえてお返事をさしあげました。

#367 2015/04/22
語り継がれる「物語」と小説家の「物語」

▽小説家が、個人として作る小説としての「物語」と、神話や民話、伝説などのように人々によって長い年月語り継がれ（ときに変化し）てきた「物語」には、どのような重要な違いがあると考えますか？
また、本来なら後者の「物語」にしか持ちえない性質を、ご自身の小説にとりいれようとすることは、村上さんにとって大切なことですか？
『雑文集』の「小説を書くということ」の章がとても好きなのですが、このふたつの種類の「物語」の違いについて村上さんはどう考えていらっしゃるのか気になっていました。

P.S.

質問とは関係のないことですが、無事にニューヨークにつきました。相変わらずドーナツを食べています。しあわせです。今日の村上さんにもドーナツひとつぶんのしあわせがありますように。（ちひろ、女性、24歳、学生）

▼エリア・カザンに『ブルックリン横丁（A Tree Grows in Brooklyn）』という古い映画があります。主人公の12歳くらいの女の子が、学校の先生に物語について教わるところがあります。先生は彼女に言います。「真実を伝えるために必要な嘘《うそ》があります。それは嘘ではなく、物語と呼ばれます」。細かい台詞は忘れたけど、たしかそんなだったと思います。その女の子はそれを聞いて「私は作家になろう」と決心します。僕がとても好きなシーンです。

古代においては、神話的物語は生活に密着したアクチュアルなものとしてありました。人々の上部意識と下部意識は当時、まだはっきりと分別されてはいませんでした。しかし現代ではそれはおおむね「神話性」と「物語性」という二つのかたちに分割されてしまっています。でも我々はまだ、努力すれば地下に降りていって、「神話性」と「物語性」がひとつに溶け合っている世界に足を踏み入れることができます。そしてその世界の有り様を小説というかたちに転換していくことができます。小説家といわれる人はそのようにして「真実を伝えるために必要な嘘」をリアルに立ち上げていくことができるのです。

#368 2015/04/22 感受性の磨きかたを教えてください

▽こんにちは、私は演劇に関わっていきたい女子大生です。村上さんの作品は語感や言葉選びが素晴らしいものばかりだと思いました。そこで今まで表現するための感受性をどのようにみがかれましたか？（準大人、女性、18歳、大学生）

▼感受性を磨くためにはどうすればいいか？ とても漠然とした質問なので、僕の回答も漠然としたものになってしまいます。感受性を身につけるためには、努力が必要です。何かがほしいと思ったら、こちらも何かを差し出さなくてはなりません。大事なものがほしければ、大事なものを差し出す必要があります。ただほしいと思って身につくものではありません。僕はそれを「身銭を切る」と表現しています。もっと簡単にいえば、「痛い思いをして、身体で覚えていくしかない」ということです。ある程度痛い思いをしないと身につかないことってあるんです。

どんな痛い思いか？ それは人によってそれぞれに違います。ひとつだけ言えるのは、気持ちよく生きて、美しいものだけを見ていても、感受性は身につかないということです。世界は痛みで満ちていますし、矛盾で満ちています。にもかかわらずきみはそこに、何か美しいもの、正しいものを見いだしたいと思う。そのためには、きみは痛みに満ちた現実の世界をくぐり抜けなくてはなりません。その痛みを我が身にひりひりと引き受けなくてはなりません。そこから感受性が生まれます。

少なくとも僕はそのように考えています。No pain, no gain.ということです。僕がきみくらいの歳のとき、何かを書こうと思っても、何も出てきませんでした。でも29歳になったときに、何かを書きたいと強く思いました。たぶんいろんな苦痛が、僕を成長させてくれたのだと思います。

#369 2015/04/22 校正者の細かい「つっこみ」をどう思う?

▽村上さん、こんにちは。出版社で校正の仕事をしています。

私の担当している文芸誌では、単純な誤字脱字や事実関係の誤認を指摘する以外にも、「この人物は右利き《みぎき》のはずですが、左手でサインをしています」とか、「携帯電話が出てきますが、この地代にはまだ発売されていないはずです」とか、内容についての細かい

「つっこみ」を入れることも校正の仕事のひとつとされています。小説家から見て、そういう「つっこみ」ってどうなんでしょうか。「ちっ、いちいちうるっせーな」と思われたりしないか、いつも心配です。（もぐらさとこ、女性、37歳、校正者）

▼うるさいなんて思ったことはありませんよ。そういうのはとても大事な指摘です。僕はいつも校正の人に感謝しています。どんどん指摘してください。本というのはいったん世の中に出てしまうと、なかなか訂正がききません。その前にしっかりとネジを締めるのは大事なことです。新潮社の校閲はとくにしっかりしていて、ゲラが真っ黒になって戻ってきます。ありがたいことですね。

ところで、質問文の中にある「この地代には」じゃなくて「この時代には」の間違いですよね。校正者の間違いを指摘するのは作家にとって無情の……じゃなくて無上の喜びです。

#370　2015/04/22　本当につらいとき、闇に耐える強さ

▽こんばんは。

メールを一晩寝かせてから出してみることにします。

私は数年前に『約束された場所で』の村上さんと河合隼雄さんとの対談を読んで、人生観が変わるくらいの衝撃を受けました。今でもときどき考えが偏《かたよ》りそうになったら、読み返しています。

それから、河合隼雄さんの著書もたくさん読みましたが、『こころの処方箋《しょほうせん》』の「灯を消す方がよく見えることがある」という章が特に好きです。

その中の「子どもがつらいときに、方法を探しまわるのではなく、子どもとただそこにいることが大切。そうすれば暗闇《くらやみ》から光が見えてくることがある」という言葉が、子育てする上において、私の指針となっています。

村上さんも「井戸の中に下りて行く」ということを言われていて、同じような意味なのかなと思っています。

私はお二人の言葉にすごく共感するんですが、実際はつらいときや苦しいとき、方法を探してそこから逃げたくなるし、何もせずにただそこにいるというのはとても難しいです。

具体的な状況の変化（例えば離別や転落とか）がすごくこわくなってしまうんです（いつもそういうことがあるわけではないですが）。

でも、いろいろ年を重ね、逃げたり、探しまわることを繰り返すのは何か違うなと自分でも気づいてきています。

河合さんの言葉でいえば、不安にかられたときにうろうろする人ではなく、灯を消して、しばらくの間、闇に耐えられる人になりたいのです。

どうすればそんな強さを持てるようになるんでしょうか。村上さんのお考えをお聞きしたいです。（がごめ昆布、女性、45歳）

▼何か本当にきついことを、つらいことを体験したときには、あまり直接的な、即効的な解決策を求めない方がいいのではないかと、僕も考えています。少なくともしばらくのあいだは、誰かに相談したりもしない方がいいだろうと。それよりはその「きつさ」をじっと抱えていた方がいいのではないかと。それを一人でしっかり抱えているうちに、何かしら自然に見えてくるものがあるのではないかという気がします。それがおそらくは、河合先生の言う「灯を消す方がよく見えることがある」ということなのではないでしょうか。

あまりに早く解決策を見つけてしまうと（あるいは見つけたと思ってしまうと）、人にとって大事な「心の年輪」みたいなのが、そこでうまくつくられないままに終わってしまいます。「今は年輪をつくっているところなんだ」と思って、じっと我慢することが大事です。僕が「井戸の底に降りていく」というのも、たしかに同じような趣旨のことなのかもしれません。

#371 2015/04/23 出版社や編集者をどう選びますか

▽春樹さんは、出版社や編集者をどういう観点で選んでおられますか？
幻冬舎の社長である見城徹さんが出版を口説き落とせなかった数少ない相手の一人として、春樹さんをあげておられ、気になった次第です。
見城さんは、「春樹さんと初対面の時に不愉快なことを自分が言ってしまったせいだ」といったことを仰《おっしゃ》っていましたが、そういったこともやはり影響しているのでしょうか。
（匿名希望、男性、23歳、学生）

▼そういえば、僕が「群像」の新人賞をとったとき、まず最初に飛んできたのが見城さんでした。間髪を入れずというか、なにせ早かった。そのとき見城さんが僕に何か不愉快なことを言った？ 初めて彼と会ったときのことはよく覚えていますが（なにしろ印象の濃いかたですから）、僕の方には何か変なことを言われたという記憶はまったくありません。褒めまくられたことしか覚えておりません。
見城さんは昔から元気いっぱいの、意欲溢《あふ》れた編集者でしたね。タイヤでいえば空気圧のかなり高いかたです。僕は適当に空気を抜いて生きていますので、そのへんのノリが少しばかり違うかもしれません。体育会系とサークル系みたいな。

出版社や編集者をどういう観点で選んでいるのか？　あくまで適当です。

#372　2015/04/23　この場面は必要だったのでしょうか

▽春樹さんの本をほぼ読んで、解《げ》せない内容が一つあります。主人公の男性が行きずりにちかい看護師と、コカイン？　薬物ｓｅｘをする場面です。必要でしょうか？　ショックです。日本人はナーバスです。そのへんはどう考えられますか？（俊子、女性、50代、主婦）

▼たぶん『１Ｑ８４』の場面のことを指しておられると思うのですが、事実的なことを訂正しておきますと、あれはコカインではありません。彼らが吸ったのは大麻系薬物です。コカインとは違って大麻は今のところ、オランダとアメリカ・コロラド州およびワシントン州などでは「危険ではない」という理由で、使用が合法になっています。日本では法律により禁止されています。そしてこれはあくまでフィクションの中の出来事です。殺人は言うまでもなく非合法行為ですが、もしフィクションの中に殺人が出てきたら、あなたはそれを「解せない」とか思いますか？

『Breaking Bad』というアメリカの連続テレビ・ドラマは、ぱっとしないまじめな高校の化学教師が、癌《がん》治療の医療費を稼ぐために強力な覚醒剤《かくせいざい》を密造し、あれよあれよという間にドラッグの元締めになっていく話です。それがアメリカでは六年も続く大ヒット番組になりました。でもおそらく日本の一般のテレビ・チャンネルでは見ることができないと思います（有料インターネット・サイトでは見られますが）。もしそこに「ナーバス」な自主規制の風潮みたいなものがあるのだとしたら、そっちの方が大麻吸引なんかよりよほど怖いのではないでしょうか？　僕はそのように考えますが。

#373　2015/04/23　娘の兄弟姉妹は19人

▽うちの4歳の娘は一人っ子ですが、数ヶ月前から架空の兄弟姉妹の話を始め、今日でもう19人も兄弟がいることがわかりました。みんな毎日魚釣りに行ったり、おいしいものを食べたり、たまに病気になったり、歯医者になったり、住んでいるお家《うち》も様々で、とても面白いのでついじっくり話を聞いてしまうのですが、ふとこのまま楽しんでいてよいのか、と自問しました。どうでしょう？　彼女の話を分析するべきでしょうか？

（ふかひれ、女性、40歳）

▼とても面白い娘さんをお持ちです。それは退屈しないでしょう？　兄弟が何人まで増

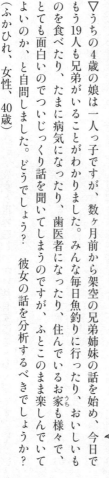

えていくのか、ぜひ確かめてください。話を分析する必要なんてありません。ただただ熱心に聴いてあげてください。彼女と世界をしっかり共有することが大事です。そういう自由奔放なイマジネーションを、僕は「パフ・ザ・マジック・ドラゴン」と呼んでいます。

子供がお話を作るのは、むしろ現実を把握するための大事な、そして自然な作業なのです。ポール・オースターはこのように書いています。「夜に夢を見ることができなければ人は発狂してしまうという。同じように、子供が想像の世界に入ることを禁じられてしまったら、いつまで経《た》っても現実世界を把握できないだろう」(『孤独の発明』柴田元幸訳・新潮社)。「パフ・ザ・マジック・ドラゴン」を殺してしまわないように、大事にまもってあげてください。

#374　2015/04/23
雑用ばかりで心が折れそうなのに

▽私は大学時代、演劇やミュージカルを創《つく》ることが大好きで、なにかしら創作できる場で働きたいと去年からテレビ業界に入りました。

1年目で張り切っていたのですが、仕事は雑用ばかりで時々心が折れそうになります。

思いきって上司に相談したところ、生意気だと怒られてしまいました。自分でも甘いと思ってはいるのですが、それでも仕事中に虚《むな》しくなるときがあります。村上さんならどんなアドバイスを下さるのか気になったので、教えてください。その言葉で頑張りたいと思います。（まるこりあんぬ、女性、23歳、マスコミ）

▼僕のオフィスに就職したって、最初のうちは雑用ばかりです。しょうがないんです、それは。世の中の人間は「雑用だってちゃんとできる人」と、「雑用すらできない人」にわかれます。「雑用だってちゃんとできる人」になったらいかがですか？　どんなことだって、どんなにつまらないように見えることだって、しっかりこなすのはなかなかむずかしいんですよ。見ている人は見ています。

#375　2015/04/23
『1Q84』のラストに一言

▽どうしても村上さんに一言、言いたいことがあります。『１Ｑ８４』のラスト部分についてです。私は産婦人科医なので、青豆が妊娠しているのに一度も病院に行かないのがどうしても違和感がありました。更に加えて、ラストの青豆と天吾が結ばれるくだり。妊娠中の性交渉はあんなに激しくはダメです。しかも避妊具もつけないなんて！　全世

界にファンがいて、多くの人に読まれる作品ですので、世間の人々に与える影響を考えると、怒りさえ湧《わ》きます。村上さんの作品のほとんどはとても好きですが、『1Q84』はあのラストで一気に夢が覚めてしまった感覚になりました（職業病なのかもしれませんが）。（ゆきさん、女性、38歳）

▼さっきその部分を読み返してみたんですが、そんなに激しいことはしていないように僕には思えます。これくらいでも駄目なのかな。「ゆっくりだったら、一回くらいいいじゃないか」と思ったんですが。いずれにせよ、ご心配をかけて申し訳ありませんでした。

でも結果的には大丈夫で、青豆さんはコスタリカに行って、無事に女児を出産なさいました（という話を風のたよりに聞きました）。ご安心ください。

#376　2015/04/24
秘伝・読書感想文克服法

▽私が勤める会社（地方の出版社です）では、毎年お正月休みに読書感想文の宿題が出ます。

感想文は、全社員に共有されるので、あんまり適当なことを書くわけにもいかず、毎年何を書こうか悩みのタネです。

本を読むのも、文章を書くのも嫌いじゃないのに、感想文を書かなきゃと思って本を読むと、なぜだか内容がぜんぜん頭に入ってきません。

読書感想文をさらりと書くコツがあれば、ぜひ教えていただけないでしょうか？（青猫、女性、40歳、会社員）

▼よくぞ訊《き》いてくれました。僕は昔から読書感想文を書くのが得意でした。読書感想文を書くコツは、途中でほとんど関係ない話（でもどこかでちょっと本の内容と繋《つな》がっている話）を入れることです。それについてあれこれ好きなことを書く。そして最初と最後で、本についてちょろちょろっと具体的に触れる。そうするとなかなか面白い感想文がすらすら書けます。やってみてください。

#377 2015/04/24 つまらない文学よりビジネス書を読め！

▽先日、仕事場の休憩中に村上さんの小説を読んでいたら、そこに顔を出した社長に「つまらない文学を吸収する暇があったらビジネス書を読め！」と叱責《しっせき》されました。
この社長は3年前に親会社から出向で単身赴任で子会社の社長になった一言で言うと

「エリート」なのです。

そうも言いながらも毛嫌いせずに月に一度はプライベートで酒を酌《く》み交わす程度の仲は築いてあるので、率直に「社長は村上春樹の小説を読んだ事はあるのですか？」と聞いたところ「国内の純文学などには興味は無い」と言い出す始末。

私もビジネス書も年間50冊以上は読みますし、同じくらいの小説やエッセイを読みます。

趣味嗜好《しこう》は音楽においてもありますから、そう否定はしないものの、この堅物発言には腹が立ったので「無駄（エンターテイメント）な知識も人生においてはウイスキーのような嗜好品」として必要だと反論すると「酒は最終的には全部流れる」などとまるで文学に出てきそうな台詞で反論するこの社長。

文学作家の方からして、いかがなものでしょうか？（クロネコトマト、男性、34歳、会社員）

▼そうですか。たしかに文学ってあまり実際的な役には立ちません。即効性はありません。実におたくの社長のおっしゃるとおりです。言うなれば、なくてもかまわないものです。そして実際にこの世界には、小説なんて読まないという人がたくさんいます。というか、むしろそういう人の数の方がずっと多いかもしれません。

でも僕は思うんですが、小説の優れた点は、読んでいるうちに、「嘘《うそ》を検証する能力」

が身についてくることです。小説というのはもともとが嘘の集積みたいなものですから、長いあいだ小説を読んでいると、何が実のない嘘で、何が実のある嘘であるかを見分ける能力が自然に身についてきます。これはなかなか役に立ちます。実のある嘘には、目に見える真実以上の真実が含まれていますから。

ビジネス書だって、いい加減な本はいっぱいありますよね。適当なセオリーを都合良く並べただけで、必要な実証がされていないようなビジネス書。小説を読み慣れている人は、そのような調子の良い、底の浅い嘘を直感的に見抜くことができます。そして眉《まゆ》につばをつけます。それができない人は、生煮えのセオリーをそのまま真に受けて、往往にして痛い目にあうことになります。そういうことってよくありますよね。

（結論）

小説はすぐには役に立たないけど、長いあいだにじわじわ役に立ってくる。

#378 2015/04/24 回答のヒーリング効果

▽以前お送りした相談ごとにご回答いただけず、承知のこととはいえ少しだけしょんぼりしてました。でもとりあえずここにあるたくさんのやりとりを色々拝見してますと、なるほどと深く頷《うなず》ける回答や、びっくりするほどあっさり味！の回答や、かと思えば手を叩《たた》いて爆笑するほどのご名答も。そうこうするうち私の悩みなどどってことないなと心が晴れてまいりました。これってたぶん、同じような方が大勢いるんじゃないかと思います。村上さんの絶妙な文章のヒーリング効果は絶大です。心から好きです。ありがとう。大変な作業かと思いますが、今後のご名答にも期待してます。（りの、女性、49歳、主婦）

▼はあ、そうですか。他の人の相談に対する回答を見ているうちに、自分の悩みまで癒《い》やされていくんだ。それは素晴らしいですね。共感（empathy）のなせるわざではないかという気がします。悩みというのはみんなどこかで通じ合っている部分があって、その集合的なツボみたいなのが押さえられていく感覚があるのかもしれません。でも、何かのお役に立ててよかったです。僕にも誰かに相談したいことがひとつふたつあるんですが、なかなか相談できる相手がいなくて。

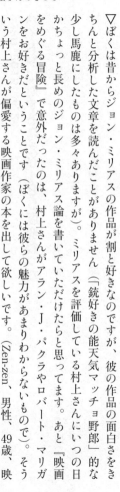

#379 2015/04/24 ジョン・ミリアス評

▽ぼくは昔からジョン・ミリアスの作品が割と好きなのですが、彼の作品の面白さをきちんと分析した文章を読んだことがありません（「銃好きの能天気マッチョ野郎」的な少し馬鹿にしたものは多々ありますが）。ミリアスを評価している村上さんにいつの日かちょっと長めのジョン・ミリアス論を書いていただけたらと思ってます。あと『映画をめぐる冒険』で意外だったのは、村上さんがアラン・J・パクラやロバート・マリガンをお好きだということです（ぼくには彼らの魅力があまりわからないもので）。そういう村上さんが偏愛する映画作家の本を出して欲しいです。（Zen-zen、男性、49歳、映像作家）

▼ジョン・ミリアス、僕は昔から変わらず好きです。みんなにさんざん馬鹿にされていますが、あくまで確固として反省なき映画文法と、世界を切り取る独自の（そして偏った）目をもっているところを、僕は個人的に高く評価しています。良くも悪くもぜんぜんぶれないというか、いつまでたっても「ただのガンマニアのガキ」というか。

あとの方になるといくつか緩んだ作品も残していますが、鋭いものはめっぽう鋭いです。監督した作品も良いけど、脚本家としても一流です。『地獄の黙示録』だって、脚本家ミリアスのテイストが満載されていますよね。そのラディカルさ（コレクトネス皆無）をもっともっと評価されて良い人だと思うんだけど。そのうちにミリアス論を書いてもいいですね。

#380　2015/04/24
ハイドンに対する考えが180度変わった

▽村上さんの小説などに多くクラシック音楽が鳴っています。自分が知らない曲などは特に興味津々《しんしん》になります。最近でいうと、『1Q84』の枕《まくら》のヤナーチェクのシンフォニエッタは私は勝手に音楽を想像してページを繰りました。
『海辺のカフカ』では、トラック運転手が名曲喫茶らしき店のオーナーから、ハイドンの薀蓄《うんちく》を傾けられるシーンがありました。この件は私のハイドンに対する見方を180度転換させました。〝近代的自我への秘められた憧憬《どうけい》〟〝求心的かつ執拗《しつよう》な精神〟こんなハイドン評は寡《か》聞《ぶん》にして目にしたことがありません。

私は、ハイドンは余り聞くことがない作曲家ですが、それでも彼の「オラトリオ　四季」など聞いていると無上の幸福感が押し寄せてきます。

人はそれぞれに愛聴盤を持っていればよい、と村上さんはどこかに書いていますが、村上さんはどこにこのハイドンへの関心を持ったのか、さらに又文中「求心的云々」の箇所をもう少し星野青年に語るように教えていただけませんか。（信濃のものぐさ太郎、男性、65歳、無職）

▼それはあくまでその店の主人の意見であって、僕の意見ではありません。その主人はわりに独自の見解を持っておられるのだと思います。

でもまあ、僕もそれにわりに近い感覚を持ってハイドンを聴いているかもしれません。ハイドンって、古典音楽の典型みたいに言われることが多いですが、よく聴くと意外にラディカルなところがあります。理系っぽいというか。モーツァルトの同種の音楽と聴き比べると、その「理系の魂」みたいなのが、わりにくっきりと見えてきます。モーツァルトのような神がかり的な深みはないんだけど、構築性への執拗なまでのこだわりが、しばしば僕らにポストモダンな快感をぐいぐいと与えてくれます。もちろん演奏にもよるんですけどね。

グレン・グールドが１９５８年に録音したハイドンのピアノ・ソナタ変ホ長調（Hob. XVI:49）をお聴きになったことはありますか？　とても面白い、鮮やかなハイドンです。

#381 2015/04/24 日本のサイン会、海外のサイン会

▽村上先生が先日、ロンドンで行われたサイン会で、サングラス姿で颯爽《さっそう》と会場に現れた姿をニュースで見て、「日本でおやりになる気はないのかな？」と感じました。海外であの大反響ですから、日本で行ったらパニックになるでしょうが（少なくとも『村上朝日堂』で「ガラガラのサイン会ほど見ていて虚しいものはない」とお書きになった時点から、天ほど離れた地位におられるわけですが）。ちなみに日本でサイン会が行われたとしても、私の場合（たとえ抽選で選ばれても）畏《おそ》れ多くも村上先生の傍に寄るなど出来そうにありません（しかし、サインは猛烈に欲しいです）。お答えいただけたら幸《こう》甚《じん》です。たいへん失礼いたしました。（やみくろ（その一）、男性、45歳、会社員）

▼サイン会って、僕はもともとあまり好きじゃないんです。僕のサインなんてそもそも大したものじゃないという気持ちがあるし、それに営業目的でサインをもらいに来る業者の人も多いですしね。でもやるからにはもちろん一生懸命、手抜きなしでやります。時間をオーバーしてやることも多いです。

　アメリカでは複数の作家が並んでサイン会をすることが多いんです。当然ながら、列の長さに差が出てきます。心ならずもコンペティションみたいになることもあります。

僕もいろんなアメリカ人の作家とこれまで並んでサイン会をしてきました。けっこう有名な作家もいましたが、不思議に一度も列の長さで負けたことがありません。どうしてかな？　たぶん普段ほとんどサイン会というものをやらないので、珍しいから、話を聞きつけて遠くからわざわざ来る人がいるせいだと思います。二十年くらい前にワシントンDC郊外の書店でジェイ・マキナニーと並んでサイン会をやったんですが、そのときも列が終わってしまって暇になったジェイがぶらぶらやってきて、「よう、ハルキ、なんでそっちの方の列が長いんだよ？」と（もちろん冗談で）文句をつけてきました。ただただ珍しさの故《ゆえ》です。

　日本でそんなことをやったら、相当問題になると思いますよ。恥をかかされた、とかね。そういう点、アメリカはおおらかでいいです。

#382　2015/04/24
まるで中学校みたいな職場

▽私の職場に数年前「職場を良くしよう委員会」というものができました。「服装のみだれを正そう」「日常の挨拶《あいさつ》はきちんとしよう」「私語は慎もう」「ポケットに手を入れて歩かない」「携帯で話しながら歩かない」。日頃の行いについて改善しようというのが

目的です。

選ばれた人が、目標を設定して半年に一度くらい見直しが行われます。自己評価のポイントを報告したりもします。「仕事をきちっとしていればどうでもいいことばかりじゃない？」と思いますが、私は何も言いません。報酬の対価だと割り切って涼しい顔で従っています。

若い頃は保守的な人の正論に自分の意見を言ったこともあるのですが、全く意味をなさなかったばかりか、随分叱られました。もうこの手のことに疲れているのです。私の職場ではますます窮屈な空気が広がる気配です。

村上さん、いい加減な奴《やつ》はだめなのでしょうかねぇ。私は小さくため息をついています。（なるようになるさ〜、女性、51歳、会社員）

▼ずいぶん鬱陶しい職場みたいですね。そんなのどこかの中学校みたいじゃないですか。うるさい生活指導の先生がいて、うだうだ面倒なことを言って、とか。僕なら「会社で流しそうめんは食べないようにしよう」とか「会社に猿をつれてくるのはやめよう」とか、そういうユーモアのある目標をつくると思うんですが、そんなことをしたら上役に殺されちゃうかもしれませんね。会社に勤めなくてよかったと思います。

#383　2015/04/24
村上さんの文章はグルーヴが違う

▽昔から思っていることなのですが、村上さんの文章は読んでいて不思議なくらい、スッと頭の中に入ってきます。ただただシンプルに大変気持ちいいのです。意味を超えたレベルで。文章のグルーヴ（ちょっと恥ずかしい表現ですが）が他の作家さんと決定的に違うように思います。そして、これは村上さんが音楽マニアであることと密接に関係している、と勝手に解釈しているのですが、村上さんご自身はどのようにお考えでしょうか？　私もどっぷりと音楽に浸《つ》かりながら生きてきたので、この推測が当たっているといいなと思いながら、質問させていただきます。（Y.O、男性、35歳）

▼そうですね。僕の文章にとって、音楽の影響はとても大きいように思います。文章を読み返しながら、リズムや響きや流れみたいなものをいつも頭の中で点検しています。声に出して読んでみることもたまにあります。文章の書き方について、僕は多くのことを音楽から学んだかもしれません。

　僕が音楽性を感じる文章を書く人としては、ポール・オースターがいます。ただ彼の音楽性は僕のそれとはずいぶん違います。彼の奏《かな》でる音楽はとても構築的で、バッハのフーガなんかに通じるところがあって、対位法的に整ったところがあって、読んでいて気持ちがいいです。僕の場合は「構築的」というのではないですね。フリー・インプロビゼーションの方に近いかもしれません。楽器はたぶんピアノだと思います。

#384　2015/04/24
漢字を間違える高校教師より

▽村上さんは漢字は得意ですか。
　ここだけの話、ぼくは実は高校の教員なんですが、板書の時、しょっちゅう漢字を間違えてしまいます。生徒が指摘する時もありますが、多くは何も言わないでヒソヒソッとして「あっ間違えたかな？」と思うのですが、どこを間違えたのか自分ではわからず直しようもありません。そんなときは職員室に戻って自己嫌悪《けんお》に陥ってしまいます。

　村上さんが生徒だったら、こんな先生は軽蔑《けいべつ》しますよね……。

（けんた、男性、30歳、村上主義者）
▼「おれって、漢字が苦手だからさ、もし間違ったら間違ってるって教えてくれよな」と前もって生徒に宣言しておくといいんじゃないでしょうか。そうすればみんな楽しんで間違いを指

摘してくれるんじゃないかな。人は間違うものです。間違いは正せばいいんです。なんでもオープンにしちゃった方が、なにかと楽ですよ。

#385　2015/04/24　前の恋は上書き保存しちゃう?

▽村上さんがエッセイとメール本のなかで2度こんなことを書いています。

「恋はそれがどんな形で終わろうとも恋はしたほうがいい。なぜなら後から思い出したときポッと心を暖めてくれるから」

うーん、何度反芻《はんすう》してもいい言葉ですねえ。僕のお気に入りなんです。

そこで、娘の二十歳の誕生日に新宿のとあるバーに連れていきお祝いをしたときにその言葉をプレゼントしたわけなんです。

そしたらですね、一人悦に入っているオヤジに向ってこう申したのです。

「うん、私も恋はしてるわよ。だけどねえ、新しい恋が始まると前の恋に上書き保存しちゃうから思い出さないいんだよねえ」

なんか釈然としないオヤジは、この話を職場の何人かの若い女性に話してみたところ、「私も前の恋は思い出さないなあ」とか「私も上書き保存しちゃうなあ」とか。

男の同僚は、恋のファイルはみんな取ってあるから、それぞれ懐《なつ》かしいですよねえって。

村上さん、どう思いますか？（GGG、男性、61歳、サラリーマン）

▼そうですか。男性と女性とでそんなに違いがあるんだ。知りませんでした。とても興味深いです。

でもばりばりの恋愛現役の年代と、既にそのへんをいちおう通り過ぎてしまった年代とでは、恋愛に対するものの見方は少し違ってくるのではないでしょうか。たとえ上書きをして、前のを消しちゃったとしても、記憶というのはそんなにすっかりは消えないものです。ある程度時間がたてば、消したはずのものがちゃんと消えていなかったことがわかるとか、そういうこともあるはずですよ。人生ってなかなかわからないものです。奥は深いです。と僕は思いますが。

#386　2015/04/25　個人で働くことができて本当に良かった

▽『アフターダーク』でマリが言う、次のセリフを読んだときに、あまりにも私が思っていることそのもので、マリが大好きになってしまいました。

「個人で翻訳か通訳の仕事みたいなのをやりたいって思ってるんです。会社勤めには向かないみたいだから」

『アフターダーク』が出版された頃、私はちょうど、同じように考えて個人で翻訳の仕事を始めたところでした。個人で働くのは大変なこともありましたが、それまでの苦労に比べれば何でもありませんでした。ただ、ここに至るまでは大学院に行ってみたり、会社に勤めてみたり、いろいろとありました。

会社や大学など、組織の中で他人と共に働くことは自分には向いていません。そのことにはなんとなく気付いていたのですが、10代の頃の私には「個人で働く」という選択肢はまったく見えませんでした。内向的な性格で人付き合いは苦手でしたが、それは努力で乗り越えられることであり、乗り越えるべきことだと信じていました。親や教師もそう求めてきました。それで、組織の中で自分の能力を発揮できるよう努力してきましたが、常に自分が自分ではないように感じていました。また、外向的な人と自分を比較して、自分はダメな人間だと悲しく思っていました。いろいろあった末、外向的な人から自分の内向性を批判されたりもして心底疲れてしまい、自分が幸せに生きられる方法は他にあるのではないかと考えた結果、個人で働くという選択肢に辿《たど》り着きました。

自分もマリのように10代の頃にそう考えていれば、嫌な思いをしなくて済んだのにと思います。今でも、過去のことを考えるととても悲しく悔しい気持ちになります。ただ、っている糧《かて》にな自分の人生のことは、嫌な思いをしながらも自分には向かない環境で努力したていると思うのですが。

私は長い間、外向的にならなければというプレッシャーを感じ、努力してきましたが、達成することはできませんでした。ある時点で「私は私の生きたいように生きればいいのだ」と開き直り、個人で仕事を始め、ほとんど猫としか会話をしない生活に入ってからは、それまで感じていたストレスが嘘のように消えて、毎日楽しく生きています。

春樹さんは組織に属したことはないとのことですが、いつ頃から個人で働くことを意識しておられましたか？　また、周囲からのプレッシャーはありませんでしたか？（匿名希望、女性、38歳、自営業）

▼あなたのように、組織の中でうまくやっていくことのできないかた、あるいはなんとかやってはいるけれど疲れ果ててしまったというかたから、多くのメールがこのサイトに寄せられています。あなたの場合はその問題をうまく解消できたみたいで、よかったと思います。もちろん翻訳という専門技能を持っておられたからできたことでしょうが、あなたの報告が多くの人にとって何かの参考になるかもしれません。

僕は「社会体制を打破する」ことがひとつの美徳であった当時に青春時代を送ったので、「システムの中には入りたくない」という気持ちはけっこう強くありました。それは僕にとっては良いことだったかもしれません。でももちろん親なんかにしてみれば面白くなかったかもしれませんね。僕はそんなこととくに気にしませんでしたが、気にする人々も多かったようです。「親を泣かせたくない」と言って、就職していった連中も多かった。このあいだまでヘルメットをかぶっていた連中が、長い髪を切り髭《ひげ》を剃《そ》り、一流企業に入社していきました。そして第一線で一生懸命働いてバブルをこしらえ、それを派手に破裂させ、社会体制を見事に打破しました……というのはあくまで冗談ですが。

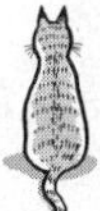

#387 2015/04/25 再び積極的に生きる意味を見いだせるのか

▽数年前に不倫して妻にばれました。妻のことは大切に思っていたので、すったもんだの末に妻とやり直しています。ですがその事件以来段々と何をしても以前ほど楽しく無くなっていますし、何かを心待ちにするということも無くなりました。自分から死ぬつもりは毛頭ありませんが、かといって今の状態で生きていくのは明らかに無意味に感じます。

限られた情報しか提供できず恐縮ですが、これは一体どういう事なのか、どうすればもう一度積極的に生きる意味を見いだせるようになるのか、村上さんのご意見を聞かせ

ていただけたら有り難いです。（干天のチェ・ジウ、男性、47歳）

▼あなたの場合はたぶん典型的な「MIDLIFE CRISIS（中年の危機）」だろうと思います。一種の中年鬱《うつ》みたいなものです。これまで進んできたレールが、違うレールに切り替わる時期なのです。身体そのものも大きく変わろうとしています。人生の目的とか、まわりの風景とかも前とは違ってきます。そして精神がその変更にうまくついて行かないんです。そういうのは誰もが多かれ少なかれ経験することです。あなただけのことではありません。しばらく耐えていれば、まわりの風景の違いに目が慣れてくると思います。きついことはわかりますが、あまりじたばたしないで、しっかりそこに踏みとどまってください。というのが僕の意見です。

#388 2015/04/25 自分でドーナツ作りますか？

▽私は二年ほど主人の転勤でアメリカに住んでいました。村上春樹ファンですのでもちろん、ダンキン・ドーナツとコーヒーを満喫したのです。帰国して半年、朝のドーナツが恋しい今日この頃。村上さんは自分でドーナツを作りますか？（備えよう常に、女性、39歳、会社員）

▼アメリカのダンキン・ドーナツの雰囲気は独特でたまらないですよね。ミニマリズムな内装、ちょっとうらぶれた空気、非フレンドリーな店員。僕はそういうところがなんだか好きです。それほどおいしくないコーヒーと、愛想のないドーナツがまたよく合うんだ。隅っこでいかつい警官がドーナツをかじっていたりして、アメリカ独自の「ドーナツショップ文化」というか。日本の「ミスド」ではああいうざっくりした雰囲気はなかなか味わえません。朝のダンキンでコーヒーをすすりながら刷りたての新聞を読むのが、僕の楽しい日課でした。

自分でドーナツをつくるか？　つくりません。僕がつくるのはパンケーキだけです。

#389　2015/04/25

つば九郎22年目のお悩み

▽はじめまして、むらかみさん。とうきょうやくるとすわろーず、つばくろうです。

きょう、けいやくこうかいをしました。

けっこう、ばんがってる、つばくろうですが、はじめての、だうんていじをうけました。ねんぽう12000えんから、だうんげんどぎりぎりの25％で、9000えんで、けいやくしました。

さがったぶんは、なにかでかえしますが、そこで、むらかみさん。ちょっこす、あるばいとをしたいので、なにか、げんこうをかくしごとを、しょうかいしてください！ぺこり。

ことしも、じんぐうきゅうじょうで、おまちしてますよ〜！（つばくろう、男性、ことし21しゅうねん、ますこっと）
▼つば九郎さんから来たメールですね。本物ですよね？
そうか、年俸ダウンしたんだ。まあ、二年連続の最下位だから、ダウンしてもしょうがないという部分はあります。年俸がダウンしちゃうと、焼き鳥も思うように食べられなくなりますよね。でもツバメだから、焼き鳥はたぶん食べないか。いったいつば九郎さんは何を食べているんだろう？酎《ちゅう》ハイなんかは飲むんだろうか？疑問が膨らみます。

アルバイト？平仮名しか書けないで、原稿書きのアルバイトもないでしょうが。少しは漢字も覚えてくださいね。また神宮で会いましょう。今年こそ最下位を脱して、また年俸が上がるといいですね。

#390　2015/04/25 村上さんは、心の先生です

▽何かで、村上春樹を好きな女はみんな病んでいる、というようなことを言ってる人がいて、たまに思い出しては引っかかります。
私も、読み始めた当時はたしかに病んでいて、村上さんの本を読んで治っていきました。

また、村上さんがおすすめされていた古典なども読んで、面白さを知りました。私にとって村上さんは、心の先生のような方です。

村上さんご自身は、ご自分の読者の女性たちのイメージってありますか？（ホッとアップルパイ、女性、35歳、主婦）

▼これはあくまで僕の個人的な意見ですが、人は多かれ少なかれみんな病んでいます。意識を抱え、二本足で立って生きるという作業自体が、基本的に病んでいるのです。それに自覚的な人と、あまり自覚的でない人がいるだけです。僕の読者だけが（それも女性だけが）病んでいるわけではありません。僕の読者に自覚的な人が多い、ということは言えるかもしれませんが。

#391 2015/04/25 猫と仮病と夜明けの生イカ

▽ボンジュール村上さん。

我が家の猫たちの話です。ねこじゃらしジャンプ遊びで着地に失敗し、猫の命ともいえる肉球が割れるという怪我《けが》を負い連日通院していたある日、獣医さんに「もう来なくて大丈夫です。きっと飼い主さんが見ていないところでは普通に歩いてますよ」と言われました。また、もう一匹の猫は、ある日突然飲まず食わずでぐったりとなり、あわてて病院へ駆け込むも数々の検査結果は良好。年齢のわりに歯がキレイですねと褒められるほどでした。何か最近変わったことはなかったかと聞かれ、「おしっこ癖が悪いので、このコいなくなったら楽になるねと軽口をたたいたぐらいですかねぇ」とジョークのつもりで答えたところ、「あ。それだ。傷ついたんですね。かわいそうに」とドクターや看護師に冷たい目で見られてしまいました。そうです。みんなそれぞれ仮病だったんです。それ以来、我が家では夫婦して猫たちに失言しないよう細心の注意を払いながら生活しています。うわさ話をする時は暗号を使って会話をしています。以前、村上さんが、手を握っててやらないとお産ができない猫を飼っていたとおっしゃっていましたが、今の私にはわかります。それも仮病というか、ただのポーズだったんですよ。猫ってそう

いう奴らなんです。（Garp、女性、46歳、飲食業）

▼僕が国分寺に住んでいたとき、水道屋さんのおじさん（昔は井戸掘りをしていた）から聞いた話です。ある冬の夜、寝る前に夫婦で「おいしいイカが食べたいねえ」と話をしていたんだけど、翌朝起きたら枕元に猫の歯形のついた生のイカが置いてあったそうです。飼い猫が夫婦の話を聞いて、夜の間にイカをどこかから持ってきてくれたんですね。猫、すごいです。うかつな話はできません。しかしどこからイカを持ってきたのでしょうね。猫の謎《なぞ》は深いです。

#392 2015/04/25
息を吐くように嘘をつく女

▽突然ですが、村上さんは平気で嘘をつく人物に出会ったことはおありでしょうか。

私の同僚は人当たりもよく誰からも好かれる人物ですが、おそらく病的な虚言癖があります。気づいた時には、私は孤立させられていました。彼女の異常さを見抜けなかった自分、彼女の話を疑いもせずに信じる上司、そして息を吐くように嘘をつく彼女。正直、何を信じたら良いのか分からなくなる時があります。くじけそうになりますが、きっと一番不幸なのは嘘をついた当人なのだと思い、何とか自分を保っている状況です。

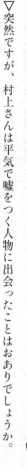

『ノルウェイの森』でレイコさんが遭遇した少女、「沈黙」に出てくる青木という生徒がとてもリアルに感じられると同時に、それぞれの物語は私にとってある種の救いにもなっています。

どうぞ、これからもお体を大切に。じんわりと「効く」作品を心待ちにしています。

(blue carol、女性、39歳)

▼よくわかります。僕もそういう人に関わって、困った目にあわされたことが何度かあります。虚言癖というのは多くの場合完全な病気なんだけど、なかなかまわりの人にはそれが見抜けません。本人がそれを嘘だとは思っていないし、話を実に芸術的に本物らしくしていくからです。そういう人たちって弁が立つから、あるいは不思議に説得力があるから、そこにある矛盾も普通の人にはなかなか見抜けません。みんなころっと騙《だま》されてしまいます。

でもそれなりの時間が経過すると、みんなちょっとずつ「なんか変だな」と思うようになります。そうするとその人はだんだん孤立していきます。とにかく時間をかけるしかありません。大変でしょうが、「きっと時間が解決してくれる」という気持ちで耐えて、やり過ごしてください。

#393　2015/04/25　一日どのくらいお返事書いていますか

▽素朴な疑問ですが、ここでのやり取りについてです。

大体一日にどのぐらいのお返事を書いてらっしゃるのでしょうか？　このサイトがある間は他の執筆は少しセーブされているのですか？

また悪質な質問など来たりしますか？　一度スタッフさんなどが目を通してから村上さんに渡るのでしょうか。

それから……

お話できて嬉しいです。（あや、女性、27歳）

▼僕はすべてのメールに目を通しています。最初に決めたことですから、もちろんその約束は果たしています。この仕事をしているあいだは、他の仕事はほとんどできません。そんな余裕は現実的にとてもありませんから。返事を書く数はその日によって違います。目の疲れ具合によって違う……というべきか。悪質なメール、というようなものはほとんど来ません。たぶん「こんなところに出すだけ無駄」と思われているのではないで

しょうか。ありがたいことです。ということでよろしいでしょうか？

#394　2015/04/25　この矛盾とどう向き合えばいいでしょう

▽私は長野県のど田舎に生まれ育ち、高校から親元を離れ8年程県外におりましたが、やっぱり故郷がいいと、この歳まで独身ながら暮らしています。

東日本大震災の後全国各地の原発が止まり、火力、水力発電がフル稼働《かどう》で補っている現状なのはご存知かと思います。

私の暮らす田舎は震災前から現在まで、100%自前の水力発電でまかなっています。

震災後原発が止まり、近隣都市への電力供給のために更なる発電量をと河川をせき止め、水を抜き取り、せっせとクリーンエネルギーを作り出しているわけなんです。

私は釣り好きです。地元の渓流を歩いてもう十数年経ちます。地元の何本かの河川の状況だけですが、毎年歩いて見ています。

あきらかに発電のための取水口以下の水量が少なく、水温が高く、今まで見たことのない藻が川底の岩を覆《おお》い、川底の砂が増えるといった変化が著しい。

私は原発絶対反対、完全不必要論支持者です。が、原発が動いていた時の方が私の大事な自然が守られる。

こんな矛盾にどう向き合えばいいのでしょう？

ワイドショーでは太陽光発電でと言っていますが、この水力発電のフル稼働をどうにか出来るものではないでしょう。電力会社が違うし。

ずーっとモヤモヤしています。

村上さんならどう考えますか？　どういった行動を起こしますか？（見習い介護士、女性、36歳、認知症高齢者介護士）

▼おっしゃっていることはとてもよくわかります。ただ単純に原発（核発）を止《や》めて、自然エネルギーだけにしろといっても、そんなに簡単に目標が達成できるものではありませんよね。何かを変えようとすれば、いろんな矛盾や問題が次々に出てきます。ヨーロッパは風力発電が盛んですが、渡り鳥があのブレードに巻き込まれて大量に死ぬということもあるようです。それが問題になっています。時間をかけて、いろんな状況をうまく「こなれさせる」ことが必要になってきます。

ただ核発が潜在的に含んでいる圧倒的な（非人間的にまで圧倒的な）リスクに比べれば、そのような矛盾や問題は、人間の手で少しずつ解決していけるレベルの問題ではないかと僕は考えています。「みんなで知恵をしぼって詰めていけば、なんとか答えは出るんじゃないか」と。

僕自身は「何がなんでも核発をなくせ」とごりごりに主張しているわけではありません。もしそれが国民注視のもとに注意深く安全に運営されるなら、過渡的にある程度存在しても仕方ないとは思っているんです。しかし実際にはまったくそうではないから、国や電力会社の言うことなんてとても信用できたものではないし、今のこのような状況下で再稼働はもってのほかだと考えているのです。

どのように行動するか？　日本という国家がこれからどのような方向に舵《かじ》をとっていくか、その意思決定をするのが先決ですよね。ドイツは意思決定を早々に下しました。目先の経済効率よりは、人間性の尊厳の方が国家にとって大事なことなのだと。日本にだってそのような決定はできるはずです。まず大筋を決める。そのためには、論点をひとつに絞り込んだ国民投票みたいなものが必要になってくると思います。そういう道筋がうまく開けるといいのですが。

#395　2015/04/26
桃太郎の桃が拾われなかったら

▽眠れない日々が続いているので、全然別のことを考えることにして質問します。

桃太郎の桃って、あのとき、おじいさんとおばあさんが大きさにびっくりしたまま見送るか、おじいさんが流れに足を取られて拾えなかったら、どうなっていたんでしょうね？

どんぶらこ、どんぶらこって、波が上下していて、川の流れも意外に速そうです。

（らじ子、女性、38歳、会社員）

▼たぶんあの桃太郎が拾い上げられる前に、５３９人くらいの桃太郎（候補）が空しくどんぶらこどんぶらこと、海までながされていったのではないかと推測されます。あるいは途中でカラスにつつかれて命を落としたりしたかもしれません。適者生存というか、自然界はずいぶん厳しいです。しかしあなたもけっこう無益なことを考えますね。

#396　2015/04/26 言われっぱなしの気弱な娘

▽私には中学1年の娘がいるのですが、人の言うことをいちいち気にしすぎるところがあります。小さい頃からそういう傾向がありました。

最近では、部活のテニス部でペアを組んでいる友達から、「試合に負けたのは全部○○（娘の名前）のせいだ」とか、「そんなのもとれないの」とか、いろいろ言われるらしいです。もちろんその友達もミスはします。でもまったく言い返せないようです。

文句を言われるのがだんだんエスカレートしてきて、かなり娘はまいってきて、「ペアを代わりたい」「もうテニスをやめたい」と言い出しました。

人の言うことをいちいち気にしないで、聞き流しておけばいい。どこに行ってもこんな人はいるし、これから社会に出れば、もっとひどい人もごろごろいる、適当にかわすことも大事。というようなことを娘に言っても、いまひとつピンとこないようです。

娘のようなこの年頃の気の弱い子に、人の言うことをいちいち気にするな、と伝えたいとき、村上さんならどんなことをおっしゃいますか。（ぼんやりさん、女性、46歳、専業主婦）

▼性格のおとなしい娘さんなのでしょうね。でも普通の人でも、部活でペアの相手にずっとそんなことを言われ続けていたら、「気にするな」と言われても、やはり気にしちゃうと思いますよ。僕だったら、そんなの我慢しないでさっさと部活なんてやめちゃって、一人で好きなことをしてますが、なかなかそうもいかないのでしょう。
「人の言うことなんていちいち気にせず、適当に聞き流しておきなさい」「言うべきことはしっかり言い返しなさい」というのはたしかにそのとおりなんですが、正直に申し上げまして、あなたのお嬢さんには（まだ会ったことはありませんが）それはちょっと無理じゃないかと思います。まず優しく慰めてあげて、「どうしてもいやならやめれば」とか言ってあげた方がいいんじゃないかと僕は思います。見ていて「こうすればいいの

に」といらいらされる気持ちはわかりますが、まだ成長の過程にある子供です。自我みたいなものもまだしっかりとは固まっていません。痛みを受け入れてあげることも大事だと思いますよ。気の弱いところもあるかもしれませんが、良い部分もたくさんあるはずです。

#397　2015/04/26
尊敬する人はいますか

▽僕はだれかを尊敬することが苦手です。昔、友人に「尊敬のない人生はつまらないよ」と言われ、おもわず考え込んでしまいました。敬意を抱いてないわけではないんです。ただ特定のだれかを尊敬することが難しくて。
　生きてる一人一人に心から敬意を抱くんですけど、でもきっとそれは尊敬とは違いますよね。なんだろう、尊敬と崇拝は紙一重だと思うし、そういう「様子」に嫌悪感に近い拒否反応がある気がします。あとは生意気かもしれませんが、「みんな同時代の同級生でしょ」みたいな感覚もあって。

　村上さんは、僕と同じくらいの年齢の頃、あるいは今も含めて、尊敬してる人はいらっしゃいましたか？　尊敬についてどのように考えていましたか？（息吹、男性、29

歳）

▼尊敬する人は？　とあらためて質問されると困りますよね。「いません」と答えづらいケースもありますしね。

　尊敬する人、僕にはこれまでただの一人もいませんでした。立派な人だなと感じ入る人はいましたが、だから尊敬できるかというと、尊敬まではできません。どんな人にだって、尊敬できない部分が少しはあります。人間というのはそういうものなんです。だからあなたも、尊敬できる人がいないからといって、気にすることはありません。好きに生きていっていいと思いますよ。

　でもどうしても尊敬する人をあげろと言われたら、なるべく昔の、誰もよく知らないような人をとりあえずあげておくと良いのではないかと思います。たとえばハンニバル（象にアルプス越えをさせるなんて常人には思いつけない）とか、大国主命《おおくにぬしのみこと》（手間をかけてうさぎを助けてあげた）とか。

#398　2015/04/26 海外翻訳を前提に書いていませんか？

▽「村上春樹は自作が他言語に翻訳されることを前提として作品を書いている」と論じ

られていることがしばしばあります。これはどの程度当てはまりますか。差し支えなければぜひお聞かせいただきたいです。（nonfatmilk、女性、28歳、学生）

▼正直に申し上げまして、僕にはそんな器用な小説の書き方はとてもできません。小説を書くときは本当にぎりぎりのところで書いているのです。「こうすれば翻訳しやすいだろう」みたいな余分なことを考えるゆとりはとてもありません。手持ちの日本語の文体をフルに使って、頭に浮かぶ物語を追っていくことで精一杯です。それにだいたい翻訳されるようになる以前から、僕はずっとこういう文体でこういう作品を書いてきました。

「村上春樹は自作が他言語に翻訳されることを前提として作品を書いている」というのは「言いがかり」とまでは言いませんが、ただの根拠のない推測です。そんなことなら誰だって好きに言えます。根拠を示して論証しなくていいんだから簡単ですよね。しかしそういうものをもとに「風説」みたいなのが勝手に作られていくのって、あまり気持ちの良いことではないですね。

そういう論が世間にあることについて、あなたはどう考えますか？　僕としてはむしろそれを知りたいのですが。

#399　2015/04/26　「頑張れ」よりもほんわかする言葉

▽毎日楽しみに見させていただいてます。村上さんが皆さんの質問に答えられ、最後に「うまくいくといいですね」としめられてますが、とてもいい言葉だと思います。ほんわかします。

「頑張ってね」などと言うと「こんなに頑張ってるのにこれ以上どう頑張ればいいんだ!」とか精神的にまいってる人に「頑張れは禁句!」とか言われ、今まで自分で使いながら後ろめたさみたいなものを感じてました。決して悪い言葉ではないと思ってますが。

でもこれからは「うまくいくといいね」を使わせて頂きます。(どうぞ、お好きになんておっしゃらないで下さい。(ふじこ、女性、53歳、団体職員)

▼がんばってください、というのは決して禁句ではないと思いますよ。「がんばってほしい」という気持ちが相手に通じればそれで良いのであって、言葉を単体として取り上げる言葉狩りみたいなのは、あまり健全なことではないだろうと僕は思います。もちろんケース・バイ・ケースで使わない方がよいこともありますが、でも言葉そのものを目の敵にして、「白か黒か」で裁いていくのはちょっと違うんじゃないか、と。いちばん

大事なのは、人の気持ちですよね。それを忘れてはいけないと思うんですが。

#400　2015/04/26
今おすすめのアルバムを教えてください

▽村上さん、こんにちは。
以前紹介していた小野リサさんの『Dream』はすごく良かったです。
今おすすめのアルバムはありますか？（らら、女性、37歳）

▼最近買ったCDの中ではDiana Krallの『Wallflower』（Verve）が素敵だったです。冒頭の「カリフォルニア・ドリーミン」からぐんと痺《しび》れます。David Fosterの編曲も練れています。お気にいると良いのですが。

#401 2015/04/26 妻の雑言に心底疲れてしまいます

▽つれに関して折入って相談があります。食卓での話題で、彼女は職場の不平不満を僕に語ります。

特に同僚に関して。あの人は40過ぎで処女で更年期障害で仕事をしない、といった感じです。そういった話を聞いていると心底疲れます。かと言って「そういう話は聞きたくない」というとカドが立つと思われ、黙っています。

まだご飯は半分以上残っています。どうしたらいいでしょう。（けんこう一番、男性、52歳、無職）

▼お気持ちはよくわかります。でもそれはしょうがないことなんです。死と税金と潮の満《み》ち干《ひ》と妻の繰り言は、男の人生にとって避けることのできないものごとです。「うんうん」と適当にうなずきながら、ただ聞き流しているしかないと思いますよ。「そういう話は聞きたくない」なんて言っては駄目です。それは禁句です。昔イギリスに「キンクス」というバンドがありましたが。

#402 2015/04/26 売れない小説家の彼が愚痴っぽくて

▽私の彼は2、3年に一冊小説を出す兼業作家です。なかなか端正でわかりやすい文章を書く人で、彼の文体は大好きなのですが、進捗《しんちょく》具合が思わしくないと激しく落ち込んだり、他人に攻撃的になったりします。
特にお酒を飲んだりした際の愚痴はすさまじく、売れている作家がうらやましいだの、あんな話が売れるなんて信じられないだの、聞いているこちらがげんなりします。

私も自分が声楽家という、人からの評価にさらされる商売をしているので、その気持ちはわからなくもないのですが、「人を妬《ねた》む気持ちを原動力にして小説を書けばいいんじゃないの？」とでも言って慰めようものなら、「どうせ能力がないですよ。そんなにみんな、あなたみたいにポジティブじゃないですよ」ともっと面倒くさい事になります。売れない小説家である彼の心の中にある苦しみを、どうしたら和らげてあげる事ができるでしょう。（歌う天秤座、女性、49歳、声楽家）

▼僕はこれでもう36年くらい小説を書いていますが、小説を書

くことについて、うちで苦情とか愚痴とかを口にしたことは一度もありませんよ。そんなこと言ったら、「じゃあ、書かなきゃいいでしょ」と言われるに決まっているから。だからただ黙って書いています。あなたは少し親切すぎるんじゃないでしょうか？ もちろん人が人に親切にするのは良いことであって、僕がいちいち口を出すことじゃないと思うんですが、なんかちょっと不公平だなという気がして。ぶつぶつ。

#403 2015/04/27 負の感情を消せないときには

▽1年前に、これまで信頼していた人からひどい形で裏切られる、というようなことがありました。散々泣いて、苦しんで、周りに支えられてなんとか乗り越えることはできましたが、自分の心の中にある相手への「負の感情」を、1年たった今でもなかなか消すことができません。日々の生活で、ふとその一件を思い出すことがあるのですが、そのたびに辛《つら》い気持ちが思い出され、相手を憎む？ 恨む？ ような感情が蘇《よみがえ》ってきます。1年たってもその一件を根に持っていることを「強烈な出来事だったのだから仕方ない」と思う反面、「我ながらしつこいな、人を嫌いだと思い続けるのって良くないよな」とも思います。

村上さんは、人間関係での辛い経験は、どのように克服してきましたか？　別の方の質問で、村上さんは「苦手な人はいるけど嫌いな人はいない」みたいなことをおっしゃっていましたし、そんな経験ないのかもしれませんが……。やはり時間が解決するのを待つしかないのでしょうか？（はなりん、女性、38歳、教員）

▼長い人生ですから、誰かに対して「負の感情」を持ってしまうことは僕にもあります。おおむね平和主義者ですから「会ったらぶん殴ってやる」みたいなことは決して思いませんが、「できればもう二度と顔を合わせたくない」「顔を合わせても話はしたくない」と強く思う相手は何人かいます。僕はまず表だって喧嘩《けんか》ってしないんですが、いったん感情がぷつんと切れてしまうと（たとえば深くがっかりしたりすると）、もう二度と元には戻らないという傾向があります。

どうしても忘れられないくらい嫌な、つらい思いをなさったのなら、ずっとそのことを覚えていればいいと僕は思いますよ。なにも無理して忘れることはありません。僕はときどき過去の「嫌なこと」をしっかり思い出しています。そしてその「嫌なこと」を自分のモチベーションというか、何かの燃料みたいに利用することもあります。ポジティブな感情であれ、ネガティブな感情であれ、それはあなた自身の持ち物です。なんだって自分のためにうまく役立てればいいんです。有効利用すればいいんです。と僕は思いますが。

#404　2015/04/27
明日の朝のためのLPを選ぶ

▽時代とともに音楽を聴くときの媒体が変わっています。私はデジタル音源も多く聞いていますが、パートナーがアナログレコードを多く持っているので、アナログレコードの音の温かさみたいなものを心地よく感じます。村上さんはシチュエーションに応じて聞く音楽の媒体を変えてるんでしょうか。移動中や走るときはデジタル音源（モバイルミュージックプレイヤーで）とか、家ではアナログレコードとか。ちなみにすでにハイレゾリューション音源で聞ける環境をばっちり揃《そろ》えられていたりするのでしょうか。
（TabaWaka、女性、40歳、会社員）

▼アナログとCDは使い分けています。仕事をするときは、どちらかといえばアナログを聴くことが多いですね。CDよりもLPの方が、なんとなく気持ちが穏やかになるので。前の夜に「明日はこれを聴こう」と五、六枚のレコードを用意しておいて、朝起きるとそれを順番に聴いていきます。朝はだいたいクラシック音楽を中心に聴きます。前の夜に、明日の朝のためのLPを選ぶのがけっこう楽しいんです。なんだか子供の遠足の用意みたいですね。

#405 2015/04/27
ダニだと思って引っ張ったら……

▽中学生の時に家に居たシロという名前のオス猫のお腹《なか》に乳首がありました。私はそれをダニか何かだと思ってピンセットで思いきり引っ張ってしまいました。痛かったかな? ごめんね。許してくれますか? (アツコフ、女性、24歳、福祉職)

▼そんなの、痛いに決まっているじゃないですか。かわいそうなシロ。

#406 2015/04/27
「人生とは?」とSiriに聞いてみた

▽iPhoneの秘書機能アプリ「Siri」に、「人生とは?」と聞いてみたら、「人に親切にすること、食べ過ぎないこと、いい本を読むこと、適度に散歩をすること、信条や国家を問わず、あらゆる人々と平和に仲良く暮らせるように努力することです」と返事をされ、

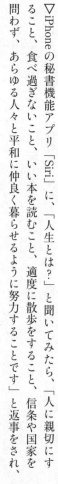

ぐうの音も出ませんでした。

Siri日本語版の開発には、村上主義者が紛れ込んでいるのではないでしょうか。

ちなみに、「村上春樹は好きですか？」としつこく聞くと、「それについては言いたくありません」としらばっくれます。（マッスル酒蒸し、男性、48歳、自営業）

▼そうですか。Siriでそんなややこしいことがおこなわれているんだ。僕はちっとも知りませんでした（という冗談もしつこいですね）。できれば僕がそのSiriに潜り込んで、アルバイトしたいくらいです。どんな質問にだって適当に答えちゃえるんだけどな。時給はいくらくらいもらえるんでしょうね？

#407　2015/04/27　お前は関西人ちゃうな

▽私の家族は「吉本新喜劇」が大好きです。みんな楽しそうにバカ笑いをします。けれど私にはどこがおもしろいのかさっぱりわかりません。
「なんでそんなに笑うのかよくわからん。学芸会の劇みたい。ちょっと下品だし」と言ったら「吉本新喜劇は笑いの基本や!!　下品な中の高尚な笑いが理解できひんのか！　お前は関西人ちゃうな」と総攻撃をうけ、孤立しています。

村上さん、「吉本新喜劇」って笑えないですよねぇ。仲間を探しています。（なるようになるさ〜、女性、51歳、会社員）

▼そうですか。「お前は関西人ちゃうな」と言われると、なんか「楽園を追放されたアダムとイブ」みたいな気持ちになってしまいますね。お気の毒です。悪い蛇にそそのかされて、関西人のくせに吉本の笑いが理解できなくなっちゃったんだ。僕はもう何十年も吉本新喜劇って見ておりませんので、面白いのか面白くないのか、なんとも言えません。

それに僕自身も、どちらかといえば、楽園としての関西を追放されたような身ですので。

#408 2015/04/27
娘が母親に似るのは宿命でしょうか？

▽「その女性がどんな妻になるか知りたかったら、彼女の母親を見ろ」

そんな言葉を聞きました。娘は母親に似る、という意味らしいです。

私は母親のようになりたくないです。彼女は仕事と家事と子育てをこなしてきた、すごい人です。感謝と尊敬の念があります。ただ、ヒステリックなところ、つっかかる言い方、尋問のようなしゃべり方をするところ、批判と詮索《せんさく》好きで、人を見下すところ、があります。

彼女をそんな風にしたのは私や周りの人かもしれません。彼女も自分を守るためだったんだろうし、申し訳ないです。

それとは別にして、私もそういう性格になるのかな？と思うと、怖いです。なるべく寛容にほがらかになりたくて、意識してきたけど、その意志や積み重ねもムダなのかな？と。

こんなこと考えること自体、呪《のろ》いです（母にも申し訳ないし、私もはたから見れば既にそんな性格かもしれません。気づいていないだけで）。

できれば村上さんに、「そんなことはない」と言ってほしいです。もっと深刻な相談が来ているでしょうから、答えられなければ、心のなかでそっと呟《つぶや》いてください。そうして頂ければ、勝手にこちらでくみとります。お願いします。（成実、女性、26歳）
▼僕も父親みたいにはなりたくないと思って生きてきましたが、ときどき「こういうところ父親に似てるかもな」と思ってしまうことがあります。これはもうしょうがないことみたいです。小さい頃からそういう因子が、良くも悪くも、無意識に染《し》みこんでしまっていますから、ある程度あきらめるしかありません。
そういう「刷り込み」みたいなのを呪いと考えないで、これからそこに自分で上書き

していくんだとお考えになるといいと思います。そうしようと思えば、いくらでもしっかり上書きできます。あなたはまだ若いし、先の人生は長いんだから。がんばってください。

#409 2015/04/27

立派な大人になるために必要なこと

▽村上さんは嫌なことがあったらどのように対処しますか。
嫌なことがあっても「柳に風」と心得て、精神を動揺させないようにしたいのですが、毎日傷つかないようにしようと思うと、感受する部分に蓋《ふた》がされ、次第に蓋がぶ厚くなり、魂が擦り減り、自分の中の「良き部分」が埋もれていく感じがします。アドバイスを頂ければ嬉《うれ》しいです。（洋風なねこ、女性、26歳、会社員）

▼気持ちはよくわかります。でも大人になるというのは、感受性をある程度奥の方にしっかり隠していくことなのです。心の殻をしっかり固め、蓋を分厚くしていきます。そうしないとこの世界を生き残っていけないからです。感受性をむき出しにしたまま生きていくのは、かなりきついですよ。きっと途中ですり切れてしまいます。
そのようにして人は、二つの世界を持って生きるようになります。殻の内側の世界と、

殻の外側の世界です。そのバランスを上手にとって生きていくのが大人です。立派な大人になってください。

#410　2015/04/27　相手を怒らせてしまう私はどうするべき?

▽私は注意深くふるまわないと人を傷つける言動を取ってしまいます。誰でもたまには不用意な言葉を口にすると思うのですが、私の困ったところは何故相手が傷ついたり怒ったりしたのかがまったく理解できないことにあります。

マナー本を読み、人間関係の厳しい稽古事《けいこごと》をし、ホステスのバイトをし、カウンセリングの勉強をしてカバーしようとして参りました。

結果、ある程度までは矯正されたようです。

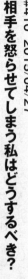

しかし今でもたまに誰かを意図せず怒らせてしまうことがあります。そしてその理由がいまもって私には全くわかりません。

その言葉が何故いけないのか、どんな意味を持って相手に受け止められたのか全くわからないのです。人を傷つけるからと言って自分が傷つかないというわけでもなくて、やはり痛い思いはします。自分が痛い思いをしたら、他人の痛みも慮《おもんぱか》れるようになると思っていたのに。

これは直らない私の根源的な「傾向」だったのかもしれません。直らないのなら、そこに着目すべきではなかったのかもしれません。悪いところは目に付きやすいのでそこに気をとられ、マナーだの心理学だの接客だのと勉強してきたわけですが、それ以外の「傾向」で、もっと伸ばすべき点があったのかもしれません。

今更ですが、私のよい「傾向」について考えてみたいと思います。

そこで村上さんに一般論として伺うのですが（私個人のことはご存知無いので一般論として）、他人の感情に鈍く、情愛の薄いタイプの人間にある、よい「傾向」とはどのようなものがあるとお考えになりますか？

自分でも考えてみたのですが、ぱっとしたものを思いつきませんでした。村上さんが素敵な「傾向」をお答えくださると嬉しいのですが。（ユレル、女性、51歳、会社員）

▼僕はあなたのメールを読んでいて、あなたが「他人の感情に鈍く、情愛の薄いタイプ」であるとは感じませんでした。そういう風にはお考えにならない方がいいと思いますよ。ただあなたの感情システムには何かmalfunction（機能不全）な部分があるのではないかという気がします。部品の一部がもともとうまく動いていないというか。あなたの言う「根源的な傾向」です。これはいくら直そうと思っても、なかなか直らないものです。人の心は機械と違って、簡単に部品を取り替えるというわけにはいきませんか

ら。

だったらあなたが考えるように、その傾向を「変更のきかないもの」とみなし、それをできるだけ良い方向にもっていくしかないですよね。古今東西、芸術家にはあなたのような傾向を抱えた人がたくさんいます。部品がひとつ欠けている（あるいはうまく動いていない）ぶん、社会性には少し欠けるけれど、他の感覚が研ぎ澄まされていることが多いんです。何かそういう能力を見つけて、うまく伸ばされると良いと思うのですが、何か心当たりみたいなものはありますか？

#411 2015/04/27 お母さんが全部答えてあげるわ

▽村上さん、こんばんは。私の母は村上さんより1歳年下です。本はあまり読まず、テレビもそれほど観《み》ず、介護や孫の面倒など人のお世話ばかりして毎日過ごしています。そんな母に「実は、小説家の村上春樹さんに、10通くらい質問のメール送ってん。全部目を通してもらえるなんて夢みたい！」と言ったら、「そんな世界的な小説家の村上春樹さんにメールだなんて！　村上春樹さんに申し訳ないから、お母さんが全部答えてあげるわ。さあ、質問しなさい」と言ってきました。勢いにおされ私は母に質問をし、母

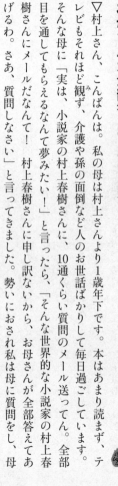

はどんどん回答していきました。あれ、なんでこんなことになってんだ？　と思いましたが、母の答えも思ったより面白かったです。私の質問には、散々ダメ出しされましたが……。村上さんも、思ってたのとは違う展開だけど、まあこれはこれで面白いっか、と感じたことなどありますか。（ヒトミひつじ→ヒトミスキー移行中、女性、35歳、教員・育休中）

▼うーん、あなたのお母さんは実に素晴らしい方です。なにしろ僕の手間をそれだけ省いてくださったわけだから。心から感謝したいと思います。母の力、すごいですねえ。お母さんによろしくお伝えください。

#412 2015/04/28 戦後でいちばん文章のうまい小説家

▽皆さんへの慈愛に満ちた回答を楽しく読ませていただいています。
私の大好きな作家の二大巨頭は、村上春樹さんと池波正太郎さんです。

羊男と鬼平の間に何か共通点はあるのでしょうか？

春樹さんは、時代小説は読まれないのですか？（アジの背鰭《せびれ》で頬を切る主婦、女性、44歳、公務員）

▼うーん、羊男と鬼平の間の共通点？　いったいどんなものでしょうね。むずかしいなあ。僕もいささか興味があります。もしわかったら教えてください。
僕は一時期、藤沢周平さんの小説にはまりました。ずいぶん読みましたよ。面白いですよね。なにしろ文章もうまいし。戦後の日本の小説家の中では、安岡章太郎さんと並んで、いちばん文章のうまい人じゃないかな。

#413 2015/04/28 何度観ても飽きない映画ベスト3

▽知り合って間もない相手を知るために、「何度も観返している映画ベスト3」を訊ねるのがわたしの癖なのですが、村上さんの「何度も観返している映画ベスト3」はなんですか？　飲み会の席でするような質問で恐縮なのですが、せっかくの機会なのでメールしてみました。
村上さんの書いたものは全て《すべ》読ませてもらっています。直接お会いしたことはありませんが、村上さんの書く文章から滲《にじ》み出る村上さんの姿勢、その存在に支えられながら、自分はこれまで成長してきたような気がします。春樹さん、これからも応援しています！（ずーきち、女性、30歳、フリーカメラマン）

▼二つしかありません。どちらもすごく古い映画ですが、ジョン・フォードの『静かなる男』と、フレッド・ジンネマンの『真昼の決闘』です。四面楚歌《そか》みたいな状況に置かれたときに（何度かそういうことがありました）、よく観ました。見終わると、「僕もがんばらなくちゃな」という気持ちになれます。どちらもとてもよくつくられた映画です。何度観ても飽きません。
　アメリカのホワイトハウスの映画室で、もっとも数多く大統領に観られた映画は『真昼の決闘』だという話を聞いたことがあります。アメリカの歴代大統領たちも、時として励ましを必要としていたんでしょうね。

#414 2015/04/28
震災のつらい気持ちが波のように

▽村上さんこんにちは。アリクイが好きで、一度一緒に暮らしてみたいと思っている寅《とら》年の女です。
　世の中では「さんてんいちいち」、なんて円周率みたいに言われていますが、もうすぐまた3月11日がやってきますね。私は当時、海から徒歩10分の距離にある実家におりました。遠くからやってくる津波は映画で観たもののようで、まさに壁でした。水の壁

です。私は必死に走って逃げました。私の遠く後ろで、津波に呑《の》み込まれてしまった車や多くの走る人たちの姿を、未《いま》だに夢で見てしまうくらい、とてもとてもつらい出来事でした。当時私はまだ学生で、しばらくの間一睡もすることができず、病院に通ったりもしていました。シャンプーの泡がシャワーで流れて排水口に吸い込まれていく様子さえ、津波に攫《さら》われる人々に見えました。

あれからもう4年たち、社会人となった今も、つらい気持ちがそれこそ波のようにやってきて、あのときこうしていればあの人は助かったよなーとか、もし津波がくることがわかっていたら、あれとこれを準備して、皆に逃げるよう伝えて……などと、考えてもしょうがないことを考えます。そしてふと我に返り、こんなこと考えたって、時間が戻るわけじゃないのに馬鹿だなーと涙が出てきます。でも考えてしまうのです。そんなことを繰り返しています。

世の中では、もう「さんてんいちいち」のことは、少しずつ話題にも上がらなくなってきました。あんなに怖い出来事があったのに、人間ってやっぱり忘れてしまうのですね。私自身も、気が付かないだけで、大切なことをたくさん忘れちゃっているのかなーって心配になります。

こんなつらい思いやふがいなさを抱えて、あと何十年も生きていかなきゃならないのかと思うと、正直結構しんどいです。自分はかろうじて生き残った身ですから、頑張って生きていかなくちゃ、と思っています。でもでも、やっぱりしんどいのです。こんな、つらい気持ちとうまく付き合っていくには、どうしたら良いのでしょうか。コツみたいなものってありますか？　本当にわからないのです。周りの人には、心配かけるだろうなと思って聞けません。村上さんは、私としょっちゅう顔を合わすこともないし（たぶん）、私の住んでいるところから遠いどこかにいらっしゃるので聞いてもいいかなと思い、メールを送った次第です。（アリクイのしっぽ、女性、28歳、会社員）

▼死と向かい合わせになった経験というのは、人の心に深く残るものです。特にあなたのように、まわりの人々が津波に呑み込まれていく光景を目になさったとなれば、その重みは大変なものになってしまうはずです。僕も地下鉄サリン事件の被害者や遺族の方のお話をうかがっていたとき、そういう死の重みをひしひしと肌身に感じました。だからあなたのおっしゃっていることは、僕なりに（あくまで僕なりにですが）理解できます。というか、その重みを僕なりに想像することはできます。

どうしたらよいのか？　僕にはその問いにはとてもお答えできそうにありません。うまくやっていくコツなんて、どこにもないような気もします。僕にただひとつ言えるのは、記憶を無理に消すことはできないということです。もし記憶が消せないのだとしたら、それと一緒に生きていくしかありません。それを「これはこの世界の必須《ひっす》の一部なのだ」と思って、むしろ積極的に引き受けてやっていくしかありません。それを進んで引き受けるメリットは何かあるのか？　とくにないと思います。あなたがその分、深く強い人間になれるという以外には。

#415　2015/04/28
プロとアマチュアの境目はどこに

▽村上さんに伺いたいのは「プロとアマチュアの違いについて」どう思うか、です。以前の自分は対価として金銭をいただいているか、そうではないか、がその境目だと思っていた節があるのですが、就職してみてそうではないな、と強く感じました。クオリティの低い仕事をする人間、自分のミスを立場の弱い人間になすりつける人間、そもそも仕事をしていない人間……以前居た組織に属していた彼ら彼女らをプロと呼ぶことは自分には出来そうもありません。
村上さんはプロとアマチュアの境目ってどこにあると思いますか？　忌《き》憚《たん》ない意見を聞かせていただければ幸いです。（折紙、女性、33歳、元某組織職員）
▼どういうお仕事をなさっているのかわかりませんが、とにかくその仕事でお金をもらって生計を立てていれば、それはプロということになると思います。ただプロの中にもいろんな人はいます。ゴルフでいえばレッスン・プロからツアー・プロまで様々です。

でもそれで生活をしていれば、いちおうみんなプロです。

ただ個人的な意見を言わせていただければ、愚痴や不平や人の悪口ばかり言っているような人間を、僕はプロとは呼びたくないですね。本当のプロというのは黙って耐えるものです。まわりがなんと言おうと、自分のやるべきことをただ黙々と、手抜きなしに続けている人間です。僕はそう考えて生きていますが、そうでもないのかな。

#416 2015/04/28 図書館員は波瀾万丈なんです

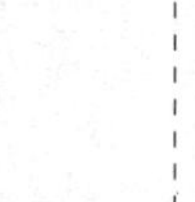

▽私は20代後半の女性、田舎の、田舎のわりには大きな公立図書館に勤める新米司書です。村上さんの作品愛読歴は、もうかれこれ12年になります。
ところで村上さん、『ダンス・ダンス・ダンス』の中の、主人公がジャック・ロンドンの伝記を読んでいる場面に、「ジャック・ロンドンの波瀾《はらん》万丈の生涯に比べれば、……（中略）……いったい何処《どこ》の誰が平和にこともなく生きて死んでいった川崎市立図書館員の伝記を読むだろう？」とありますが……この部分を就職して改めて読んで、「はいはい！　わたし！　読みたいです‼」と思わず手をあげたくなりました。

図書館員ってなかなか大変で、重い本を運び、難しい利用者に怒鳴られて謝りまくり、手も出ないようなレファレンスが来てもなんとか応《こた》えようと走り回り、休日には自費で子どもの本の研修会に参加し……ただカウンターに座っていればいいと思っている人には到底勤まらない職業です。それなのに、昨今では行政の金食い虫だと言われ、指定管理や業務委託など、やる気のある司書を低賃金で雇う仕組みばかりが発達していきます。けっこう、波瀾万丈です。

たまにとてつもなく虚《むな》しくなるのですが、人類の歴史って、「ご飯をお腹いっぱい食べたい」「思いっきり勉強したい」「好きなだけ本を読みたい」という欲求がずーっと根底にあったと思うんですよ。その3つがすべて満たされた今の世の中の、このていたらく……と、自分だってじゅうぶん若輩者なのにそう思ってしまうのです。

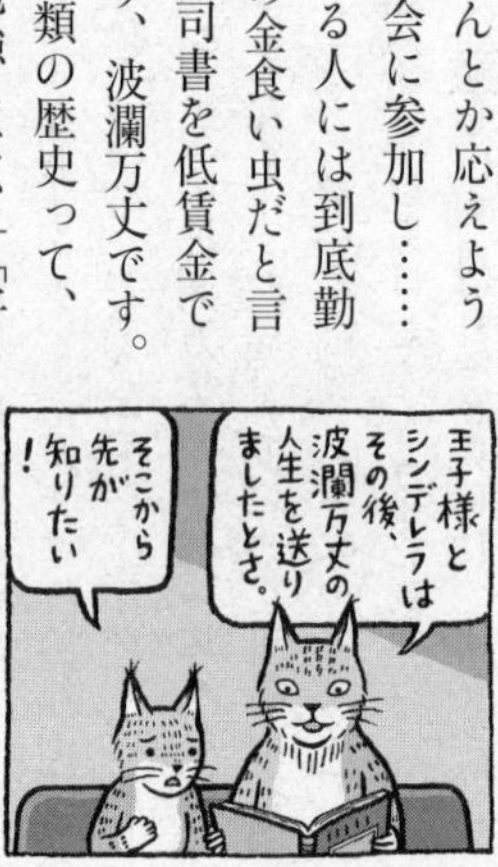

世の中に本が溢《あふ》れかえっていて、そのなかに本当に価値のあるもの、人の心に訴えるものがどれくらいあるか……と考えるだけで頭が痛くなってきます。だから、もっと本が貴重なものだったころ、図書館というものの理念があいまいだったころ、司書が苦労して図書館というものを作り上げていったころの図書館員の伝記なんか、ぜひ読んでみたいです。

というわけで村上さん、次回作のネタに、どうでしょうか？　取材ならいつでもウェルカムです。

ちなみに、村上さんの小説のなかで一番好きな司書は、『海辺のカフカ』の大島さんです。いつも図書館にいて、豊かな教養を持ち、知識を求めてくる人を温かく迎え、難癖をつけてくる人はガツンと言って追い返す、サウイフモノニワタシハナリタイ、です。

（Library Lover、女性、28歳、図書館司書）

▼そんなことを書きましたっけね？　なにしろ30年くらい前に書いた小説なので、細かいところは覚えていません。そんな生意気なことを書いて、川崎市立図書館の方にはいやな思いをさせてしまったかもしれません。反省しています。
そうですか、図書館は今では行政にそんなにいじめられているんだ。お気の毒です。僕は子供の頃からよく図書館を利用してきたので、そういう話を聞くと胸がしくしくと痛みます。図書館はもっと大事に扱われるべきですよね。自転車に乗って図書館に通っていた子供時代を思い出すと、気持ちがふと温かくなります。

#417　2015/04/28

音楽と文章　直感と思索

▽私は村上さんの小説と同じくらい、村上さんの音楽に関する文章が好きで愛読してい

る者です。

私は昔から音楽に関する書物が好きで、評論や音楽家の伝記など手当たり次第に読みふけってしまう時期さえありました。ところがある時、私よりはるかに音楽をよく聴く友人に「それはお前が自分の耳に自信が無いから、活字で補おうとしてるだけやないのか？」と言われ、そうかなあと思いつつなんとなく釈然としないまま反論もできませんでした。

とはいうものの、いい音楽を聴くとそれを文章で表現したいと思うこと、あるいは逆に（村上さんの音楽エッセイのように）音楽について書かれたすぐれた文章を読むと、その音楽を聴いてみたいと思うこと、というのはごく自然な事のようにも思うのですが、村上さんは音楽と言葉のかかわりについてどのようにお考えでしょうか。（匿名希望、男性、45歳、自営業）

▼僕は素晴らしい音楽を聴いたら、その素晴らしさをなんとか文章のかたちに置き換えてみたいといつも思います。それはとても自然な欲求なのです。そしてその文章を誰かが読んで、「ああ、この音楽を聴いてみたいな」と思ってくれたら、それに勝る喜びはありません。でも音楽を文章で表すのって、ずいぶんむずかしいです。僕はそれを自分にとっての大事な文章修行だとみなしています。
音楽を聴くことと、音楽についての文章を読むことは、お互いを助け合う行為だろう

と僕は考えていますが。直感と思索は、互いを支え合うべきものなのです。

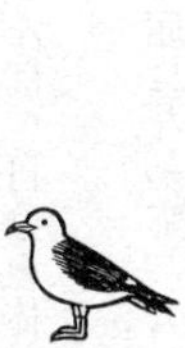

英語なのに関西弁に聞こえるんです
#418 2015/04/28

▽こんにちは。

村上さんは、関西の人が話す英語と関東の人が話す英語（特にイントネーション）が少し違うと思ったことはないでしょうか。私は関東に生まれ、京都の大学に進学したのですが、英語の授業で、関西の人が英語を話すのを初めて聞いたとき、英語が関西弁だ！と思ったのです。国によって、それぞれ英語の特徴があるのは分かるのですが、同じ日本の中でも違うのかーと衝撃を受けたことを覚えています。言いたいことが村上さんにうまく伝わるといいのですが。（ハピきち、女性、41歳）

▼河合隼雄さんはとても上手に英語を話される方でしたが、外国での講演を聞くと、完全にディープな関西弁の英語でした。「そやから……ほんま……あれですわ」という英語でした。でもアメリカ人の学生は全員ちゃんと講義を理解していました。すごいですよねえ。

#419　2015/04/28　被害者ではなく体験者として生きる

▽今日で村上さんへの質問が打ち切りになると思うと、ちょっと寂しいです。最後に、村上さんにお伺いしたいことがあります。『アンダーグラウンド』に書かれていた、ある駅員さんの話の中に、自分はサリン事件の被害者ではなく、体験者だと思うようにしている、というようなことをお話しされていた方がいらっしゃいました。

　私も学生の頃、ついこの間まで友達だと思っていた人に「早く死んで欲しい」とか言われてずっと部屋に閉じこもって、ご飯も食べずに泣いてばかりいた時期がありました（今はすっかり元気です）。

　その時、たまたまその駅員さんの話を読んで、私は「自分を被害者だと強く思うと、自滅するのではないか」ということに気付きました。だからあの駅員さんは、自分を体験者だと思うようにしているのではないか、と。

　自分を被害者だと強く思っていた時期は、世を恨み、相手を恨み、卑屈になって、人も離れていきました（なんで自分ばっかり、とその頃は思っていたのですが、実際には、自分ばっかりではなくて、みんないろいろあるんですよね）。そのようにして自滅していくのかな、と。なんだかうまく言えなくて、すみません。

相手も悪いところがあるし、自分も悪いところがあったな、と考えられるようになってから、ちょっとずつ元気になっていきました。

村上さんは、その駅員さんはなぜ被害者ではなく、体験者だと考えるようにしていたのだと思いますか。

ぜひ、村上さんの解釈をお聞きしたいです。（朝日村、女性、25歳、医療関係）
▼被害者というのは一般的にいえば、「自分には何の責任もないのに、たまたま災難が降りかかってきた」という人のことです。だから「どうしてこの私に？」という疑問が先に立ってしまいます。それで深く混乱し、傷ついてしまうこともあります。でもその駅員さんは自分を「被害者ではなく体験者」と見なすことによって、「自分はこの世界に生きているという責任を、たまたま自分なりに分担したのだ」という風に、いわば前向きにお考えになろうとしたのでしょう。僕はそのように解釈しています。それは「災難が降りかかってきた。ひどい目にあった」と受動的に捉《とら》えるか、「心ならずもではあるが、自分が災難を引き受けることになった」と能動的に捉えるかの違いだと思います。
あなたもできるだけいろんなことを能動的に前向きに捉えて、元気に生きていってください。

#420　2015/04/28
新聞の将来に危機感を抱いています

▽新聞記者の29歳男です。

インターネットの台頭で新聞業界全体が不況に陥っており、部数の減少が止まりません。私が勤務する新聞社の場合、もう何年も前から連続して部数が減り続けているような状況で、底がまったく見えてきません。不安です。

自宅で自社の新聞を取っていますが、正直なところ、記者をやっていなければ購読しなかっただろうと思います。作り手側が言うのもなんですが、それくらい読みたいと思う記事が少ないです。個人的には、少しでも読まれる記事を書きたいと思ってはいますが。

社は旧態依然としており、息苦しさがただよっています。妻も子もいる身としては、このまま手をこまねいていてよいのだろうか、という危機感も抱き始めています。そこで質問です。

この先の身の振り方は私自身で考えるとして、村上さんは、いまの日本の新聞について（そんなに読まれる機会は多くないと思いますが）率直にどう思っていますか？　また、これからの時代の新聞社や出版社が、インターネットとどう付き合っていくべきか、ということについてはどのようにお考えでしょうか？　お話をうかがえれば幸いです。

(pizzapote、男性、29歳、新聞記者)

▼僕は日本の新聞の事情はあまりよく知らないのですが、アメリカの新聞はとにかくひどいことになっているみたいです。たとえば「ボストン・グローブ」は昔は読みごたえのあるしっかりとした新聞で、僕も愛読していたのですが、今ではなんだかぺらぺらした内容の薄い新聞になってしまいました。こんなに変わってしまうものかと、手にとって愕然《がくぜん》としてしまいます。ハワイ州でも二紙あった新聞が一紙に合併され、それもほとんど虫の息という状態です。「NYタイムズ」はまださすがにがんばっていますが、いつまでそれが続くかもわかりません。日本の新聞もなんだか全体的に薄くなってきたような印象があります。アメリカを先行する例とすれば、現在ある日本の新聞社の合併、買収、消滅は近い将来やむを得ないのではないかという気さえします。もちろんアメリカと日本とでは、新聞社の経営基盤のあり方が少し違っているので、そう簡単には比較できないと思いますが。

僕も正直言って、日本ではあまり熱心に新聞は読んでいません。流し読みするくらいです。それも毎日のことではありません。読まなくてもそれほど不便はないな、というのが実感です。速報性ならインターネットや放送の方が勝っているし、詳しく事情を知りたければ雑誌を読むことになります。きっと新聞があとに置いて行かれたということなのでしょうね。

新聞記者の方はきっと足を使っていろんな記事を書いておられるのでしょう。でもその「足を使っている」という実感が、新聞を読んでいて今ひとつ伝わってこないんです。それがいちばん大きな問題じゃないかなと僕は思うんですが。

#421　2015/04/28
小説の孤独はきっと役に立ちます

▽私は今、大学で、現代日本文学について勉強しています。
村上さんの小説は、「孤独」な文章だとよく言われています。

でも、今まで私は村上さんの物語に何度も救われました。

（彼氏よりも）笑わせてくれたり、（彼氏よりも）寄り添ってくれたり、でも時には（彼氏以上に）突き放してくれる村上さんの物語が大好きです。

これからも、すてきな物語を書き続けてください。

それから、ヤクルト・スワローズがセ・リーグを制して、日本シリーズでホークスと試合をするのを楽しみにしています!!

その際は、ぜひ、福岡までお越しください!!

(このメールを打ち終えたら、彼氏と仲直りの電話をしてきます。)(亜子、女性、22歳、大学院生)

▼人は孤独という相を一度でもしっかりとくぐり抜けておかないと、誰かと本当に心から結びつくことはできません。若いうちに深い孤独を体験しておくことが大切です。その厳しい季節を通過することによって、自分の中にしっかりと年輪を刻んでください。あとになってそれが役に立ちます。もし僕の書く小説が孤独であると感じられたとしたら、そこにはそのようなメッセージが含まれているからです。僕の小説があなたに手渡したいと思っているのはおそらく、そのような孤独の疑似体験です。あるいは追体験です。

そうですね。日本シリーズで福岡に行けたら素敵ですね。そううまくいくかどうか……。

#422 2015/04/28 新聞紙でテレビを叩く母

▽私の母は、91歳ですが、安倍首相がＴＶに映ると新聞紙で叩いていますが、私もその気持ちが分かります。小6の頃、この人のお祖父《じい》さんは「安保反対」の声をよそに強行採決、大叔父さんの佐藤首相は学生だった私たちにとっては天敵。まさかの孫は姑息《こそく》なやり方で憲法を形骸化《けいがいか》、秘密保護法まで押し通しマスコミに圧力をかける。なんとかしなければとあせる気持ちが募ります。歴史は繰り返すというけれど、そうしないために大切なことってなんでしょう。（tomomi、女性、67歳、某区役所・福祉系非常勤）

▼しかしテレビを新聞で叩くというのはすごいですね。テレビも困っちゃうんじゃないのかな。でも91歳でそれだけしっかりしておられるというのは、素晴らしいことです。いつまでもお元気でいてもらいたいものです。

うちの母（あなたのお母さんと同じ歳《とし》です）も娘時代、大阪の実家を空襲で焼かれ、艦載機グラマンの機銃掃射を受けながら生き延びた世代です。戦争だけはもうごめんだといつも言っています。何があろうと、歴史を繰り返す愚だけは避けたいものですね。

#423 2015/04/28
「ピーター・キャット」のファンでした

▽私は中高生のころ千駄ヶ谷に住んでいて、村上さんのお店peter-catによく伺っていました。コンビーフサンドがお気に入りでした。あとラムコークも（時効ですよね）。混んでいても人がいなくても、音楽が流れていてもそうでなくても、何かその場の空気感が好きだったのです。この店がある限り、ここに住んでいたいな、なんて思っていたくらいです。

その後、お店を手放されたのだと思うのですが、次も内装そのままで同じような業態のお店が営業していました。でも、なんだか全く違う、のっぺらぼうな感じのものになってしまっていました。何が違うのでしょう。同じ内装、同じロケーションなのに。不思議でした……。場を作るものってなんなんだろう。

今私は、建築設計の仕事をしていて、頭の中で思い描いたものを、図面に表現して、空間を作っています。でもpeter-catのことを思うと、空間は形だけでは決まらない、と、ある意味自分の職能を否定するような思いを抱いてしまいます。

それを作るのは人だよ、なんてこともよく言われます。

そういう場合も多い、でもそれだけでもない気もするのです。村上さんはどう思われ

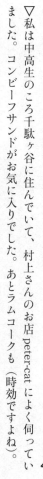

ますか？（環、女性、50歳、建築設計）

▼店を経営するのも、本を書くのも、基本的には同じことなんだろうと僕は考えています。自分が納得できるものを、細部まできちんと磨き上げてつくっていって、そこに人を迎え入れ、もし気に入ったらまた来てくださいね、ということになります。容《い》れ物《もの》はとても大事です。でもそれと同時に、そこに入れていくものも、容れ物と同じくらい大事です。僕は店を経営することによって、数多くの大切なことを学びました。ずいぶん昔のことになりますが、僕の店が気に入っていただけたようで、とても嬉しいです。

#424 2015/04/29 行きつけの本屋さんはありますか？

▽ご多分に漏れず、わたしの好きな場所と言えば本屋さんなのですが、村上さんは本屋さんはお好きですか。きっとお好きだと思うのですが、村上さんが本屋さんに来てしまうと大騒ぎになってしまうので、好きな本屋さんにも足を踏み入れることができなくなっておられるのではと心配です。村上さんは本はどこで購入しておられるのでしょうか。もし行きつけの本屋さんがあったら教えてください。（定九郎のパパ、男性、53歳、牧師）

▼僕はときどき新宿の紀伊國屋で二時間くらい時間をつぶしていますが、誰にも声をかけられたことなんてないですよ。じろじろ見られたこともありません。レジに本を持っていって、クレジットカード（名前入り）で支払いをしても、ちらりとも見られません。すごく気楽なものです。アメリカの書店ではときどき声をかけられるんだけど、不思議ですね。

#425 2015/04/29 知りたい知識しか勉強したくありません

▽学校に行くことにはどんな価値があると思いますか。学校に行かないと、欠落してしまうものはあると思いますか。私は自分の好きなことができない学校が嫌いです。日々が課題やテスト勉強で埋め尽くされるのにうんざりです。テストによって自分が記憶することを操作されるのがいやです。自分が記憶したいことを選びたいし、記憶する必要がないことを無理矢理頭に入れたくありません。学校で勉強していても全然楽しくないです。私は大学には行かずに、自分の好きな場所で自分の知りたい知識だけを本などで学びたいと思っています。（米、女性、17歳）

▼きみの言いたいことはよくわかります。学校ってほんとに面倒なところですよね。僕

もそう思います。勉強はつまらないし、規則はうるさいし、問題のある教師はいるし。僕は女の子に会いたくて、それで学校に行っていたようなものです。あとは麻雀《マージャン》のメンバーを探す目的もあったし。

きみの言い分はもっともだけど、でも「自分の好きな場所で自分の知りたい知識だけ」を学んでいても、それはそれで飽きちゃいますよ。大事な知識を得るには、けっこう「異物」みたいなのが必要なんです。そういうものがないと、同じところをぐるぐるまわっているみたいなことになりかねません。一度大学に行ってみたら？　大学もつまらないかもしれないけど、いちおう自分の目でつまらなさを確かめてみて、それからやめるのならやめれば？　と僕は思いますけど。

#426　2015/04/29
夜に書いたラブレターの鉄則

▽夜を徹して書いたラブレターが大惨事を巻き起こす要因はドコにあるのでしょうか。無意識の自分の内に？　それとも悪意のあるナニモノかの仕業なんでしょうか？（まさきんぐす、男性、47歳、警備）
▼夜を徹して書いたラブレターは必ず問題を起こします。ものごとは良い方向には進み

できた!
このラブレターを読めばあの人もわかってくれるはず。
私の想いが春樹さんに届きますように。
POST
郵便でーす。
悪い予感がする。
カタカタ……

ません。それはもう世界の鉄則みたいなものです。夜に書いた手紙はそのまま、明くる日いちにち寝かせることが大事です。そうしないと、大惨事世界大戦が起こりかねません。夜は怖いですよ。

#427 2015/04/29 安直な「対談本」が多過ぎませんか

▽ここ数年、日本では「有名人同士の対談本」が大量に出版されています。ベストセラーを出した有名学者と評論家や弁護士、作家等の対談、といったものですね。対談者のどちらかに興味がある場合、購入して読みたいのですが、余りにも出版点数が多く、時間と小遣いが足りずに諦《あきら》めることが多くなりました。また、内容的にも学者さんが専門外の話をせざるを得ない企画があり、内容が薄い書籍も散見されるのが、その学者のファンとしては残念な気がします。日米の出版事情にお詳しいであろう村上さんに伺いたいのですが、アメリカでもこの手の対談本は盛んに出版されているのでしょうか？（コードネームが欲しいマン、男性、44歳、会社員）

▼そうですね。僕も常々あなたと同じようなことを考えてきました。こんなことを言うと角が立ちそうだけど、日本で出ている対談本って、内容が薄いものがわりに多いです。

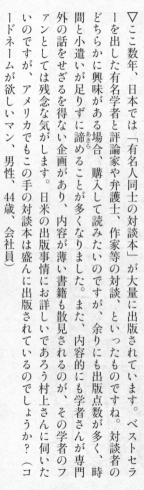

出版社が対談集をたくさん出すのは、多くの場合（もちろんみんながみんなそうではありませんが）お手軽に本が作れるからです。有名人を二人揃《そろ》えて、適当に喋《しゃべ》らせて、それで一冊本をこしらえてしまう。そういう例が少なくありません。

僕は作家になったばかりの頃、いくつか対談をやりました。村上龍さんとやったし、中上健次さんともやったし、五木寛之さんともやりました。で、そのたびに相手の作家が書いた小説をしっかり読破して対談に臨みました。そうしないと失礼ですから。でもそんなことをしていると、なにしろ時間がかかってしょうがないんです。五木さんなんてものすごい数の本を出していますから、とても読み切れません。だからあるときから対談はしないと決めてしまいました。中途半端《はんぱ》なことはしたくないから。

河合隼雄さんと小澤征爾《おざわせいじ》さんとは一緒に本を出していますが、それは僕がその人たちにインタビューするというかたちをとっています。普通の対談本とは色合いが違います。僕が聞き手として、お二人の話をうかがっているわけですから。インタビューするのって、僕は好きです。

アメリカでは対談本って、まず出ません。対談という形式もほとんど見かけません。どうしてかなと思うんだけど、きっと二人の人間が真剣に対話をやりだすと、そんな簡単には結論が出ないからじゃないでしょうか。日本の対談って、あるところまで来ると、「じゃあ、まあこういうことで」みたいに話が適当にまとめられ、切り上げられてしまうことが多いです。あるいは結論も出ないまま、それぞれに「言いっ放し」みたいにして本が終わります。そういう生ぬるさというか、なあなあっぽい感じが、僕としては少し首を傾《かし》げたくなるのです。

もちろんすごく面白い対談本もあると思うんだけど、いかんせんお手軽なものが多すぎるように僕は感じます。異論はあるかもしれませんが。

#428 2015/04/29

父は「集金人」、母は「証人会」でした

▽僕が村上さんの作品に出会ったのは18歳のときで、それは『風の歌を聴け』という本でした。何もかもが吹き飛んでしまうほどの衝撃を受けてしまい、何日も何日もその本を繰り返し読んだ事をよく覚えています。それからずっと村上さんのファンです。村上さんに少し聞いて頂きたい話があります。
僕の母親は『１Ｑ８４』に出てくる証人会のモデルとなっているだろう宗教団体に入信しています。僕も中学生の時まで一緒に教会に行ってました。

父親の職業はＮＨＫの集金人で、担当してた地区では集金率が1位でした。

『１Ｑ８４』を読んだ時「こんな事あるんだ」と、とてもビックリしたのと同時に、読

んでいて小さい頃を思い出し、少し悲しい気持ちになりました。父親がNHKの集金人だったせいでとても苦労したという事は特にありませんでしたが、宗教の方では何かと辛い経験もあったので。

たぶん僕と同じように、母親は証人会、父親はNHKの集金人なんて境遇の人はいっぱいいるかもしれないのですが……。

と、ここまでは書いたんですが、これに続く言葉が何日経っても出てきません。それがどうしたんじゃい！　的な話をしてしまってすみません。僕自身も文章を読み返すと本当にそう思います。

今後も村上さんの作品を楽しみにしています！（L.A.WOMAN、男性、29歳、ミュージシャン）

▼そうですか。そんな偶然がちゃんとあるんだ。たしかに本を読んでいてびっくりしちゃいますよね。

僕はあの本を書いたとき、「証人会」（みたいなところ）やNHKから抗議がくるんじゃないかと心配していたんですが、とくにそういうこともなく（少しはありましたが）平和裏におわってほっとしました。というかむしろ、「証人会」（みたいなところ）から抜け出して、現実の社会に溶け込むのに苦労したという人たちからたくさんの「共感」のお手紙をいただきました。青豆さんと同じような体験をしている人って、思っていたよりずっとたくさんいらっしゃるんですね。そのことに驚かされました。

いいですよ、べつに、結論が出なくても。自由に書きたいことを書いてきてくれれば、それでいいです。これからも僕の本を読んでくれると嬉しいです。

#429　2015/04/29　こんなおばあちゃんですが

▽村上さんの愛読者です。こんなおばあちゃんて投稿されてないみたいなんですが……。
　村上さんどう思われますか？
『世界の終り……』からはまりました。（こたつむり、女性、83歳、無職）

▼お便りありがとうございます。あなたが最高齢です……と言いたいところですが、あなたより年上の方からの投稿が、これまでに二件ありました。どちらも84歳の方です。もうちょっとだけど、惜しかったですね。いずれにせよ、いつも本を読んでいただいてありがとうございます。
　僕もこれからもまだ元気に小説を書いていたいんですが、年を取るのは生まれて初めての体験なので、どれくらいまでやっていけるのか、僕にもよくわかりません。でもとにかく身体を鍛えて、少しでも長くがんばりたいと思っています。あなたもどうか

お元気でお過ごしください。

#430 2015/04/30
「薬物違反で販売停止」に違和感

▽最近、私が長年愛してやまないアーティストが薬物使用で逮捕され、とても胸潰れる思いをしました。

村上さんにお伺いしたいのは、それを受けて思ったことについてで（いろいろな意味で薬物の使用はいけない、という大前提のもと）、アーティスト本人とその作品への評価についてです。

私は、たとえ本人が薬物使用で逮捕されたとしても、それまで生み出してきた作品を全て販売停止にする、ひいては、これまでの活動すべてを否定する、という日本の風潮にとても違和感を覚えます。

あくまで作品は、その時々のアーティストの生み出した産物であって、その産物は本人とは別に切り離されての評価をうけていいと思うのです。村上さんはどう思われますか？（羊女、女性、35歳、会社員）

▼薬物を使用していたアーティストの作品を販売停止にしていたら、ロックにせよジャ

ズにせよ、アメリカの1950年代から70年代にかけてのミュージシャンの作品の大半は、市場から消えてしまうはずです。チャーリー・パーカーだって、スタン・ゲッツだって、ジェリー・マリガンだって、バド・パウエルだって、セロニアス・モンクだって、ビリー・ホリデイだって、みんな麻薬で逮捕されています。マイルズだって、コルトレーンだって、ビル・エヴァンズだって、一時期は麻薬中毒に苦しんでいました。この人たちのレコードが市場からそっくり消えたら、ジャズの歴史はいったいどうなってしまうんですか？

違法薬物使用は法律に反することですし、個人がその違法行為の法的責任をとるのは当然のことですが、このような「自主的」クリーニングはちょっとやり過ぎだと僕は思います。マスコミの騒ぎ方も異常だと思います。世の中にはもっと大事なことがいっぱいあるだろうに、みたいに思いますよね。

#431 2015/04/30
次に書きたい音楽本のテーマは？

▽こんにちは。ニューヨークに5年ほど住んでいます。

今日、『セロニアス・モンクのいた風景』を読み終わって、どうしてもまたメールが

書きたくなってしまいました。

『ポートレイト・イン・ジャズ』がモンクに興味を持つきっかけになって、今ではモンクの大、大ファンです。『セロニアス・モンクのいた風景』を読んで、モンクの音楽をもっと好きになりそうです。

こんな素敵な本を出版してくれて、本当に有難うございます！

モンクみたいな人が友達にいたらちょっと迷惑そうな気がしないでもないですが、キープニューズ氏や男爵《だんしゃく》夫人のように天才に身を捧《ささ》げる人生も素敵でうらやましいなぁとも思います。

村上さんの音楽関係の本をいつも楽しませてもらっていますが、今後「こんな音楽関係の文章を書きたいなぁ」というのがあったら、こっそり教えてもらえませんか？（音楽のない人生はない、男性、44歳、会社員）

▼ジャズ関係の本を楽しんでいただけているようで嬉しいです。僕はこの手の本は、仕事というよりほとんど「趣味」状態でつくっています。

いつかスタン・ゲッツの伝記を訳してみたいと思っているのですが、なにしろ暗い話題が多いので、「読む人、いるのかなあ」といささか首をひねっているところです。けっこう問題がある人なんです。音楽はやたら美しいんですが。

#432 本の値段が高いと思うんです 2015/04/30

▽高額納税者のむらかみさんへ。

本の値段はなんであんなに高いのでしょうか。読者を一番大切にすると公言しているのなら、もう少し努力してもらいたいです。例えば、本の値段を一番安く設定した出版社で出すとかはできませんか？

しがらみがいろいろあるでしょうが、作家一人の自己満足で終わらせないためにも期待しています。読者あっての小説家ですから。

文句があるなら買うな、嫌なら読むな、とは言わないでください。悲しくなるから……。（コッチートラック、男性、33歳、専門学校勤務）

▼たとえば小説をひとつ書いて、それを本のかたちにするには、多くの手間がかかっています。本を出したあとで、その本作りに関わった人々に集まってもらうと、けっこうな数になります。編集とか、営業とか、校正とか、デザイナーとか、広告とか、印刷とか、その他いろんな人がそれぞれの持ち場で仕事をしています。「値段を一番安く設定した出版社から本を出せばいい」というのもひとつの案かもしれませんが、丁寧に本を作ることも大事なんです。本というのは作家と出版社が力を合わせてこしらえていくも

のであって、そこには信頼関係のようなものが必要です。出版というのはただ経済原理だけで成り立っていくものではありません。そのへんのことをご理解ください。

ただ僕としてはできるだけ早く値段の（比較的）安い文庫本を出したいとは思っていますし、そのための努力もしています。親本から文庫まで三年というのはあまりに長いですよね。ただ出版社にも出版社の都合があり、なかなか思うようにいかないこともあります。それからバーゲン本ももっとあっていいだろうと僕は考えています。アメリカの書店なんかに行くと、バーゲン・コーナーがあって、そこではちょっと前に出た本がすごく安く買えます。でも日本では再販制度というものがあり、それがおおっぴらにはできません。

ただこれからは電子書籍が大きな意味を持っていくと思いますし、本の価格の感覚も変わっていくと思います。再販制度もおそらく見直されていくことになるでしょう。そのへんの合意が落ち着くまでには、まだ少し時間がかかると僕は考えていますが。

#433 2015/04/30
レモンの木に話しかけています

▽私は村上さんの小説と同じくらいレモンが大好きで、職業としてレモンを栽培してい

ます。レモン畑は山の中の、ほとんど人通りがない場所にあり、毎日一人で畑を歩きまわってレモンのお世話をしています。山の中に一人でいると怖くない？ とよく聞かれますが、慣れてしまえば全く怖くなどないし、レモンの木に囲まれているととても穏やかな気持ちになります。時々とげで意地悪をされることもありますが、レモンの木々はどんな話でも黙って最後まで聞いてくれ、とても気前よく私にレモンを分け与えてくれます。村上さんはレモンがお好きですか？ もし、レモンの木と会話できるとしたら、どんなことを聞いてみたいか教えてください。（purrr、女性、38歳、農業）

▼僕はレモンが死ぬほど好きです。ほんとに。以前ハワイで住んでいた家の庭に、マイヤーレモンの木が生えていて、日々大きなレモンの実をつけてくれました。それを使ってサラダを食べたり、ウォッカを割ったり、とても幸福な日々を送っていました。レモンってとにかく素晴らしいですよね。会話まではまだしたことがありませんが。ピーター・ポール＆マリーの歌う「レモン・ツリー」も素敵な歌です。いつも合唱しています。

#434　2015/04/30
日本はこれからどうなっちゃうんだろう

▽こんにちは。僕はベルリンの中学生です。ちょっと遅れていますが今『世界の終りとハードボイルド・ワンダーランド』を読んでいるところです。

僕が村上さんにおりいって質問したいことは、日本にはたくさんの問題があると思いますが、気になるのは日本の友達がこれからどうなっていっちゃうんだろうかということ。3・11以降、僕の知る日本はどんどんネガティブなイメージに塗りかえられてしまい、僕は残念な気持ちです。

それから村上さんは、原発についてや社会について発言していますが、日本にはどうして村上さんのような大人の人が少ないのですか。またどうして自分の意見を言うと就職できないのですか。僕の住むドイツでは自分の思想や意見のない人には成績が与えられません。僕はできるだけ手をあげて自分の考えを発表しなくてはならない。日本でもそういう風にしていけませんか。どうしたらそうなっていきますか（僕の日本語がおかしければ、すみません）。（Shurippe、男性、14歳、中学生）

▼僕はときどき、様々なものごとについての自分の意見を発表していますが、そうするといろんな反発があります。ときには汚い言葉でののしられたりしているようです。そのようにして、なかなか自由に発言ができない空気みたいなものが、世の中にだんだんできていっているみたいに思えます。日本には「物言えば唇寒し」という表現がありますが、昨今はまさにそんな感じです。なんていうか、困ったものですね。

バブル経済の崩壊や、東日本大震災に付随する原発（核発）事故のあとで、日本はそのような大きな失敗から教訓を学んで、もっと洗練され、成熟した国家になっていくのだろうと僕は期待していたのですが、なかなかそうはならないみたいです。むしろ逆の方向に進んでいるかも。僕も少しがっかりしています。僕の発言で具体的に何かが変わるわけではありませんが、僕としてはこれからも自分の考えを少しずつ、いろんなかたちで発信していきたいと思っています。

#435　2015/04/30
うっほほおっーと踊り跳ねる夫

▽うちのダンナのことで相談したいです。ほぼ毎日会社から帰宅すると、まるでおバカな小学生の男子のように、うっほほおっーと騒いでひとしきり踊ります。ジャンプもするので下の階の人も気になります。なんでそんなことをするのかと前に聞いたら、仕事の垢《あか》を落とすのに一番効果がある、と主張します。若い頃は仕方ないかと思っていたけれど、もうダンナも56です。落ち着いた中年になって欲しいのに、なんとかやめさせる方法はないでしょうか。（boathouse、女性、56歳、主婦）

▼きっとお仕事たいへんなんですよ。うちに帰って、何か儀式が必要なんです。それく

らいで仕事の垢が落ちるのなら、好きにやらせておいてあげればいいじゃないですか。面白そうなご主人です。あなたが一緒になってやってあげられるといちばんいいのでしょうが。

#436　2015/04/30
新しい命とともに、がんばります

▽先日はじめて赤ちゃんを産みました。とても元気な赤ちゃんだったのですが、なぜか突然、生死のあいだをさまよう状態になってしまいました。

命は助かったものの、今ではほぼ植物状態になっています。

これから先は、家でこの子のお世話をすることになりそうです。生きてるとこんな小説みたいなことがあるんだなぁ、とびっくりしつつ、落ち込んでばかりではつまらないので、新しい生活に向かってがんばろう、という気持ちになっています。

こんな新米ママに、なにか明るいメッセージをいただけたら嬉しいです。

村上さんも日々大変なことはあると思いますが、元気で楽しく過ごされてください。

これからも応援しています。（こむぎ、女性、29歳、主婦）

▼それは本当にたいへんですね。ずいぶんショックだったと思います。お気の毒です。

いったい何があったんだろう？　いつか何か新しい、大きな幸福な転換があるといいですね。それが起こることを心から祈っています。

僕にももちろんいろいろと大変なことはありますが、あなたの体験しておられることにくらべたら、なんでもないことばかりです。あなたのような方が、この世界のどこかで日々がんばっておられるのだということを心に刻みながら、これからもしっかり本を書いていきたいと思っています。ありがとう。

あなたのメールが今回サイトにアップされる最後のメールになりました。３２５２２通目のメールです。記念にコードネームをさしあげます。あなたのコードネームは「縞《しま》模様のシマウマ」です。いったいどんなシマウマなんでしょうね。あまり意味はないですが、受け取ってください。

サイト終了後の回答より

#437
歌いたくない人のためのカラオケ対策

▽私の悩みは、会社の飲み会やお客さんとの飲み会で、カラオケを歌わないといけないことです。本当に音痴なので歌いたくありません。今まではなんとか歌わずにその場をやり過ごしてきましたが、なにかいい対策や言い訳はないでしょうか。(匿名希望、女性、37歳、会社員)

▼僕もカラオケが嫌いで、あの機械にはいっさい近づかないようにしています。目にしたらすぐに逃げます。でもあなたはお仕事なので、そうもいかないのでしょうね。お気の毒です。

やはりもっともらしい医学的理由をつけられた方がいいと思います。声帯に生まれつきの欠陥があって、耳鼻咽喉科で「Fの音だけは出さないように。その音を出すと声帯が破壊されるかもしれませんから」と警告されたとかなんとか、適当なことを言っていればいいんじゃないでしょうか。

#438 ロンドンの地下鉄でさめざめと泣く読者

▽翻訳本についての質問です。ロンドンの地下鉄に乗ると村上作品の英語翻訳本をよんでさめざめと泣いている方をよく見かけました。そこで私も英語翻訳本を読んでみました。英語自体はそれほど難しくなく、平易な文章だと思うのですが、日本語で読んだときと全然印象が違うと思います。なんというかストレートすぎて言葉の周りのもやというかぼかしがない感じです。外国にいくとどこにも村上ファンがいて、すぐにどの本がこうでと盛り上がれるのですが、私たちって同じ物語を読んでいるのでしょうか。翻訳された村上作品についてどう思われますか？（さら、女性、45歳）

▼はあ、地下鉄の中でさめざめと泣いているんですか。すごいなあ。僕も英語の翻訳が出るといちおう読んでチェックしているのですが、その頃にはもう筋を忘れちゃっているもので、「面白いなあ。これからどうなるんだろう」と思ってすらすら読んでしまいます。そんなに雰囲気が違うかな？　僕にはあまり違うようには思えないんですが。

#439 ホテルのフロントで彼が書く名前は……

▽私には季節ごとに一回逢《あ》う人がいます。ほとんどが都内のホテルでの数時間ですが、フロントで名前を記入するときに彼の名前を「村上春樹」と書いてます。なぜならその人が村上さんの大ファンだからです。このことでご迷惑をおかけすることはないと思いますが、万が一のことを考えてご報告いたします。(雨と雪、女性、56歳、固い仕事)

▼あのですね、そういうことをされると、どこかで僕に迷惑がかかるかもしれません。濡《ぬ》れ衣《ぎぬ》を着せられて、ひどい目にあわされるかもしれません。できれば違う名前を使ってください。よろしくお願いしますね。どうか僕とは関係のない名前でアバンチュールを楽しんでください。アバンチュール、ですよね?

#440 それは小説を書く燃料になります

▽村上さんは悩み事や葛藤《かっとう》などを抱えられた時、例えば誰かにご相談されたり、愚痴を

こぼされたりすることはありますか？

自分の悩みは自分一人で消化できるぐらいの強い男になりたいです。（ちゅるりんぱ、男性、26歳）
▼僕はあまり（ほとんど）人には相談しない方だと思います。だいたい自分で抱え込みます。愚痴も言わないですね。じゃあ、自分の中に溜め込んだものはどのように処理するのか？ 小説を書きます。だいたいなんでも小説を書く燃料になります。

#441 愛を知るためには

▽最近「自分は未だ愛を知らない」と思う出来事がありました。
どうしたら愛を知ることができますか？（こっくす、女性、41歳、主婦）
▼誰かを好きになって、この人のためなら何を捨ててもいいと思ったことはありますか？ それが愛です。簡単です。

#442 人が精一杯生きていることを肌身で感じてもらえたら

▽ついにあと少しで受付終了ですね。最後に村上さんに伝えておかないといけないことがあります。これについては、想《おも》いがありすぎて、結局今日のメールになりました。上《う》手《ま》く伝えられるかどうかわかりませんが、書いてみます。

3年前、『アンダーグラウンド』と『約束された場所で』を読みました。一連の事件は、当時小学生だった私に強烈な印象を残しています。ずっと読みたい、むしろ、読まないといけない、と思いながら、やっと手にとる勇気が出ました。圧倒されて、感想は上手く言葉にできません。ただ、二つの作品を読む前と読んだ後では、私のものの見方が変わりました。それは、あの事件に対してや、オウム真理教というものに対してや、地下鉄に対してだけではなく、文字通り、私の目の前の〝すべて〟に対してです。

例えば、電車にはいろいろな人が乗っています。毎日、どこからかどこかへ、出荷されているような気さえします。そんな連続的で、モノトーンで、殺風景な他人の集まりが、一気にカラフルになりました。電車の中だけではなく、世間がカラフルになったのです。これまでは、無意識に、当たり前に、森をみていたような場所や環境で、木をみることを知ったのかもしれません。村上さんのインタビューを通して、聞こえない声や、聞こえなかった声が、聞こえました。本当に感謝しています。聞き上手で、質問上手で、書こう書くと生意気に聞こえてしまうかもしれませんが、聞き上手な村上さんだからこそ、多くの人に興味を持ってもらえたんだと思います。文章の至るところから、使命感というか、伝えようとしている熱が伝わってきました。

『アンダーグラウンド』の中で、村上さんが、インタビューの帰り道に、不意に涙された箇所がありました。私もあの箇所で静かに涙が出ました。滅多に地下鉄に乗りませんが、乗るたび、それを思い出して、胸が苦しくなります。クールな村上さんが流した、その涙を私は絶対に忘れません。事件そのものを忘れないことはもちろんですが、事件に関わる全ての人の、さまざまな涙を忘れないで、次へ伝えていくことが、私たちの世代の役目だと思います。聞こえなかった声を届けてくださって、本当にありがとうございました。（リビングストン、女性、30歳、会社員）

▼メールをありがとうございました。僕が『アンダーグラウンド』という本の中でいちばん書きたかったのは、あの朝の列車に乗り合わせていた人たちは、みんな自分の持ち場で一生懸命、精一杯生きている人たちなんだということでした。たとえどんな理由があるにせよ、どんな大義があるにせよ、そのような人々を傷つけたり、殺したりする権利は誰にもないんです。そんなことをする意味はどこにもないんです。それ

は理屈では当たり前のことなんだけど、理屈じゃなく、そのことを肌身でみんなに感じてもらいたかった。あなたがそれを肌身に感じていただけたようで、僕はとても嬉しいです。

#443 「物語」と「詩」の境目

▽村上春樹さんは「物語」と「詩」の境目は何だと思いますか？
　僕が村上さんの小説で好きなことは、一つ目は、小説を読み終えた後の、身体の中にある塊の重たさが心地よいからです。もう一つは、普通の生活の中で、いきなり現れる文章のフレーズ。「なんで、今それ？」という唐突さが好きです。僕にとって「物語」とは前者で、「詩」とは後者です。（オニヤンマ、男性、37歳、建設業）

▼レイモンド・カーヴァーは詩人であり、短編小説作家です。僕が１９８４年にカーヴァーに会ったとき、「あなたの短編小説はまるで詩のようだし、あなたの詩はまるで短編小説のようだ」と言ったら、とても喜んでくれました。奥さんのテス（当時はまだ奥さんではなくパートナーでしたが）をわざわざ呼んで、「ねえ、この人はこんなことを言うんだよ」と教えていました。

詩と小説というのは交差するものです。僕は詩は書きませんが、短いストレッチの中で行われる心の転換（風景の捻転《ねんてん》）という詩の根本原理は、僕が散文の文章を書く上でとても役に立っていると思います。カーヴァーの短編小説がそうであったのと、だいたい同じ原理で。

#444 女子大で哲学を教えています

▽私は中ぐらいの規模の女子大で哲学とかを教えています。
最近の大学生の生活は、春樹さんや私の頃と比べて格段に自由がなく、心にゆとりがもてていないように思えます。先日は、ある学生に「いまの日本社会は頑張っても報われないような気がして、頑張る気になれない。頑張っても頑張らなくても、たいして違いが生まれないように思えるから」と言われて、返す言葉がありませんでした。

　この国の、そして自分の将来に夢や希望が持てなくて、頑張ろうと思う気にすらなれない今の若者たちに向けて、アドバイスやメッセージを送っていただけたら嬉しいです。

よろしくお願いいたします。（まもなく不惑、男性、39歳、大学教員）

▼今の日本では、新しい可能性みたいなものがずいぶん見つけにくくなってしまっているようですね。社会的に見ると、みんな身体が縮んでしまっているというか、外に向かって伸びようという意志があまり感じられないように見えます。まあ、経済も伸び悩んでいるし、給料も上昇しないし（今年はさすがにちょっぴり上がったみたいですが）、がんばってもしょうがないという気分が全体的に広まっているのでしょうね。

その一方で「何かを表現したい」という気持ちはずいぶん多くの人が持っているようです。このサイトにもそういう人たちからたくさんのメールが寄せられています。そしてその発表の場は、既成のマスメディアよりは、むしろインターネット方面に求められているみたいに思えます。

要するに、最近の若い人々は既成のシステム内でがんばろうというよりは（あるいはシステムをぶち壊してやろうというよりは）、よりプライベートな領域で柔らかく自己を発信していこうという傾向が強いということになるかもしれません。それが良いのか悪いのか、僕にはわかりません。たぶん良くも悪くもないのでしょう。そういう中から何か新しい可能性が生まれてくるのではないかなと、僕は考えていますが。

#445 後進を育てたいと思われますか？

▽情報番組のＴＶマンです。
後輩を育てていく、部下を育てていく、という仕事の役割が年齢とともに増えてきています。小説家として村上春樹さんも後進を育てていこうと思うことはあるのでしょうか？

もしくは、文学とはアドバイスや教えることができないものなんでしょうか？（ＴＶマン、男性、39歳、ＴＶマン）

▼後進を育てていくことを真剣に考えておられる小説家も、きっと少なからずおられると思います。いろんな大学に創作科はありますし、そこで文章の技法を教えたり、創作のアドバイスを与えることも可能です。
ただ身勝手なようですが、僕は自分の小説を書くのに忙しくて、他人を指導するような暇を見つけることはなかなかできません。それから、小説家というのは水の中にどぶんと放り込まれて、浮くか沈むかは自分で決めろ、という商売だろうと基本的に考えています。生き残る方法は自分で見つけるしかありません。古典的な考え方かもしれませんが、僕自身そうやって生き残ってきたので。

僕にできることは、他の作家の足を引っ張らないということくらいです。僕は誰の悪口も言わないし、誰の邪魔もしないし、誰に喧嘩《けんか》を売ったりもしません。そんなこと当たり前だろうと言われるかもしれませんが、当たり前じゃないんです、この世界では。

（結論）

後進を育てようとは思わないけど、邪魔はしない。

#446
「人の心を踏みにじるもの」への発言

▽中学2年からの愛読者です。今は国のために仕事をする職業に就いております。仕事柄、社会のことについてよく考えます。

私は、この世界で日々発生している、許すことができず、やるせなく、人の心を踏みにじるような様々な出来事に対する村上さんの姿勢が本当に大好きです。村上さんは、そうした出来事に対して、静かに、でも力強く、村上さんご自身の個人的な問題であるかのように、怒りを表明されます。その怒りは、決して不快なものではなく、優しい哀《かな》しみであふれています。私自身は感受性の強いタイプではなく、むしろ他人の痛みに冷淡な方なのですが、村上さんの怒りは、遠い世界の出来事であっても、私自身の心に痛く響きます。このような村上さんのお仕事を尊敬しており、そのことを強くお伝えしたくて、筆をとらせていただきました。これからも村上さんの著書を楽しみにしております。（hiro、男性、35歳）

▼励ましのメールをありがとうございます。僕は実際に何か具体的な行動をとれるわけではないので、ただこうして自分の意見を文章にして述べるしかないわけですが、あなたの言う「人の心を踏みにじるような様々な出来事」について何かしらを発言していくというのは、作家（表現者）としてのひとつの責務だろうと考えています。

小説家にとっていちばん大事なのは一人ひとりの人の心です。もしそれを踏みにじるもの、踏みにじろうとするものがいれば、それを防ごうとするのはほとんど本能的な行為です。それを忘れては小説なんて書けないだろう、と考えています。でも（繰り返すようですが）現実的にはほとんど何もできないのですが。

#447

「夜」はだめみたいです

▽結婚1年目の主婦です。

私は昔から好きになる人と付き合ってしまうと、夜の営みに興味を持てなくなってし

まいます。触られるだけでくすぐったくてしょうがなくなります。なんでなのでしょうか。（PAPPA、女性、30歳、主婦）
▼「夜の営み」だからだめなんじゃないでしょうか。昼に試してみるといいんじゃないかな。朝も意外に良いかも。だめだったらまたメールをください。

#448
「先生」と呼び合う弁護士

▽弁護士になってかれこれ5年目なのですが、いまだに「先生」と呼ばれることに慣れません。いつか慣れる日が来るのでしょうか。
村上先生、なんて呼ばれたら照れますよね。（そらまめ、男性、32歳、弁護士）
▼弁護士って、弁護士どうしでも「先生」「先生」って呼び合うんですよね。僕は最初それを聞いてびっくりしました。
村上先生、なんて呼ばれたら照れますよね。もちろんです。

#449 貯金ゼロってダメなことですか

▽私は現在27歳独身ですが、大学を卒業して数年間、海外でぷらぷらと生活していたこともあり、いまだ貯金ゼロです。書いている通りの職業なので、ボーナスなどはもちろん手にしたこともなく、税金やら年金やら家賃やら光熱費やら犬の世話代やら、普通にやりくりしていたら、まぁ貯《た》まりません。

しかし同い年くらいの友人たちはみな、(金額はもちろん知りませんが)少なからず貯金があるようです。将来の結婚資金だったり、万一に備えての貯蓄を始めているとのこと。最近、お仕事(編集)関連の知人の方にも、「○○さん、もういい大人なんだからしっかり貯金しておかなきゃだめよ」と言われてしまいました。

貯蓄がないことに対して、そりゃあ私だって不安はあります。突然大病にかかったらどうしようとか、親になにかあったらどうしようとか。でも人にはそれぞれ事情というものがあるし、私は周りのみんながさっさと就職して仕事に嘆く毎日を送るのを横目に、海外で貧乏生活を送ったり貧乏旅行をしたりして楽しんできました。そんなわけで自分の人生にはわりと納得して生きてはいますが、最近立て続けに「貯金」について考える機会が増え、すこし自信をなくしています。27歳で貯金がないのって、ダメなことです

か？（mariko、女性、27歳、派遣&フリーランスライター）

▼もちろん貯金って、あった方がいいに決まっているんだけど、ないものはないで、しょうがないですよね。ないものはない、と開き直るしかないんじゃないのかな。いいじゃないですか。まだ27歳なんだし、もうしばらくは自由に生きればいいと思います。フリーランスのライターといってもいろいろあって、具体的にどんな仕事をなさっているのかはわかりませんが、その手の仕事は普通の場合、ある程度の年齢になると、あまり依頼が来なくなってくるという傾向があります。もちろん職種や能力によって違いはありますし、あくまで「普通の場合は」ということですが。ですからまあ、「ある程度の年齢」に達するまでには、それなりの貯金をなさっておいた方がいいのではないかという気がしますよ。僕らみたいな仕事には補償みたいなものはありませんから、自衛する必要があります。

なんか親戚《しんせき》の叔父さんみたいなことを言ってますが。

#450 きれいに歳をとりたい

▽歳を重ねて良かったな、と思われることはありますか？ 私は、きれいに歳を取って

いきたいと思ってはいますが、若い頃との違いを実感し、テンションが下がるばかりです（若い頃と比較してもどうしようもないのは分かっていますが）。

何か前向きに歳を取っていけるような言葉をいただけると嬉しいです（歳を取ってずうずうしくもなりました）。よろしくお願い致します。（匿名希望、女性、39歳、会社員）

▼あくまで「僕の場合」ということですが、歳をとると少し賢くなり（というか愚かさが少しましになり）、少しずついろんなことがわかるようになり、前には書けなかったものが書けるようになります。僕は小説家なので、その手のことはわりに大事な意味を持っています。でもほかの人にとってはどうなんでしょうね。よくわかりません。

早寝早起きをして、暴飲暴食を避け、毎日運動をしていると、少しは老化を遅らせる効果はあるみたいですが、それでもやはり歳はとります。どうしたらきれいに歳をとれるか、というのも僕にはよくわからないことです。僕の見渡したところ、時間とお金に余裕のある女性は比較的——あくまで比較的です——優雅に歳を重ねられているようですが、そんなこと言ったら夢も希望もないですよね。なんとかみんな、自分の持ち場でがんばってやっていくしかありません。がんばりましょう。

#451 みんなが嫌い、自分も嫌いな17歳

▽私は人間という生き物が嫌いです。だから自分も嫌いです。みんなも嫌いです。けれどそんな嫌いなみんなと仲良くしないと世の中を渡れません。人と人が繋《つな》げている橋を渡らなければいけません。私はこの橋が壊れそうで渡りたくありません。何故《なぜ》なら嫌いなみんなが作ったものだから。でも渡らないと将来という渡った先に着けない。

私は17歳です。高校2年生です。

橋の前に立ってる気がします。この橋を渡らずに先へ行く方法はありますか?? ないですか?? どうやったら人を好きになれるのだろう? 溜息が出ます。はぁ……。(フイッシャーマン、女性、17歳、高校生)

▼他のみんなもきらいだけど、きみ自身もきらいなんだ。そう言われると筋がとおっているような気がします。自分のことは好きだけど、まわりのみんなのことはきらいだというより、まともですよね。人間そのものがすべて気に入らない。フェアな考え方です。

僕は思うんだけど、そういうときには、自分の中のいったい何がこんなにいやなんだろうと考えていくといいんじゃないかな。他人の中のいやなところって、なかなか突き詰めて考えられませんよね。他人のことだから。他人の心の中までは見通せないから。

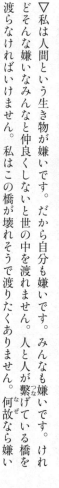

でも自分の中のいやなところって、どんどん突き詰めていけます。具体的にどうやってうまく突き詰めていけばいいか？ それはきみ次第です。きみが自分で考えるしかありません。僕の場合は本とか音楽とか猫とかが助けてくれました。きみにも助けてくれる何か（誰か）があるといいですね。

#452 ジェノバの友人の質問を代筆します

▽Si allena ancora per correre?（今も走る練習をしていますか？）

ジェノバでは、日本人としてうれしくなるぐらい村上先生の本が性別問わず熱烈に愛されていて、今回は村上先生の大大ファンの友人の代筆です。（ファビオ・フェラーリ、男性、50歳、個人資産運用コンサルタント）

▼遠くからメール、ありがとうございます（インターネットだから、遠くてもぜんぜん関係ないんですけどね）。

僕は一度ローマからジェノバまで車で旅行したことがあります。その頃はまだジェノバには僕の読者はひとりもいませんでした。30年近く前のことですから。ジェノバ、暖かくて食べ物がおいしかったな。よく覚えています。

#453 倉敷の隠れ家書店主より

▽村上さんに名付け親になっていただいた倉敷の高橋人生堂書店です。２００４年12月の開店から満10年、いろんなことがありましたが常連さんに支えられて元気で楽しくやっています。最初は市内に店舗をお借りしていましたが、1年で自宅に戻り隠れ家的にひっそりと再開してから今日までカフェと村上さんをメインに店主の好きな本だけを売っているディープな本屋としてやってきました。何しろ地味にひっそりとディープにやってきましたので知ってる方にしか知られていません。先日このサイトで初めて店のことを知ったという若いハルキストのお客様が「探しましたよ」と言って訪ねて来られてココを教えていただきました。その後も続けて5人くらいの方がお越しになりました。スゴイですね。それでどうしてもお礼とそのご報告させていただきたくて投稿させていただきました。村上さんもいかがですか。ちなみにＢＧＭは四季を問わずハワイアンです。癒《いや》されますよ。いつでもお待ちしています。新潮社の鈴木様にもヨロシクお伝え下さい。

ではアロハ！（高橋人生堂、女性、63歳、自営業）

▼こんにちは。そうだったんですか。今は自宅で書店をやっておられるんだ。しかし

「隠れ家レストラン」というのは聞きますが、「隠れ家書店」というのはなかなかありませんよね。商売になるのでしょうか？　僕
ところで何年か前に、息子さんにホノルルのハワイ大学でお目にかかりましたよ。僕のオフィスを訪ねて見えたんです。たしかに息子さんですよね？　お元気でお過ごしください。アロハ。

#454 梅と連絡が取れない

▽多崎つくるさんの友人は、それぞれの苗字《みょうじ》に色が含まれてましたが、僕の大学の仲の良いグループは、松・竹・梅・天・吉となんだか縁起の良い？苗字が揃《そろ》ってました。だいたい5人でつるんでたので、誰も疎《そ》外感《がいかん》を感じていなかったはずですが……。卒業以来（ちょうど10年くらい）、梅とは誰も連絡が取れてません。
どうしたら梅と連絡とれるんでしょうか。（がんたいくま、男性、34歳、会社員）

▼そうですか。ずいぶん縁起の良い名前が揃っていたんですね。あと鶴《つる》と亀《かめ》がいるとよかったんだろうけど、なかなかすべては望めませんよね。しかし松・竹・梅といれば、梅の人はやっぱり少し引け目を感じちゃうんじゃないのかな。「おれって、どうせ梅だ

からさ」とか、「肝吸いだってつかないしさ」とか。

でも心配ですね。梅さんとうまく連絡がつくといいのですが。

#455 タマと父の関係

▽うちの父が飼っている猫（タマ雄17歳）の話です。
父が携帯電話で話していると、父の足を嚙《か》みます。

だいたい飲み会とか仕事の呼び出しの電話が多いので、抗議してるんだそうです。

眠っていても父の車の音で起き、戸口まで迎えに出ます。

夜は父の腕枕《うでまくら》で寝ます。

村上さんは、猫とこんな関係になったことはありますか？（はる、女性、37歳、会社員）

▼そうですか。タマはよほどお父さんのことが好きなんですね。お父さんが携帯で話をしていると足を嚙むというのはいいですね。きっとすごく腹が立つんだろうな。かわいいです。そういう猫がうちにいるといいなと思います。

#456 世界の危うさについてふと考えるとき

▽春樹さんのエッセイに「逃げ道が多い世の中ほどいい世の中だ」というのがありましたが、私は仕事上とても実感する名言だと思い、座右の銘にしています。

私は橋梁《きょうりょう》の設計者なのですが、永代橋《えいたいばし》や清洲《きよす》橋《ばし》は関東大震災時の復興橋梁ですから、供用されて90年ほど経《た》ちます。あの頃には現在の様なモータリゼーションは無かったので、もっともっと小型の橋であってよかった筈《はず》です。しかし、戦争も絡《から》んで戦車が通れる設計としていたため、設計荷重の余裕が大きく、現在の渋滞でもへっちゃらで、いまや東京のシンボルのひとつですよね。ところが最近造られた橋は、直《す》ぐ傷《いた》むし通行不能のものもとても増えてます。

このことを考えても、現在の「最適解」をひたすらに求める風潮は、人ばかりでなくいろいろなことが疲弊していくばかりだと思うのです。そこでどうでしょう、我らが春樹さん。「地方創生大臣」ならぬ「逃げ道創生大臣」になってみては。みんなとっても喜んで少しはギスギスした世の中も和むと思うんですけど。（ビション、男性、46歳、会社員）

▼僕がアメリカに住んでいるときに、どこかで大きな橋が何の予告もなしに突然崩れ落

ちるという事故があり、多くの死傷者が出ました。そのときに調査したら、同じようなことが起こりうる橋梁がアメリカ全土にたくさんあることが判明したということでした。怖いですね。トンネルとか橋とかって、普段僕らはぜんぜん気にしないで使っているんだけど、いったんそういうことを考え始めると、僕らの人生というのはとても危ういものの上に作られているのだなとつくづく実感します。

ソーントン・ワイルダーというアメリカの作家が『サン・ルイ・レイの橋』という小説を書きました。１７１４年、ペルーの街である日突然、橋が崩れ落ち、そこを歩いていた五人の人が死んでしまいます。一人の神父が、そのときその橋をその五人がどうして歩いていたのかを調べていきます。「なぜあの五人の人にだけ災難が降りかかったのだろう」という根源的な疑問を抱いたからです。僕は『アンダーグラウンド』という本を書いていたとき、よくこの小説のことを思い出しました。世界の危うさについてふと考えてしまう、というか。

丈夫な橋を作ってくださいね。

#457 ドーナツを作りビールで和む33年間

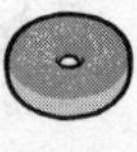

▽私は33年間、仕事としてドーナツを作っています。今日も作ってきました。仕事が終わって飲むビールが、美味《おい》しくて、これも33年間続けています。村上さんにとってお酒が美味しいと思える瞬間って、どんな時ですか？（瀬戸内海の羊男、男性、53歳、飲食業）

▼そうですか。お仕事でドーナツをつくっておられるんですか。毎日ずいぶんたくさんのドーナツの穴を作っておられるのでしょうね。そんなにたくさんの無（rien）を日々つくりだすって、どんな気持ちがするものなのでしょう？　ちょっと知りたいような気がします。お仕事がんばってください。

#458 高校3年間でやるべきたった一つのこと

▽中学三年生でもうすぐ受験です。

私は県で1、2位を争う進学校を受験しますが、そこはあくまで通過ポイント、私の目指す場所は東大です。

そこで、村上さんにお聞きしたいことがあります。私が高校3年間を過ごすにあたって、一つだけやるべきことがあったら何ですか？　どんなことでも結構です。

ご返答よろしくお願いいたします。（二一・二六さん、男性、14歳、中学生）

▼そうですか。僕は東大ってちゃんと行ったことないんで、どんなところかよくわからないです。きみもたぶんよく知らないよね。高校3年間を過ごすにあたって、ひとつだけやるべきこと？　自らを健全に懐疑することではないでしょうか。

#459 カウアイ島の魅力

▽私はハワイ島が好きです。

キラウエア火山周辺のパワーや星のキレイさ、サウスポイントの静寂感、何だか地球を感じる場所です。

村上さんは、ハワイの中でどうしてカウアイ島に住んでみようと思ったのですか？

カウアイ島は行ったことがないのですが、いつか行きたいと思います。

ただカウアイ島は雨が多いと聞いたことがあります。カウアイ島は雨降りでも、素敵

な場所ですか？（ネコ、女性、44歳、派遣社員）

▼ハワイの島をいちおう全部まわってみたのですが、「ここに住みたい！」と強く思ったのはカウアイのノースショアでした。そこにはなにか特別なものがあったので。自然が深く、美しかった。当時はうちのまわりでもたくさんのアルバトロスが子育てをしていました。とてもかわいかったですよ。ノースショアでは、雨は良く降ります。あまりに雨が多いので、日本から訪ねてくる人もいなくなりました。三泊四日でハワイに来たのにずっと雨が降っていたら、そりゃがっかりしますよね。そんなところで静かに本を読みながら、小説を書いていました。素敵なところでした。今はちょっと雰囲気が変わってしまったかもしれませんが。

#460 日本に対する注目度

▽最近のテレビ番組を見ていると、海外から見た日本の素晴らしいところとか、日本の技術とか、観光客が思う日本の良いところなど、日本人が日本を褒める的な物が多く、出演者の方が「誇らしいですね」などと言う事になんとなく違和感を感じています。村上さんは海外にも多くの読者を持つ作家としてどう思われますか？（エアコン20度設定、

女性、24歳、販売員）

▼僕はそういう番組って見たことないんですが、話を聞いているとなんか、「誰も褒めてくれないから、自分で褒めちまおう」みたいな感じですね。海外にいると、日本に対する注目度は20年前に比べて、格段に落ちています。日本、そういえばあったね、みたいな感じです。だからこそそういう番組が求められているのかもしれませんが。政府の肝いりで「クール・ジャパン」とか言われても、なんだか鼻白みますよね。どうせまた天下り団体をつくっているだけなんじゃないの、みたいな。これからは個人個人ががんばって道を切り開いていくことが、なんといってもいちばん大事だと僕は思います。もう国が予算を組んで「文化交流やりましょう」みたいな時代じゃないです。まず個人ありきです。それしかないですよ。もっと個人の力を信じなくちゃ。

#461 私もいつか不倫してしまうのかなぁ

▽質問を見ていてふと思うのですが、世の中にはあまりにも不倫をしている女性が多くありませんか？

私もいつかちょっとした心の迷いで浮気や不倫をしてしまうのではないかと心配にな

ってしまいます（おそらく無いとは思いますが）。（ネコザメ、女性、20歳、学生）

▼まだ二十歳なんだし、今から不倫の心配をなさることはないと思います。今はごくストレートに恋愛を楽しんでください。あとのことはまたあとのことです。年上のおねえさんたちのことはあまり気にしないで、若者の世界をすくすくと元気に生きてください。

#462 最終日23時01分、36000通目

▽このサイトもあと一時間ほどで閉鎖ということで、最後にとにかく一言でいいから村上さんにお礼が言いたくて、ペンを手に取りました（正確にはスマホですが……）。

村上さんの小説に出逢《であ》ったのは、19歳のときでした。はじめて読んだのは『ノルウェイの森』で、読み終わったあとは、あまりの衝撃でしばらく何も手につかなかったのを憶《おぼ》えています。それ以来、まるで取り憑《つ》かれたように村上さんの本を読み漁《あさ》り、一通り読んでしまった今では、折に触れて英語で再読するのが、ささやかな楽しみになっています。村上さんの影響で、カポーティもカーヴァーもビリー・ホリデイもスタン・ゲッツも好きになりました。まだまだですが、少しずつ洋書も読めるようになってきました。村上さんの作品に出逢ったおかげで、僕の人生は確実に豊かなものになったと思います。

村上さん、心のこもった作品を書いてくださり、本当にありがとうございます。お体に気を付けて、これからもお仕事をがんばってください。今後の作品を楽しみにしています。（さるけい、男性、40歳、公務員）

▼こんにちは。あなたのメールが３６０００通目のメールになりました。このメールは最終日の23時01分に送信されています。ぎりぎりですね。記念にコードネームを差し上げます。あなたのコードネームは「見習い水夫」です。とくに意味はありません。ふと思いついただけです。

そうですか、カポーティもカーヴァーもスタン・ゲッツもビリー・ホリデイも好きになったんだ、すごいですね。まるで僕自身の姿を見ているみたいです。でもありがとうございます。これからも僕の本を読んでいただけると、とても嬉しいです。

#463 名犬「春樹丸」

▽私はベルリンの壁崩壊の頃から村上さんのファンです。

そして私の母（故人）も村上さんのファンでした。

さらに村上さんのことを春樹丸と勝手にあだ名をつけていました。

「また春樹丸、新しい本出しはったで」（新聞広告見ながら）とか、「春樹丸、この子はほんまに健康優良児やな」（走っている写真を見ながら）とか、「ほんま、賢いしええ子やわ」（エッセーを読んで）とか言って、褒めまくってました。

　きっと母にとって、村上さんのような息子がいたら頼り甲斐《がい》があるわぁ、と思っていたのだと思います。ずうずうしくてすみません。この場をお借りしてお詫《わ》びします。

（猫のミーコ、女性、43歳、会社員）

▼そうですか、僕は春樹丸だったんだ。いかにも元気そうでいいですね。「ほんま、賢いしええ子やわ」と言われると、なんか出来の良い犬になったみたいで、わりに誇らしいです。名犬春樹丸みたいですね。わんわん。

#464 サーフィンで波を待ちながら

▽短篇集『レキシントンの幽霊』に収められた「七番目の男」は、夏目漱石の『こころ』の影響を受けているように感じるのですが特に意識はされていないでしょうか？
（匿名希望、女性、37歳、会社員）

▼とくに受けていないと思います。あれはたしか、僕がサーフィンをしている時代に、

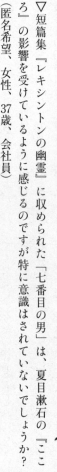

波を待ちながら思いついた話だと記憶しています。波を待っているときって、暇なんです。

#465
「陰謀論」で語られることは本当なのか

▽村上春樹さんはいわゆる陰謀論についてどうお考えですか?
例えば9・11は実は政府が関わっていたとか、世界はフリーメーソンのような秘密結社と一部のエリートによって支配されているといった話です。

僕はそういう話が好きでよく調べているのですが、どうもほとんど本当なんじゃないかと思っています。

最近、ネットのSNSを見ていると主婦とか若い人も陰謀論を信じている人が増えているような気がします。ロシア国営放送は最近、9・11にアメリカ政府が関与したという証拠があると報道しました。ウクライナ情勢を見ても陰謀を感じます。よかったら村上さんの考えをお聞かせください。(ジャンゴ、男性、26歳、無職)

▼現実というのは無数の要素が寄り集まった、混沌《こんとん》としたものです。いろんな要素が複雑に絡み合っています。でもそのような混沌を自分の力で支えきることのできない人た

ちが、「陰謀」というわかりやすいフレームを導入して、「これですっきりした」という気持ちになりたいのだと思います。そのような安易で簡便なフレームは、僕が言うところの「悪しき物語」です。ヒトラーが「今の世の中が悪いのはすべてユダヤ人の陰謀のせいだ」と主張したのと同じことです。だからユダヤ人を抹殺しちゃえば、世界はもっと良くなるんだと。とてもわかりやすいけれどとても危険です。そういう毒のある言説はひとつひとつ注意深く処理していく必要があります。

#466 韓国での村上さん人気を報告します

▽現在仕事の関係で韓国に住んでおりますが、韓国での村上さんの人気は凄《すさ》まじく、新刊が発売されると書店に特設コーナーが出来、どの作品もベストセラー上位を占めるのはもちろん、町中には大きな（村上さんの写真入りの）電飾看板が出現したりします。ちょこちょこ韓国語の小説も読むのですが、日本でもかつて（今も？）あったような、まさに村上春樹のエピゴーネンといった文体や雰囲気の作品も少なくなく、オリジナルに比べて劣化した比喩《ひゆ》やおしゃれな会話を読まされることにもなります。いわば村上春樹というのは単なる一作家ではなく、ひとつの文学ジャンルになったの

だと言ってもいいのかも知れません。

若手の（韓国の）作家などには、「これなら自分にも書けると思って作家になった」、「もう韓国の文学界では村上春樹は超えられた存在だ」などといった発言をする人もいたりして、その若さ（？）に笑ってしまったりもするのですが、きっと一文学ジャンルとしての「村上春樹」というブランドは、日本や韓国のみならず、他の国々でも一般読者のみならず、文学界にも浸透しているんでしょうね。（ソウル市民、男性、49歳、自由業）

▼そうですか。「これなら自分にも書けると思って作家になった」、「もう韓国の文学界では村上春樹は超えられた存在だ」とか、言われてることが日本とわりに似てますね（笑）。もう超えられちゃったのなら、僕もそろそろ隠居して、日の当たる縁側で猫を撫《な》でながら、1910フルーツガム・カンパニーのLPでも聴いていた方がいいのかなとか思います。となりの青年に「おじさん、昔小説を書いていたんだってね」とか言われて。なんだか楽しそうです。

#467 大西順子さんの「ラプソディー・イン・ブルー」

▽先日、部屋で掃除をしていたとき、唐突に涙が溢《あふ》れ出しました。純粋な感傷と経験したことのない強い衝動が込み上げてきました。これはなんだろうと内省していて、ふと顔を上げると、テレビでサイトウ・キネン・フェスティバルの公演が放映されていました。大西順子さんが「ラプソディー・イン・ブルー」を弾いていたのです。ただただ、演奏が終わるまで身体中の筋肉を硬直させて聴き入ってしまいました。

いつも『Baroque』を聴きながら、あぁもう二度と生では聴けないのかなぁと喪失感でいっぱいになります。最後に厚木で聴けたのが救いです。そんな私に、現役のジャズピアニストをおすすめいただければ幸いです。（セイタカハシビロコウ、男性、28歳）

▼これはあくまで僕の個人的な意見であって、異論もあるかとは思いますが、大西順子さんは別格です。もちろん上手なピアニスト、才能のあるピアニストは何人もいますが、「ジャズへの志」「ジャズの魂」という部分をとってみれば、彼女に匹敵する人はまずいません。ほかの人とはちょっとレベルが違うと思います。代わりの人は思いつかないですね。彼女の本格的な復帰を待ち望むのみです。

#468
村上春樹内閣が誕生したら

▽普段ニュースを見てると、春樹さんがもし政治家だったらこの問題どうするだろうなぁ？　とか、ふと考えている自分がいます。
村上春樹内閣が誕生したら、まず最初に何をされますか？（おさるのジョージ、男性、25歳、会社員）

▼もちろんすぐに総辞職して、それから僕は家に帰って、一人で小説を書きます。僕が内閣をつくる？　まずそんな仮定からして、あり得ないんですよ。

#469
外国で人種差別を受けたことは

▽大変不躾《ぶしつけ》なことをお聞きするようで恐縮です。村上さんは海外での滞在やご旅行が多いのでお聞きしてみたかったのですが、人種差別を受けたと感じたことはありますか？
差別を受けたという話を聞くと、自分がされたらどのように気持ちを立て直したら良いのかモヤモヤしておりました。ご意見伺えたら嬉《うれ》しいです。（すーみん、女性、43歳、

ごゆるり会社員）

▼外国で差別を受けたりしたことはもちろんありますよ。もちろん腹は立つけど、でもしょうがないです。日本にも外国人を差別する、どうしようもない連中がいます。よそさまのことをとやかく言えません。そうですよね？

#470 『1Q84』は最初から日本語で読みました

▽2010年から日本に住んでいるアメリカ人です。村上さんの読者の「小説家志望者率」は非常に高いように感じるのですが、どう思われますか？

実は自分もその1人で、ちょうど今、4年間かかって書き上げた10代向けの小説はアメリカの大手の出版社の方の手に渡っております。実際に出版まで行けるかどうかはまた別の話ですが、取り敢《あ》えずそわそわしながら必死に他のことを考えようとしています。

さて、村上さんに聞きたいことはもう一つあります。

小説はどの段階で（だいたい）どれくらい書き直しますか？　例えばまず最後まで書いてから始まりに戻ってそこから地道に書き直していく、とか。村上さんの創作プロセスは小説ごとに大きく変わりますか、それとも同じパターンに落ち着いてくる感じでしょうか？

最後に、村上さんの本を日本語で読みたかったから日本語を勉強した、と言っても過言ではありません。高校の時代に英訳された書籍を一通り読んで、大学生として京都に留学していた時期に『1Q84』が出版されました。最初から日本語で読んだのは『1Q84』が初めてだったので、自分にとって『1Q84』は特別な存在です。でも『1Q84』を特に大切に思っている理由はそれだけではありません。

男性と女性が永遠に分かり合えない、という声を聞くとちょっと落ち込んでしまいます（女が何を考えているのか死ぬまで理解できない、とか、女の考えていることを分かろうとしても無駄だ、とか）。確かに男性と女性は違いますが、人と人を隔てている要素はいくらでもあるし、性別の違いでお互いが理解できないというよりは、個人と個人の性格とか、育ちと価値観と欲求などの違いとかがいっぱいあって、性別の差だけに注目しすぎても仕方がない、と勝手に思ったりします。

女性の視点から何も書かない小説家（特に偉い方、過去の天才たち）は結構いらっしゃいますが、『1Q84』の青豆は「主人公」（の1人）ですし、半分くらい青豆の視点から書かれています。

それになぜかすごく救われた気分になりました。本当にありがとうございます。（サラッペ、女性、26歳、カスタマーサポート）

▼こんにちは。しかし素晴らしい日本語をお書きになりますね。こんなことを言っては
カドが立ちそうですが、ここにメールを送られてくる（日本人の書いた）メールの大半
よりずっと読みやすく、また正確な日本語です。
　僕は小説を書くとき、いつも何も考えずに、思いつくまま最後まですらすらと書いて
しまって、あとから書き直していくタイプです。だから書き直しにはとても長く時間を
かけます。登場人物を一度設定してしまうと、彼らはどんどん勝手に動いていきますか
ら、その動きに遅れないようについていくことが、何より大事なことになります。そう
いうプロセスはいつも同じです。
　僕の読者に書き手志望の人が多いのは、たぶん「これくらいなら自分にも書けるんじ
ゃないか」と感じられるからじゃないでしょうか。でも、それは良いことだと思います
よ。僕だって60年代にリチャード・ブローティガンやカート・ヴォネガットの小説を読
んだときには、「僕もこういうものが書きたいな」と思いましたから。そういう作品も
世の中には必要なんです。

#471 あまり稼がない夫と、楽しく暮らしてます

▽わたしの夫は収入が少なく、家計はほぼ、わたしのお給料でまかなっています。2人暮らしなので、なんとかやっております。

夫は絵を描く仕事をしていて、仕事がないときには、好きな音楽を聞いたり、サイクリングをしたりして楽しく暮らしています。

お金はあまり稼がない夫ですが、一緒にいて楽しいし、ビンのふたも開けてくれるし、庭の手入れも熱心にしてくれるし、話も合うのでわたしは満足しています。でも、私がダイヤの指輪を「買ってもらえない」ことを、かわいそうと思う人もいて。

人の価値観って、ほんとうにさまざまだと思っています。

でも、これからは、豊かさの基準は変わっていくのではないかな、と思います。

ちょっと村上さんに聞いて欲しくて書いてみました。（匿名希望、女性、35歳）

▼僕の知り合いにも、あなたのご主人のような人ってけっこういますよ。自由業で、あまり売れなくて、でも性格はよくて、家事も嫌がらずにこなし、楽しく日々を送っていて、お金がなくてもとくに気にしない。終始マイペースでのんびり生きている。あなたがそういう生活も悪くないと思っておられるのなら、それでいいじゃないですか。何の

問題もありません。がんばって働いて家計をまかなってください。ところでそういえば、僕も妻にダイヤの指輪を買ったことありません。いいじゃないですか、ダイヤの指輪くらいなくても。

#472 何がしたいのかわからなくなりました

▽私は今年37歳になります。過去には、同棲《どうせい》したり、仕事したり、留学したり、1年くらいバックパッカーしてみたり、3年くらい海外で仕事してみたり、結婚してみたり、離婚してみたりしました。そして今、何がしたいのかよくわからなくなっちゃいました。こんな時、どうしたらよいのでしょうか？（とらのこぱん、女性、36歳、無職）

▼さあ、どうしたらいいのでしょうね。わりに漠然とした質問なので、僕としても困ってしまいます。でもなんとなく、あなたのおっしゃる感じはわかります。これまでの人生でだいたいのことはやってきたけど、もう「若者」といえるような年齢でもないし、じゃあ今から何をすればいいのか？　そればかりは僕にもよくわかりません。

僕だって、これから先をどう生きていけばいいのか、測りかねている部分があります。結局のところ、お互い（というか）成り行きでやっていくしかないと思いますよ。この人生、何か予定を立てたって、そのとおりに行くわけはないんだから。たいていの「成り行き」に耐えられるタフさを、これまでの人生であなたは自分なりに培《つちか》ってきたのではありませんか？　とりあえず自分を信じましょう。

#473 37465通目、ラストの質問です

▽初めまして。娘が村上春樹さんの愛読者であることを知った時、ささやかな喜びを感じると同時によい友を見つけてくれた、と安心しました。
その娘はヒミツ主義です。村上さんに何を質問するの？と尋ねたらヒミツと言われました。彼氏のことも固いヒミツです。私も若い頃はヒミツ主義だった気がするので、その事をどうこういう気はないのですが、この2つについては何とか知りたいのです。ヒミツ主義を、攻略するなにかよい方法はないでしょうか。（さっさ、女性、58歳、講師）

▼お嬢さんにはお嬢さんの世界があるのでしょうね。僕は他人のヒミツはだいたいヒミツのままにしておく性格です。世界はヒミツでまわっています。まわらせておきましょう。

今は23時59分59秒です。あと1秒でおしまいです。はい、チーン、あなたのメールが最終メールになりました。３７４６５通目のメールでした。おめでとうございます。記念にコードネームを差し上げましょう。あなたのコードネームは「一丁目一番地」です。意味はとくにありません。ふと思いついただけです。

ああ、これでやっと返事もすべて書き終わりました。なんとか最後までこられてよかった。これからワインを開けます。

編集後記

本書の初出となる期間限定サイト「村上さんのところ」を管理運営した〈チーム縁の下〉の主要スタッフ（サイト担当＝絢、書籍担当＝誠、総監督＝寺）が、激動の日日を振り返ります。

寺○4ヵ月間お疲れさま。名残惜しくて、つい終了したサイトに行ってはフジモトマサルさんの絵に癒《いや》されてます。

絢●朝6時に出社したり、週末も起きたらまずカタカタと回答アップ作業に勤《いそ》しんでいた日々が懐《なつ》かしいわー。

誠◎編集作業に追われて、振り返るヒマもないです（涙目）。

寺○しかし今回は、いったい何万通のメールが寄せられるのか、誰も予想がつかなくて、最初から苦難の連続だったね。

絢●私が13年前に『海辺のカフカ』公式HPを担当したときは、初日が82通、最終日に100通超えて、きゃーとか騒いでいましたが、3ヵ月で計8000通ぐらい。牧歌的でしたね。

誠◎予想では、初日に500通ぐらいは来るかなと。

寺○でも蓋《ふた》を開ければ、なんと半日で1700通！

誠◎村上さんのスタートダッシュは猛烈でしたね。最初の一週間は一日に平均359通読んで、81通も回答しています。

寺○僕も最初は質問を全部読んでいましたけど、がんばっても一時間で150通が限界。眼がかすんですぐに追いつけなくなりました。読むだけでも大変なのに、あり得ないペース……。

誠◎担当編集が質問を粗選びしているの？って訊《き》かれますが、物理的にムリです。一日に2000通も届く質問を全部読んでたら、ほかに何も仕事ができなくて会社クビになりますよ。

絢●村上さんが「一に足腰、二に文体」とおっしゃっていることの本当の意味を知りました。体力がないと何もできません。

寺○結局、17日間で集まったのは3万7465通……。

誠◎どうするよ、このメールの山（データだけど）って感じ。

絢●それに、スマホから軽薄な質問が一行、みたいなのが沢山来ているのかなーと思いきや、ほぼ皆無でした。みなさん手紙のように丁寧に、真剣に人生相談なさっている。
誠◎そうそう、中には1200字以内で人生を巧みに語っている質問があって感心しましたし、母娘の葛藤《かっとう》とか、性の悩みとか、小説みたいにジーンと泣けるお悩みもありました。採用されなかったメールのほとんどは、他の人と質問がダブっていたのが理由だと思うので、皆さん気落ちしないで下さい。
寺○海外からのメールも凄《すご》い数でした。外国語が2530通。うち9割が英語ですが、それ以外の中国語やスペイン語、ロシア語、ポーランド語やトルコ語の文章についても、伝手を総動員して日本語か英語に翻訳して、春樹さんにお渡ししました。
誠◎受け取ったメールは1通たりとも読み逃さないという、村上さんの執念を感じましたよ。それに応《こた》えるべく、サイトも1ヵ月延長しましたが、さすがに全部は読み終われなくて……。
絢●大変だよ～っと苦笑いしつつも回答は続けて下さいました。
誠◎さすが鉄人村上さん。5月には約束通り全《すべ》ての質問を読み終えて、サイト終了後もコツコツと385通も書き足して、回答は総計で3716通に。まさにギネス・ブック級！
寺○アナログ世代としては、ぜひ紙の本で全部読みたいけど。

誠◎殺す気ですか……。単行本8冊分あるんですけど（泣）。

絢●ということで、全部読みたい方は電子版をお求めいただくとして、この書籍版には村上さんと私たちでセレクトした473本が載っています。皆さんどれが印象に残っていますか？

寺○長野県の小諸《こもろ》市動物園の雌ライオンについての#041ななを想うが好きだなぁ。短編小説を読むような味わいがあって。

誠◎動物ネタ、とりわけ猫の話題は尽きませんでしたね。仕事の邪魔はするわ、仮病は使うわ、果てはラブホ街で人間の真似《まね》をする猫もいて……。一番ほっこりしたのは#282じいじとばあばとねこの島。福岡県の相島《あいのしま》に行ってみたくなった。

絢●怒れる奥さんへの対処法を求める悩みも多かったですね。#167奥さんの機嫌が悪いときは……では、「それは世界中の夫の92パーセントくらいが、同時進行的にひしひしと経験していることです」と回答されていましたが、ちょっと大げさですよね。

誠◎昨日も夫にブチ切れちゃったって言ってなかった？

絢●（……汗）村上さんも、#322怒りたいときにも必死で耐えていますがで、「ご主人にどう言われようと、怒るときにはきちんと怒った方がいいですよ」とおっしゃってるし。

寺○いや、夫側からすれば「腹が立ったら自分にあたれ、悔しかったら自分を磨け」でお願いしたい（笑）。

絢●村上さんの座右の銘を、都合よく使わないでくださいよ、まったくもう。それはさておき、今回は前の交流と比べて、生き方や創作の方法について、あるいは吸収すべき古典名作や、世間との折り合いのつけ方など、若い世代へのメッセージが込められた回答がより目立つように思いませんか？

誠◎そうでしたね。#315 将来の仕事で悩む13歳とか、村上さんの若い子へのまなざしは温かいですよ。それに比べて30～50代からは、不倫だとか、大人になりきれてないような悩みが多くて、回答もちょっと突き放した感じになっています。

絢●でも、そうされることに快感を覚える質問者も多いみたいで、「こんなダメな私に活を入れてください！」ってリクエストが頻発していましたね。私は「よしよし」をされたいですが。

寺○お、出た！　村上さんの今回の定番ワード。

誠◎「あくまで私見ですが」、村上さんの口ぐせって、どうして真似したくなるんでしょうね。「研究が待たれます」。

寺○「シートベルト締めていきましょう」も忘れないように（笑）。

絢●遊んでないで、そろそろまとめに入りますよ。最後に感想か何かをひと言ずつどうぞ。まず私から言うと、この膨大な回答の中で、どこか一行でもいいから糧《かて》にしてもらって、悩んでいる心が少しでも楽になってくれると嬉《うれ》しいですね。

誠◎心の悩みにも効きますけど、村上さんの言葉は身体《からだ》にも効きます。「規則正しく生きることが、たいていの問題を解決する」とあるので実践してみたら、この冬は風邪知らずでした。

寺○村上さんが精魂こめてやり抜いたことは、いつか長編小説のどこかにそっと姿を現すと思うよ。気のいい黒猫のしっぽあたりに。

文庫版のためのあとがき

『村上さんのところ』を文庫本にするにあたって、読者のみなさんにまず報告しておかなくてはならないのは、このホームページの段階から企画に加わり、たくさんの素敵なイラストレーションを提供してくださったフジモトマサルさんが、もうこの世界にはおられないという残念なお知らせです。この単行本が出版されてほどなく、慢性骨髄性白血病のために亡《な》くなられてしまった。長いあいだその難病と闘ってこられて、定期的に通院しながら、あるいは入院して病院のベッドに横になったまま、この本のためのイラストをこつこつと描いていただきました。頭の下がる思いです。本当にありがとうございました。

本来このシリーズは、僕にとっての長年の盟友、安西水丸さんが飄々《ひょうひょう》とイラストを担当してくださっていたのですが、水丸さんが思いもかけず急逝され（あんなに元気だったのにな)、急遽《きゅうきょ》フジモトさんにその代役をお願いすることになりました。でも僕の文章とフジモトさんの画風は、最初からすごくぴったり息が合って、「こういう仕事を、また一緒にやりたいものだな」と思っていた矢先に、フジモトさんまで亡くなられてしまった。まだ四十六歳の若さであり、優れたユニークな才能をそなえた方でした。水丸さんとはまた少し違う種類の、独特のほのぼのとしたユーモア感覚の持ち主でもありました。惜しんでも余りあります。実際にお目にかかれたのは一度だけでしたが(本書の単行本出版の打ち上げ会で)、もうこの先一緒に仕事ができないというのは、僕にとってもとても大きなショックであり、また大きな損失でした。つつしんでご冥福《めいふく》をお祈りしたいと思います。

この『村上さんのところ』に収められたメールのやりとりは、二〇一五年の一月半ばから五月初めにかけて集中的におこなわれたのですが、そのあと僕は少し一服して疲れを癒《い》やしてから(主に目の疲れ)、やおら長編小説の執筆に取りかかりました。そしてその作業は一年あまりをかけて、『騎士団長殺し』というタイトルを持つ作品として結実しました。わいわいと賑《にぎ》やかな大量のメールのやりとりから、打って変わって長期間にわたる孤独な長編小説の執筆という転換は、それなりにメリハリがあって、なかなか良いものであったかもしれませんね。ぜんぜん違う筋肉を使う……みたいな。

　懸案のヤクルト・スワローズに関して言えば、その年（二〇一五年）は山田選手の素晴らしい活躍などもあって、見事にリーグ優勝を果したのだけど、そのあとの二年はがらり暗転というか、まさに悪夢の暗黒時代でした。今年こそ、神宮の空に立ちこめるいやな暗雲が吹き払われればいいのだがと、祈っています。そういえば二〇一五年の冬、ホノルル郊外にあるカハラ・モールの「ホール・フーズ」で買い物をしていたら、レジの前で衣笠《きぬがさ》ヤクルト球団社長と、真中監督（当時）にばったり出会いました。「あれ、こんなところで何してるんですか？」みたいな……。ちょうどリーグ優勝のご褒美に、チーム全員でハワイ旅行に来ているところだったのですね。みんなすごく楽しそうだった。うーん、そういう幸福な時代もあったんだ。猫尻尾《ねこしっぽ》打法の田中浩康《ひろやす》選手がいなくなったのは僕的には残念だけど、頼りになる青木選手も帰ってきたことだし、チームにはもう一回目を覚まして、しっかりがんばってもらいたいものです。

　つばめの話から、ライオンの話へ。

　小諸市動物園の雌ライオンのななちゃんは、本書でも取り上げて、それなりの人気を博したのですが、ある日飼育係の若い女性に噛《か》みついて重傷を負わせてしまいました。新聞でそのニュースを目にして、僕もずいぶん心を痛めていたのですが（飼育係の女性はどうなったのだろう？　ひょっとしてななちゃんは危険な猛獣として、薬殺されたりするのではあるまいか？）、調べてもらったところななちゃんはまだ健在であり（現在十六歳）、飼育係の女性も無事に回復し、飼育係として再び働けるようになったということです。よかった。みなさんももし小諸に行かれることがあったら、お城の中にある動物園に寄って、ぜひななちゃんに会ってきてください。素朴にこぢんまりとした、なかなかチャーミングな動物園です——と僕は思うけど。

ライオンの話から村上の話に。

僕はまだしつこく走り続けています。加齢にともなって（華麗に加齢しておりますが……というのはもちろんつまらない冗談です）タイムは次第に遅くなっておりますが、日々のジョギングは続けていますし、年に一度のフルマラソン完走は、一九八三年のホノルルに始まってこれで三十五回、おかげさまで無事に継続しております。これからもできるだけ長く続けていきたいものですね。

こういう読者のみなさんとの交流みたいなことを、またいつかやりたいものだ……という気持ちは僕にもあるのですが、なにしろすさまじい仕事量を要求される企画だし、確実に目も痛めるので、もうちょっとむずかしいかもな、と弱気に思ったりもします。でもそれほど負担にならないかたちを考えて、いつかまたこういうことができるといいなとは思っています。次回のこのシリーズ本のタイトルは『軽いイルカはいるかい？』となる予定です。タイトルだけはもう決まっているんですが。

それから、これはまえがきにも書いたことですが、本書に収められた４７３通のやりとりは、全部で３７１６通に及ぶやりとりから選ばれたものです。いや、私は全部通して読みたい、という意欲的な（あるいはお暇な）読者のためには、電子ブックのコンプリート版『村上さんのところ』が用意されています。ご利用ください。

というようなことで。

二〇一八年三月吉日

村上春樹

【タイトル・リスト】質問・回答473通

#001 1/16 村上先生、教えてください！
#002 1/16 今ならもっとうまく書けたのに
……
#003 1/16 競馬じゃあるまいし
#004 1/16 文章を書くのが苦手です
#005 1/17 1995年に生まれて
#006 1/18 30歳を目前にした私
#007 1/18 夜の営み
#008 1/19 アイスランド愛
#009 1/19 若手のロックバンドは
どうでしょう？
#010 1/20 天国はどんなところ？
#011 1/20 「作家さん」に身体が
慣れません
#012 1/20 最後っ屁をかまされた男
#013 1/21 同性婚は賛成？ 反対？
#014 1/21 求む！「村上さんの熱烈な
ファン」の愛称
#015 1/22 ドーナツを探しています
#016 1/22 宮沢りえさんの誘惑
#017 1/22 あぁ、ハルキスト
#018 1/22 神宮球場の建て替え計画
#019 1/23 お店をやっていたときの哲学
#020 1/23 息苦しい世の中を生きる術
#021 1/23 なぜ人を殺してはいけないのか
#022 1/23 セクシーランジェリーの正しい
活用法
#023 1/24 ふたりきりの食事の意味
#024 1/24 『1Q84』の続編は!?
#025 1/25 京都で最も好きな場所は？

か

#086　2/11　結末はいつ考えているのですか

#087　2/11　その点、うちのつば九郎は……

#088　2/12　「物語の復権」について考える

#089　2/12　安西水丸作品の魅力

#090　2/12　身近な人の死の受け止め方

#091　2/12　カウリスマキ兄弟のバー

#092　2/12　「本屋」の行く末について

#093　2/12　カープは大盛り上がりですけど

#094　2/13　ポール・マッカートニーで走る

#095　2/13　未来を語るときにたいせつなこと

#096　2/13　電車内の携帯電話について

#097　2/13　批判に対する心構えとは

#098　2/14　さて、かばんに何を入れようか

#099　2/15　「アンダーカバー」着ますか？

#100　2/15　自分のことが好きですか？

#101　2/15　悪しき物語に対抗するために

#102　2/15　ヤクルトファンを増やす妙案

#103　2/15　携帯電話の着信音は？

#104　2/16　それはあなたの中に潜んでいる

#105　2/16　親切心が極意です

#106　2/16　ちゃんと効果はあったんだ！

#107　2/16　村上さんの生き方の原点は？

#108　2/17　「褒めて育てる」っていわれても

#109　2/17　口説くための独立器官

#110　2/17　もういちど襲撃するなら……

#111　2/17　根源的な魂の闇を描くために

#112　2/17　お気に入りのビル・エヴァンズは？

#113　2/17　「時」は何を解決してくれますか？

#114　2/17　ビートルズをどのように感じていましたか？

#115　2/18　レコード体験には十分ご注意く

ださい
#116　2/18　村上流の英語上達法を伝授してください
#117　2/18　日本持ち上げ本の氾濫をどう思いますか?
#118　2/18　「若いんだからやり直せる」とは無責任な
#119　2/18　パティシエの恋人たち
#120　2/19　漫画やアニメを見ないのですか?
#121　2/19　朝から「やっきり」しています
#122　2/19　アーティストの表現の自由について
#123　2/19　眼鏡をかけますか?
#124　2/19　猫はお歌を唄わないの?
#125　2/20　文章の手本を見つけましょう
#126　2/20　最近おすすめの「スパゲティー小説」は?
#127　2/20　出産直前に突然去っていった夫
#128　2/20　いちばん心を揺さぶられた場所
#129　2/20　父はまだ早いと言うけれど
#130　2/21　幻となった丸谷さんからの受賞祝辞
#131　2/21　もし野球選手だったらポジションは?
#132　2/21　それこそが「村上主義者」の真骨頂
#133　2/21　わかりにくい小説と人はいうけれど
#134　2/21　女子大での授業に悩んでます
#135　2/22　自分を好きになる必要はあるのか
#136　2/22　僕のほとんど唯一の贅沢は
#137　2/22　どのくらい推敲するのでしょうか?
#138　2/22　善と悪のたたかい

#139 2/23 おおきなかぶをぬいてどうするの？
#140 2/23 翻訳で補えない領域は存在するか？
#141 2/23 小説は生産性が低いと貶されます
#142 2/23 私一人が読んでも読まなくても
#143 2/23 生きることが辛い時には
#144 2/24 家庭で試しちゃいけないもの
#145 2/24 面白い新聞って何でしょう？
#146 2/25 愛を誓っても大丈夫ですか？
#147 2/25 正直な研究者ではダメですか？
#148 2/25 女性なので想像しかできませんが
#149 2/26 国語の授業が苦痛です
#150 2/26 何のために生きているのかと自問するとき
#151 2/26 優美と思ってくれる人がいるだけで
#152 2/26 老境に入って幸せに生きる条件
#153 2/27 「僕」の中に混入してきた「俺」の謎
#154 2/27 耳栓が手放せないチェリストの夫
#155 2/28 勇気って、人にもらうものなの？
#156 2/28 「わりに迷惑」について説明します
#157 2/28 定食の王道は？
#158 3/01 河合隼雄先生との対談をもっと読みたかった
#159 3/01 作家以外でどんな仕事につきたいですか？
#160 3/01 仮定法が使い分けられない高校生より
#161 3/01 村上さんがスローガンを決める

けて20年
#183 3/05 話すより書く方がラクな訳
#184 3/05 カラヤンについて聞きたい名曲
喫茶店主です
#185 3/06 もし芥川賞をとっていたら
#186 3/06 翻訳を志す韓国人です
#187 3/06 僕に似合う「ぶんがく賞」
#188 3/06 村上さんのお気に入りビールを
愛飲してます
#189 3/06 いじらしいアプリ
#190 3/06 「マイルズ・エヴァンズ」問題
の核心
#191 3/07 翻訳の難関にぶつかったときに
思い出す
#192 3/07 創作活動と走ることをどう切り
替える？
#193 3/07 あなたがあとに残せるもの
#194 3/07 むらかみさんの本がだいすき
です
#195 3/08 好きなカウリスマキ監督作品は
#196 3/09 「異界」へのアクセス
#197 3/09 インターネットから離れられ
る？
#198 3/09 作品が完成したとわかる瞬間
#199 3/09 好きな四字熟語は？
#200 3/09 言い切りの言説に気をつけよう
#201 3/09 だったら太宰治も好きになる？
#202 3/10 本当に困っているだけに
話せません
#203 3/10 アトランタに住むスワローズ・
ファン一家より
#204 3/10 腹が立っても怒鳴らない秘訣
#205 3/10 じつは美人で才能があるので
……
#206 3/10 電車の中でひっぱたかれました
#207 3/10 村上春樹風に書くのが流行って

いますが
#208　3/11　100パーセントの女の子に出会えましたか？
#209　3/11　仏教の「できること」「やるべきこと」
#210　3/11　小説における資本論
#211　3/11　まっとうな含羞を抱えて
#212　3/11　身銭を切って得られるもの
#213　3/11　「闇」について教えてください
#214　3/12　ホエールズに負ける？
#215　3/12　「前向き」について考える
#216　3/12　男子が足りないので、合コンに参加しませんか？
#217　3/12　全男性を代表してお詫びします……
#218　3/12　本や映画を評価するときのスタンスは？
#219　3/13　悲しいときに悲しみ、泣けるときに泣く
#220　3/13　最近、どんな本を読んでいますか
#221　3/13　「中二病」という言葉が嫌いです
#222　3/13　好きな建築を教えてください
#223　3/13　食卓日記をお願いします
#224　3/13　心の中で批判や中傷をどうやり過ごすか
#225　3/14　呼び名は統一しております
#226　3/14　隕石落下が心配な少年へ
#227　3/14　ギャツビーの映画あれこれ
#228　3/15　男が抱く「孤独の予感」
#229　3/15　エッセイの引き出しが多いですね
#230　3/15　このままだと日本文学はどうなる……
#231　3/15　いま、日本の社会は息苦しい？

#232 3/15 村上さんなら何と答えますか？
#233 3/15 卒業前に告白したい！
#234 3/15 「大人」の定義
#235 3/16 作品を富士山にたとえれば
#236 3/16 簡単なビールのおつまみ
#237 3/16 戦争の不安について
#238 3/16 なくならない悪夢と向き合うには
#239 3/16 インタビューのときに心がけていること
#240 3/17 シューマンの「予言の鳥」を聴く
#241 3/17 人生最後の食事と辞世の句
#242 3/17 世界を理系の魂で見る
#243 3/18 夫の携帯を覗き見してしまった
#244 3/18 ジャイアンツ・ファンはなぜ目の敵にされるのか？
#245 3/18 みんな他人のあら探しばかりしている……
#246 3/19 安西水丸さんとの懐かしき日々
#247 3/19 朝のメロン畑のような香りのコロン
#248 3/19 いろんなものが「ほぼ」化していく町
#249 3/20 あの日から二十年
#250 3/20 地下鉄サリン事件の被害者です
#251 3/20 老人ホームで働いています
#252 3/21 絶対になりたくない職業は何ですか？
#253 3/21 いいですか、覚えるのはたった二つ
#254 3/21 女性の悪と男性の悪
#255 3/21 自分に正直に生きている気がしない
#256 3/21 告白されたら嬉しいはず、は本当か？

#257　3/21　『こころ』の奥深さをどう伝えれば
#258　3/22　四十過ぎはエイリアン？
#259　3/22　猫はいつも仕事の邪魔をする
#260　3/22　SNSなんか早く廃れてしまえばいいのに
#261　3/22　性描写のシーンでつらくなります
#262　3/23　人生って不公平なものです
#263　3/23　丸谷才一さんの慧眼
#264　3/24　大人になるって、どういうことだろう？
#265　3/24　好きなイギリス人作家は誰ですか
#266　3/24　ドイツの歴史に何を見るか
#267　3/24　「代打、村上」の登場テーマ曲
#268　3/24　本を読む人生、本を読まない人生
#269　3/25　もし馬主になったら
#270　3/25　ニューヨークで一番好きな場所
#271　3/25　なぜ今もドストエフスキーなのか？
#272　3/25　「シナリオを書いている私」が恥ずかしい
#273　3/25　最近のコンドームはすごい！
#274　3/25　ひとりおでん、楽しいですよね
#275　3/26　ビリー・ホリデイは素晴らしい
#276　3/26　友達がいない、欲しくもない
#277　3/26　白黒映画の魅力
#278　3/26　子供の頃に習い事は何かしましたか？
#279　3/26　母親への感謝と憎しみ
#280　3/26　好きな作家は筒井康隆さんです
#281　3/26　男は女にかなう訳がない
#282　3/26　じいじとばあばとねこの島
#283　3/26　ほんとうだよ、羊くん

#333 4/10 「猫男」が増えている?
#334 4/10 主人公の生き方は、受動的なのか主体的なのか
#335 4/11 口が達者な人は苦手です
#336 4/12 妻が乳首をさわってくる
#337 4/12 娘が不登校に
#338 4/13 悩める教員2年目です
#339 4/13 ライバルについて
#340 4/13 パティ・スミスに会って
#341 4/14 「私のこと好き?」「そうでもない」
#342 4/14 ラノベ好きが理由でいじめにあっています
#343 4/14 プロレスが好き過ぎる女子高生
#344 4/14 妻にJazzを受け入れてもらうには
#345 4/14 結婚の決め手は何でしょうか?
#346 4/15 愚鈍な高校男子にウンザリ!
#347 4/15 笑えないダジャレにはワケがある
#348 4/15 浮気してないと満たされない女子大生
#349 4/16 教師のジレンマ
#350 4/17 翻訳は時代とともに更新されるべきなのか
#351 4/17 村上さんが落ち込んだ時に救われたものは?
#352 4/17 「文体づくり」を教える国語教師より
#353 4/17 物語のインスピレーション
#354 4/18 大ファンなので会わずにいたい人は?
#355 4/18 占い師なのに語彙が少なくて
#356 4/19 もし音楽の歴史を変えられるなら
#357 4/19 ルーツは村上水軍?

#358　4/20　96歳まで村上さんの本を読んで頑張ります
#359　4/20　「村上春樹の小説」と「ハルキスト」が嫌いです
#360　4/21　生徒指導の教師は「壁」でしょうか？
#361　4/21　桜桃忌、河童忌、どんな忌？
#362　4/21　「むき出しの暴力」が
#363　4/21　19歳年上の彼女と結婚したくて
#364　4/21　本の魅力が理解できずに生きてきた
#365　4/21　まだまだエルヴィスに熱狂中
#366　4/22　古典文学の研究にまで
#367　4/22　語り継がれる「物語」と小説家の「物語」
#368　4/22　感受性の磨きかたを教えてください
#369　4/22　校正者の細かい「つっこみ」をどう思う？
#370　4/22　本当につらいとき、闇に耐える強さ
#371　4/23　出版社や編集者をどう選びますか
#372　4/23　この場面は必要だったのでしょうか
#373　4/23　娘の兄弟姉妹は19人
#374　4/23　雑用ばかりで心が折れそうなのに
#375　4/23　『1Q84』のラストに一言
#376　4/24　秘伝・読書感想文克服法
#377　4/24　つまらない文学よりビジネス書を読め！
#378　4/24　回答のヒーリング効果
#379　4/24　ジョン・ミリアス評
#380　4/24　ハイドンに対する考えが180

度変わった
#381 4/24 日本のサイン会、海外のサイン会
#382 4/24 まるで中学校みたいな職場
#383 4/24 村上さんの文章はグルーヴが違う
#384 4/24 漢字を間違える高校教師より
#385 4/24 前の恋は上書き保存しちゃう？
#386 4/25 個人で働くことができて本当に良かった
#387 4/25 再び積極的に生きる意味を見いだせるのか
#388 4/25 自分でドーナツ作りますか？
#389 4/25 つば九郎22年目のお悩み
#390 4/25 村上さんは、心の先生です
#391 4/25 猫と仮病と夜明けの生イカ
#392 4/25 息を吐くように嘘をつく女
#393 4/25 一日どのくらいお返事書いていますか
#394 4/25 この矛盾とどう向き合えばいいでしょう
#395 4/26 桃太郎の桃が拾われなかったら
#396 4/26 言われっぱなしの気弱な娘
#397 4/26 尊敬する人はいますか
#398 4/26 海外翻訳を前提に書いていませんか？
#399 4/26 「頑張れ」よりもほんわかする言葉
#400 4/26 今おすすめのアルバムを教えてください
#401 4/26 妻の雑言に心底疲れてしまいます
#402 4/26 売れない小説家の彼が愚痴っぽくて
#403 4/27 負の感情を消せないときには
#404 4/27 明日の朝のためのＬＰを選ぶ

#405　4/27　ダニだと思って引っ張ったら……

#406　4/27　「人生とは？」とSiriに聞いてみた

#407　4/27　お前は関西人ちゃうな

#408　4/27　娘が母親に似るのは宿命でしょうか？

#409　4/27　立派な大人になるために必要なこと

#410　4/27　相手を怒らせてしまう私はどうするべき？

#411　4/27　お母さんが全部答えてあげるわ

#412　4/28　戦後でいちばん文章のうまい小説家

#413　4/28　何度観ても飽きない映画ベスト3

#414　4/28　震災のつらい気持ちが波のように

#415　4/28　プロとアマチュアの境目はどこに

#416　4/28　図書館員は波瀾万丈なんです

#417　4/28　音楽と文章　直感と思索

#418　4/28　英語なのに関西弁に聞こえるんです

#419　4/28　被害者ではなく体験者として生きる

#420　4/28　新聞の将来に危機感を抱いています

#421　4/28　小説の孤独はきっと役に立ちます

#422　4/28　新聞紙でテレビを叩く母

#423　4/28　「ピーター・キャット」のファンでした

#424　4/29　行きつけの本屋さんはありますか？

#425　4/29　知りたい知識しか勉強したく

ありません
#426　4/29　夜に書いたラブレターの鉄則
#427　4/29　安直な「対談本」が多過ぎませんか
#428　4/29　父は「集金人」、母は「証人会」でした
#429　4/29　こんなおばあちゃんですが
#430　4/30　「薬物違反で販売停止」に違和感
#431　4/30　次に書きたい音楽本のテーマは？
#432　4/30　本の値段が高いと思うんです
#433　4/30　レモンの木に話しかけています
#434　4/30　日本はこれからどうなっちゃうんだろう
#435　4/30　うっほほおっーと踊り跳ねる夫
#436　4/30　新しい命とともに、がんばります

サイト終了後の回答より

#437　歌いたくない人のためのカラオケ対策
#438　ロンドンの地下鉄でさめざめと泣く読者
#439　ホテルのフロントで彼が書く名前は……
#440　それは小説を書く燃料になります
#441　愛を知るためには
#442　人が精一杯生きていることを肌身で感じてもらえたら
#443　「物語」と「詩」の境目
#444　女子大で哲学を教えています
#445　後進を育てたいと思われますか？
#446　「人の心を踏みにじるもの」への発言
#447　「夜」はだめみたいです

#448　「先生」と呼び合う弁護士
#449　貯金ゼロってダメなことですか
#450　きれいに歳をとりたい
#451　みんなが嫌い、自分も嫌いな17歳
#452　ジェノバの友人の質問を代筆します
#453　倉敷の隠れ家書店主より
#454　梅と連絡が取れない
#455　タマと父の関係
#456　世界の危うさについてふと考えるとき
#457　ドーナツを作りビールで和む33年間
#458　高校3年間でやるべきたった一つのこと
#459　カウアイ島の魅力
#460　日本に対する注目度
#461　私もいつか不倫してしまうのかなぁ
#462　最終日23時01分、36000通目
#463　名犬「春樹丸」
#464　サーフィンで波を待ちながら
#465　「陰謀論」で語られることは本当なのか
#466　韓国での村上さん人気を報告します
#467　大西順子さんの「ラプソディー・イン・ブルー」
#468　村上春樹内閣が誕生したら
#469　外国で人種差別を受けたことは
#470　『1Q84』は最初から日本語で読みました
#471　あまり稼がない夫と、楽しく暮らしてます
#472　何がしたいのかわからなくなりました
#473　37465通目、ラストの質問です

この作品は平成二十七年七月、新潮社より刊行された。

サイトについて

期間限定　質問・相談サイト「村上さんのところ」
（2015年1月15日～5月13日　17週119日間）

質問・相談メール総数
3万7465通（うち外国語は14ヵ国語2530通）
村上さんからの回答数
3331通（サイトオープン期間中）
385通（サイト終了後）
総回答数　3716通
サイトの累積ページビュー（PV）数　1億677万3168PV
サイトのユニークユーザー（UU）数　234万2124人
本サイトは「株式会社はてな」の協力により運営した。

村上春樹著
職業としての小説家
小説家とはどんな人間なのか……デビュー時の逸話や文学賞の話、長編小説の書き方まで村上春樹が自らを語り尽くした稀有な一冊！

村上春樹文
大橋歩画
村上ラヂオ3
―サラダ好きのライオン―
不思議な体験から人生の深淵に触れるエピソードまで、小説家の抽斗《ひきだし》にはまだまだ話題がいっぱい！「小確幸」エッセイ52編。

村上春樹著
村上春樹 雑文集
デビュー小説『風の歌を聴け』受賞の言葉から伝説のエルサレム賞スピーチ「壁と卵」まで、全篇書下ろし序文付きの69編、保存版！

村上春樹著
村上朝日堂ジャーナル
うずまき猫のみつけかた
マラソンで足腰を鍛え、「猫が喜ぶビデオ」の効果に驚き、車が盗まれ四苦八苦。水丸画伯と陽子夫人の絵と写真満載のアメリカ滞在記。

村上春樹
安西水丸著
村上朝日堂
ビールと豆腐と引越しが好きで、蟻ととかげと毛虫が嫌い。素晴らしき春樹ワールドに水丸画伯のクールなイラストを添えたコラム集。

村上春樹著
辺境・近境
自動小銃で脅かされたメキシコ、無人島トホホ潜入記、うどん三昧の讃岐紀行、震災で失われた故郷・神戸……。涙と笑いの7つの旅。

村上春樹著

世界の終りとハードボイルド・ワンダーランド

谷崎潤一郎賞受賞（上・下）

老博士が〈私〉の意識の核に組み込んだ、ある思考回路。そこに隠された秘密を巡って同時進行する、幻想世界と冒険活劇の二つの物語。

村上春樹著

ねじまき鳥クロニクル

読売文学賞受賞（1〜3）

'84年の世田谷の路地裏から'38年の満州蒙古国境、駅前のクリーニング店から意識の井戸の底まで、探索の年代記は開始される。

村上春樹著

海辺のカフカ（上・下）

田村カフカは15歳の日に家出した。姉と並んだ写真を持って。世界でいちばんタフな少年になるために。ベストセラー、待望の文庫化。

村上春樹著

1Q84

—BOOK1〈4月−6月〉前編・後編—

毎日出版文化賞受賞

不思議な月が浮かび、リトル・ピープルが棲《す》む1Q84年の世界……深い謎を孕《はら》みながら、青豆と天吾の壮大な物語《ストーリー》が始まる。

村上春樹著

螢・納屋を焼く・その他の短編

もう戻っては来ないあの時の、まなざし、語らい、想い、そして痛み。静閑なリリシズムと奇妙なユーモア感覚が交錯する短編7作。

村上春樹著

神の子どもたちはみな踊る

一九九五年一月、地震はすべてを壊滅させた。そして二月、人々の内なる廃墟が静かに共振する——。深い闇の中に光を放つ六つの物語。

村《むら》上《かみ》さんのところ

新潮文庫　む－5－38

平成三十年五月一日発行

著者　村《むら》上《かみ》春《はる》樹《き》

発行者　佐藤隆信

発行所　株式会社新潮社

郵便番号　一六二―八七一一
東京都新宿区矢来町七一
電話　編集部(〇三)三二六六―五四四〇
読者係(〇三)三二六六―五一一一
http://www.shinchosha.co.jp

価格はカバーに表示してあります。

乱丁・落丁本は、ご面倒ですが小社読者係宛ご送付ください。送料小社負担にてお取替えいたします。

印刷・大日本印刷株式会社　製本・憲専堂製本株式会社

ISBN978-4-10-100170-8 C0195